Der Tag, an dem
die Sonne starb

Yan
Lianke

Der Tag, an dem die Sonne starb

Aus dem Chinesischen
von Marc Hermann

Matthes & Seitz Berlin

Inhalt

Vorwort

Hört mein Geplapper

Hallo … Seid ihr da … Hört einer von euch mein Geplapper?

Hallo … Ihr Götter und Geister … Wenn ihr Zeit habt, kommt und hört mir zu … Auf dem höchsten Gipfel des Funiu-Gebirges knie ich, damit ihr meine Stimme hört. Einem dummen Kind werdet ihr doch sein Geschrei nicht übelnehmen?

Hallo … Ich spreche für ein Dorf. Für eine kleine Stadt. Für ein Gebirge. Und für die ganze Welt. Hier im Angesicht des Himmels knie ich, um euch etwas zu erzählen. Ich hoffe, ihr könnt meinem Geplapper und Geschrei geduldig zuhören. Seid nachsichtig mit mir, seid großmütig. Denn ich will euch von einer Sache erzählen so hoch wie der Himmel und so weit wie die Erde.

Viele in unserem Dorf sind deswegen gestorben. Viele in unserer Stadt. In unseren Bergen und jenseits der Berge sind im Albtraum dieser einen Nacht so viele Menschen gestorben, wie Weizenhalme gemäht wurden. Und so viele Menschen fristen noch immer ein kümmerliches Dasein in den Bergen und jenseits der Berge, wie Weizenkörner gekeimt sind.

Das Dorf und die Kinder. Die Berge und die Welt. Ihre Eingeweide, ihre Herzen und Lebern sind wie Papiertütchen voll Blut: Eine Unachtsamkeit, und das Papier reißt. Und schon quillt das Blut hervor. Und das Leben versickert wie ein Tropfen Wasser in der Wildnis. Es vergeht wie ein gefallenes Blatt im Winter.

Ihr Götter und Geister … Ihr Geister der Toten … Dieses Dorf, diese Stadt, diese Berge, diese Welt, sie ertragen keinen zweiten solchen Albtraum mehr. Bodhisattwas … Himmel … Arhats … Jadekaiser … Ich flehe euch an, behütet dieses Dorf und diese Stadt. Behütet diese Berge und diese Welt. Für dieses Dorf, diese Stadt und diese Menschen knie ich hier auf diesem Berg und bitte euch um Gnade. Ich knie hier, damit die Lebenden am Leben bleiben. Ich knie hier für das Getreide … die Erde … die Saat … die Ackergeräte … die Straßen und Einkaufsviertel … und all das geschäftige Treiben. Ich knie hier für den Tag und für die Nacht. Damit die Hühner Hühner bleiben und die Hunde Hunde.

So aufrichtig, wie ich nur kann, will ich euch bis in die kleinste Kleinigkeit erzählen, was in jener Nacht und an jenem Tag geschehen ist. Wenn mir dabei ein Fehler unterläuft, dann nicht, weil ich unehrlich wäre, sondern weil ich so aufgewühlt bin. Mein Kopf ist jahrein, jahraus ein einziger Kleister. Ein einziger Modder. Das ist er schon immer gewesen, und deshalb rede ich und rede, lang und breit und breit und lang. Egal ob ein anderer dabei ist oder nicht, ich rede einfach mit mir selber. Plappere Wörter und Sätze vor mich hin, und nichts passt zusammen. Deshalb nennen mich die Leute einen Dummkopf. Sha Niannian nennen sie mich, den Dummen Niannian. Und weil ich so dumm bin, kann ich in all dieses Wirrwarr auch keine Ordnung bringen, sodass meine Worte wie Bruchstücke klingen. Und so wirke ich umso dümmer, je mehr ich von mir gebe. Aber ihr Götter und Geister! Ihr Bodhisattwas und Arhats! Himmel und Herrgott! Haltet mich bloß nicht für einen echten Idioten! Manchmal ist mein Kopf klar. Klar wie ein Bach. Oder wie der blaue Himmel.

Jetzt zum Beispiel ist mein Kopf wie eine offene Dachluke. Ich sehe den Himmel. Und die Erde. Und die ganze Wahrheit jener Nacht. Alles bis in die kleinste Kleinigkeit steht mir vor Augen. Selbst die Nadeln und die Sesamkörner, die damals auf die finstere Erde gefallen sind, sehe ich.

Wie blau der Himmel ist. Wie nah die Wolken. Während ich hier knie, höre ich, wie meine Haare im Wind flattern und aneinanderrauschen. Höre, wie die Wolken über mir vorüberbrausen. Sehe, wie die Luft an mir vorüberflutet wie sausendes Garn. Wie still das alles ist. Wie strahlend hell. Die Luft und die Wolken duften wie Tau in der Sonne. Hier knie ich, knie ruhig auf dem höchsten Gipfel der Berge. Ganz allein bin ich. Mutterseelenallein auf der weiten Welt. Nur das Gras und die Bäume, die Steine und die Luft sind um mich herum.

Wie still die Welt ist. Alles unter dem Himmel schweigt ... Ihr Götter und Geister, lasst mich euch inmitten dieser Stille von den Ereignissen jener Nacht erzählen. Egal wie beschäftigt ihr auch seid, kommt und hört mein Geplapper. Ich weiß, ihr wohnt im Himmel über mir, wohnt auf den Bergen und der Erde ringsumher. Auch ihr, ihr einsamen Berge und Bäume, ihr Gräser und Frösche, ihr Mönchspfeffersträucher und Ulmen, hört mir zu ... Hier will ich knien, das Gesicht zum Himmel gewandt, das Herz rein wie Wasser, und will euch alles berichten, was ich gesehen und erlebt, gehört und gedacht habe. So bedächtig, als würde ich ein Weihrauchstäbchen abbrennen, will ich euch die Ereignisse jener Nacht erzählen, hier vor euch auf diesem Berg unter dem Himmel, zum Beweis, dass ich die reine Wahrheit spreche. So wie ein Gras, das der Wind mit sich trägt, ein Beweis ist, dass es die Erde gibt und dass sie dem Gras sein Schicksal auferlegt.

Ich fange nun an.

Aber wo soll ich anfangen?

Am besten gleich hier.

Bei mir selber. Meiner Familie. Und unserem damaligen Nachbarn. Unser Nachbar war kein gewöhnlicher Nachbar. Ihr würdet mir nicht einmal glauben, dass er mit uns im selben Dorf und in derselben Stadt lebte. Und doch war er unser Nachbar. Und wir waren seine Nachbarn.

Wir waren darauf durchaus nicht besonders erpicht. Der Himmel und unsere Vorfahren hatten es einfach so eingerichtet.

Yan Lianke hieß unser Nachbar – der Schriftsteller, der auch malen konnte und der sich mit seinen Werken einen großen Namen gemacht hatte. In unserer Stadt hatte er einen viel größeren Namen als der Bürgermeister und im Kreis einen größeren Namen als der Kreisvorsteher. Er stach so sehr hervor wie eine Wassermelone unter lauter Sesamkörnern oder ein Kamel in einer Herde Schafe.

Ich dagegen bin ein Niemand, ein Staubkorn auf einem Haufen Sesam, eine Nisse auf einem Kamel, einem Ochsen oder Schaf. Vierzehn Jahre bin ich alt und heiße Li Niannian, aber alle im Dorf nennen mich nur »Sha Niannian«, den Dummen Niannian. Einzig und allein Yan Lianke rief mich immer »Xiao Niannian« – Kleiner Niannian. Oder auch: »Mein Junge«. Li Niannian, mein Junge. Wir lebten nicht nur im selben Dorf, wir waren tatsächlich Nachbarn.

Unser Dorf heißt Gaotian, aber weil wir Straßen haben und einen Marktplatz, ein Rathaus, eine Bank, eine Post und ein Polizeirevier, ist unser Dorf in Wahrheit schon eine kleine Stadt. Das Dorf heißt Gaotian und die Stadt auch. Der Kreis, zu dem wir gehören, ist der Kreis Zhaonan. Warum China China heißt, muss ich euch ja sicher nicht erklären: Die Chinesen glaubten schon immer, China sei das Zentrum der Welt – das »Reich der Mitte« oder eigentlich die »Reiche der Mitte«. Und die »Zentrale Ebene« heißt so, weil die Leute hier meinen, sie lebten im Zentrum von China. Diese Erklärung stammt nicht von mir, sondern aus einem von Onkel Yans Büchern. Unser Kreis wiederum liegt im Zentrum der Zentralen Ebene und unser Dorf im Zentrum des Kreises. Also bildet unser Dorf den Mittelpunkt von China und damit den Mittelpunkt der Welt.

Ich weiß nicht, ob Onkel Yan recht hat. Aber jedenfalls hat ihn nie jemand korrigiert. Er hat sogar einmal gesagt: »Mit jedem Wort, das ich geschrieben habe, wollte ich den Menschen beweisen, dass dieses Dorf und dieser Flecken Erde das Zentrum der Welt sind.«

Aber inzwischen schreibt er nicht mehr. Schon seit Jahren nicht mehr. Seine Inspiration ist versiegt, seine Seele verdorrt. Wahrscheinlich hatte er deshalb die Welt satt und wollte sich irgendwo in die Einsamkeit zurückziehen. Weil er jene Nacht erlebt hatte und trotzdem unfähig war, sie in Worte zu fassen, ist er als Schriftsteller wahrscheinlich schon tot. Und als lebender Mensch, der er auch noch war, wusste er nicht mehr, wohin er noch gehen sollte. Also knie ich hier und bitte euch, ihr Götter und Geister … Bodhisattwas und Buddhas, Guan Yu, Kriegsgott und Schutzherr der Literatur, Zhuge Liang, Fürst der Kriegskunst, Wenqu, Schutzgott der Literatur und der Künste, Sima Qian, Ahnherr der Geschichtsschreiber, Li Bai und Du Fu, erhabenes Doppelgestirn der Dichtung, Zhuangzi und Laozi, ihr großen daoistischen Weisen, und diesen und jenen und wen auch immer … Euch alle bitte ich: Seid barmherzig mit Onkel Yan und schenkt ihm ein klein wenig Inspiration. Lasst Eingebungen auf ihn niedergehen, unerschöpflich wie Ströme von Regen. Erweckt ihn als Schriftsteller zu neuem Leben, damit er in wenigen Tagen seinen Roman *Menschennacht* vollenden kann.

Ihr Götter und Geister … Ihr Geister der Toten … Ich bitte euch, behütet unser Dorf. Behütet unsere Stadt. Und behütet den Schriftsteller Yan Lianke. Ich habe viele seiner Bücher gelesen. All die Bücher, die er irgendwo in der weiten Welt geschrieben hatte, ließ er sich nach Hause schicken, und weil ich sein Nachbar war, konnte ich sie mir alle von ihm leihen: *Dem Führer dienen*, *Lenin küssen*, *Der Traum meiner Großmutter*, *Die fünf Bücher* und so weiter. All diese Bücher habe ich verschlungen, aber ich will ehrlich zu euch sein: Sie zu lesen war, als hätte ich mir mit den Augen verdorrtes Getreide auf einem öden winterlichen Feld oder faules Fallobst einverleibt. Aber weil ich an keine anderen Bücher herankam, konnte ich selbst diesen verdorbenen Speisen noch etwas abgewinnen. Bin ich vielleicht schuld, dass ich so eine tüchtige Portion Dummheit abbekommen habe? Bin ich schuld, dass mein Schädel nicht der hellste ist? Bin ich schuld, dass ich zwar die Grundschule besuchen durfte, aber seitdem nichts mehr zu tun habe? Wenigstens enthalten die Bücher von Onkel Yan richtige Wörter, und auch ein Dummkopf wie ich liest gern. Selbst ein Buch wie den *Zehntausendjährigen Kalender*[1] habe ich wieder und wieder gelesen und kann euch all die Daten aus dem Kopf hersagen.

Um die Geschichte jener Nacht zu Papier zu bringen, zog Onkel Yan Anfang Herbst wieder einmal von seinem Haus in der Stadt in das kleine Drei-Zimmer-Häuschen um, das er mitsamt dem dazugehörigen Hof am Stausee südlich der Stadt gemietet hatte. Dort schloss er sich ein wie in einem Gefängnis. Ganze zwei Monate verbrachte er an seinem Rückzugsort, aber am Ende war das einzige greifbare Ergebnis, das er zustande gebracht hatte, dass der Boden mit zerknülltem Papier und zerschmetterten Tintenfässchen übersät war. Nicht einmal den Anfang seiner Geschichte hatte er niedergeschrieben. Genau wie ich, der ich jetzt hier knie, stand ihm die übermächtige Wirklichkeit dieser einen Nacht vor Augen, und er wusste einfach nicht, wo er anfangen sollte.

Und da verzweifelte er an seinen schriftstellerischen Fähigkeiten.

Er verzweifelte an einem Leben, in dem er keine Geschichten mehr würde erzählen können.

Einmal sah ich ihn so wütend an seinem Pinselstiel kauen, dass es in seinem Mund nur so knackte und krackte, bis er am Ende lauter Plastikbröckchen auf das Papier spuckte, das vor ihm auf dem Tisch lag. Dann rammte er seinen Kopf gegen die Wand, als quälten ihn so rasende Schmerzen, dass er sich am liebsten umgebracht hätte. Danach hämmerte er sich mit den Fäusten gegen die Brust, als wollte er sich alles Blut herausprügeln. Die Tränen rollten ihm über die Wangen, groß und dicht wie lauter Weintrauben, aber die Inspiration wollte ihm so wenig zufliegen wie ein toter Spatz.

Damals war Xiao Juanzi verschwunden, meine Kleine Juanzi, und auf der Suche nach ihr lief ich alle paar Tage die Ruinen des Krematoriums ab. Unterwegs schaute ich immer auch bei Onkel Yan vorbei und brachte ihm Gemüse und Nudeln, Obst, Öl und Salz. Bei diesen Gelegenheiten lieh ich mir stets auch ein paar von seinen Büchern. An diesem Tag nun, als ich ihn mit Spinat und Sojasoße versorgen wollte, traf ich ihn an, als er gerade an der Tür stand, den Blick auf den Stausee und den Hang gerichtet. Sein Gesicht war so ausdruckslos wie ein Backstein, den man aus einer alten Mauer herausgerissen hat.

»Stell das Gemüse drinnen ab«, murmelte er, ohne mich anzusehen. Seine Stimme klang, als rieselte Mörtel von einem Backstein herunter. Rieselte herunter und wehte mich an.

Ich ging an ihm vorbei, um meine Tüte Spinat nach hinten in die Küche zu bringen. Auf dem Rückweg vorbei an seinem Schlaf- und Arbeitszimmer, als ich mir *Die fünf Bücher* mitnehmen wollte, sah ich es: Der dunkle Kachelboden war übersät mit Klumpen aus zerknülltem Papier, so als hätte ein Todkranker sich immer wieder übergeben. Da wusste ich, seine Inspiration war versiegt, sein Geist verödet. Er konnte die Geschichte nicht mehr schreiben, die er so gern geschrieben hätte, und darüber war er so geknickt, dass ihn jeder Lebensmut verlassen hatte. Bestürzt verließ ich das Haus, und da sah ich ihn auf den Stausee zutrotten wie einen Toten auf sein Grab.

In diesem Moment entschloss ich mich, allein den achtundzwanzig Kilometer langen Weg hierher zurückzulegen und auf diesen Gipfel zu steigen. Für unser Dorf. Für unsere Stadt. Für diesen Flecken Erde und die Menschen, die darauf leben. Und auch für Yan Lianke. Für sie alle will ich euch die Geschichte jener Nacht erzählen. Ich bitte euch, ihr Götter und Geister: Behütet unsere Stadt und ihre Bewohner. Behütet die Nacht und den Tag. Behütet unsere Katzen und Hunde. Und den Schriftsteller Yan Lianke, dem sein Pinsel nicht mehr gehorcht. Schenkt ihm himmlische Inspiration. Schenkt ihm Papier und Tinte und lasst sie ihm niemals ausgehen. Lasst ihn weiterschreiben und weiterleben und seine Geschichte der *Menschennacht* in ein paar Tagen zu Papier bringen. Und lasst ihn darin auch von meiner Familie erzählen als von einer Familie von lauter guten Menschen.

Erstes Buch

Erste Nachtwache: Die Vögel fliegen in die Köpfe

1. 17:00–18:00

Wo fange ich an?

Am besten gleich hier.

Es waren die Hundstage um das Drachenrobenfest am sechsten Tag des sechsten Monats nach dem Mondkalender. Es war so heiß, dass die Knochen der Erde zerplatzten und ihre Härchen zu Asche zerfielen. Die Blätter und Zweige verdorrten, die Blumen verwelkten, und die Früchte plumpsten auf den Boden. Vertrocknete Raupen hingen in der Luft wie pulverisierte Mumien.

Ein Auto rumpelte über den Feldweg, bis einer seiner Reifen mit einem lauten Knall platzte und zusammenschrumpfte und der ganze Wagen zur Seite kippte. Die Leute bei uns auf dem Land benutzen inzwischen hauptsächlich Trecker und kaum noch Ochsen oder Pferde. Wer reich genug ist für ein Auto, fährt ein Auto in der Erntezeit. Aber nun war der Weg an den Feldern entlang durch das Auto mit dem geplatzten Reifen blockiert, und all die anderen, die ihren Weizen zum Dreschplatz bringen wollten – mit ihren klapprigen Lastern oder ihren Treckern, die nach rotem Lack rochen, vereinzelt auch mit ihren Handkarren, die von einem Ochsen oder Pferd gezogen wurden, häufiger aber auf ihren eigenen Schultern, Garbe um Garbe –, sie alle stauten sich nun dort vor den Feldern. Und weil sie so sehr darauf brannten, ihre Ernte einzufahren, begannen sie zu krakeelen und aufeinander einzuprügeln.

Einer von ihnen wurde sogar erschlagen. Oder wohl eher mehrere.

In dieser Nacht, am sechsten Tag des sechsten Monats nach dem Mondkalender, war das Wetter so heiß, dass Menschen starben und der Bestattungsladen meiner Familie all seine Totengewänder verkaufte. Sogar die Stapel von alten Lagerbeständen, die sich in den Schränken türmten und von Motten zerfressen waren, wurden meinen Eltern aus der Hand gerissen.

All unsere Trauerkränze waren restlos ausverkauft.

Und all unser Flittergold.

Knaben und Mädchen aus gelbem und weißem Papier und noch mehr Papier, noch mehr feine Zweige für noch mehr Figuren. Goldene Tröge und silberne Schüsseln, mit Bambuszweigen zusammengehalten. Goldene und silberne Berge und Pferde. Totengeld, das den ganzen Raum einnahm, als wäre es der Tresorraum einer Bank. Ein pfeilschnelles weißes Drachenpferd, das mit seinen Vorderhufen auf das schwarze Haar des Jungen trat, der es führte, und ein grüner Drache, der von mehreren Jademädchen geritten wurde … Wer ein paar Tage vorher unseren Bestattungsladen, die »Neue Welt«, betreten hätte, wäre aus dem Staunen über den Reichtum unserer Waren für die Unterwelt gar nicht mehr herausgekommen. Aber für uns war die plötzliche Leere ein Segen: An diesem Abend des Drachenrobenfestes brummte das Geschäft wie nie. Im Handumdrehen war unser ganzer Laden leergekauft. Als wäre unter den Leuten das Gerücht kursiert, die Preise würden jeden Moment durch die Decke schießen, und als wären sie deshalb noch schnell zur Bank gerannt, um all ihr Geld abzuheben und mit vollen Händen auszugeben. Und prompt war die Bank leergeräumt. Selbst das alte Geld, das schon nicht mehr gültig war, nahmen die Leute mit. Und kauften sämtliche Läden restlos leer.

2. 18:00–18:30

Die Dämmerung brach herein.

Brach herein gehüllt in Hitze. Kein Windhauch regte sich. An den Mauern und Säulen der Häuser klebte der Geruch von Asche. Die Welt war so ausgedörrt, dass sie dem Tod nahe war. Die Herzen der Menschen waren so ausgedörrt, dass sie dem Tod nahe waren.

Die Menschen hatten den ganzen Tag auf den Feldern geschuftet und waren hundemüde. Sterbensmüde waren sie. Manche waren mitten beim Mähen des Weizens eingeschlafen, andere mitten beim Dreschen. Der Weizen war in diesem Jahr prächtig gediehen. Die Körner waren prall wie Sojabohnen. So prall waren sie, dass schon das Mehl aus ihnen hervorplatzte. Es quoll hervor. Die goldenen Ähren bedeckten die Straße, die Leute stolperten über all die Ähren und Körner. Aber in drei Tagen, so kündigte die Wettervorhersage an, würde es ein Gewitter geben und danach anhaltenden Regen. Wer seinen Weizen nicht schnell von den Feldern holte, dem würde er dort verrotten.

Also stürzten sie alle herbei, um ihren Weizen zu mähen.

Stürzten herbei, um ihn zu mähen und zu dreschen.

Alle Sicheln im Dorf waren geschäftig, und um sie zu wetzen, beugten sich überall die Leute über ihre Schleifsteine. Zwischen Himmel und Erde und auf den Feldern, überall waren Menschen. Und überall waren Geräusche und Stimmen. Überall Menschen und überall Stimmen. Und die Geräusche und Stimmen prallten aufeinander und mit ihnen die Menschen mit ihren Tragestangen. Einer prügelte den anderen, weil sich jeder zuerst die Dreschmaschine auf der Tenne schnappen wollte. Auch mein dritter und mein fünfter Onkel prügelten sich, weil jeder die Steinwalze ergattern wollte, mit der er sein Korn schroten konnte.

Ich kauerte am Ladeneingang und las Yan Liankes Roman *Lenin küssen und dem Führer dienen*. Meine Eltern zogen ihre Bambuspritsche vor den Eingang und fächelten sich Luft zu. Im Lampenschein sah man das Ladenschild mit der Aufschrift *Neue Welt*. Goldene Schriftzeichen auf schwarzem Grund. In der Abenddämmerung sah das Gold lehmgelb aus. Nach dem Abendessen setzte sich mein Vater mit einem Glas Wasser auf seine Pritsche an der Straße. Meine Mutter humpelte herbei und brachte ihm einen Papierfächer.

Da stand auf einmal ein Mann vor ihm. Ein großer Mann. Der Oberkörper nackt, das weiße Stoffhemd um den Arm gewickelt. Sein ganzer Körper verströmte vom Kopf bis zu den Füßen einen Geruch nach Schweiß und Weizen. Das Gesicht rot, das Haar stoppelig. Zwischen den Stoppeln steckte ein vertrocknetes Weizenblatt. Es ragte auf wie eine Fahne. Der Mann keuchte so schwer, als zöge man ihm ein Strohseil durch die Kehle ein und aus.

»Tianbao, mach mir mal drei Kränze und fünf Stück Papierschmuck für meinen Vater.«

Mein Vater erstarrte. »Stimmt was nicht mit ihm?«

»Er ist tot. Mittags hat er sich noch zu Hause hingelegt. Hatte zwei Tage am Stück bei der Ernte mitgeholfen, da habe ich ihm gesagt, er soll wenigstens mal ein Nickerchen machen. Er war auch gleich eingeschlafen, aber plötzlich ist er wieder hochgeschossen, hat sich seine Sichel geschnappt und gemeint: ›Wir müssen den Weizen mähen, sonst verrottet er uns noch auf den Feldern. Wir müssen ihn mähen, sonst verrottet er uns noch.‹ Dann ist er aus dem Bett gestiegen und zum Feld getapst.

Egal wer ihn angesprochen hat, er hat niemanden beachtet. Hat nicht mal den Kopf gedreht. Ist einfach nur stur geradeaus gelaufen. Aber alle, die ihn gesehen haben, haben hinterher gesagt, er schaute aus wie ein Traumwandler. Er hörte nicht mal, wenn jemand mit ihm redete. Keiner konnte ihn wecken. Er sprach nur mit sich selber. Als würde er durch eine andere Welt gehen und mit einem anderen Ich reden.

Als er auf dem Feld angekommen war, hat er nur gesagt: ›Nun aber schnell‹ und sich gleich mit der Sichel ins Zeug gelegt wie ein Irrer. Hat gesagt: ›Ich bin müde, ich mache mal 'ne kleine Pause‹, hat sich kurz gestreckt und sich das Kreuz geklopft, und das war's. Hat gesagt: ›Ich bin durstig, ich trinke mal einen Schluck Wasser‹ und ist zum Kanal bei den Westbergen gelaufen. Aber kaum hat er angefangen zu trinken, ist er ins Wasser gerutscht und darin ertrunken.«

Der Mann, der uns diese Geschichte von seinem ertrunkenen Vater erzählte, war einer von den Xias aus der Oststadt. Erst später erfuhr ich, dass ich ihn als »Onkel Xia« hätte anreden sollen. Auch wenn sein Vater gerade im Schlaf gestorben war, hätte der alte Mann, so meinte Onkel Xia noch, doch Glück gehabt, denn schließlich hätte man seit Jahren keinen Traumwandler mehr hier im Ort gesehen, und dass der Vater nun auf einmal so herumgelaufen und im Schlaf ums Leben gekommen wäre, das bedeutete doch, dass er nicht gelitten hätte wie einer, der wach ist.

Mit diesen Worten hastete er wieder weg, das Gesicht fahl wie Asche. An den Füßen trug er weiße Stoffschuhe. Im Gehen schlüpften seine Hacken aus den Schuhen raus und rein.

Wie er so eilig zurückrannte, kam er mir vor wie ein Mann, der plötzlich bemerkt, dass er seinen Schlüssel vergessen hat, und der nun nach Hause läuft, um den Schlüssel zu suchen. Ich saß unter der Straßenlaterne am Ladeneingang und las ein Buch. Ich las *Lenin küssen und dem Führer dienen* von Yan Lianke.

Dieses Buch handelt von der Revolution. *Sie ist wie ein Wirbelsturm, der nie ruht. Und die Revolutionäre rennen in diesem Sturm durcheinander wie Verrückte. Die Meere wogen, die Wolken wüten. Die Welt bebt, und Blitz und Donner toben. Wer die Meere befahren will, braucht einen Steuermann, so wie alles, was lebt, die Sonne braucht, um zu wachsen.* Die Sätze prasselten auf den Leser ein wie Knallfrösche. Wie ein Gewitterschauer in der glühendsten Sommerhitze. Schlag auf Schlag, dreckig, schrill und lärmend. Die Handlung dreht sich im Wesentlichen darum, dass wir Chinesen nach Russland gehen wollen, um Lenins Leichnam zu kaufen. Die Geschichte ist offensichtlich nur erfunden, aber Yan Lianke tut so, als wäre sie wahr.

Ich mochte seine Geschichte nicht. Und den Ton, in dem er sie erzählte, mochte ich auch nicht. Und trotzdem schlug sie mich aus irgendeinem Grund in ihren Bann. Ich war gerade in die Lektüre vertieft gewesen, da war Onkel Xia gekommen, hatte uns seine eigene Geschichte erzählt und war wieder gegangen. Nun blickte ich zu meinem Vater hinüber, der auf seiner Pritsche an der Straße saß. Sein Gesicht war noch düsterer und stumpfer als das von Onkel Xia. Wie eine Mauer aus nacktem Beton. Onkel Xia sah aus, als hätte er seinen Schlüssel verloren, und mein Vater sah aus, als hätte er einen ganzen Schlüsselbund gefunden, aber er wusste nicht, welche Schlüssel wo passten, und war sich nicht sicher, ob er sie wieder wegwerfen oder aufheben und warten sollte, bis der, der sie verloren hatte, wieder angelaufen kam. Also zögerte er. Grübelte. Und stand endlich auf von seiner Pritsche.

»Ist wieder jemand gestorben?«, rief meine Mutter aus dem Laden.

Mein Vater wandte den Blick von Onkel Xia, der in der Ferne entschwand. »Der alte Xia aus dem Ostviertel. Ist im Schlaf in den Westlichen Kanal gefallen und ertrunken.«

Die Antwort folgte so prompt auf die Frage, wie ein Blatt raschelt, wenn der Wind in es fährt. Mein Vater trottete langsam zurück in den Laden. Sehr langsam. Aber ich sollte erst noch ein Wort zu unserem Laden sagen. Das Haus ist eines der zweistöckigen roten Backsteingebäude, die man hier im östlichen Abschnitt der Hauptstraße überall findet. Im oberen Stock wohnen wir, im unteren ist der Laden. Im vorderen Teil des Erdgeschosses liegen zwei Verkaufsräume, die mit allen möglichen Papierdekorationen vollgestopft waren: Kränzen aus Papier, Ochsen und Pferden, goldenen und silbernen Bergen, Knaben und Mädchen. Das waren die traditionellen Waren. Wir hatten aber auch Zeitgemäßes: mit Tusche bemalte Fernseher aus Papier, Kühlschränke, Autos, Nähmaschinen.

Meine Mutter hat ein lahmes Bein, aber sie versteht sich aufs

Papierschneiden. Ihre Elstern und Stare, die man sich als Scherenschnitte vors Fenster hängen konnte, sahen aus, als könnten sie den Weizen schnuppern und jeden Moment zu singen anfangen. Ihre Trecker stießen Qualm aus, der in die Luft aufstieg. Wenn bei irgendwem eine Heirat anstand, waren die Leute früher immer zu ihr gekommen, um sie um einen passenden Scherenschnitt zu bitten. Selbst unser Bürgermeister hatte sie als wahre Meisterin gerühmt. Aber diese Hochzeitsscherenschnitte hatten ihr kein Geld eingebracht. Niemand wollte etwas dafür bezahlen. Deshalb hatten meine Eltern später ihren Bestattungsladen eröffnet. Mein Vater bastelte alle möglichen Gestelle aus Bambus und Mönchspfefferzweigen, meine Mutter alle möglichen Figuren und Dinge aus Papier. Und für die Grabbeigaben, die sie beide mit Papier und Bambus schufen, berappten die Leute auch Geld.

Wie seltsam die Leute doch sind: Für Begräbnisse geben sie ihr Geld her, aber nicht für Hochzeiten.

Wie seltsam die Leute doch sind: Ihren Träumen glauben sie, aber nicht der Wirklichkeit.

Über meinen Vater sollte ich auch noch ein Wort verlieren. Er war sehr klein, nicht einmal einen Meter fünfzig. Allerhöchstens einen Meter fünfzig. Und meine Mutter? Ist sehr groß, einen ganzen Kopf größer als er. Aber dafür ist ihr rechtes Bein ein gutes Stück kürzer als das linke. Seit sie als Kind einen Unfall gehabt hat, ist das so, und deshalb hinkt sie. Sie ist also ein Krüppel. Darum zeigten sich meine Eltern nur selten zusammen auf der Straße. Mein Vater war zwar klein, aber er lief wie der Wind. Er war zwar klein, aber er hatte eine Stimme wie Donner. Wenn er in Wut geriet, brüllte er, dass der Staub vom Dach rieselte und die Blätter von den Papierkränzen fielen. Aber er war ein guter Mensch. Er wurde kaum einmal wütend. Und wenn doch, dann schlug er niemanden. Vierzehn Jahre bin ich nun alt, aber nur ein paar Mal sah ich, wie er meine Mutter schlug. Und nur ein gutes Dutzend Mal hörte ich ihn auf sie schimpfen.

Wenn er sie doch einmal schlug, ließ sie es einfach über sich ergehen. Und weil er so gutherzig war, hörte er nach ein paar Schlägen auch schon wieder auf.

Auch seine Beschimpfungen ertrug sie stumm. Sie ist auch ein guter Mensch, und weil sie so duldsam ist, hörte er immer bald auf zu schimpfen.

Beide waren wirklich gute Menschen. Nie haben sie mich geschlagen oder ausgeschimpft.

So also war das bei uns zu Hause. Meine Eltern hatten einen Bestattungsladen namens »Neue Welt« eröffnet. Und sie verkauften Kränze, Leichenhemden, Grabbeigaben. Sie lebten vom Tod der anderen. Wenn jemand starb, war das für uns ein Glück. Aber meine Eltern waren zu gute Menschen, um irgendjemandem den Tod an den Hals zu wünschen. Im Gegenteil, manchmal, wenn sich unsere Waren gut verkauften und das Geschäft blühte, fragte mein Vater meine Mutter: »Was ist denn nur los? Was ist denn nur los?« Und auch sie ihrerseits fragte ihn: »Was ist denn nur los? Was ist denn nur los?«

Nun hörte ich wieder, wie mein Vater diese Frage stellte: »Was ist denn nur los? Was ist denn nur los?« Als ich mich umdrehte, sah ich, wie leergefegt die Verkaufsräume waren, in denen sich noch vor Kurzem die Waren getürmt hatten. Meine Mutter saß dort, wo vorher die Kränze ausgelegen hatten. Vor ihr lagen Haufen von rotem, gelbem, blauem und grünem Papier. In der rechten Hand hielt sie eine Schere, in der Linken einen Stapel von gefaltetem roten Papier. Der Boden war von Papierschnipseln übersät. Inmitten all dieser bunten Papierhaufen saß meine Mutter und hatte geschnippelt und geschnippelt und – war eingeschlafen.

Sie war doch tatsächlich mitten beim Schneiden eingeschlafen.

Lehnte an der Wand und war eingeschlafen.

War von der Arbeit so erschöpft, dass sie einfach eingeschlafen war.

Mein Vater stand vor ihr und fragte: »Was ist denn nur los? Was ist denn nur los? Wir haben eine Bestellung für drei Kränze und fünf Stück Papierschmuck, die muss bis morgen früh fertig werden.«

Als ich mich zum Laden umdrehte und meine Mutter sah, kam mir der alte Onkel Xia wieder in den Sinn, der beim Traumwandeln gestorben war. Und ich sagte mir: Was einem Traumwandler am Tag durch den Kopf geht, was ihm immer und immer wieder durch den Kopf geht, sodass es sich ihm in Herz und Knochen gräbt, das treibt ihn um, und er will im Traum das wahrmachen, was er im Wachen gedacht hat. Er will es »in die Tat umsetzen«, wie die Beamten sagen, will es machen, wie wir einfachen Leute sagen. Im Traum wollen die Leute ihre Wünsche wahrmachen.

Was würden meine Eltern wohl im Traum wahrmachen wollen? Was würden sie als Traumwandler tun? Worum kreisten ihre Gedanken? Was hatte sich ihnen in Herz und Knochen gegraben?

Und plötzlich fragte ich mich: Würde ich selber auch traumwandeln? Und was würde ich dann tun? Ja, was würde ich im Traum tun?

1. 18:31–19:30

Leider habe ich nie viel geschlafen. Nie bin ich vor lauter Erschöpfung in einen tiefen Schlaf gesunken. Mir haben sich auch nie irgendwelche Gedanken in Herz und Knochen gegraben. Ich bin fürs Traumwandeln so wenig anfällig wie ein Mann dafür, schwanger zu werden. Oder wie ein Pfirsichbaum dafür, Aprikosenblüten zu treiben.

Aber ich habe die Traumwandler gesehen. Nie hätte ich gedacht, dass sie so rasch kommen würden. Als wäre ein Ruf an sie ergangen, tauchten immer neue von ihnen auf. Als würde einer den anderen anstecken. Wie ein Steppenbrand breitete sich das Traumwandeln in jener Nacht unter ihnen aus, im Dorf, in der Stadt, im Funiu-Gebirge mit all seinen Dörfern und Städten, ja, in der ganzen Welt.

Eine Familie nach der anderen traumwandelte.

Heerscharen von Menschen traumwandelten.

Die ganze Welt traumwandelte.

Ich las immer noch *Lenins Küsse dienen dem Führer*. Die Geschichte war so absonderlich wie ein Pfirsichbaum, der Aprikosenblüten treibt, oder wie ein Aprikosenbaum, der voller Birnen hängt. Ich mochte sie nicht, und trotzdem packte sie mich. Sie zog mich wie mit einer Klaue in ihren Bann.

Als Gao Aijun auf der Straße einen Fen[2] *fand, wollte er sich im Laden einen Bonbon kaufen. Aber dafür reichte sein Geld nicht, ein Bonbon kostete zwei Fen. Also verkaufte er seinen Strohhut und bekam dafür fünf Mao. Nun wollte er obendrein noch ein halbes Pfund geschmortes Schweinefleisch kaufen. Wie lecker das Fleisch duftete! Aber ein Pfund kostete zehn Yuan. Also verkaufte er seine Kleidung. Nur die Unterhose behielt er an, um seine Blöße zu bedecken. Dafür bekam er satte fünfzig Yuan. Mit so einem Batzen Geld wollte er sich nicht mehr nur mit ein paar Happen Schweinefleisch begnügen, er hatte Appetit auf mehr. Strotzend vor Kraft marschierte er zum Friseurgeschäft am Rand der Stadt und lief darin auf und ab. Die jungen Frauen, die dort als Friseurinnen arbeiteten, verkauften auch ihre Körper. Das Friseurgeschäft war praktisch ein Bordell. Die Mädchen, die frisch aus Suzhou oder Hangzhou eingetroffen waren, galten als besonders gut: Ihre Haut war zart, und sie waren am ganzen Körper weich wie Wasser. Wenn er in diesem Bordell herumspazieren und eines dieser schönen, wasserweichen Mädchen streicheln wollte, war es aber mit fünfzig Yuan nicht getan. Wer mit einem Mädchen aufs Zimmer gehen und ins Bett steigen wollte, musste hundertfünfzig Yuan berappen. Und wer sich nicht gleich wieder von seiner Schönheit trennen, sondern die ganze Nacht mit ihr verbringen wollte, für den schoss der Preis sogar auf fünfhundert Yuan hoch. Woher sollte er nur so viel Geld nehmen?*

Von klein auf war es sein großer Traum gewesen, sich einmal im Bordell zu vergnügen. Wer so ein hochgestecktes Ziel verfolgt, muss Opfer bringen. Also stampfte er einmal auf, und sein Entschluss war gefasst: Er würde nach Hause gehen und seine Frau Xia Hongmei verkaufen.

Diese Geschichte von Yan Lianke konnte doch unmöglich wahr

sein! Und trotzdem schien sie wahr. Bei diesem Gedanken hätte ich um ein Haar laut losgelacht, aber da tauchte etwas noch Lächerlicheres vor mir auf. Von der Straße herüber drang Fußgetrappel zu mir. Als würden allerlei Hände wie wild auf eine Trommel einschlagen. Als ich mich umdrehte, sah ich eine Horde Kinder, manche sieben oder acht Jahre alt, manche zwölf oder mehr. Sie verfolgten einen Mann Mitte dreißig. Sein Oberkörper war nackt, und in der Hand trug er eine breite Holzschaufel, wie man sie benutzt, um das gedroschene Getreide zu worfeln.

»Gleich gibt es Regen«, murmelte er in einem fort vor sich hin, »und das tagelang. Bestimmt gibt es gleich Regen, und das tagelang. Du bist anders als die anderen, du treibst keine Geschäfte. Du lebst von deinem Acker. Wenn du den Weizen nicht vom Dreschplatz holst, verrottet er. Dann ist deine ganze Ernte im Eimer. Und du hast dich monatelang umsonst abgerackert.«

Seine Augen waren halb geschlossen, als dämmerte er im Halbschlaf vor sich hin. Und doch lief er so schnell, dass der Wind unter seinen Füßen rauschte. Er lief, als stieße ihn jemand immer weiter voran.

Die Luft war heiß und stickig. Nicht ein Hauch Feuchtigkeit oder Abendkühle. Der Mann kam von Osten und ging nach Westen. Er kam die Straße so schnell herangelaufen, als wäre sie bloß ein schmaler Stoffbeutel. Das Licht der Straßenlaternen war lehmgelb. Es trieb über seinem Kopf wie Asche. Als tauchte er in einem Meer von Asche.

Unter den Kindern, die ihm hinterherliefen, war auch ein splitternackter kleiner Junge, dem der Schniedel wie ein Spatz zwischen den Beinen auf und ab flatterte. »Er traumwandelt … Er traumwandelt …«, raunten die Kinder leise, als hätten sie Angst, ihn zu wecken. Und trotzdem mussten sie ihr freudiges Erstaunen über dieses wundersame Schauspiel mit den anderen teilen.

Der Traumwandler marschierte so schnell, als wollte er die Straße mit den Beinen verschlingen.

Die Kinder folgten ihm im Laufschritt, aber dabei hielten sie immer ein paar Schritte Abstand, um das Spektakel nicht vorzeitig zu beenden und ihn aus seinem Schlaf zu reißen.

So kamen sie zu mir gelaufen. Da erst erkannte ich den Mann: Es war Onkel Zhang vom alten Haus gegenüber. Er war ein stadtbekannter Taugenichts, der unfähig war, irgendwelche Geschäfte zu machen und Geld zu verdienen. Seine Frau hatte ihm deshalb sogar schon eine Backpfeife verpasst. Und sie hatte sich am helllichten Tag mit einem Mann, der anders als ihr eigener auch Geld heranschaffen konnte, am östlichen Flussufer getroffen und ganz ungeniert mit ihm geschlafen. Später waren die beiden zusammen in die großen Städte gegangen, nach Luoyang und nach Zhengzhou. Aber irgendwann hatte der Mann die Nase voll von ihr gehabt und hatte sie einfach sitzen lassen. Also kehrte sie wieder nach Hause zurück. Und als sie in den Hof kam, empfing Onkel Zhang seine Schlampe von Frau auch noch ganz freundlich: »Da bist du ja wieder! Wasch dir erst mal das Gesicht, und dann komm essen.« Und ein schönes Willkommensessen mit allem, was dazugehört, machte er ihr auch noch. Dieser Onkel Zhang war ein richtiger Waschlappen. Und nun war er auch noch ein Traumwandler, soviel stand fest.

Ich schnellte von meinem Platz am Eingang der Neuen Welt hoch. »Onkel Zhang!« Mein Schrei schallte wie aufplatzende Puffhirse. Er stieß die stickige Luft voran.

»Papa!«, rief ich in unseren Laden hinein. »Onkel Zhang von gegenüber traumwandelt! Er ist gerade an unserem Haus vorbeigelaufen!«

Ich legte das Buch beiseite, sprang die Treppenstufen vor unserem Eingang hinunter und rannte Onkel Zhang und der Horde Kinder hinterher, die ihn verfolgten. Rannte zwischen den Kindern hindurch, als wären sie ein kleines Waldstück. Rannte, bis ich den Onkel unter der nächsten Laterne eingeholt hatte. »Wach auf!«, schrie ich und zerrte ihn am Arm. »Onkel Zhang, du schläfst!«

»Wach auf! Onkel Zhang, du schläfst!«

Er beachtete mich gar nicht. Schüttelte einfach mit einem kräftigen Ruck meine Hand ab. »Was mache ich nur, wenn es gleich regnet und der Weizen verrottet? Was mache ich nur?«

Ich schloss wieder zu ihm auf und packte ihn am Arm. Und wieder schüttelte er mich ab. »Wenn das Getreide verdirbt und Frau und Kinder heimkommen, müssen sie hungern. Dann fängt meine Frau wieder an zu zanken und läuft mir mit einem andern davon.«

Diese Worte hatte er so leise hervorgestoßen, als wollte er sie nur mir anvertrauen und niemandem sonst.

Ich stutzte und wurde prompt langsamer. Dann rannte ich wieder los, und nachdem ich ihn überholt hatte, sah ich sein Gesicht: Es war so ausdruckslos wie ein verwitterter grauer Backstein. Der Körper steif wie eine alte Ulme. Aber die ausschreitenden Beine kraftvoll wie Dampfhämmer. Die Augen hatte er geöffnet, als wäre er wach. Auf den ersten Blick sah er tatsächlich aus wie wach. Nur wenn er redete, verrieten seine stumpfe Miene und sein Blick, der ins Leere ging, dass er traumwandelte.

Da sah ich zum Himmel auf. Er war diesig wie wabernder Nebel. Aber als ich genauer hinschaute, machte ich ein oder zwei Sterne aus, die wie Glühwürmchen glommen. Vor mir an der Straße lagen das Friseurgeschäft und der Gemischtwarenladen. Der Laden für die Haushaltswaren und der für das Geschirr und die Küchengeräte. Der private Kleiderladen und der staatliche Elektroladen. Und all die Läden hier im Ostteil der Hauptstraße hatten Türen und Fenster geöffnet. In manchen waren Leute, in anderen nicht. In manchen brannte Licht, in anderen nicht. Manche Inhaber hatten ihre Läden geschlossen und waren nach Hause gegangen, um ihren Weizen einzufahren. Andere saßen oder lagen unter ihren Deckenventilatoren. Und wieder andere saßen oder lagen an der Straße und fächelten sich mit ihren Bastfächern Luft zu.

Die Straße war still. Der Abend fiebrig. Die Leute träge. Als Onkel Zhang an den Läden vorbeilief, drehten manche sich zu ihm um. Andere hatten keine Augen und Ohren für ihn und kümmerten sich nur um ihre eigenen Angelegenheiten.

»Er traumwandelt! Er traumwandelt!«, raunten die Kinder. »Schnell, guckt mal, er traumwandelt!«

Ihr Geraune vermischte sich mit dem Dunst des Abends. Vielleicht hörten es manche, vielleicht auch nicht. Oder sie hörten es und achteten nicht weiter darauf. Manche aber, die es hörten, traten an die Straße und warfen schmunzelnd einen Blick auf Onkel Zhang, und wenn er an ihnen vorübergestürmt war, wandten sie sich wieder ihren eigenen Angelegenheiten zu. So ein Traumwandler war eine große Sache. Und doch auch wieder nicht. Seit Jahrhunderten verging kein Jahr und kein Sommer, in dem nicht einer von uns traumwandelte. Mehr noch, jeden Monat traumwandelte einer. Aber was ging das Traumwandeln der anderen einen selber an? Wer war nicht selber schon das eine oder andere Mal in seinem Leben traumgewandelt? Auch wenn er sich dabei vielleicht nur einmal im Bett gewälzt und seine Decke auf den Boden geworfen hatte. Ein jeder redet ja auch Hunderte Male im Traum. So ein Reden ist eine leichte Form von Traumwandeln. Wenn einer aber nicht nur redet, sondern auch aus dem Bett steigt und etwas tut, ist das die starke Form. Jeder Mensch, der auf der Welt lebt und handelt, wird früher oder später zum Traumwandler, ob nun zu einem leichten oder starken.

Der Abend war diesig und blieb es.

Die Luft war stickig und blieb es.

Alle blieben, wie sie waren, die Geschäftigen und die Müßiggänger. Und die, die keins von beidem waren, auch.

Onkel Zhang vom Haus gegenüber lief immer weiter, bis er die Stadt verlassen hatte und zu seinem Feld kam. Und zu dem kleinen Dreschplatz, den er flachgewalzt hatte, bevor der Weizen reif wurde. Dort draußen ist alles ganz anders als in der Stadt. Dort weht immer ein Wind, und sei es nur ein Lüftchen. Es gibt kleine Dreschplätze von einem Fünftel *Mu*[3], die eine einzelne Familie nur für sich hat, mittelgroße Dreschplätze von einem halben *Mu* für mehrere Familien und einen großen Dreschplatz von über einem *Mu*, der noch aus der Zeit der Produktionsgruppe stammt. Und all diese Dreschplätze und Felder liegen auf beiden Seiten der Straße, die an diesem Abend einem funkelnden Fluss glich. Und die Felder waren Seen an diesem Fluss. Von dem großen Dreschplatz in der Ferne schallte das Poltern der Dreschmaschine herüber, von den kleinen Plätzen in der Nähe das Knirschen der Steinwalzen, die von den Pferden und Ochsen gezogen wurden. Und das Knistern der Weizengarben, die von den Leuten auf den Eisengestellen unter die Walzen geworfen wurden. All diese Geräusche schwankten durcheinander wie Boote auf einem See.

Der Abendhimmel war groß. Die Weizenfelder klein. Die einbrechende Nacht verschluckte alle Geräusche, und am Ende herrschte Stille. Die Lichter auf den Feldern waren lehmgelb. Onkel Zhang marschierte durch dieses Gelb aus der Stadt Richtung Norden. Die Kinder, die ihn den ganzen Weg über verfolgt hatten, hielten inne. Sie blieben am Rand der Stadt stehen.

Ich dagegen folgte ihm weiter. Ich wollte sehen, wie er gegen einen Baum prallte. Oder gegen einen Leitungsmast. Und wie er mit blutender Nase und einem Aufschrei aufwachte. Ich wollte wissen, wie er dann im ersten Moment reagieren würde. Was seine ersten Worte sein würden. Und was er als Erstes tun würde.

Zum Glück lag das Weizenfeld seiner Familie nicht weit weg. Er musste nur die Landstraße gut zweihundertfünfzig Meter Richtung Norden laufen. Und dann von dort querfeldein einen Graben überqueren, der mit Regenwasser gefüllt war.

Am Graben rutschte er aus und plumpste ins Wasser. Ich glaubte, nun würde er aufwachen, aber er rappelte sich im Handumdrehen wieder auf und schlief dabei immer noch. »Ein Mann muss dafür sorgen, dass seine Familie etwas zu essen hat. Ein Mann darf seine Familie nicht hungern lassen.« So plapperte er im Traum immer weiter vor sich hin. Und marschierte hinter dem Graben auf sein Feld. Er kannte den Weg, und alles schien ganz selbstverständlich.

Er drehte eine Lampe an, die an einer Pappel am Feldrand hing. Als das Licht aufflammte, legte er seine hölzerne Schaufel beiseite und schaute sich suchend um. Rückte ein eisernes Gestell zum Dreschen in die Mitte des Feldes, trug eine Garbe Weizen herbei und löste die Schnur. Nahm ein Bündel Halme in die Arme, stieß es auf dem Boden zurecht und begann, es zu dreschen.

Ich stand direkt neben ihm. Er hatte freie Sicht auf alles rings um ihn herum, und trotzdem sah er mich nicht. Denn ich war nicht in seinem Kopf. Ein Traumwandler sieht nur das, was er im Kopf hat. Alles andere, und sei es die ganze Welt, existiert für ihn nicht.

Von dem Eisengestell stoben die Körner mit einem leisen Zischen auf wie die Splitter einer Explosion. Der Duft des Weizens stieg mir so kräftig in die Nase wie von einem Gericht, das in der Pfanne vor sich hin brutzelt. Am Himmel schienen ein paar Sterne mehr zu schimmern. Aus der Ferne drangen die Stimmen der Leute herüber, die sich darum stritten, in welcher Reihenfolge sie die Dreschmaschine benutzen durften. Von einem Baum in der Nähe hörte ich manchmal eine Nachtigall singen. Das war alles. Und alles war so ruhig und so einfach. So dunkel und so trübe. Schweiß troff von Onkel Zhangs Gesicht, während er ein paar Weizenkörner auflas, die zu Boden gefallen waren. Das war alles. Und alles war so ruhig und so einfach. So dunkel und so trübe. Nachdem er die erste Garbe fertig gedroschen hatte, holte er die zweite Garbe. Das war alles. Und alles war so ruhig und so einfach.

Ich hatte genug gesehen. Ich wollte nicht mehr zuschauen, was er als Nächstes tun würde.

So einfach ist es mit dem Traumwandeln: Die Vögel fliegen einem in den Kopf. Und bringen dort alles durcheinander. Im Traum tut man, was man will. Und nicht, was man tun soll.

Ich wollte zurückgehen. Aber kaum hatte ich mich umgedreht,

da geschah es. Wie ein Knall, als würde eine Glasflasche zerspringen. Onkel Zhang hatte gerade die zweite Garbe fertig gedroschen und ging die dritte holen. Aber als er schon drauf und dran war, sie sich von dem großen Haufen zu nehmen, lief er aus irgendeinem Grund doch wieder hinter einen anderen Haufen. Und da schoss eine nächtliche Katze hervor. Sprang auf seinen Rücken und über seine Schulter davon. Vielleicht hatte sie ihm auf ihrer Flucht die Backen blutig gekratzt, jedenfalls hatte er unwillkürlich die Hände vors Gesicht geschlagen. Eine lange Schrecksekunde lang stand er da wie zu einem hölzernen Stumpf erstarrt. Dann begann er sich selber Vorwürfe zu machen, und aus seiner Stimme hörte ich heraus, wie verdutzt und verstört er war.

»Was mache ich denn hier ... Was mache ich denn hier ...« Er schaute sich um und murmelte: »Das ist doch unser Weizenfeld ... Was dresche ich denn hier ... Was dresche ich denn hier ...«

Er war aufgewacht.

So schien es jedenfalls.

»Ich habe doch eben noch geschlafen ... Was dresche ich denn hier ...«

Es schien, als wäre er aufgewacht. Er schaute zum Himmel, das Gesicht ein einziges Fragezeichen, das für ihn selber unsichtbar war. Dann drehte er sich suchend wieder um, und als sein Blick auf die Schaufel fiel, die er mitgebracht hatte, schien seine Erinnerung zurückzukommen. Da hockte er sich hin und verpasste sich selber eine Backpfeife.

»Was bist du bloß für ein beschissener Schlappschwanz! Du beschissener Schlappschwanz! Mitten in der Erntezeit brennt dir deine Frau mit einem anderen Kerl durch, und du drischst auch noch den Weizen für sie! Deine Frau schläft mit einem andern, und du dreschst auch noch den Weizen für sie!«

Er hörte gar nicht mehr auf, sich selber zu ohrfeigen. Es klatschte und klatschte, als schlüge er auf eine Mauer ein. »Du beschissener Schlappschwanz! Du beschissener Schlappschwanz!«

Aber gleich darauf versuchte er sich doch zu rechtfertigen. »Ich tue das ja nicht für sie. Ich tue das für meine Kinder.«

»Einen Scheiß tue ich für meine Frau. Ich tue das für meine Kinder.«

Endlich hörte er auf, sich zu schlagen. Hörte auf, mit sich selber zu sprechen. Fiel in sich zusammen wie ein leerer Sack Mehl.

Und wie er da an einer Garbe Weizen lehnte, war er gleich darauf schon wieder eingeschlafen. Als hätte er sich nur einmal kurz im Wachen auf dem Bett gewälzt. Als wäre sein Erwachen nur ein kurzes Zwischenspiel, ein kleines Lied in seinem Traum gewesen. Und kaum war das Liedchen ausgeträllert, sank er zurück in seinen Schlaf.

Ich war perplex. Völlig perplex. Wie ich da so vor ihm stand, kam es mir vor, als spielte er mir ein Theaterstück vor. Mit einem Schlag war er aufgewacht. Und genauso plötzlich wieder eingeschlafen. Behutsam näherte ich mich ihm. Stupste ihn. Es fühlte sich an, als wollte ich eine Säule aus Stein wegschieben. Dann schüttelte ich ihn, und es war, als hätte ich einen Beutel Wasser in den Händen. Sein Körper wackelte nur einen Moment und war gleich wieder schlaff wie Wasser.

»Onkel Zhang! Onkel Zhang!«, rief ich. Genauso gut hätte ich einen Toten rufen können. Aber dieser Tote atmete und schnaufte durch die Nase. »Deine Frau ist zurück! Deine Frau ist zurück!«

Aber ich glaubte schon nicht mehr daran, dass ich ihn wecken könnte, und hörte auf, ihn zu schütteln. Er schlief wie ein Stein. Wie ein Toter. Und als würde ich auf diesen Toten einschreien, rief ich immer weiter: »Deine Frau ist zurück! Zusammen mit diesem Kerl! Während du geschlafen hast, war sie mit ihm zusammen!«

Das veränderte die Lage.

Es veränderte alles.

Als wäre in der Nacht die Sonne aufgegangen.

Als wäre auf Onkel Zhangs Haut ein Feuer entflammt. Unter meinen Rufen rührte sich sein schlafendes Gesicht auf einmal wie ein wackeliger grauer Backstein. Er setzte sich auf, und seine Backen zuckten wie in einem Krampf. Sein Gesicht war lehmgrau. Mühsam öffnete er die Augen. Er starrte mich an und starrte doch zugleich durch mich hindurch auf die Straße dahinter. Die Straße war wie ein Fluss, der aus der Ferne heranströmte. Aus der Ferne in die Ferne. Von Nord nach Süd. Und darauf schwappten alle möglichen Geräusche ans Ufer, vermischt mit dem Rauschen des Wassers.

Onkel Zhang starrte auf den Punkt, an dem die Straße im Norden zu enden schien. Auf dieser Straße hatte seine Frau schon wieder die Stadt verlassen, unterwegs nach Luoyang oder Zhengzhou. Oder vielleicht auch nach Peking oder Guangzhou. Jedenfalls wieder mit irgendeinem Kerl aus dem Dorf, der wusste, wie man Geld verdient.

Hinaus in die große weite Welt.

Regungslos hockte Onkel Zhang im Lampenlicht und starrte auf die Straße, die hinaus in die große weite Welt führte. Er biss sich auf die Lippe. Knirschte mit den Zähnen. Sein Ober- und sein Unterkiefer pressten und rieben sich aneinander wie Steinplatten. Mit einem dunklen Mahlen.

Auch der Abend war dunkel. Und stickig. Und doch ging ein leichter Wind über die Felder, und der Duft von Weizen drang den Menschen in Nase und Kehle, ehe er sich in Lunge und Magen sammelte. Ein Auto fuhr von Süden her auf der Straße. Seine Lichter schnitten wie Messer durch das Dunkel, auf uns zu und an uns vorbei. Onkel Zhang starrte den Lichtern nach, und dabei verwandelte sich sein Knirschen in ein Kauen. Schwarz quoll das Mahlen zwischen seinen Zähnen hervor. Wie Reif, der im Winter die Blätter überzieht, die noch immer an den Bäumen hängen. Und dann schwanken die Blätter schwer vom Reif hin und her. Lösen sich von den Zweigen und treiben in der Luft herab. Kalt wie Onkel Zhangs Blick. Wie das Mahlen, das zwischen seinen Zähnen hervorquoll.

Plötzlich schoss er auf. Als hätte das Auto, das wie der Wind vorbeigerauscht war, ihn hochgerissen. Kerzengerade stand er da und starrte dem Auto hinterher. Die Muskeln in seinem Gesicht bildeten Hügel und Senken. Die Zähne in seinem Mund knirschten und knarzten. Er stand da, als würde ihm die Kraft aus jeder Knochenritze bersten. Schweigend. Als hätte er sich in einen anderen verwandelt. Er war nicht mehr der Mann, der sich ängstigte, der Weizen könnte auf den Feldern verrotten. Und seine heimkehrende Frau könnte nichts mehr zu essen haben. Er war ein anderer geworden.

So stand er da. Sah mich nicht. Sah die ganze Welt nicht. Schief und starr war sein Blick, als sähe er etwas, was ich unmöglich sehen konnte. Als sähe er andere Dinge in einer anderen Welt. Diese anderen Dinge in einer anderen Welt gab es nur in seinem Traum und seiner überhitzten Fantasie, aber er sah sie so klar und deutlich, wie man nur irgendetwas sehen kann. Sah sie in allen Einzelheiten. Und bei diesem Anblick wurde sein Gesicht erst bleich und dann wieder lehmgrau. Schweiß hing an seiner Stirn.

Niemand konnte wissen, was er in seinem neuen Traum sah. Was ihm dort begegnete. Oder was vor seinen Augen geschah. Er sagte kein Wort. Schwieg. Und knirschte mit den Zähnen. Eine blaue Ader sprang an seinem Hals hervor und wand sich daran hinauf wie eine dünne Schlange.

Wieder sprang eine blaue Ader im Lampenschein hervor.

Nun waren es schon zwei Schlangen, die ihm den Hals hinaufkrochen.

Eine dritte, eine vierte Ader sprangen hervor wie eine dritte, vierte Schlange. Er ging von dem Haufen mit den Weizengarben hinüber zu dem eisernen Dreschkasten. Trat nach der Worfelschaufel, als wäre sie nichts als ein Zweig oder ein welkes Grasbüschel auf seinem Weg. Er wandelte jetzt in einem anderen Traum, der mit seinem vorherigen Traum nicht das Geringste zu tun hatte. In diesem anderen Traum beugte er sich über dem Kasten und hob eine daumendicke Eisenstange auf. Wiegte sie in seiner Hand. Prüfte sie. Und marschierte mit großen Schritten vom Feld.

Die Stange war zwei Ellen lang, und sie schien dort Jahrhunderte auf ihn gewartet zu haben. Jahrtausende. Und nun hatte er sie endlich gefunden. Getragen von seiner Hand und seiner Kraft marschierte sie mit ihm auf Dorf und Stadt zu. Er ging nicht mehr den Weg, den er gekommen war, er wandelte in einem neuen Traum. Nahm eine Gasse zu einem Ort in diesem Traum.

Ich folgte ihm ein paar Schritte und rief ihn mit Namen, aber als er mich noch immer nicht beachtete, blieb ich stehen und beobachtete, wie er in die Stadt marschierte. Und wie er in der stillen Nacht mit großen Schritten hinter einer Mauer abbog und verschwand.

Ich selber ging die Straße nach Süden, meinem Zuhause entgegen.

Zweites Buch

Zweite Nachtwache, erster Teil: Die Vögel schwirren herum

1. 21:00–21:20

Auch in der Neuen Welt brach das Traumwandeln aus.

Bei meiner Mutter.

Als ich fortgegangen war, hatte sie noch auf dem Boden im Laden gesessen, der Kopf zur Seite gesackt, vor sich haufenweise buntes Papier und unter ihren Beinen die kleinen und großen Scheren, mit denen sie das Papier zurechtschnitt.

Auf der Hauptstraße war alles noch immer wie vorher. Der Mondschein war hell und klar, das Laternenlicht lehmgelb. Beides vermischte sich miteinander wie eine Wanne Spülwasser mit einer Wanne sauberem Wasser. Danach war auch das saubere Wasser dreckig wie Abwasser.

Ganz still war es, totenstill.

Totenstill war es.

Die Abenddämmerung war vorbei, die Nacht hereingebrochen, und in die Stille mischte sich das Schnarchen eines fetten Schweins. Heiß und schmutzig klang es. Heiß, schmutzig und klebrig.

Es roch nach Schweiß. Der Geruch sickerte aus allen Türritzen. Was sich auf der Straße an Gerüchen sammelte, roch nach einer Sommernacht.

Manche schliefen in diesem Geruch an der Straße. Andere tranken vor ihren Läden Tee und fächelten sich mit ihren Bastfächern Luft zu. Wieder andere hatten ihre Ventilatoren vor die Tür getragen. Die wirbelnden Flügel der Ventilatoren surrten wie tödliche Messer. Die Leute hatten sich im Sitzen oder Liegen um diese tödlichen Winde geschart und plauderten miteinander. Die Straße schien wie immer. Die Welt schien wie immer.

Aber in Wahrheit war die Welt schon nicht mehr dieselbe.

Das Große Traumwandeln hatte begonnen. Schritt für Schritt drang es in unser Dorf ein, in unsere Stadt. Lautlos und wirr breitete es sich aus überall in der Welt. Die Leute ahnten nicht, dass sich das Große Traumwandeln über ihren Köpfen zusammengebraut hatte wie eine schwarze Gewitterwolke. Sie glaubten, über ihnen triebe nur der übliche Dunst einer Sommernacht. Glaubten, diese Nacht wäre wie jede andere.

Mutterseelenallein kehrte ich in die Stadt zurück, aber als ich sah, wie friedlich die Straßen waren, und als ich das Schnarchen hörte, glaubte auch ich, die Welt wäre immer noch die Alte. Nur mit ein paar gewöhnlichen Traumwandlern darin. Einen Moment betrachtete ich die belebteste Straße der Stadt, die Östliche Hauptstraße. Betrachtete den unermesslichen Sommernachthimmel. Dann kehrte ich zur Neuen Welt zurück.

An der Straße vor unserem Laden parkte ein Auto. Mein Onkel war gekommen. Er stand im Laden wie ein Arzt im Wohnzimmer seines Patienten.

»Setz dich doch«, sagte mein Vater zu ihm.

Aber mein Onkel beachtete ihn gar nicht und musterte nur den Laden ringsum.

Er war einen Meter achtzig groß. Mein Vater einen Meter fünfzig. Mein Onkel trug ein Seidenhemd, wie es die reichen Leute vor hundert Jahren in der Republikzeit trugen. Mein Vater dagegen war nackt bis auf die Unterhose. Eigentlich war er nicht besonders dünn, aber neben meinem Onkel schien er es zu sein. Er stand vor ihm wie ein kleines Bäumchen vor einem großen Baum. Wie ein Kranker vor dem Arzt. Oder wie das Kind eines Kranken vor dem Arzt, einem großen, starken Arzt, der auf Bitte des Kindes hin gekommen ist.

Meine Mutter saß noch immer an der Wand, an der sie eingeschlafen war, aber nun auf dem Hocker, auf dem sie tagein, tagaus ihr Papier zurechtschnitt, auf einem Kissen, das vor lauter Schmutz ganz hart war. Ihr Gesicht ähnelte nicht etwa einem Backstein in einer alten Mauer, sondern einem dreckigen Lappen. Oder einer alten Zeitung. Sie hatte Augen für niemanden, sie murmelte nur vor sich hin. »Wenn einer stirbt, muss er doch einen Kranz auf dem Grab kriegen. Ein paar Kränze auf dem Grab muss einer doch kriegen.« Dabei schnippelte sie das Papier in ihrer Hand so gewissenhaft zurecht, als würde sie auf dem Boden hocken und eine Topfblume gießen. Oder ein ganzes Blumenbeet. Einen Haufen Papierblumen hatte sie schon geschnippelt, dazu stapelweise grüne Papierblätter.

Mein Vater stand neben ihr. Vor seinen Füßen lagen lauter Bambuszweige, Kleber, Schnüre, Bambusmesser. »Sie hat geschnippelt und geschnippelt, bis sie eingeschlafen ist«, erklärte er meinem Onkel. »Zweimal habe ich sie schon geweckt, damit sie sich das Gesicht wäscht, aber jedes Mal, wenn ich zurückkam, war sie schon wieder eingeschlafen. Hat geschnippelt und geschnippelt und ist darüber eingeschlafen. Und im Schlaf schnippelt sie weiter ihr Papier. Hat die Augen halb geöffnet, plappert in einem fort und schnippelt.«

Da wusste mein Vater, dass sie traumwandelte. Und ich wusste es auch. Seit ein paar Tagen hatte der Tod bei uns Hochsaison. Unsere Waren fanden reißenden Absatz, und meine Mutter war vor lauter Erschöpfung zur Traumwandlerin geworden.

Mein Onkel stand da und musterte seine kleine Schwester wie ein Arzt einen Schwerkranken. Als er sich mit frostiger Miene zu meinem Vater umdrehte, legte sich sein Blick so schwer wie zwei Klumpen Eis auf ihn.

Mein Vater lächelte.

»In deinem Krematorium hat in den letzten Tagen doch bestimmt auch die Kasse geklingelt!«

Er schaute meinem Onkel ins Gesicht und berichtete ihm wie einem Arzt, dass meine Mutter nur ein paar kleine Wehwehchen hätte, aber nichts Ernstes. Überhaupt nichts Ernstes. Aber dabei vergaß er, dass meine Mutter die kleine Schwester meines Onkels war. Deshalb tat es meinem Onkel in der Seele weh, sie so rackern zu sehen. Selbst im Schlaf ruhten ihre Hände nicht und schnippelten und schnippelten für ihre Papierkränze.

»Bring noch mal eine Schüssel kaltes Wasser, damit sie sich das Gesicht waschen kann«, befahl mein Onkel mit einem scheelen Blick auf meinen Vater. Er war sehr unzufrieden mit seinem Schwager.

Im Zimmer roch es nach frisch gekochtem Mehlkleister. Und nach dem heißen Schweiß, den mein halbnackter Vater verströmte. Mein Vater zögerte einen Moment, ehe er sich eine Waschschüssel schnappte, um Wasser zu holen. »Wenn bei anderen Leuten welche sterben, müssen wir eben Überstunden machen, damit sie ihre Kränze kriegen«, brummte er noch und warf meinem Onkel einen missmutigen Blick zu. Aber richtig aufzumucken traute er sich nicht. Schepperte bloß die Schüssel auf dem Weg zur Küche gegen eine Treppenkante, als wollte er damit sagen: »Kümmer dich um deinen eigenen Kram.«

Da schaute meine Mutter auf einmal zu meinem Onkel auf, als wäre sie aufgewacht. Aber dabei schaute sie durch ihn hindurch. Schnippelte und schnippelte nur immer weiter an ihrem Papier. Es klang wie eine Heuschrecke, die in einer Sommernacht auf einem Dattelbaum sitzt und zirpt.

Lange schaute mein Onkel meine Mutter an. Dann erst bemerkte er mich und sah mich an, als wäre ich ein Kind, das durch die Gegend streunt, statt am Krankenbett seiner Mutter zu wachen. Ganz missmutig sah er mich an. Ganz vorwurfsvoll. Seine geschwungenen Augenbrauen zuckten nach oben, und er spannte die Mundwinkel an, während er nach dem Hocker vor sich trat. Sein Gesicht sah aus wie rostiges Eisen.

»Zeit, das Leichenöl fortzuschaffen.«

»Niannian, dein Vater hat zu tun, und du solltest deinen Eltern unter die Arme greifen.«

Der Blick meines Onkels wanderte von meinem Gesicht zu dem Buch von Yan Lianke, das auf einer Ecke des Hockers vor dem Ladeneingang lag. Er starrte das Buch so grimmig an, als wäre es die Quelle allen Übels. Als hätte er es am liebsten vom Stuhl getreten. Als hätte er *Lenins Küsse dienen dem Führer* am liebsten verbrannt.

Aber da kam mein Vater auch schon aus der Küche zurück, in den Händen die Schüssel, die halb voll mit Wasser war, darin ein zusammengeknäueltes Handtuch. Der Blick meines Onkels wanderte zurück zu meinem Vater, der die Schüssel neben die Beine meiner Mutter stellte.

Mein Vater schwenkte das Handtuch in der Schüssel, hob es hoch und wrang es halb aus, ehe er damit meiner Mutter über das Gesicht fuhr. Er wirkte wie ein Krankenpfleger, der eine Sterbende wäscht. »Das ist jetzt ein bisschen kalt, deshalb wirst du gleich aufwachen«, beschwichtigte er meine Mutter, aber er schien auch mit sich selber zu reden. Ich staunte, wie zärtlich er war. Ich wusste, damit wollte er meinen Onkel versöhnlich stimmen.

Mein Onkel beobachtete, wie mein Vater meiner Mutter das Gesicht wusch. Und wie er sie mit dem nassen Handtuch aus ihrem Traum zurückholte. Als er ihr mit dem kalten, nassen Handtuch über das Gesicht wischte, erstarrte die Schere in ihrer Hand schlagartig in der Luft. Und nachdem er ihr einmal im Uhrzeigersinn über das Gesicht gerieben hatte, fiel ihr die Schere aus der Hand.

Noch einmal rieb er ihr im Uhrzeigersinn über das Gesicht, und nun fiel ihr auch der Stapel Papier aus der anderen Hand.

Mein Vater wusch das Handtuch noch einmal und wrang es aus. Und als er dann gegen den Uhrzeigersinn über ihr Gesicht wischte, wachte sie auf. Zuckte heftig zusammen, als hätte ihr jemand eine ganze Schüssel kaltes Wasser ins Gesicht geschüttet. Ja, genauso wirkte sie. Erschrocken stieß sie die Hand meines Vaters beiseite. Blinzelte. Schaute sich im Zimmer um, als fände sie sich in einer neuen Welt wieder, die ihr völlig fremd war.

Heiß und trocken war es im Zimmer. Glutheiß und staubtrocken. Der kalte Dunst des Wassers verbreitete sich mit einem leisen Zischen in der Luft. Als würde man eine Schüssel kaltes Wasser langsam in einen Kessel kochendes Wasser gießen.

»Ich bin gerade über dem Schneiden eingeschlafen, oder?«, fragte meine Mutter, aber gleichzeitig klang es auch wie eine gemurmelte Bestätigung. »Oh, hallo, Bruder.« Ihr Blick war auf meinen Onkel gefallen. »Setz dich doch. Ich habe dich ja einen ganzen Monat nicht mehr gesehen.« Dann drehte sie sich zu mir.

»Niannian, na los, bring deinem Onkel mal einen Hocker.«

Ich stellte einen Hocker unter seinem Hintern auf.

Aber er beachtete mich gar nicht.

»Ich bin hier, damit ihr das Leichenöl schnell aus dem Krematorium fortschafft. Ich habe schon wieder ein Fass voll.« Er blickte sich im Zimmer um, ehe er fortfuhr: »Ihr habt jetzt erst mal genug verdient. Du bist müde und gehörst ins Bett. Das bisschen Kleingeld ist es nicht wert, dass du dich so überarbeitest.«

Mein Onkel verachtete das Geschäft meiner Eltern, weil es so wenig Geld einbrachte. Er wandte sich gerade zum Gehen, da kam auf der Straße ein Moped herangetuckert.

Vor unserem Laden erstarb das Tuckern.

Ein jugendliches, dunkles Gesicht lugte vorsichtig zur Tür herein. Ein Gesicht, das vor unverhoffter Freude überströmte. »He, bei Zhang Mutou von gegenüber ist gerade die Sicherung durchgebrannt. Irgendwo hat er eine zwei Ellen lange Eisenstange aufgetrieben und ist damit nach Hause marschiert. ›Pass nur auf, ich schlag ihn tot! Pass nur auf, ich schlag ihn tot!‹, hat er in einem fort vor sich hin gebrabbelt. Zu Hause ist er dann tatsächlich auf seine Frau und ihren Lover gestoßen, diesen Wang, der im Norden der Stadt eine Ziegelbrennerei hatte. Ein Schlag mit der Stange, und

Wangs Schädel war Matsch. Woher hat Mutou nur gewusst, dass seine Frau und dieser Wang gerade wieder zurück waren? Genau im richtigen Moment ist er dort aufgekreuzt! Die beiden Turteltauben schleichen sich im Schutz der Nacht in den Hof, und prompt ist Mutou mit seiner Eisenstange zur Stelle!

Keine Ahnung, wer ihm das gesteckt hat. Ein Bulle von einem Kerl war dieser Wang – und Mutou erledigt ihn mit einem Schlag. So ein Bulle – und bricht in Mutous Hof zusammen wie ein Sack Baumwolle.

Boss Wang kam aus der reichsten Familie unserer Stadt, und Mutous Frau war nicht die Erste, die er vernascht hat. Aber zack! war er tot und der Boden voll von seinem Blut, als hätte jemand Dutzende Bündel von knallroten Hundertern dort ausgestreut.

Das Blut hat Mutou aus dem Schlaf geschreckt. Einen Moment war er wie erstarrt, dann ist er aufgewacht. Der Schisser hatte das alles bloß im Schlaf getan! Nur als verfickter Schlafwandler war er so krass drauf! Und kaum war er wieder wach, ist er in sich zusammengesackt und hat in einem fort gejammert und geflennt: ›Ich hab ihn umgebracht! Ich hab ihn umgebracht!‹ Jetzt ist er wieder ganz der alte Schlappschwanz.«

So plapperte der Mopedfahrer vor sich hin, grinste und gestikulierte, während seine Rattenaugen in unserem Laden herumflitzten wie rollende Murmeln.

»Es ist ja kein Geheimnis, dass ich ein entfernter Verwandter von diesem Wang war. Er hatte keinen Anstand, aber ich schon. Deshalb fahre ich jetzt zu seiner Frau und sage ihr Bescheid, damit sie seine Leiche holen kommt. Ich habe Anstand, ich weiß, was sich gehört, und deshalb sage ich euch auch gleich Bescheid, damit ihr schon mal ein bisschen was an Kränzen und Grabschmuck bereithalten könnt. Immerhin ist seine Familie die reichste in der ganzen Stadt, und jeder, der sich hier ein Haus bauen will, muss sich bei ihr die Ziegel kaufen, also haltet lieber ordentlich was bereit. Wenn seine Familie kein Geld herausrückt, springe ich für sie ein, ich bin ja nun mal ihr Verwandter! Ich kaufe euch zehn oder zwanzig Kränze für sein Grab ab.«

Der Redeschwall des Mopedfahrers ergoss sich so geschwind über uns, als hätte jemand ein Schleusentor geöffnet. Seine Augen glänzten vor Glück. Er strahlte über beide Ohren, als hätte ihm seine Frau endlich einen Jungen geboren. Er stand draußen vorm Laden, aber sein Kopf ragte in den Türrahmen. Er schaute aus wie ein Kaninchen, das den Kopf aus dem Bau streckt und das erste Frühlingsgrün sieht. Als er schon weiterfahren wollte, fiel sein Blick auf meinen Onkel, und er lachte, dass sein Gesicht aufblühte wie eine Blume.

»Herr Direktor Shao, Sie kommen wie gerufen! Egal wie viel Ihnen die Familie von Boss Wang dafür bezahlt, dass Sie seine Leiche verbrennen, ich lege noch mal genauso viel obendrauf, aber schärfen Sie Ihren Arbeitern unbedingt ein, sie sollen die Knochen nicht völlig verbrennen! Die Schenkel- und die Hüftknochen sollen sie mir übrig lassen, und die Knochen sollen so lang sein, dass sie nicht in die Urne passen, sodass man sie erst mit dem Hammer kleinschlagen muss. Und den Schädel sollen sie auch nicht zu Asche verbrennen, dafür zahle ich noch was extra. Den Schädel soll man auch erst zertrümmern müssen, damit er in die Urne reingeht.«

Das lachende und plappernde Gesicht in der Tür strahlte wie eine Pfingstrose aus Leder in der Frühlingssonne. Er war schon gegangen, da hallte sein Gelächter noch immer nach. Ich fröstelte, als hätte mir jemand einen Eimer eiskaltes Wasser über den Kopf geschüttet. Von draußen hörte ich das Moped weitertuckern.

»Scheiße«, fluchte mein Onkel und wandte den Blick von der Tür ab, als hätte er gerade irgendeine Posse gesehen. Oder als hätte er auf einmal bemerkt, dass er in eine Lache Kotze getreten war, die irgendein Besoffener auf dem Boden hinterlassen hatte. Und mit einem Mal war die Welt wieder ungeheuer still. Ein kalter Luftzug überflutete die Stadt und überflutete die ganze Welt. Und alle Dinge kauerten sich in unserem Bestattungsladen zusammen.

»Schafft mir das Fass Leichenöl schnell fort. Noch heute Nacht, sonst habe ich morgen keinen Platz mehr für das neue Öl. Ich kann das Öl doch nicht einfach so auslaufen lassen.«

Mit diesen Worten ging mein Onkel.

Verließ den Laden wie ein Arzt, der einen Kranken besucht hat.

»Und hör auf, dich für das bisschen Kleingeld so abzurackern, dass du selbst im Schlaf noch deine Papierkränze schnippelst. Wenn ihr knapp bei Kasse seid, verkauft einfach ein paar Fässer Leichenöl.«

Nachdem er schon auf den Bürgersteig hinausgetreten war, drehte er sich noch einmal um. Drehte sich um und ging dann doch wieder weiter. Öffnete seine Autotür, stieg ein und schaltete die Zündung an. Die beiden Scheinwerfer warfen ihre Lichtkegel schon auf die Straße, da öffnete mein Onkel doch noch einmal das Fenster und warf meinem Vater, der ihn zum Abschied hinausbegleitet hatte, einen letzten Blick zu.

Als er schließlich davonfuhr, blieb mein Vater an der Straße stehen und schaute ihm noch nach. »Wann kann ich endlich auch für dich einen Kranz machen«, sagte er mit einer Stimme, die weder laut noch leise war. Es klang wie eine Feststellung. Aber auch wie eine Frage.

Als er sich umdrehte und mich hinter sich stehen sah, stutzte er. Dann tätschelte er mir die Stirn und ging lächelnd zurück.

Zurück in unseren Laden.

2. 21:20–21:40

Ihr Boddhisatwas und Buddhas ... Weise und Heilige, Konfuzius, Zhuangzi und Laozi ... Verzeiht, dass ich meine Geschichte so wirr erzähle. Wirr wie ein Scherbenhaufen. Laozi und Zhuangzi, Mengzi und Xunzi, Buddhisten und Daoisten ... Dorfgötter und Küchengötter ... Habt ihr gehört, was ich euch hier auf Knien erzählt habe, diese Geschichte einer ganz bestimmten Nacht? Ah ... Ah ...

Ich sehe eure Schemen in der Luft stehen. Ich höre euch dort herumwandeln. Ihr klingt wie ein Wind, der vorüberweht. Oh … Oh … Nun spüre ich wirklich einen Wind. Er fährt mir über das Gesicht, als würdet ihr mit den Händen darüber streichen. Xiwangmu, Königinmutter des Westens, und Buddha … Xuanzang, ehrwürdiger Mönch, mit deinen Gefährten … Guan Yu, Kriegsgott und Schutzherr der Literatur, und Zhuge Liang, Fürst der Kriegskunst … Wenqu, Schutzgott der Literatur und der Künste, und Himmelsgott Uranus … Könnt ihr mir sagen, wo ich den Faden für das wirre Knäuel meiner Geschichte wiederfinde? Sonst lasse ich diesen Faden einfach liegen und suche mir einen anderen.

Also schnappe ich mir einen anderen Faden meiner Geschichte.

Nachdem mein Onkel wieder weggefahren war, ging ich zu seinem Krematorium, um das Leichenöl fortzuschaffen, das meine Eltern gekauft hatten. So ein Leichenöl ist etwas Grauenhaftes. Aber mit der Zeit verliert es seinen Schrecken. So wie Tiger und Löwen einem Menschen mit der Zeit zu Kameraden werden können. Und wie die Grenze zwischen Tag und Nacht verschwimmen kann.

Das Krematorium diente einzig und allein zu dem Zweck, menschliche Leichen zu verbrennen. Es war das Tor der Toten zu einer anderen Welt. Vor gut eineinhalb Jahrzehnten war es erbaut worden. Es war also älter als ich. Dinge, die so alt sind, sind wie welkes Laub vom letzten Herbst: Kaum kommt der Frühling, sind sie ohne Bedeutung. Sind vergessen, und zwar gründlich.

Ich weiß nicht, wie mein Onkel Direktor des Krematoriums geworden war. Jedenfalls hatte er diesen Posten schon, als ich noch nicht auf der Welt war. Und als ich dann auf der Welt war, hatte er ihn noch immer. Der einzige Unterschied war, dass die ganze Stadt anfangs kein Wort mit ihm gesprochen hatte. Denn er hatte die Erdbestattungen durch Feuerbestattungen ersetzt. Hatte unversehrte menschliche Leichen zu Asche verbrannt. Wohlbehaltene Körper, und er hatte sie einfach so zu einem Häuflein Asche verbrannt und dafür auch noch Hunderte von Yuan von den Lebenden kassiert. Achthundert Yuan, um genau zu sein. Als würde dir jemand das Haus anzünden und deiner Familie ein Grab schaufeln, und du müsstest ihm auch noch die Streichhölzer bezahlen. Und die Zeit, die er für das Schaufeln aufgewandt hat. Und das Werkzeug, das er sich dafür geliehen hat.

Als mein Onkel damals einmal zu Fuß zu uns kam, warf jemand hinter seinem Rücken einen Stein nach ihm. Ein anderer marschierte auf ihn zu und spuckte vor ihm aus. Und hinter ihm säuselte eine sanfte Stimme: »Herr Direktor Shao … Herr Direktor Shao …« Aber als er sich umdrehte, wurde die Stimme kalt und hart. »Fick dich! Krepieren sollst du mit deiner Brut!« Die Flüche kamen von einem, dessen Mutter ein oder zwei Tage vorher eingeäschert worden war. Oder vielleicht war es auch der Vater gewesen. Jedenfalls stand dieser Kerl dort vor meinem Onkel und durchbohrte ihn mit seinem Blick. Und in der Hand hielt er einen Backstein, der groß genug war, um einen Menschen totzuschlagen. Oder vielleicht war es auch eine Schaufel, die scharf genug war, um einem Menschen den Kopf abzuhauen.

Erschrocken blieb mein Onkel auf der Straße stehen. Sein Gesicht war aschfahl. Er war ein Baum von einem Mann, war einen Meter achtzig groß, aber in diesem Moment sah er nur noch wie ein mickriges, schwaches Bäumchen aus, das beim ersten Windstoß umknicken würde.

»Lass uns kämpfen«, bedrängte ihn der Kerl, der ihn beschimpft hatte, und zeigte mit dem Kopf nach hinten. »Na los, gehen wir raus aus der Stadt. Ich will die Straße nicht mit deinem dreckigen Blut beschmutzen.«

Mein Onkel ging tatsächlich. Ging mit dem anderen aus der Stadt. Einen Meter achtzig war er groß, aber nun sah er nur noch aus wie ein Bäumchen, das der Wind umgeknickt hatte. Sagte kein Wort, und sein Gesicht war aschfahl.

Nach dieser Geschichte glaubten alle, er würde zu seinen Vorgesetzten laufen und seinen Hut nehmen. Aber stattdessen marschierte er zu ihnen, um ihnen grimmig zu verkünden: »Die Leute müssen ihre Sitten und Gebräuche ändern, das ist von nationalem Interesse. Deshalb werde ich unter allen Umständen dafür sorgen, dass alle Toten in meinem Krematorium landen und verbrannt werden.«

Über Nacht klebte er überall in den Straßen und Gassen unserer Stadt seine Bekanntmachungen und Werbeplakate an. An jeder Dorfzufahrt der Gegend hingen seine Plakate und Bekanntmachungen. »Damit wir unseren Nachkommen genügend Land hinterlassen«, hieß es darin, »führen wir statt der Erdbestattung die Feuerbestattung ein.« Und weiter: »Nur wer keine Nachkommen hat, hinterlässt auch kein Land.« Und weiter: »Gemäß unseren nationalen Gesetzen wird jeder Tote, der heimlich begraben wurde, wieder ausgegraben, egal wie lange er schon unter der Erde liegt, und wird im Rahmen einer Feuerbestattung eingeäschert. Die Verantwortlichen für die unsachgemäße Bestattung müssen zur Strafe eine bestimmte Summe Geld zahlen. Und eine bestimmte Fläche Land abtreten.« Und weiter: »Jeder, der zum Wohle unseres Landes und unseres Volkes Meldung über eine heimliche Bestattung macht, wird von der Behörde zur Belohnung eine bestimmte Summe Geld erhalten. Und eine bestimmte Fläche Land.«

Danach traute sich niemand mehr bei uns, einen Toten vor aller Augen in der Erde zu begraben.

Niemand traute sich mehr, ein frisches Grab offen zur Schau zu stellen.

Und die meisten brachten ihre Toten wohl oder übel ins Krematorium.

Allerdings schlug jemand meinem Onkel in der Nacht die Tür ein. Und die Fenster. Und legte obendrein noch Feuer auf dem Dach. Seit dieser Nacht mied mein Onkel jeden Umgang mit anderen Leuten. Ging in der Nacht keine einsamen Wege mehr allein. Blieb Tag und Nacht in seinem Krematorium, als wäre er wer weiß wie pflichtbesessen.

Ich muss euch die Wahrheit gestehen. Mein Vater war derjenige, der jede heimliche Erdbestattung meldete.

Wenn irgendwo jemand gestorben war und die Angehörigen den Toten heimlich in der Erde begraben wollten, machte sich mein Vater im Schutz der Nacht auf den Weg zum Krematorium und erstattete seinem späteren Schwager Bericht. Und für jede Meldung kassierte er vierhundert Yuan. Für zwei Meldungen achthundert. Ein einfacher Arbeiter bei uns im Dorf verdiente gerade einmal ein paar hundert Yuan im Monat. Selbst wer sich irgendwo weit weg eine Arbeit suchte und rackerte bis zum Umfallen, kam auf keine tausend Yuan. Mein Vater aber musste sich nur zweimal nachts auf den Hügel draußen vor der Stadt schleichen, auf dem das Krematorium lag, und schon hatte er sich an die tausend Yuan verdient.

Damals wohnten wir noch Tür an Tür mit Yan Lianke. Seine Familie hatte sich ein Backsteinhaus mit drei Zimmern gebaut. Die Hintermauer mit ihren roten Backsteinen verströmte einen Schwefelgestank, der in einem fort in unseren Hof schwappte. Tagein, tagaus rochen mein Vater und meine Großmutter diesen Gestank. Eines Tages, als meine Großmutter wieder einmal diesen Gestank in der Nase hatte, schaute sie zur Mauer der Yans hinüber und seufzte: »Wann können wir uns endlich auch so ein Backsteinhaus bauen! Wann bringen wir das endlich auch zustande!«

Mein Vater stand bloß vor ihr da und rührte sich nicht.

Ein andermal seufzte sie: »Ob ich das wohl in diesem Leben noch erleben werde, dass wir uns so ein Backsteinhaus bauen? Mit so einem Haus könntest du dir endlich eine Frau suchen. Und ich könnte in Frieden sterben.«

Mein Vater stand bloß vor ihr da und errötete.

Wieder ein anderes Mal, als meine Großmutter krank war, klagte sie mit einem Glas Kräutersud in der Hand meinen Vater an: »Ich werde das wohl in diesem Leben nicht mehr erleben, dass du eine Familie gründest. Ich werde wohl nie mehr in einem Backsteinhaus wohnen.«

Mein Vater war damals zweiundzwanzig. In diesem Alter haben viele junge Männer bei uns schon geheiratet. Viele sind dann auch schon Vater geworden. Und haben sich ein Backsteinhaus gebaut oder wohnen in einem Haus mit mehreren Stockwerken. Aber mein Vater hatte trotz seiner zweiundzwanzig Jahre nichts als seine Pickel. Er hatte nichts, was Anlass zur Freude gab. Er stand bloß da vor meiner Großmutter wie ein jämmerlicher Papierfetzen, den irgendjemand weggeworfen hat. Beschämt. Hilflos. Während ein Blatt vom herbstlichen Himmel herunterfiel, in der Luft kreiste und meinen Vater im Gesicht traf wie eine Backpfeife.

Da wurde in der Nähe Fußgetrappel laut. »Schnell!« »Schnell!« »Mit Oma Zhang geht es zu Ende! Schnell! Wir müssen sie ins Krankenhaus bringen!« »Schnell, ins Krankenhaus!«

Mein Vater hörte, wie die Schreie anschwollen und wieder abebbten. Und er sah die Leute in das Haus gegenüber rennen, in dem die Zhangs wohnten. Jemand kam mit einer Bahre herbeigelaufen, ein anderer mit einer Reisschüssel. Der mit der Schüssel ließ sie auf die Straße fallen und merkte es nicht einmal. Er schien so kopflos, als könnte jeden Moment der Himmel über ihm einstürzen.

Mein Vater starrte auf die Haustür gegenüber. Auf sein zweiundzwanzigjähriges Gesicht trat Schweiß. Er sah niemanden, der Oma Zhang aus dem Haus herausgetragen hätte. Eine Stunde verging. Zwei Stunden. Leer hatte man die Bahre hineingebracht, und leer kam sie wieder heraus. Mit verstörten und bestürzten Gesichtern waren die Leute hineingelaufen. Als sie wieder herauskamen, hatte niemand mehr ein bestürztes Gesicht. Alle wirkten sie nun geheimnistuerisch und gelassen. Und unter diesem Ausdruck verborgen leuchteten ihre Gesichter seltsam rosig, als schiene die Sonne in einen bodenlosen Brunnen.

Da begriff mein Vater. Er begriff, dass der Oma von gegenüber nicht mehr zu helfen war. Und dass die Angehörigen beschlossen hatten, ihre Tränen zurückzuhalten und keinen Sarg zu Grabe zu tragen, um die Tote vor dem Verbrennen zu bewahren. Niemand trug Trauer. Es war, als wäre niemand gestorben.

Wenn damals einer gestorben war, knieten die Angehörigen drei Tage hinter verschlossenen Türen. Ohne dass irgendjemand etwas davon sah oder wusste. Und wer etwas sah oder wusste, der ließ sich nichts anmerken. Die ganze Straße wahrte das Geheimnis. Und drei Tage später mitten in der Nacht trugen die Angehörigen die Leiche auf den Friedhof und begruben sie. Die frische Erde bedeckten sie mit lauter Gras. Mit Maishalmen und Zweigen. Um das Geheimnis zu wahren, ließ niemand ein Wort über die Toten fallen. Nur mit Gesten und Blicken sprach man über sie. So hatten es sich die Leute bei uns in jenen Jahren angewöhnt im Umgang mit den Toten.

Mein Vater aber brach mit dieser Gewohnheit. Er war bereit, zum Spitzel und zum Denunzianten zu werden. Und entblößte das Geheimnis wie eine kaum verschorfte Wunde. Zweiundzwanzig Jahre war er alt, und auf seinem Gesicht glühten rot die Pickel. Stunde um Stunde wartete er zu Hause, bis ihm am Nachmittag vor lauter Überdruss die Pickel purpurschwarz angelaufen waren. Er aber drückte sich beharrlich weiter an den Torspalt im Hof und spähte hinüber zu den Zhangs, wenn er nicht gerade zur Hintermauer vom neuen Nachbarhaus der Yans hinüberschaute und ihr ein paar Tritte verpasste. So harrte er aus. Litt. Harrte aus und litt, bis die Sonne unterging. Dann lief er endlich auf den Hügel draußen vor der Stadt, auf dem das Krematorium lag.

Vierhundert Yuan kassierte er von meinem Onkel.

Als er mit den vier großen Scheinen in der Hand zurückkam, hatte der Leichenwagen die Leiche von Oma Zhang schon fortgeschafft. Wie ein Gefangenenwagen einen entflohenen Sträfling wegbringt. Im Dorf war es so still, dass man hören konnte, wie die letzten Strahlen der Sonne starben. »Die arme Familie Zhang. Die arme Familie Zhang.« Das war alles, was die Leute an Mitgefühl äußerten, nachdem Oma Zhang zur Einäscherung abtransportiert worden war.

Niemand verdächtigte meinen Vater, der Denunziant zu sein. Aber eine derart große Sache kann man einfach nicht geheim halten. Am Ende kommt alles ans Licht, und die Ausflüchte fallen in sich zusammen wie welke Blätter vom Himmel. Wenn der Herbst gekommen ist, ist es an der Zeit, dass die Blätter fallen. Als mein Vater in der Dämmerung auf der Dorfstraße zurückkam und die Leute sah, die am Straßenrand zu Abend aßen, versuchte er angestrengt so zu tun, als wäre nichts gewesen. Auf dem Hinweg hatte er allen seine kaputte Hacke gezeigt und erklärt, er wolle sie in der Stadt schweißen lassen. Zurück kam er mit einer fertig geschweißten Hacke, so als hätte er sie reparieren lassen. Als wäre wirklich nichts gewesen. In der untergehenden Sonne kehrten die Vögel zurück in ihre Nester. Hühner, Enten, Gänse, alle kehrten sie zurück. Die Menschen dagegen saßen beim Abendessen und besprachen, was es für den nächsten Tag an Arbeit gab.

Als wäre wirklich rein gar nichts gewesen.

Nur dass die Haustür der Familie Zhang bloß angelehnt war. Und dass es dahinter so still war wie in der tiefsten Nacht.

Als mein Vater weggegangen war, hatte er die kaputte Hacke in der Hand gehalten. Nun, als er zurückkam, trug er die heile Hacke geschultert, als hätte er nun endlich wieder etwas zu tun. Während er mit einer Hand den Griff der Hacke hielt, beruhigte er sich allmählich. Und kehrte heim wie ein Spatz in der Dämmerung. Als wäre nichts gewesen. Kehrte heim und schaute hinüber zu den Zhangs. Verlangsamte seine Schritte und schaute. Ehe die Totenstille ihn zu sich nach Hause trieb.

Als meine Großmutter ihm die Reisschüssel hinhielt, blickte er sie lange an. »Nächstes Jahr bauen wir uns auch ein Backsteinhaus.« Er stellte die Hacke unter dem Dachvorsprung ab und sah hinüber zum neuen Haus der Yans. »Nächstes Jahr bauen wir uns auch ein Backsteinhaus. Versprochen.«

Ungläubig und doch freudig erstaunt schaute meine Großmutter ihn an, während er ihr die Schüssel aus der Hand nahm und den

Reis hinunterschlang. Stumm, auf den Boden gekauert, mit fahlem Gesicht. Zu einem Häuflein zusammengeschrumpft wie die Asche eines Toten.

Und so konnte sich mein Vater jedes Mal, wenn bei uns einer starb, ein paar Backsteine dazukaufen.

Oder einen ganzen Haufen Dachziegel.

Wann immer jemand heimlich unter der Erde bestattet werden sollte, bekam das Krematorium am Ende davon Wind. Wo immer jemand gestorben war, standen bald danach die Gesetzesvollstrecker mit ihrem Leichenwagen vor der Tür. Und es erhob sich ein großes Geheule und Geschrei, während der Wagen die Leiche fortschaffte. Denn die Gesetzesvollstrecker vollstreckten das Gesetz. Und verbrannten die Leiche, bis von ihr nur noch ein Häuflein Asche übrig blieb.

Mein Vater war an solchen Tagen nie zu Hause. Er kam immer erst einen Tag, nachdem der Tote eingeäschert war, ins Dorf zurück. Oder erst zwei Tage danach, wenn die Urne schon aufgebahrt wurde wie früher der ganze Leichnam. Als wäre er zufällig gerade einen Verwandten besuchen gewesen, während der Betreffende gestorben war. So als hätte er gar nichts wissen können. Rein gar nichts.

Wenn er wieder daheim war, verkroch er sich erst einmal zu Hause und ging nicht vor die Tür. Manchmal, wenn der Verstorbene, dessen Angehörige er denunziert hatte, aus unserer Gasse stammte, bat er meine Großmutter, die Hinterbliebenen aufzusuchen, damit sie ihnen ihr Beileid aussprach und ihnen ein Geschenk machte. Schenkten andere Leute zehn Yuan Trauergeld, gab er meiner Großmutter zwanzig Yuan mit. Schenkten andere zwanzig Yuan, gab er ihr dreißig oder vierzig mit.Oft aber konnte er sein Beileid nicht bezeigen. Denn an den Tagen, wenn einer gestorben war und begraben wurde, war mein Vater ja meistens gar nicht im Dorf und wusste, so schien es, von nichts. Und so verging ein halbes Jahr. Über ein Dutzend Leute starben in unserem Dorf und den Nachbardörfern, und das Geld für unser neues Haus wuchs auf fünftausend Yuan an. Dann, in jenem Winter, als mein Vater wieder einmal nach ein paar Tagen von auswärts heimkehrte, begegnete er auf dem Hang draußen vorm Dorf den Gesetzesvollstreckern und der Familie eines Verstorbenen.

Es war ein bitterkalter Tag. Himmel und Erde waren staubgrau. Die Weizenschösslinge ragten aus den Äckern wie Haare. Und mein Vater kehrte von seinen Verwandten zurück. Überquerte die Berge und einen kleinen Graben. Kam auf ein Feld am Hang. Da sah er den Trupp der Gesetzesvollstrecker, die sich am alten Grab der Familie Yang aus unserer Stadt versammelt hatten. Die Vögel schwirrten ihnen in den Köpfen. Sie schwirrten ihnen in den Köpfen, während die Männer einen Haufen Maishalme beiseiteräumten. Während sie mit einer Schaufel, wie man sie zum Schürfen benutzt, geschwind ein armdickes Loch ins Grab gruben. Und kiloweise Sprengstoff hineinstopften. Lachend steckten sie die Zündschnur an, die aus dem Loch hervorragte. Unter dem staubgrauen Himmel zischten die Funken, die die Zündschnur spuckte, hell wie Gold.

»Weg hier! Weg hier!«, riefen die Männer und zogen sich in eine sichere Entfernung zurück. Dann warteten sie. Und warteten. Bis ein gewaltiger dumpfer Krach ertönte. Der Berg erbebte. Die Erde erbebte. Und die Herzen.

Dann beruhigte sich alles wieder. Die Gesetzesvollstrecker kehrten zum Grab zurück und scharrten mit den Füßen die Fleischfetzen und Knochensplitter zusammen, die sie aus dem Grab herausgesprengt hatten. Sie schütteten Benzin über den Haufen, als wollten sie eine Laterne anzünden. Und sie verbrannten die zerfetzte Leiche. Der Glanz des Feuers stieg hinauf zum Himmel. Als stünde ein Haus in Flammen. Im Feuer knallte und krachte es wie von einer Peitsche. Einer Peitsche, die wieder und wieder auf die Leiche einschlug. Es stank nach Benzin. Und nach verbranntem Fleisch. Und nach glühender Luft, die Feuer gefangen hatte. Die Männer, die das Feuer entzündet hatten, standen eine Weile ringsum. Es war ein bitterkalter Tag. Besonders hier auf dem Hang.

Um sich zu wärmen, streckten manche von ihnen die Hände zum Feuer.

Von Weitem verfolgte mein Vater ihr Treiben, als wäre es ein grässliches Schauspiel auf einer Bühne. Er konnte es einfach nicht glauben. Aber es gab nichts daran zu rütteln, dass all das wirklich geschah. Und er hatte dafür vierhundert Yuan kassiert. Er stand am Anfang dieser Geschichte, er war ihr Motor gewesen. Ohne ihn wäre all das nie geschehen.

Wo der Himmel noch hell war, glomm die untergehende Sonne wie Glut. Als würde dort, verborgen unter grauweißer Asche, ein Feuer brennen. In der Luft hing ein schwacher Geruch nach Verbranntem. Nach verbranntem Fleisch und Knochen. Nach einem Menschen, der unter freiem Himmel verbrannt worden war. Und dessen qualvolle Schreie noch in der Luft nachhallten. Verschwommen und doch klar. Immer neue Schreie aus einem nicht enden wollenden Schmerz.

Später erstarben die Schreie allmählich. Wurden heiserer. Wurden schwächer, wie die Flammen des Feuers, das die Männer mit ihrem Benzin angezündet hatten. Waren nicht mehr als ein Stöhnen.

Mein Vater wartete hundert Meter weit weg an einem anderen Grab. Die Weide und die Zypresse, die dort standen, beide verdorrt und dick wie Eimer, verbargen ihn vor den Blicken der Männer. Er fröstelte nicht. Er schauderte nicht. Aus seinem Gesicht sprach nichts als Fassungslosigkeit. Er starrte in einem fort auf das Grab der Familie Yang, das die Männer erst gesprengt und dann in Brand gesteckt hatten. Auf seinem Gesicht lag der Schmerz wie eine Haut, die das Feuer verbrannt hatte. Jede Faser darin war gespannt. Zum Äußersten gespannt. Als wäre jeder Tropfen Blut darin vom Feuer verbrannt. Wäre einfach verdampft. Und die Haut, die zurückgeblieben war, war zum Zerreißen gespannt.

So stand er da. Stand und starrte. Fingerte in seinem Gesicht herum.

Als das Feuer niedergebrannt war, gingen die Männer fort.

Sie gingen zum Krematorium am Fuß der Berge.

Fünf oder sechs Männer waren es, und alle waren sie kräftig. Die Ältesten waren nicht älter als vierzig, die Jüngsten noch jünger als mein Vater. Alle trugen sie die dunkelgrüne Uniform der Gesetzesvollstrecker von Gemeinde und Kreis. Der Kreis hatte ihren Trupp aufgestellt. Wie einen echten Trupp Soldaten. Jede Gemeinde hatte so einen Trupp, um die Feuerbestattungen durchzusetzen. Wo immer ein Toter nicht verbrannt worden war, tauchten diese Trupps auf. So wie dieser Trupp hier am Grab der Familie Yang. Sprengte das Grab, steckte es in Brand und rückte wieder ab.

Nachdem der Trupp abmarschiert war, ging mein Vater zu dem Grab hinüber. Am unteren Rand fand er eine frische Grube, die über einen halben Meter tief war. Der Geruch von Benzin stieg daraus auf. Und von verbrannter Erde.

Nach zwanzig Minuten ging das Feuer aus. In den Geruch von Benzin und verbrannter Erde mischte sich der Geruch von verkohltem Fleisch und Knochen. Als hätte man den Verbrennungsofen im Krematorium geöffnet. Ein paar Knochen, die das Feuer nicht zu Asche verbrannt hatte, waren noch übrig. Sie krümmten sich wie Reisig in der runden, dunklen Grube. Wie eine Matte aus zerfetztem Stroh.

Neben der Grube lag noch ein Klumpen Fleisch mit einem Knochen, den die Männer übersehen hatten. Der Knochen war von der Sprengung grauschwarz. Das Fleisch klebte wie roter Schlamm auf der grauen Erde, auf der frisch aufgeschleuderten und der verbrannten Erde. Mein Vater stand auf dieser roten, grauen Erde, und sein Gesicht wurde aschfahl. Er sah den Knochen zu seinen Füßen, der wie eine Rippe aussah, und sein Gesicht wurde bleich. Totenbleich. Wie erstarrt stand er da. Entgeistert. Als hätte er mit seinen zweiundzwanzig Jahren schon alles auf der Welt erlebt.

Das Funiu-Gebirge in der Ferne schwieg. Auch Gaotian, unser Dorf und unsere Stadt am Fuß der Berge, schwieg. Totenstill war es. Die ganze Welt war tot. Alles, einfach alles. Nur der Trupp der

Gesetzesvollstrecker kehrte heim, als hätten sie gerade ihre Ernte eingefahren. Gelassen. Gemächlich. Lachend. Jemand schmetterte sogar ein Lied hinaus in die weite Landschaft. Die Töne flogen in die Höhe. Als würde ein Zug von Adlern den totenstillen Himmel durchschneiden. Die untergehende Sonne glomm am grauen Himmel wie Glut. Als würde dort, verborgen unter grauweißer Asche, ein Feuer brennen.

Es war sehr kalt. Ein rauer Wind blies über das Grab.

Mein Vater stand vor dem Grab, das der Trupp gesprengt und in Brand gesteckt hatte. Er stand dort wie ein Toter. Aber er lebte. Die roten Pickel in seinem Gesicht waren blau geworden, hart und blau. Wie pralle blaue Kugeln schwollen sie ihm schmerzhaft auf Stirn und Nase. Er betastete sie und bückte sich, um den aus der Erde gesprengten Knochen vor seinen Füßen aufzuheben, der wie eine Rippe aussah. Er warf nur einen Blick darauf und ließ ihn hastig wieder fallen, als wäre es ein Stück Eis.

Weil die Urgroßmutter der Yangs zweiundneunzig Jahre alt und kein Jahr jünger gewesen war, hatten die Hinterbliebenen sie nicht einäschern wollen. Geweint hatten sie auch nicht über ihren Tod. Sie hatten noch nicht einmal ein weißes Trauertuch an die Tür gehängt, um ihren Tod zu verkünden. Mein Vater hatte trotzdem davon Wind bekommen. Als er am Haus der Yangs vorbeigegangen war, hatte er gesehen, dass sie ihr Hoftor am helllichten Tag geschlossen hatten. Er hatte gerochen, dass durch die Torritze ein Geruch drang wie von einem Mahl für viele Münder. Er hatte gehört, wie viele Stimmen durcheinanderredeten. Und der Hund, der sich durch das Tor herauszwängte, roch nach Weihrauch und schwarzem Sarglack.

Da wusste mein Vater, dass bei den Yangs jemand gestorben war.

Und dass die zweiundneunzigjährige Urgroßmutter krank im Bett gelegen hatte, das wusste er schon lange.

In der Nacht stieg mein Vater auf den Berg. Am Grab der Yangs erspähte er ein Licht. Im Schutz der Dunkelheit grub jemand eine

Grube. Mein Vater lief sofort zum Krematorium und machte Meldung. Zur Belohnung drückte ihm mein Onkel die üblichen vierhundert Yuan in die Hand und klopfte ihm auf die Schulter. »Li Tianbao«, sagte er schmunzelnd, »du bist zwar klein, aber du wirst es noch weit bringen. Wer im Leben etwas erreichen will, muss manchmal Dinge tun, für die die anderen sich zu schade sind.«

Mein Vater schwieg. Als er das Krematorium verließ, nähte und verkaufte meine Mutter noch dort in einem Zimmer ihre Totenhemden. Sie öffnete die Tür und warf ihm einen Blick zu. Dann kippte sie eine Tüte mit Stoffresten aus, die beim Schneidern eines Hemdes angefallen waren. »Ist wieder jemand gestorben.« Es klang wie eine Frage. Aber auch wie ein Selbstgespräch.

Da sah er sie an. Sah, dass ihr Gesicht bleich wie vergilbtes Papier war. Und nickte ihr zu. Das schien ihm als Antwort genug und auch als respektvoller Gruß an die Tochter des Chefs, der ihm immer wieder Geld zusteckte.

Dann ging er.

Wie immer.

Er ging nicht zurück ins Dorf. Wie immer suchte er eine Tante von mir auf. Eine Kusine von ihm. Als könnte er unmöglich etwas wissen von einem Toten im Dorf. Als wäre er die ganze Zeit über ganz woanders gewesen. Aber als er nach drei Tagen zurückkehrte, wurde er Zeuge des Schauspiels am Grab. Denn die Gesetzesvollstrecker hatten die Urgroßmutter der Yangs nicht etwa zur Einäscherung fortgeschafft, sondern gewartet, bis die Angehörigen die Tote begraben hatten. Und dann hatten sie die Leiche einfach aus der Erde gesprengt. Hatten sie mit Benzin übergossen und verbrannt.

Es war bitterkalt. Ein rauer Wind blies über den Hang. Mein Vater fand einen alten Spaten, der beim Gräberschaufeln kaputtgegangen war. Mit dem Spaten füllte er die lockere Erde ringsum in die aufgesprengte Grube. Die untergehende Sonne glomm am dunkelgrauen Himmel wie Glut. Als würde dort, verborgen unter hellem Reisig, ein Feuer brennen.

Schippe um Schippe schaufelte mein Vater die Erde in die Grube. Wollte die Knochen in der Grube wieder zuschütten. Wollte die Grube wieder füllen. Und sie von Neuem mit Maishalmen und Reisig zudecken. Als wäre nichts geschehen. Als wären damit alle Probleme gelöst, und nichts würde bleiben als der kalte Wind.

Aber da kam eine Schar Leute den Hang herauf. Die Yangs kamen aus dem Dorf heraufgelaufen. Das Getöse der Explosion und der Glanz des Feuers hatten sie herbeigerufen. Vorneweg rannten die jungen Leute, die gut zu Fuß waren. Hinterdrein kamen eine Menge Männer und Frauen der Familie. Kamen herangeweht wie der Wind. Wogten heran wie eine tosende Flut.

Als mein Vater sah, wie die Menge sich näherte, stürzte er hastig davon. Stürzte in dieselbe Richtung, in die die Gesetzesvollstrecker gegangen waren. Dabei drehte er sich in einem fort um, um zu schauen, ob die Yangs ihm auch nicht folgten. Ob ihn auch keiner entdeckt hatte. Wie ein Dieb stahl er sich davon. Wie ein Dieb, der noch nichts in die Finger bekommen hat, und da steht der Hausherr schon vor der Tür. Ihm war kalt. Im Herzen fröstelte er. Er trug neue Baumwollstiefel. Und eine dicke Trainingshose. Und trotzdem war ihm bitterkalt. Nun, wo er Geld hatte, hatte er meiner Großmutter und sich selber neue, warme Baumwollkleidung gekauft. Eigentlich war ihm darin wohlig warm gewesen. Aber jetzt war ihm bitterkalt.

Die Gesetzesvollstrecker waren auf dem Pfad abgezogen, der nach Osten führte. Sie waren spurlos verschwunden. Die Stille vor der Dämmerung war so tief, als wäre die Welt tot. Auch mein Vater war tot. Sein Gesicht war aschfahl. Auf die Stirn traten ihm immer neue Schweißperlen, die kalt wie Eiskörner waren. Kurz vor dem Eingang zum Krematorium setzte er sich am Wegrand nieder. Biss sich auf die Lippen und setzte sich auf einen Ackerrain. Scharrte, ohne es zu merken, die Erde zu seinen Füßen zu einem Haufen zusammen. Bis sich ein tiefes Loch vor ihm auftat.

Als die Dunkelheit hereinbrach, ging er ins Krematorium.

Ich erfuhr davon erst später.

Und selbst wenn ich nicht davon erfahren hätte – es kann nur so gewesen sein.

Denn nur deshalb verhielten sich meine Eltern in der Nacht des Großen Traumwandelns so und nicht anders. Sonst hätten sie sich anders verhalten. Ganz bestimmt hätten sie sich sonst anders verhalten.

Im Krematorium zog mein Vater die vierhundert Yuan hervor, die mein Onkel ihm gegeben hatte, und legte sie auf die Schreibtischkante. »Ich mache das nicht mehr. Auf keinen Fall. Selbst wenn ich mir dann kein Haus mehr bauen kann und unter freiem Himmel schlafen muss.«

Damit drehte er sich um und wollte gehen. Wollte aus dem Büro des Krematoriums davonmarschieren.

Mein Onkel versuchte nicht, ihn aufzuhalten. Aber die vierhundert Yuan nahm er auch nicht an sich. »Wenn du es nicht machst, macht es ein anderer. Eine kleine Meldung, ein kurzer Gang, und schon hast du vierhundert Yuan kassiert – so leicht verdientes Geld findest du so schnell nicht wieder.«

Das Bürogebäude bestand aus zwei Zimmern. An der Wand hing ein amtlicher Spruch: »Spart Ackerland – mit Feuerbestattung!« Die Lampe schien hell wie der Tag. Draußen im Hof sang eine Nachtigall. Auf der Westseite stand ein zweistöckiges Gebäude mit der frisch gemalten Aufschrift »Bestattungshalle« auf der Fassade. Die Schriftzeichen leuchteten im Lampenschein wie Gold. Man konnte von dort aus den Stausee sehen. Das Wasser blitzte und funkelte, als hätte der Mond all sein Licht dort gebündelt.

Als mein Vater das Bürogebäude verließ, baute sich mein Onkel wie ein Riese an der Tür auf und rief ihm vier Wörter hinterher: »Bereu es nur nicht!«

Aber mein Vater lief davon. Wortlos. Stumm. Als wollte er für den Rest seines Lebens schweigen. »Das werde ich nicht.« Er bewegte sich so leise wie ein Blatt, das auf dem Wasser treibt. Die

Backsteine für unser Haus hatte er schon alle bei der Brennerei bestellt. Und den Zement gekauft. Es hätten nur noch fünf oder sechs Leute bei uns im Dorf sterben müssen, und wenn von diesen fünf oder sechs Familien nur drei oder vier ihre Toten nicht hätten einäschern, sondern heimlich begraben wollen, hätte er auch noch genug Geld kassieren können, um die Eisenstäbe für unser Haus zu kaufen. Aber dieses Geld zu verdienen wurde immer schwerer. Denn immer mehr Familien brachten ihre Toten freiwillig zum Krematorium. Es war wie mit dem Mond: Kommt er heraus, scheint auf der Erde sein Licht. Und wenn die Sonne herauskommt, scheint auf der Erde ihr Licht.

Der Winter war die Hochsaison der Toten. Kaum brach er an, gab es bei uns unweigerlich ein paar von ihnen. Und immer wollten ein paar Familien ihren Toten nicht einäschern, sondern heimlich begraben. Die Leute vom Krematorium hätten diese Toten ganz leicht von ihrem Zuhause fortschaffen können, aber sie warteten absichtlich, bis die Toten begraben waren und sie die Gräber aufsprengen konnten. Sie warteten, bis sie Benzin darüber schütten und sie in Brand stecken konnten.

Eigentlich, so behaupteten sie, hätten sie die tote Urgroßmutter von der Familie Yang ja abholen wollen. Hätten die Leiche sicherstellen wollen. Aber ausgerechnet an diesem Tag sei ihr Leichenwagen kaputt gewesen. »Na, und was kaputt ist, muss man reparieren. Und als wir damit fertig waren, war die Tote schon unter der Erde, und wir mussten das Grab leider aufsprengen. Und die Leiche verbrennen.« Als mein Vater schon aus dem Hof gegangen war, trat mein Onkel ans Tor und rief ihm hinterher: »Li Tianbao, du wirst es noch bereuen, wenn du dir dieses Geld durch die Lappen gehen lässt! Du wirst es noch bereuen!«

Aber mein Vater lief trotzdem aus dem Hof hinaus. Klein von Gestalt. Aber den Kopf trotzig in die Höhe gereckt. Und dabei drehte er sich noch nicht einmal um. Wie ein Huhn, das wütend davonflattert.

Die Nacht breitete sich wie ein Vorhang vor ihm aus. Der Geruch der Erde von den Feldern vermischte sich mit dem Mondlicht. Seine Schritte hallten bis zur fernen Landstraße. Und auch er selber hörte Schritte von der Straße. Aber als er genauer hinhorchte, hörte er nur noch, wie sein Onkel ihm irgendetwas hinterher schimpfte und in sein Büro zurückstampfte.

So ging alles zu Ende. So wie ein Mensch, der gestorben und begraben ist, nie mehr einen Mucks von sich gibt. Aber ich weiß nicht, ob da wirklich eine neue Geschichte begann oder ob sich die alte einfach nur fortsetzte. So wie wenn einer, der im Dreck begraben liegt, doch wieder anfängt zu atmen. Denn am Eingang zum Krematorium stand nicht mehr mein Onkel, sondern meine Tante und wartete auf meinen Vater. Als sie sah, wie er herauskam, tauchte sie vom Straßenrand her auf. Huschte hinter einem Baum hervor.

»Es ist gut, dass du das nicht mehr machst.«

»Das ist gut.«

»Aber wie willst du jetzt euer Haus bauen? Ich war in der Straße, in der ihr wohnt. Die meisten Familien dort haben sich Backsteinhäuser gebaut, aber ihr lebt immer noch in einer alten Strohhütte.«

»Ich helfe dir, ein neues Backsteinhaus mit drei Zimmern zu bauen. Du musst mich nur heiraten, dann baue ich dir ein neues Haus als Mitgift. Und wir eröffnen ein Geschäft mitten an der Hauptstraße. Da verkaufen wir Kränze. Totenhemden. Papierschmuck und andere Grabbeigaben. Dann musst du nie mehr etwas machen, was du gar nicht machen willst.«

Während sie das sagte, trieb eine Wolke über ihrem Kopf. Der Schatten fiel ihr auf Gesicht und Körper. Sie stand kaum mehr als einen halben Meter weg von meinem Vater. Ihr Atem blies ihm sachte ins Gesicht.

Sie wartete auf seine Antwort. Aber er sah sie kaum an, schnaubte nur verächtlich und ging.

Ging einfach weg.

3. 21:40–21:50

Als ich in jener Nacht am Anfang der zweiten Wache unterwegs zum Krematorium war, dachte ich in einem fort über meine Familie nach. Über meinen Vater, meine Mutter und meinen Onkel. All das hatte Onkel Yan von mir erfragen wollen, aber ich hatte ihm nichts davon verraten.

Ich weiß nicht, was zwischen meinen Eltern geschah, aber im folgenden Frühjahr heirateten sie.

Ich weiß nicht, was zwischen meinen Eltern geschah, aber nachdem sie geheiratet hatten, kam ich auf die Welt.

Ich weiß nicht, was eigentlich geschah, aber als ich auf die Welt kam, starb meine Großmutter.

Von allem, was lebt auf der Welt, stirbt eins, wenn eins geboren wird. Und eins wird geboren, wenn eins stirbt. Unterm Strich bleibt die Menge von allem, was lebt – den Menschen und dem Vieh, den Vögeln und den anderen Tieren –, immer gleich. Sie wird um kein Leben größer oder kleiner. Heutzutage gibt es auf der Welt mehr Menschen, weil die Vögel und die anderen Tiere weniger geworden sind. Wenn die Zahl der Vögel und der anderen Tiere irgendwann wieder steigt, wird die Zahl der Menschen einbrechen wie ein altes Haus.

Das schreibt Yan Lianke in einem seiner Bücher. In welchem, habe ich vergessen. Wenn er recht hat, kam ich auf die Welt, weil meine Großmutter aus der Welt ging. Und meine Großmutter ging, weil ich kam.

Als meine Mutter mit mir schwanger wurde, wurde meine Großmutter krank. Je größer der Bauch meiner Mutter wurde, desto schwerer wurde die Krankheit meiner Großmutter. Es war wie ein Wettlauf. Ein Wettlauf zwischen Leben und Tod. Weil ich damals noch nicht auf der Welt war, weiß ich nicht, was für eine Krankheit meine Großmutter eigentlich hatte. Jedenfalls tat ihr der Bauch so sehr weh, dass sie nur noch ihre Medizin herunterwürgte und sonst nichts. Je dicker ich im Bauch meiner Mutter wurde, desto dünner wurde meine Großmutter in ihrem Bett. Ich wuchs, und sie schrumpfte. Nahm ich ein Pfund zu, nahm sie ein Pfund ab. Als ich drauf und dran war, auf die Welt zu kommen, kauerte sie sich zu einem Häuflein zusammen und machte sich bereit zu sterben.

Ich wurde gegen Ende des Jahres geboren, in dem meine Eltern heirateten, im Winter. Damals war gerade viel Schnee gefallen, und die Welt war weiß. Während ich mich im Bauch meiner Mutter abzappelte, um herauszukommen, richtete sich meine Großmutter in ihrem Bett im südlichen Zimmer unseres neuen Hauses noch einmal auf, um zu sterben. Als ich dann tatsächlich aus dem Bauch meiner Mutter herauskam, lief mein Vater aus dem nördlichen Zimmer ans Bett im südlichen Zimmer und rief: »Es ist ein Junge! Ein Junge!«

Meine Großmutter lächelte. »Dann habe ich nicht umsonst gelebt. Wir haben ein neues Haus, und ich habe einen Enkelsohn, der unsere Linie fortführt.« Dann ging sie aus der Welt, auf dem Gesicht ein strahlendes Lächeln. Als hätte sie nur darauf gewartet, dass ich komme. Als wäre ich ihre Ablösung gewesen. Sie beendete ihre letzte Schicht, und ich trat meine erste an. Begann in Gaotian zu wachsen und zu machen, zu krabbeln und zu sprechen. Meine Großmutter dagegen ging aus der Welt, sprach nichts mehr und machte nichts mehr und ruhte sich nur noch für immer aus.

Vor ihrem Tod hatte sie nicht mehr gesagt, ob sie begraben oder verbrannt werden wollte. Und meine Eltern wussten darauf auch keine Antwort. Meine Ankunft war ein freudiges Ereignis, der Weggang meiner Großmutter ein trauriges. Freude und Trauer hielten einander die Waage. Sie fielen in eins. Mein Vater machte ein ruhiges Gesicht. Meine Mutter lag ruhig im Bett. Es war, als wäre ich nicht geboren. Und als wäre meine Großmutter nicht gestorben.

Bitterkalt war es an jenem Tag, und es hatte einen halben Monat lang geschneit. Die Welt war weiß. Friedhofsweiß. Vom Dachvorsprung hingen Eiszapfen. Und von den Bäumen. Der Schnee in Gaotian reichte den Leuten bis zu den Knien, ja, manchmal sogar bis zur Hüfte. So hoch reichte der Schnee. Die Welt war eine Welt voll Schnee. Und sie war bitterbitterkalt. So still war es bei uns, dass das Becken mit dem Holzkohlenfeuer neben dem Bett meiner Mutter so laut knisterte und knatterte wie Knallfrösche. Draußen vorm Fenster wirbelte der Schnee wie ein Sandsturm. Der Nordwind fegte unter dem Dachvorsprung hindurch und riss die Eiszapfen herunter. Ich lag im Schoß meiner Mutter und hörte, wie Wasser auf das Feuer spritzte. Mein Vater saß beim Feuer. Meine Mutter lag im Bett und hielt mich unter der Decke an sich gedrückt. Meine Großmutter lag im Bett und wartete auf ihre Bestattung.

Die Zeit war wie eine rostige alte Säge, die zwischen meinen Eltern hin und her gezogen wurde. Als der Morgen graute, war ich auf die Welt gekommen. Und meine Großmutter aus der Welt gegangen. So verstrichen die Stunden, und es wurde Mittag. Ich weinte und schlief. Schlief und weinte. Erst als ich weder weinte noch schlief, redeten meine Eltern. Sie redeten so leise, als würden sie jeden Moment einschlafen.

»Geh erst mal draußen gucken, dann sehen wir weiter«, sagte meine Mutter und wälzte sich zur Seite.

Mein Vater stand von seinem Platz beim Feuer auf, trat ans Bett und tätschelte mir die Backen. »Ein Junge. Seit Generationen wird meine Linie von einem Jungen fortgeführt, und jetzt hast auch du mir einen geschenkt. Also gibt es keine göttliche Vergeltung. Und ich habe nichts Unrechtes getan.«

Dann ging er. Ging hinaus in eine Welt aus Schnee. Mucksmäuschenstill war es draußen und weit und breit kein Mensch zu sehen. Aber an den Eingang unseres Hauses hatte jemand ein weißes Blatt Papier geklebt, auf dem in schwarzen Zeichen mit Pinsel geschrieben stand: »Hört die freudige Nachricht: Li Tianbaos Mutter ist tot! Mal sehen, ob er sie verbrennt! Hört die freudige Nachricht: Li Tianbaos Mutter ist tot! Mal sehen, ob er sie verbrennt!« Schwarze Zeichen auf weißem Papier. Das Papier war gerade geschnitten, aber die Zeichen waren schief und krumm. Und diese Bekanntmachung hing am Eingang unseres Hauses. Aber auch in der Gasse am Strommast. Und an den Stämmen und Ästen der Pappeln und Schnurbäume an der Hauptstraße.

Nachdem mein Vater fünf oder sechs solche Anschläge gesehen hatte, blieb er auf dem menschenleeren Platz am Dorfeingang stehen, auf dem sich die Leute bei uns sonst immer zum Essen versammeln. Stumm starrte er den Schnee an, der genauso stumm zurückstarrte. Dann machte er wieder kehrt.

Auf dem Rückweg trat er bei jedem Schritt wütend in den Schnee. Wenn der Schnee den anderen bis zu den Knien reichte, kroch er bei ihm hinauf bis zu den Oberschenkeln, so klein war mein Vater. Wenn der Schnee den anderen bis zu den Oberschenkeln reichte, zerrte er bei meinem Vater schon an der Hüfte. Und trotzdem trat mein Vater danach, wie ein großer Hengst den Staub unter seinen Hufen tritt. So stampfte und stapfte er heim. Und dabei schrie er sich die Kehle aus dem Leib.

»Meine Frau hat einen Sohn geboren!«

»Meine Frau hat einen Sohn geboren!«

So verkündete er die freudige Nachricht, aber als er ans Bett meiner Mutter trat, sprach er von etwas anderem.

»Lass uns sie verbrennen. Selbst wer mich nicht hasst, hasst deinen Bruder.«

»Lass uns sie verbrennen. Dann können wir mit ihrer Asche den Leuten das Maul stopfen. Und die Augen gleich dazu.«

Also war es beschlossene Sache, dass meine Großmutter eingeäschert werden sollte. Am Morgen des dritten Tages hörte es auf zu schneien, und die Sonne kam hervor. Aber während überall auf den Straßen von Gaotian die Leute den Schnee kehrten, bat mein Vater niemanden, ihm beim Tragen meiner Großmutter zu helfen. Er bat niemanden, ihm mit einem Karren zu helfen. Und er rief auch keinen Leichenwagen vom Krematorium herbei. Stattdessen marschierte er einfach drauflos, auf dem Kopf die weiße Trauermütze, an den Füßen die weißen Trauerschuhe und auf dem Rücken seine Mutter, meine Großmutter, in ihrem Leichenhemd. So stapfte er mitten durch die belebtesten Straßen. Als forderte er die ganze Welt heraus. Als wollte er sich mit den Blicken von ganz Gaotian anlegen.

Eine Trauermütze aus weißem Leinen trug er. Weiß und glatt wie Schnee. Und das Leichenhemd, das meine Mutter für meine Großmutter genäht hatte, war aus glänzender schwarzer Seide, und die Säume leuchteten golden in der Sonne. Es war eine vorzügliche Arbeit. Vorzüglicher, als Worte es beschreiben können.

Niemand hätte meinem Vater so viel Kraft zugetraut und so viel Mut. Manche kehrten gerade Schnee vor ihren Türen. Andere plauderten da, wo der Schnee gekehrt und der Sand gestreut war. Wieder andere hatten sich zum Frühstück oder Mittagessen auf dem kleinen Platz versammelt. Da kam mein Vater mit der Leiche meiner Großmutter auf dem Rücken mitten zwischen all den Leuten hindurchmarschiert. Unter all den Blicken der Leute aus unserem Dorf und unserer Stadt.

Jeder Schritt eine Demonstration.

Jeder Schritt ein Schwur.

Die Leute waren sprachlos. Sie waren fassungslos.

In die schweigende Menge vor der Bühne kam Bewegung. Ihr Staunen brach sich in Seufzern und Rufen Bahn. Alle Blicke sammelten sich auf der Bühne. Auf Großmutter Mao Zhi. Immerhin war sie trotz ihrer hundertneun Jahre immer noch am Leben, und gerade hatte sie noch Walnüsse gekaut und geredet, aber nun trug sie auf einmal ein Leichenhemd wie eine Tote.

Das Hemd war aus einem vorzüglichen Stoff. Aus schwarzem Satin, der im hellen Lampenschein auf der Bühne sanft in verborgenen Mustern funkelte.

Weiß blitzte es aus dem Schwarz hervor. Blitzte lila aus dem Rot hervor. Und tiefgolden wie Kupfer aus dem Gelb. Dieses farbenprächtige Leichenhemd verschlug den unzähligen Zuschauern die Sprache. Es bannte ihre Blicke auf die Bühne.

Dieser Abschnitt aus *Lenin küssen* ist mir gerade wieder in den

Sinn gekommen. Ich weiß nicht, ob dieses Buch die Ereignisse heraufbeschworen hat, die in unserer Stadt geschehen sind, oder ob es das Buch nur gibt, weil all das bei uns geschehen ist. Ich weiß nicht, ob Yan Lianke darin die Ereignisse jener Nacht vorhergesehen hat oder ob diese Ereignisse den späteren Yan Lianke in sich getragen haben wie einen Embryo.

Jedenfalls marschierte mein Vater mit meiner Großmutter im Leichenhemd auf dem Rücken mitten durch die belebteste Straße. Und die Leute waren sprachlos. Sie waren wie vor den Kopf geschlagen. Die Besen, mit denen sie den Schnee kehrten, erstarrten in ihren Händen. Und die Schaufeln. Die plappernden Münder erstarrten in der kalten Luft. Und die Augen, die sich am geschäftigen Treiben erfreut hatten. Sie schauten nur still zu, wie mein Vater herbeimarschiert kam. Mucksmäuschenstill schauten sie zu, wie dieser kleine Mann mit dem runden Gesicht, der seine tote Mutter auf dem Rücken trug, auf sie zukam. Quer durch den Schnee. Es hatte aufgehört zu schneien, es war sonnig, und zwischen Himmel und Erde war nicht ein einziges Staubkorn. Wo Schnee lag, war es weiß, wo der Schnee gekehrt war, war es rot. Ockerrot. Und meine Großmutter auf dem Rücken meines Vaters war schwarz, glänzend schwarz von Kopf bis Fuß. Eigentlich hatte die Sonne einen Anflug von Wärme gebracht. Aber nun war es so bitterkalt wie tief in der Nacht, und mein Vater und meine Großmutter waren daran schuld. So bitterkalt war es wie in einer einsamen Wildnis. Die Erde fror und wurde rissig. Die Herzen froren und wurden rissig. Und die Risse sprangen in all diesen Herzen auf wie Gräben, während neben ihnen und an den Bäumen die Anschläge schwarz auf weiß verkündeten: »Hört die freudige Nachricht: Li Tianbaos Mutter ist tot! Mal sehen, ob er sie verbrennt!«

Alltägliche Worte waren das. Spaßige Worte. Mein Vater aber stapfte mit der Leiche seiner Mutter auf dem Rücken durch diese Alltäglichkeit. Marschierte hindurch. Stieß hindurch. Langsam. Eisig. Eisern. Als bräche er durch einen gefrorenen Wald. Als schlüge er jeden einzelnen gefrorenen Ast von den Stämmen. Als risse er sie ab. Und fällte jeden einzelnen gefrorenen Stamm.

Die ganze Welt war erfüllt vom Splittern all dieser Äste. Und vom Splittern all der Blicke.

Niemand hatte ihm so viel Kraft zugetraut.

Niemand hatte ihm so viel Kraft zugetraut, dass er ganz Gaotian, nein, der ganzen Welt die Stirn bot.

Von den Leuten, die ihm hinterherstarrten, rief ihm einer nach:

»Li Tianbao, was machst du denn da?«

»Was machst du denn da? Was willst du uns damit sagen? Dass wir den Tod deiner Mutter auf dem Gewissen haben?«

Da blieb mein Vater stehen und brüllte mit einer Stimme wie Donnerhall:

»Ich habe niemanden verraten! Niemanden!«

»Wenn hier jemand verbrannt wurde, dann habe ich nichts damit zu tun! Nicht das Geringste!«

Dann marschierte er weiter.

Da legte sich der Schatten meiner toten Großmutter wie ein schwarzes Tuch auf die Augen der Leute. Und niemand sah mehr die Wahrheit. Und alle riefen sie ihm nur noch hinterher:

»Wozu rackerst du dich denn so ab? Wozu? Wir sind doch alle Nachbarn! Wir hätten dir doch alle mit deiner toten Mutter geholfen, wenn du uns nur darum gebeten hättest!«

Da blieb mein Vater wieder stehen. Drehte sich um, und mit ihm drehte sich die Leiche um. Sodass die Augen meiner toten Großmutter die Leute anstarrten.

»Ich habe niemanden verraten! Wenn jemand hier bei uns gestorben und eingeäschert oder unter freiem Himmel verbrannt worden ist von meinem Schwager, der selber unter freiem Himmel verbrannt gehört, dann habe ich nicht das Geringste damit zu tun!«

»Meine Mutter ist tot, und jetzt trage ich sie zum Krematorium, das werdet ihr mir ja wohl noch glauben!«

»Ich trage meine Mutter zum Krematorium, damit sie dort eingeäschert wird, das werdet ihr mir ja wohl noch glauben!«

Mein Vater redete wie einer, der eine tiefe Kränkung erfahren hat, aber großherzig genug ist, sie zu verzeihen. Als gäbe er nun etwas zurück, was ein anderer verloren hatte. Und als bäte er zugleich um etwas, was er selber verloren hatte. Er hatte gesagt, was er zu sagen hatte. Schulterte meine Großmutter und stampfte weiter. Eine kleine Gestalt, schmächtig wie ein Affe. Und eine tote alte Frau, die über sechzig Jahre gelebt und über vierzig Jahre mit den Leuten bei uns verkehrt hatte.

Dieser Anblick war den Leuten im Dorf unangenehm. Und auch den Leuten in der Stadt. Sie fühlten, dass sie ihm Unrecht getan hatten. Ihm und meiner Großmutter. Und unserer ganzen Familie.

Also kam Zhang Mutou meinem Vater hinterhergelaufen. Und Wang Dayou holte von zu Hause einen Handkarren und kam ihm damit nach. Auf dem Karren lagen eine Matratze, eine Decke und eine dicke Schicht Stroh. Und über ein Dutzend Leute drängten sich um meinen Vater, geschäftig und doch still, und nahmen ihm meine Großmutter ab. Wie es der Brauch wollte, bedeckten sie ihr Gesicht mit einem weißen Tuch. Kauften Knallfrösche, einen Kranz und Totengeld an der Straße. Brannten die Knallfrösche ab und verstreuten das Totengeld, während sie durch den Schnee stapften. So brachten sie meine Großmutter mit kalter, stiller Geschäftigkeit zum Krematorium.

Mit der Einäscherung meiner Großmutter hob sich der Vorhang zu einem freudigen Ereignis.

Das Krematorium lag nur einen Kilometer von der Stadt entfernt. Man musste nur auf der Landstraße schnurstracks nach Süden gehen und einen hundert Meter hohen Hügel hinaufsteigen. Dort oben, am westlichen Ende des Damms rund um den Stausee, lag auf einer weiten freien Fläche ein Hof, der von einer roten Mauer umgeben war. Mit zwei Reihen von Häusern an den Seiten und einem zweigeschossigen roten Backsteingebäude in der Mitte. Und aus dem Dach des Hauptgebäudes ragte ein Schornstein aus Blech in den Himmel. All das gehörte zum Krematorium, das die Leute bei uns im Dorf und in der Stadt, ja, sogar im halben Kreis damals so sehr hassten.

Die Trauerhalle bestand nur aus drei leeren Räumen im Erdgeschoss des Hauptgebäudes. Auf die Mauer war mit schwarzer Farbe ein einziges Wort geschrieben: »Abschiedsstätte«. Im Hof waren damals keine Bäume oder Blumen. Nur der Leichenwagen, der dem Krematorium gehörte, stand im Schnee. Und ein paar Arbeiter plauderten miteinander und kehrten den Schnee. Und mein Onkel saß in seinem Büro und wärmte sich an seinem Ofen. Röstete Knoblauch, Erd- und Walnüsse über dem Feuer. Der Geruch des gerösteten Knoblauchs schwängerte die Luft im Hof so stark, als hätte jemand dort ein paar Flaschen Schnaps ausgegossen.

Draußen zogen die Männer meine Großmutter vor den Eingang. Dann zündeten sie ein paar Böller. Das Geknall verkündete den Leuten vom Krematorium, dass jemand gestorben war. Kundschaft. Und dass Arbeit auf sie wartete.

Als mein Onkel herauskam, fiel sein Blick auf meinen Vater, der mit seiner weißen Trauermütze neben einem Handkarren mit einer Leiche stand. Suchend schaute er sich um nach dem Trauerzug mit dem Sarg und den Musikern und der von Trauer zerrissenen Schar von Leuten, die sich bei solchen Anlässen sonst immer im Hof drängten. Aber er sah nur meine tote Großmutter und meinen Vater. Und ein paar Leute aus dem Dorf mit einem großen Blumenkranz. Ansonsten waren da nur noch der Schnee und der Nordwind, der einsame Hügel und das stille Krematorium.

»Was ist denn nur passiert?«

»Xiaomin hat unser Kind geboren, und meine Mutter ist gestorben.«

Mein Onkel schwieg. Nahm meinen Vater mit in sein Büro, schnaubte und überschüttete ihn mit einem Wortschwall.

»Li Tianbao, meine Schwester hat ein Kind geboren, und du sagst mir keinen Ton?!«

»Li Tianbao, schau dich doch nur mal an! Wie jämmerlich du rumläufst! Du kannst doch hier bei mir arbeiten! Du machst, was immer du willst, und ich zahle dir den besten Lohn, solange du nur gut zu meiner Schwester bist.«

»Li Tianbao, deine Mutter stirbt, und du sagst mir wieder keinen Ton?! Ich hätte den Leichenwagen zu dir geschickt, und er hätte mit lautem Gehupe allen verkündet, dass er deine Mutter holen kommt. Dann hätten alle gewusst, dass ich ausnahmslos jeden, auch die eigenen Verwandten, verbrenne, um mich an die neuen Sitten zu halten und Ackerland zu sparen.«

»Li Tianbao, obwohl wir miteinander verschwägert sind, hast du deine tote Mutter noch eigenhändig durch den Schnee hierhergeschafft. Wenn sie eingeäschert ist, sorge ich wenigstens dafür, dass der Wagen sie zurückbringt. Egal was die Trauerangelegenheiten kosten, ich komme für alles auf. Aber die Bestattung muss auch ordentlich was hermachen! Dir ist es vielleicht egal, was die Leute von dir denken, aber mir nicht. Nicht dass es nachher heißt, ich wäre zu knauserig, um mich um eine vernünftige Bestattung in der Familie meiner Schwester zu kümmern!«

Nachdem sich dieser Redeschwall über ihn ergossen hatte, schaute mein Vater seinen Schwager nur an und sagte kein Wort. Er ging schon zur Tür hinaus, da rief ihn mein Onkel noch einmal zurück und blaffte ihn an:

»Li Tianbao, kannst du nicht mal einen Scheißfurz von dir geben?«

Nun hätte mein Vater eigentlich etwas erwidern sollen. Aber er blieb bloß wie betäubt stehen und rührte sich nicht. Und als mein Onkel nichts mehr zu sagen hatte, marschierte mein Vater ein zweites Mal stumm wie ein Toter hinaus, und diesmal schloss er die Tür hinter sich.

Draußen fand er sich den wartenden Leuten gegenüber, Onkel

Xia und den Wangs, Zhang Mutou und Wang Dayou, und er grinste ihnen zu und erklärte ihnen ruhig:

»Mein Schwager wollte, dass ich hier für ihn als Vorarbeiter arbeite. Einen Batzen Geld wollte er mir dafür geben. Aber wie könnte ich Menschen verbrennen? Da verhungere ich lieber.«

Niemand sagte ein Wort. Aber alle Blicke ruhten auf seinem Gesicht.

Ruhten voller Hochachtung darauf.

Was danach geschah, hatte ein jeder im Dorf schon einmal erlebt. Vielen Familien war es selber widerfahren. Ohne ein weiteres Wort legte mein Vater die Leiche auf einen Handwagen, den er von der Trauerhalle in den Einäscherungsraum schob. Ohne ein Wort ließ er die Leute in der Halle warten, als wäre die Einäscherung eine Sache, bei der es auf ein paar Minuten mehr oder weniger nicht mehr ankam.

Weil all diese Leute meinem Vater geholfen hatten, drückte mein Onkel jedem von ihnen eine Schachtel Zigaretten in die Hand. Und weil die Tote meine Großmutter war, sorgte er dafür, dass das Feuer besonders lange und gründlich seine Arbeit machte. Die Leute warteten unterdessen rauchend in der Halle auf die Asche meiner Großmutter wie auf ein Getreide, das erst spät im Herbst reif wird. Und weil es in der Halle zog und kalt war, machten sie ein Feuer. Nahmen einfach einen Kranz, den irgendjemand dort liegen gelassen hatte, und zündeten ihn an. Wärmten sich daran und plauderten.

Mein Vater tapste, weil er sonst nichts zu tun hatte, in den Raum mit dem Ofen hinüber. Und machte große Augen.

Der Einäscherungsraum lag in einem Gebäude, das eigentlich hoch genug gewesen wäre für zwei Geschosse, wenn es denn auf halber Höhe einen Fußboden gehabt hätte. Ein verrosteter Ofen thronte schräg in der Mitte. Als hinge ein übergroßer Eisenkübel in der Luft. Grob und plump. Angeblich war dieses unförmige Ding schon bei der Stahlschmelzkampagne 1958 während des Großen

Sprungs nach vorn in Gebrauch gewesen, bevor es in eine Fabrik gekommen war. Später war es auf einem Schrottplatz in der Stadt gelandet. Und noch später bei meinem Onkel. Dort hämmerte und werkelte man ein bisschen an dem Ofen herum, und schon war er der Krematoriumsofen von Gaotian.

Über seine Außenfläche waren alle möglichen Griffe, Schrauben und Muttern verteilt, und das so unregelmäßig wie Steine auf einer Lösshochebene, aber nur die Klappen für den Brennraum und die Schlacke konnte man auch öffnen. Und von seiner Mitte führte ein Rauchrohr bis hinauf zur Decke und darüber in den Schornstein.

Kahle rote Backsteinwände. Die Decke schwarz von Ruß. Unten an der Wand ein dreibeiniger schwarzer Tisch, darauf ein paar leere Schnapsflaschen und Porzellantassen, wie man sie für Hochprozentiges nimmt. Auf dem Boden Asche und ein Mülleimer.

Eigentlich durften Besucher diesen Raum nicht betreten. Aber seit mein Vater meine Mutter geheiratet hatte, durfte er das. Und eigentlich hätte er am Eingang stehen bleiben müssen. Aber er war der Schwager von Shao Dacheng, und deshalb durfte er sich umschauen, so viel er wollte.

Also spazierte er zur Rückseite des Ofens. Sein Blick fiel auf eine fingerdicke Eisenröhre, die aus der Mitte des Ofens herausragte und in einen über einen Meter langen Lederschlauch überging. Der Schlauch führte zu einem großen Eisenfass in einer Ecke. Eine ölige braune Flüssigkeit lief gerade in einem Strahl so fein wie ein Essstäbchen aus dem Schlauch ins Fass.

Es war sehr heiß. Draußen im Schnee wurden die Erde und die Bäume rissig, so kalt war es. Aber hier drinnen war es so heiß, dass einem der Schweiß kam, selbst wenn man nur eine dünne Hose und ein Hemd trug.

Zwei Arbeiter waren da, beide über dreißig. Stoppelhaarig. Die Gesichter rot vom Feuer. Die Augen blutunterlaufen vom Feuer, in das sie jahrelang geschaut hatten. Und vom Schnaps, den sie tranken. Zu jeder Leiche, die sie verbrannten, ein paar Schluck. Während sie tranken und Erdnüsse aßen, stand mein Vater neben dem Schlauch und starrte auf die heiße Flüssigkeit, die von dort in das Fass rann.

»Was ist denn das?«

»Leichenöl.«

»Was?«

»Na, das Öl, das abfällt, wenn man so eine Leiche verbrennt. Wenn du zu Hause Fleisch brätst oder grillst, kommt doch auch immer so ein Fett raus.«

Mehr sagten sie nicht.

Da wusste mein Vater, was er da vor sich sah.

Wusste, dass das, was da vor seinen Augen hinunterlief, das Fett seiner Mutter, meiner Großmutter, war. Speiübel war ihm. Er fühlte sich, als kröchen ein paar kalte Schlangen seine Füße und Beine hinauf. Glitten auf Brust und Rücken herum, als suchten sie ein Loch, um in ihn einzudringen. Krochen weiter hoch auf seinen Kopf und in sein Hirn, wo sie befriedigt verschnauften.

Er würgte. Am liebsten wäre er sich mit der Hand den Rachen hinuntergefahren, um sich die Eingeweide herauszureißen. Der nahe Ofen war so heiß, dass ihm der Schweiß lief. Aber die Schlangen auf ihm waren kalt und glitten fröhlich weiter über ihn. Geschwind und ohne erkennbares Ziel. Ruhelos. Manchmal nur eine einzige, dann wieder ein gutes Dutzend. Huschten und sausten wie ein Haufen Nadeln oder wie ein Schwarm Insekten über seinen ganzen Körper. Sausten und bissen.

Der Ältere der beiden Arbeiter hielt ihm eine halb volle Tasse Schnaps hin. »Wir haben dir doch gesagt: Bleib draußen. Aber du musstest ja unbedingt reinkommen … Hier, nimm einen Schluck. Dann geht's dir gleich wieder besser.«

Mein Vater nahm die Tasse und trank einen Schluck.

Und noch einen.

Bis er schließlich einen Blick in das deckellose große Fass warf.

Da sah er, wie das Leichenöl seiner Mutter, meiner Großmutter, rotgelb und geschmeidig wie Seide aus dem Lederschlauch hinunterlief. Aber weil das Feuer im Ofen so laut brannte, hörte er nichts davon. Vielleicht machte das Öl ja auch gar kein Geräusch. Er schaute nur kurz und trank noch einen Schluck. Dann gab er dem Arbeiter die Tasse wieder zurück.

»Und bei jeder Leiche, die ihr verbrennt, fällt so ein Öl ab?«

»Da musst du deinen Schwager fragen.«

»Und wo bleibt all das Öl?«

»Da musst du auch deinen Schwager fragen.«

Mein Vater wusste nicht, was er noch weiter sagen sollte.

Also sagte er nichts mehr.

Er hörte, wie im Ofen das Feuer prasselte und wie bei der Leiche, als sie schon eine Weile dort drin war, die Wasser- und die Luftbläschen platzten. Ansonsten hörte er nur noch, wie die Arbeiter an ihrem Schnaps nippten. Da blieb er noch ein bisschen im Raum stehen, bis sein Brechreiz abflaute. Dann ging er hinaus.

Draußen war die Welt voll Schnee. Er konnte von dort aus auf die blaue Oberfläche des Stausees schauen. Eisblau war die Oberfläche dort, wo kein Schnee lag. Aber an den Rändern war sie weiß, weiß mit einem bläulichen Schimmer. Und das Ufer war mit Eisschollen gesäumt.

Er stand da und schaute einen Moment. Kauerte sich zu Boden und würgte. Dann tapste er zum Büro seines Schwagers, meines Onkels. Stieß die Tür auf und baute sich vor dem gelb lackierten Direktorenschreibtisch auf. Schaute meinen einen Meter achtzig großen Onkel an, wie eine Ameise einen Elefanten anschaut. Wie ein Grasbüschel, das am Fuß einer Pagode wächst. Hob den Kopf. Schwieg. Und sagte dann etwas Unerhörtes. Unerhört wie eine Motte, die gegen einen Berg fliegt. Oder geradewegs ins Feuer.

»Schwager, ich will dich was fragen, aber sei mir nicht böse.«

»Wirklich, du darfst mir nicht böse sein.«

»Dass ich gesehen habe, wie mein Schwager meine eigene Mutter verbrennt und Öl aus ihr gewinnt – ist das meine himmlische Strafe?«

»Muss das denn wirklich sein? Musst du dieses Öl gewinnen?«

»Sag mir: Was wird aus diesem Öl?«

»Ich bin dein Schwager, also sei ehrlich und sag mir, was du damit anstellst.«

»In diesem Fass sind Blut und Fleisch und Knochen meiner Mutter, also was stellst du damit an?«

Mein Onkel machte große Augen.

Er riss die Augen auf.

Der Duft der Erdnüsse und Walnüsse, die er über dem Feuer des Kohleofens röstete, schwängerte den Raum. Und der Duft des gerösteten Knoblauchs. Die Nüsse und der Knoblauch, beide wärmten den Raum mit ihren Düften.

»Scheiße, du warst dort drin.«

»Du solltest dort nicht rein, aber du warst trotzdem drin.«

»Scheiße, du bist mein Schwager, also sage ich dir, was Sache ist. Dieses Öl kann man zu gutem Geld machen, ist dir das klar?«

»Nun glotz mich doch nicht so an! Sonst kriege ich wirklich noch die Wut.«

»Willst du was essen? Nur zu! Diese gerösteten Nüsse und der Knoblauch sind echt lecker.«

»Dieses Öl kann ich überall verkaufen. In Luoyang. In Zhengzhou. Die Fabriken in den Städten wollen alle so ein Öl. Für Seife. Für Gummi. Oder um Schmieröl draus zu raffinieren. Das ist ein richtig erstklassiges Industrieöl. Vielleicht würde es sogar ein vorzügliches Speiseöl abgeben. Während der Großen Hungersnot war es ja auch keine Seltenheit, dass die Leute einander gegessen haben.«

Während mein Vater dort stand, fiel sein Blick auf den Knoblauch und die Nüsse, die mein Onkel geröstet hatte.

Mein Onkel mampfte vor sich hin und schaute ihn an. »Iss doch auch was.«

Der Hals meines Vaters zuckte. »Nein. Wie viel kriegst du für ein Fass von diesem Menschenöl?«

»Mindestens zweihundertachtzig. Eher dreihundert. Meistens dreihundert.«

Mein Vater schwieg. Mein Onkel auch.

Mein Vater überlegte eine Weile. Eine lange Weile, so schien es. Aber in Wahrheit überlegte er nur so lange, wie mein Onkel brauchte, um eine Erdnuss und eine Knoblauchzehe zu essen. Dann hatte er einen Entschluss gefasst. Und redete. Nicht besonders laut, aber dafür sprach er jedes Wort ganz klar und deutlich aus.

»Schwager, wenn dieses Menschenöl sowieso bei der Einäscherung abfällt, warum verkaufst du es dann nicht einfach an mich? Für dreihundert Yuan pro Fass. Dann musst du es nicht mehr nach Luoyang oder Zhengzhou schaffen. Musst kein Geld mehr für den Transport berappen. Ich hole das Öl regelmäßig ab. Verkauf mir das Öl, und ich werde immer gut zu deiner Schwester sein. Verkauf es an mich und an niemanden sonst, und Xiaomin wird es immer gut bei mir haben. Dann musst du dir um sie keine Sorgen mehr machen. Ich werde sie behandeln wie meine eigene Schwester. Nur frag mich nicht, was ich mit dem Öl mache. Und ich garantiere dir, dass ich niemandem ein Wort davon sage, dass bei so einer Einäscherung nicht alles zu Asche wird. Sondern dass aus dem Fleisch so ein Öl austritt, dass man auch zu anderen Zwecken verwenden kann.

Verkauf es mir, und ich werde dir nicht einen Fen schuldig bleiben. Nicht einen einzigen. Aber frag mich nicht, woher ich das Geld nehme. Xiaomin und ich haben uns eine neue Geschäftsidee überlegt. Du musst nur ja sagen, und ich kaufe dir all dein Öl ab, angefangen mit dem Öl meiner Mutter. Ich werde deine Schwester so gut behandeln, als wäre sie meine eigene Schwester. Dann musst du dir überhaupt keine Sorgen mehr um uns machen.

Wenn wir mit unserem Geschäft erfolgreich sind, dann werde ich dir nicht nur bei dem Öl keinen Fen schuldig bleiben. Ich werde dir auch das Geld für unser Haus bis auf den letzten Fen zurückzahlen. Schwager, das musst du mir glauben. Ich halte mein Wort. Ich bin zwar nur einen Meter fünfzig groß, aber ein Versprechen von mir ist nicht kleiner als das von irgendjemand anderem. Dieses eine Mal musst du mir glauben, Schwager, und mir von jetzt an all dein Öl verkaufen.«

»Verkauf es mir. Als dein Schwager bitte ich dich inständig darum, in Ordnung?«

»In Ordnung? Von den anderen kriegst du doch auch nicht mehr als dreihundert Yuan.«

Der Wortschwall meines Vaters ergoss sich weiter und weiter, da drangen von draußen die Rufe der wartenden Leute herein.

»He, Li Tianbao! Deine Mutter ist schon eingeäschert, und du machst es dir noch mit deinem Schwager im Warmen gemütlich!«

»He, Li Tianbao! Scheiße, wir frieren uns hier den Arsch ab, um dir mit deiner Mutter zu helfen, und du machst es dir mit deinem Schwager gemütlich!«

Drittes Buch

Zweite Nachtwache, zweiter Teil: Die Vögel bauen sich ihre Nester

1. 21:50–22:00

Oh Himmel … Oh Götter und Geister … Dies also war die Vorgeschichte meiner Eltern. Und so eröffneten sie in Gaotian ihren Bestattungsladen namens Neue Welt. Verkauften Kränze, Papierschmuck, Leichenhemden, einfach alles, was ein Toter braucht. Und mit dem Geld, das sie damit kassierten, ging mein Vater zum Staudamm und kaufte das Leichenöl auf. Als würde er Bäume fällen und pflanzen. Bäume pflanzen und fällen. Tagein, tagaus. Jahrein, jahraus.

So wuchs ich heran. Wuchs heran zu dem, der ich jetzt bin. Mit drei oder vier steckte ich mir die Blumen von den Papierkränzen an die Brust. Mit fünf oder sechs lief ich mit den Kränzen durch die Straße. Mit sieben oder acht trug ich Leichenhemden, als wären es Wind- oder Regenjacken. Mit elf oder zwölf fing ich an, mit meinem Vater das Leichenöl aus dem Krematorium zu holen.

Mit vierzehn, in jener Nacht am sechsten Tag des sechsten Monats, ging ich allein von unserem Laden zum Krematorium auf dem Damm, um das Öl von dort fortzuschaffen, so wie andere Vierzehnjährige die Weizenernte einfahren. Das Krematorium lag noch immer im Süden der Stadt. Während ich am Rand der leeren Straße in der drückend heißen Luft ging, kam mir mein Vater in den Sinn: Wann immer er zum Krematorium gelaufen war, um jemanden zu denunzieren, war auch er stets am Rand gegangen. Egal warum er irgendwohin unterwegs gewesen war, er war sein Leben lang immer nur am Rand gegangen. Sein Leben lang nie in der Mitte. So schien es mir jedenfalls. Und ich lief prompt mitten auf die Straße.

»Als ich zum ersten Mal jemanden denunziert habe, kam ich mir vor wie ein Traumwandler.« Das hatte er mir einmal erzählt.

»Als ich zum ersten Mal ein Fass Leichenöl – das mit dem Öl deiner Großmutter – vom Krematorium fortgeschafft habe, da fühlte ich mich genau wie ein Traumwandler.« Auch das hatte er mir, glaube ich, einmal erzählt.

Das erinnerte mich wieder ans Traumwandeln. Ich warf einen Blick hinauf zum Himmel. Und zur Tenne am Straßenrand. Ging weiter, bis ich an einer anderen Tenne am Rand des Nachbardorfs stehen blieb. Ich schaute, ob dort nicht vielleicht einer wie Zhang Mutou im Schlaf den Weizen drosch. Anscheinend nicht. Nein. Traumwandler haben Gesichter, die so stumpf sind wie eine alte Backsteinmauer. Ihre Augen scheinen geöffnet und doch auch wieder nicht. Scheinen geschlossen und doch auch wieder nicht. Das Weiße tritt darin hervor. Und ihr Blick geht nicht nach draußen, sondern nach drinnen. Sie sehen die Dinge, die ihnen im Traum durch den Kopf schwirren. Sehen nichts von dem, was außerhalb davon, in Gaotian oder sonst wo in der Welt, so vor sich geht. Sehen nicht einen Baum und nicht ein Grasbüschel, außer sie tauchen in ihrem Traum auf.

Die Tenne hatte die Form eines Eis. Zwei Familien arbeiteten am Ende dieses Eis, eine dritte in der Mitte. Sie droschen den Weizen im Schein ihrer Lampen. Und dabei unterhielten sie sich miteinander. Ihre Rufe flogen über die Tenne wie Vögel, die aus ihren Köpfen herausflatterten.

»He, habt ihr schon gehört? Im Nachbardorf soll eine ganze Familie traumgewandelt haben. Und der Vater hat auf der Tenne seine Schwiegertochter flachgelegt!«

Fröhliches Gelächter flog vom einen Ende der Tenne zum anderen wie ein boshafter Vogel. Und vom einen Kopf zum anderen.

Dann kam vom anderen Ende ein genauso zotiger Ruf zurückgeflogen. »Seine Schwiegertochter? Wieso hat er denn nicht gleich seine eigene Tochter genagelt?«

So ging es noch eine Weile weiter, aber den Rest verstand ich nicht mehr, denn ich war ein gutes Dutzend Schritte von der Tenne entfernt. Und die Weizengarben, die in der Mitte des Feldes zu Haufen aufgetürmt waren, standen wie eine Bergkette meinem Blick und dem Gespräch im Weg.

In der Ferne, wo der Weizen schon abgeerntet war, schimmerten die Felder wie ein See, und von der Erde stieg ein vertrauter Geruch auf wie der Dampf von einem gerade geöffneten Dämpfkörbchen. Warm. Duftend. Zischend wehte er herüber wie der Geruch nach heißem Wasser oder Schweiß.

Ich musste mich sputen mit dem Leichenöl. Immerhin war mein Onkel extra deswegen mit dem Auto zu uns gekommen. Wenn ich es nicht noch in derselben Nacht abholen würde, würde er meinem Vater wieder einmal seinen Speichel ins Gesicht spucken.

»Was seid ihr bloß undankbar!«, würde er schimpfen, wie er schon einmal geschimpft hatte. »Wisst ihr, für wie viel Yuan ich jetzt ein Fass in Luoyang verhökern könnte? Für fünfhundert! Manchmal sogar für sechs- oder siebenhundert! Aber euch gebe ich es für dreihundert, und ihr lasst es trotzdem bei mir rumstehen.« So war das gewesen, aber ich weiß nicht warum. Jedenfalls hatte mein Vater, nachdem er an die hundert Fässer aufgekauft hatte, von dem Geschäft genug. »Du willst nichts mehr kaufen?«, hatte mein Onkel darauf geantwortet. »Na, wunderbar! Der Preis für ein Fass ist inzwischen auf fünfhundert angestiegen. Vielleicht können sogar Trecker dieses Zeug verbrennen.«

Da hatte mein Vater doch noch für zwei Jahre mehr das Öl aufgekauft und fortgeschafft. Bis er wieder genug davon hatte. »Du willst nichts mehr kaufen?«, hatte mein Onkel gesagt. »Na, wunderbar! Wenn ich das Zeug zu einer Gummifabrik nach Zhengzhou bringe, kassiere ich achthundert Yuan pro Fass.«

Da hatte mein Vater hin und her überlegt und es sich doch wieder anders überlegt. Hatte das Öl weitergekauft und fortgeschafft. Und so war es immer weitergegangen bis zu dieser Nacht. Heimlich hatte sich mein Vater auch nach den Preisen erkundigt. In einem Vorort der Provinzhauptstadt verarbeitete einer das Leichenöl zu Schmieröl. Damit die Räder in den Maschinen gut geschmiert liefen, war er bereit, neunhundert oder tausend Yuan für ein Fass zu zahlen. Als ich geboren wurde, schienen dreihundert Yuan schon ein ungeheurer Preis zu sein. Jetzt, ein gutes Dutzend Jahre später, schien dieselbe Summe fast geschenkt.

»Wenn ich das Zeug zu einer kleinen Fabrik im Süden bringe«, sagte mein Onkel, »kann ich für ein Fass tausendeinhundert Yuan kassieren. Manchmal sogar tausendzweihundert oder tausendreihundert. Die Preise sind ja für einfach alles durch die Decke geschossen. Jeder Scheiß kostet heute wer weiß was.«

Und trotzdem hatte mein Onkel den Preis, den er von uns für sein Öl verlangte, nie angehoben. Wir konnten es für dreihundert Yuan kaufen und für tausend weiterverkaufen. Wir konnten also, sagte mein Onkel, mit jedem Fass einen Reibach von siebenhundert Yuan machen. Vielleicht sogar von achthundert oder tausend.

Aber meine Eltern verkauften das Öl nicht weiter. Meine Eltern waren anständige Leute und verkauften das Öl nicht. Schließlich war dieses Öl aus Menschen gewonnen. So etwas konnten sie doch nicht verkaufen! Natürlich konnten sie das nicht. Also schaffte mein Vater das Öl in eine Höhle am Stausee, um es zu lagern. Als wollte er einen kleinen Bach in einem See speichern. Monat für Monat. Jahr für Jahr. Als wollte er seine Silbermünzen in Barren zurückschmelzen. Jedes Fass Öl, das er aus dem Krematorium fortschaffte, war wie ein Eimer Geld. Und immer wenn er so ein Fass in seine Höhle brachte, war es, als wollte er einen Eimer Geld zu Barren zurückschmelzen und dort lagern.

Nun sollte ich also wieder einmal so einen Eimer Geld abholen, um ihn zu Barren zu schmelzen. Ich verließ die Tenne des Nachbardorfs und ging auf der Landstraße weiter, die zum Krematorium führte. Ein Auto rauschte von vorn, ein anderes von hinten an mir vorbei. Es war, als müsste ich unsere Stadt nur verlassen, und schon könnte ich auf dem Damm sein. Und beim Krematorium. Und da sah ich das Krematorium auch schon auf der westlichen Seite des Damms. Ein Hof, umgeben von einer Backsteinmauer. Mit zwei Reihen von langen, niedrigen Häusern. Und einem zweigeschossigen Gebäude mit dem Verbrennungsofen. Und ein paar spitzen Enden, die wie Pfeile in den Nachthimmel ragten. Das war mein Ziel, das Krematorium. Der Anfangs- und der Endpunkt der Ereignisse in dieser Nacht. Und auch der Anfang und das Ende meiner Geschichte.

Ich ging durch eine kleine Tür, die in das große Eisentor des Krematoriums eingelassen war. Im Hof war es so still wie immer, still wie auf einem Friedhof. Aber im Grunde war es das ja auch, ein Friedhof für Tausende, nein, Zigtausende. Zigtausende, nein, eine ganze Welt von Toten war mit dem Leichenwagen hierher verfrachtet worden, um am Ende, zu einer kleinen Urne zusammengeschrumpft, wieder hinausgeschafft zu werden. Die Häuserreihe auf der linken Seite bestand aus einem neu erbauten Bürokomplex. Das Büro des Generaldirektors hatte mein Onkel noch um zwei Räume erweitert. Allerdings gab er sich nun, wo er Generaldirektor war, nicht mehr mit irgendwelchen Kleinigkeiten ab. Er ließ sich nur noch selten in seinem Büro blicken. So selten, dass sich auf seinem Schreibtisch der Staub sammelte und man darauf mit dem Finger schreiben konnte. Alle paar Tage schaute er noch kurz vorbei, um nach den Rechnungen zu sehen und sein Geld zu kassieren, und dabei schrieb er jedes Mal ein paar Schriftzeichen auf den Tisch: »Leben«. »Sterben«. »Leiche«. »Geld«. Undundund. Manchmal schrieb er auch »Blume«. Schrieb: »Die Blumen duften, das Wetter ist heiß.« Oder: »Wie heiß es ist!« Und weil er der Generaldirektor war, kam immer gleich, wenn er fertig war mit Schreiben, jemand herein, um für ihn den Tisch zu wischen.

Und wischte ihn blitzblank.

Im Bürokomplex gab es auch noch ein Büro für den Buchhalter, eine Kasse und einen Empfangsraum. Auf der anderen Hofseite lagen ein Wohnheim für die Arbeiter und ein Abstellraum. Und eine Gemeinschaftsküche und ein Lagerraum. Im Lagerraum wurden Mehl und Reis aufbewahrt und die Ascheurnen.

Anfangs wollte kein lebendiger Mensch ohne triftigen Grund diesen Hof betreten. Aber später kamen die Leute doch. Anfangs hassten alle diesen Ort. Aber später nicht mehr. Anfangs hätten die Leute meinem Onkel am liebsten einen Ziegel an den Hinterkopf geknallt. Aber später nannten sie ihn respektvoll »Herr Direktor«, »Herr Generaldirektor« oder »Boss«, damit er ihnen die Gebeine ihrer Toten länger brannte. Damit die Asche weißer und feiner wurde. Und sie keine Knochen mehr mit dem Hammer zertrümmern mussten, um sie mit der Asche in die Urne zu füllen. Also nannten sie ihn »Generaldirektor«. Spendierten ihm ab und zu ein paar Schnäpse und ein Essen. Und steckten ihm ein paar Zigaretten zu. Denn manchmal stauten sich die Toten, und dann entschied er mit einer kurzen Notiz, wer als Erster an die Reihe kam. Wenn einer zuerst verbrannt werden sollte, mussten die Angehörigen meinem Onkel heimlich Geld zustecken. Wenn einer einen Fahrschein in die Heimat kaufen will, braucht er ja auch einen Verwandten, einen alten Mitschüler oder sonstigen Bekannten. Irgendwem muss er sein Geld ja zustecken.

Als ich den Hof betrat, hatte sich jemand vor der Tür zum Wohnheim nackt ausgezogen, um sich zu waschen.

»Wer bist du denn?«

»Ich bin's. Li Niannian. Der, der immer das Öl aus dem Ofen abholt.«

»Ach, du bist's, Li Niannian. Und ich dachte schon, du wärst eine Frau. Schön wär's gewesen!« Schallend lachte er mich an.

Über den Hügel wehte ein kalter Wind. Strich wie feuchte Seide über das Gesicht. Der Himmel war sehr weit. Die Menschen darunter waren wie Ameisen, die der Wind herumgewirbelt hat, bis sie sich endlich auf der Erde festgekrallt haben. Ich schaute zu der nackten Gestalt hinüber, die ein gutes Dutzend Schritte von mir entfernt stand. Im Mondschein sah der Mann aus wie ein Fisch, der aus dem Wasser gesprungen ist und sich aufgerichtet hat. Ich blieb stehen, wo ich war, und schaute den Fisch an.

»He, Sha Niannian!«, rief er mir lauthals zu. »Weißt du schon?«

»Was denn?«

»Ich will dir aber keinen Schreck einjagen.«

»Na, was denn nun?«

»Ich will dir aber echt keinen Schreck einjagen.«

»Nun sag schon.«

»In der Stadt sollen Traumwandler rumlaufen«, raunte er.

»Red doch mal lauter.«

»In der Stadt gibt es Traumwandler!«

»Ach, das.«

»Aber nicht bloß einen. Mehrere. Vielleicht über ein Dutzend. Zhang Mutou soll im Schlaf auf sein Feld gelaufen sein, um Weizen zu dreschen. Und da hat er sich eine Eisenstange geschnappt und ist – immer noch im Schlaf! – wieder nach Hause gelaufen. Und hat diesen Ziegelbrenner, diesen Wang, der es mit seiner Frau getrieben hat, totgeschlagen. Mit einer Eisenstange rums auf den Schädel! Keine Ahnung, wer ihm das gesteckt hat, dass seine Frau und dieser Wang gerade bei ihm zu Hause vorbeigeschaut haben. Jedenfalls hat er sich die Stange geschnappt und diesem Wang die Birne eingehauen!«

»Ach, das.«

»Ja, das. Im Schlaf hat er ihn totgeschlagen. Sonst hätte er gar nicht den Mumm gehabt. Niannian, du liest doch so gerne Bücher, also sag mal: Wenn einer im Schlaf gegen das Gesetz verstößt, muss er dann überhaupt vor Gericht dafür geradestehen? Ich hoffe nicht. Dann kann man sich mal so richtig austoben!«

Ich schwieg. Stand nur da im Hof und hörte ihm zu, während er immer weiterschwatzte.

»Eine verdammt große Sache ist das. Scheiß auf das Gesetz! Wenn man bei jedem Fliegenschiss nach dem Gesetz schreit, geht die Welt vor die Hunde. Dann ist die Welt im Eimer. Seit ein paar Tagen ist hier bei uns die Hölle los. Jeden Tag kriegen wir zehn bis zwanzig Leichen mehr rein als sonst. Die meisten in den besten Jahren. Dreißig. Oder fünfzig. Die Alten, die Sechzig-, Siebzig-, Achtzigjährigen, sind jetzt eher Mangelware. Und all diese Leichen in den besten Jahren sind im Schlaf ums Leben gekommen. Die Alten schlafen ja nicht mehr so viel, also schlafwandeln sie auch nicht so viel. Wer dagegen noch voll im Saft steht, der rackert sich ab, ist müde und schläft viel. Und dann schlafwandelt so einer auch viel. Im Traum tut einer, was er sich im Wachen immer gewünscht hat. Was er sich bloß gewünscht, aber nicht getraut hat – das traut er sich dann auf einmal. Wer sich rächen will, rächt sich. Wer jemanden abmurksen will, murkst ihn ab. In Hujiagou im Funiu-Gebirge hat ein Kerl im Traum sein Kind erwürgt, weil er fand, dass es ihm nicht ähnlich war. Darauf hat seine Frau ihn, während er noch schlief, mit der Axt totgeschlagen. Und hat sich dann, als sie gesehen hat, dass Mann und Kind tot sind, auch gleich noch selber erhängt. Und schwups! war eine dreiköpfige Familie tot. Und schuld daran war nur das Traumwandeln. Was soll denn das Gesetz dagegen ausrichten! Das Gesetz ist doch kein Eimer Wasser, den man so einem Traumwandler über den Kopf kippen kann!«

Mit diesen Worten schüttete er seinen Eimer Wasser über sich aus. Dann ging er mit dem leeren Eimer auf sein Wohnheim zu. Drehte sich aber plötzlich doch noch einmal zu mir um und fragte:

»Sag mal, glaubst du, ich fange auch bald an zu traumwandeln? Ich habe mich heute den ganzen Tag abgeplackt, habe über zwanzig Leichen verbrannt. Ich habe Schiss, mich erwischt es auch, wenn ich erst mal eingeschlafen bin. Hoffentlich suche ich mir dann eine Frau, mit der ich ein bisschen Spaß habe. Ich habe bloß Schiss, dass ich mich dann selber verbrenne. Ich tue ja den lieben langen Tag nichts anderes. Denke an nichts anderes. Nicht dass ich mich im Schlaf wirklich noch selber verbrenne! Weißt du, immer wenn ich einen verbrenne, sage ich mir: Ehe mich irgend so ein Stümper auf die Schnelle verfeuert, verbrenne ich mich lieber selber, aber gründlich.«

Bei den letzten Worten war er schon ins Haus gegangen.

Als er die Tür schloss, kreischte sie auf wie ein Mensch, dem ein anderer mit der Axt auf den Kopf schlägt.

Während ich in diesem Kreischen stand, das langsam abebbte, fühlte ich mich, als wäre ich ganz allein auf der Welt. Aber Angst hatte ich keine. Ich kannte das Krematorium so gut wie mein eigenes Zuhause. Und mein Zuhause war die Neue Welt, der einzige Bestattungsladen der Stadt. Ich war oft genug mitten in der Nacht allein ins Krematorium gekommen, um etwas zu erledigen. Und noch viel öfter war ich in der Neuen Welt beim Schreiben zwischen Stapeln von Blumenkränzen eingenickt. Oder beim Lesen von Yan Liankes Romanen. Wenn ich den Kopf auf ein Päckchen Flittergold gebettet hatte, träumte ich von Bergen von Schätzen. Schlief ich mit dem Kopf auf den Kränzen, träumte ich, dass sich unser Dorf, nein, die ganze Stadt in einen Garten verwandelt hatte. In einen einzigen großen Park. Die Blumen blühten, und die Vögel flogen umher. Eine Weide strich mit ihren Zweigen sanft über einen Teich. Fische sprangen aus dem Wasser, als wollten sie mit den Libellen und Schmetterlingen, die an den Ufern herumschwirrten, spielen und plaudern. Sie zerstreuten sich erst, als ein Adler geflogen kam.

Wie poetisch das alles war!

Wie anregend!

Singende Vögel und duftende Blumen.

Duftende Blumen und singende Vögel.

Was für ein prächtiges Schauspiel! In Yan Liankes Romanen sucht man so etwas vergeblich.

Tief am Himmel bewegten sich die Wolken leicht wie Baumwolle. Ich schaute zum Himmel. Schaute in den Hof. Schaute zum zweigeschossigen Gebäude mit dem Verbrennungsofen und der Bestattungshalle vor mir. Ein paar Steinstufen führten dort hinauf. Ich stieg sie hoch zur Halle. Eigentlich waren es zwei Hallen. Vor der zweiten blieb ich eine Weile stehen. Die Grillen zirpten laut und schön.

Den Raum hinter der Halle durfte niemand außer den Arbeitern und ein paar anderen Eingeweihten betreten. Denn von dort wurden die Toten in den Verbrennungsofen geschafft. Und die Ofenarbeiter taten viele Dinge, die nicht für die Augen von Außenstehenden bestimmt waren. Bevor sie eine Leiche in den Ofen schoben, tranken sie erst einmal ein paar Tassen Schnaps. Rauchten ein paar Zigaretten. Und manchmal, wenn ihnen merkwürdige Gedanken kamen, gingen sie zu dem Weihrauchfass an der Wand und entzündeten ein Räucherstäbchen. Oder auch drei, wenn es ein Bekannter oder Verwandter war, den sie verbrennen mussten. Und dann machten sie noch einen Kotau oder auch drei.

Wenn sie aber einen alten Feind verbrennen sollten oder einen reichen Boss, traten sie zuerst ein paar Mal nach der Leiche. Verriegelten die Tür von innen. Leerten zwei Flaschen Bier oder eine halbe Flasche Schnaps. Ließen die Angehörigen draußen schmoren, bis sie vor Ungeduld an die Tür hämmerten und riefen: »Seid ihr bald mal fertig? Jetzt reicht's doch langsam mal!«

»Aber nein!«, riefen sie dann zurück. »Der Verstorbene hat so viele gute Taten vollbracht, da müssen wir ihn jetzt auch anständig bestatten, damit er sich in aller Ruhe auf seine letzte Reise begeben kann. Er war ja schließlich nicht irgendwer!«

In Wahrheit taten sie nichts. Saßen nur beim Toten und tranken.

Tranken und spuckten ihm ins Gesicht.

Zerschlugen eine Bierflasche an seinem Kopf.

Und manchmal benutzten sie so eine Flasche auch als Hammer. Hämmerten auf das Ding zwischen seinen Beinen ein, als wollten sie einen Pflock in die Erde rammen.

Am Nachmittag oder Abend kamen keine Leichen mehr herein, die sie verbrennen mussten. Dann waren die beiden Räume dort hinten voller Asche. Der Boden voller leerer Flaschen. Und das Fass, das in der Ecke beim Ofen stand, war gefüllt mit Leichenöl. An der Wand hingen die Grabbeigaben, die sie nicht ins Feuer geworfen hatten. Auch darunter auf dem Boden stapelten sich Grabbeigaben. Und überall die Knochenreste irgendwelcher Leichen, dazu die Stein- und Plastiksplitter, die von den Urnen abgefallen waren.

Solange die Toten keine Hochsaison hatten, war alles gut. Dann fanden die Einäscherungen nur am Morgen oder Vormittag statt, und am Nachmittag machten die Arbeiter sauber. Aber in der Hochsaison hatten sie dafür keine Zeit mehr. Dann tranken sie, bis sie betrunken waren. Torkelten herum. Und manchmal sackten sie auf einen Haufen mit Kleidern und anderen Habseligkeiten der Toten und schliefen ein.

Alkohol macht Mut, also brauchten die Arbeiter ihn.

Alkohol vertreibt unangenehme Gerüche, also brauchten sie ihn.

Aber wenn sie betrunken waren, brauchten sie auch noch jemanden, der für sie saubermachte. Am Ende hatten sie eine Putzkraft, die eigens für den Verbrennungsraum und die Trauerhalle zuständig war. Ein junges Mädchen, Xiao Juanzi, die ich schon einmal erwähnt habe. Sie war vielleicht ein Jahr jünger als ich. Oder zwei Jahre älter. Sie kam aus irgendeinem Dorf östlich vom Staudamm. Ihre Eltern waren tot. Ihre Großeltern auch. Nach all diesen Bestattungen kannte sie das Krematorium gut genug, um vor nichts mehr Angst zu haben. Und so wurde sie zur Putzkraft, die jeden Abend kam.

In diesem Moment putzte sie gerade den Verbrennungsraum. Fegte die Leichenasche hinaus. Fegte das Lampenlicht hinaus. Tänzelte in dem Raum ein und aus wie ein herumflatternder Schmetterling. Und dabei hinterließ sie einen Duft, der sich hinter ihr in der Luft schlängelte wie ein Bach, der in einer schwülen Sommernacht auf mich zufloss.

Im Licht der Trauerhalle watete ich diesen Bach entlang zum Verbrennungsraum.

Wieder kam Juanzi heraus, schnappte sich etwas und verschwand aufs Neue. Flüchtig wie schwarze Seide. Dann hörte ich, wie sie etwas sagte. Nicht zu mir, aber in dem Raum war sonst niemand außer ihr. Nur ein Haufen Blumen und Gräser türmte sich an der Tür, und wann immer sie dort herumhuschte, nahm sie etwas davon mit.

Als ich an die Tür trat, steckte sie die Pflanzen gerade an den Rand der eisernen Ofentür. Den ganzen Raum hatte sie mit ihren Blumen geschmückt. Wie ein hängender Garten bedeckten sie die Wände. Wo immer man am Ofen etwas aufhängen oder anbinden konnte, waren ganze Büschel von Blumen. Rote, gelbe, grüne. Kamelien und Chrysanthemen. Lupinen und Astern. Hahnenkamm und Orchideen. Blumen, die überall rings um das Krematorium wuchsen. Dazu Wegerich und kleine gelbe Blumen, deren Namen ich nicht kannte. Chinarosen und Päonien aus dem Hof. Rosen in voller Blüte. Der Raum sah aus wie ein Gewächshaus. Und der Ofen, der halb stand, halb lag, wie eine Blumensäule.

Der Verbrennungsraum hatte sich in ein Gewächshaus verwandelt.

Als ich dort auftauchte, steckte Juanzi gerade kleine gelbe und rote Blumen in die Ritzen des Fasses mit dem Leichenöl. Es sah aus, als wären die Blumen aus dem Fass herausgewachsen. Als wären sie daraus erblüht. Ich hatte geglaubt, Juanzi würde zusammenzucken, wenn sie merkte, dass ich sie beobachtete. Aber sie drehte sich nur kurz um und warf mir einen flüchtigen Blick zu, aus dem kein Erstaunen sprach. Als wäre ich ein Baum. Sie blinzelte nur einmal stumm, bevor sie sich wieder an die Arbeit machte.

Ich war sprachlos. Fassungslos. Ich wusste genau, warum sie das Gewächshaus in ein himmlisches Gewächshaus verwandeln wollte.

»Du traumwandelst, oder?«

Sie steckte gerade eine Blume an den Plastikschlauch, der vom Ofen zum Fass führte. Ihr Gesicht war ruhig wie eine Blume, die in einer stillen Nacht erblüht ist.

Wieder drehte sie sich zu mir um. Ihr Mund rührte sich, als wollte sie mit jemandem sprechen. Aber sie murmelte und nuschelte so leise, dass ich sie unmöglich verstehen konnte. Ich sah zu, wie sich ihr Gesicht bewegte, dann trat sie einen Schritt zurück und betrachtete ihren Blumenschmuck. Als würde sie ein Gemälde betrachten oder eine Kulisse, die sie gestaltet hatte.

Ich ging zu ihr hinüber und zog sie an der Schulter. »Komm erst mal mit in den Hof und wasch dir das Gesicht.«

Starrsinnig schüttelte sie meine Hand ab.

»Wenn einer tot ist, sollte er in so einen Raum kommen. Nachdem die Angehörigen drüben in der Halle von ihm Abschied genommen haben, landet er hier. Wird reingetragen und von Blumen empfangen, wird rausgetragen und von Blumen verabschiedet. Und selbst der Ofen begrüßt ihn noch mit Blumen. Nur Libellen und Schmetterlinge müssten hier noch fliegen, dann wäre es ein echtes Paradies.«

Die letzten Worte sagte sie voller Bedauern.

»Kannst du mir nicht ein paar Schmetterlinge für diesen Raum fangen?« Sie schaute mich an und lächelte. »Ach, du bist es. Ich dachte, es wäre mein Vetter.«

»Mein Vetter ist jetzt ein Säufer. Bei jeder Leiche, die er verbrennt, trinkt er eine halbe Flasche Schnaps – da kann man sich ja vorstellen, wie viel er an einem Tag wie heute trinken muss.«

Ihr Blick wanderte zu den Blumen, die sie ringsum verteilt hatte. »Morgen gehe ich selbst ein paar Schmetterlinge und Libellen fangen und setze sie hier drinnen aus. Dann verwandelt sich dieser Raum in einen richtigen Garten. Und wenn die Toten hier reinkommen, ist es, als kommen sie nach Hause. Dann will niemand hier wieder weg, genauso wie niemand will, dass der Sommer den Frühling vertreibt. Oder dass der Herbst den Sommer vertreibt.«

Sie murmelte vor sich hin, als läse sie einen Artikel. Dann wurden ihre Worte immer klarer. Dabei drehte sie sich wieder um zu mir, aber ihr Blick blieb an einem Eimer Wasser am Eingang hängen.

Sie ging den Eimer holen und bespritzte alle Blumen und Gräser mit dem Wasser. Überdeutlich sah ich ihr hageres, bleiches kleines Gesicht vor mir. Ihre Augen waren nur halb geöffnet, und ihre Miene erinnerte mich an eine Blume in einer diesigen Nacht. Sie trug einen schwarzen Rock und ein geblümtes Hemd. Ihr Haar war zu zwei schlampig geflochtenen bäurischen Zöpfen gebunden. Die Schneidezähne in ihrem spitzen Gesicht ragten ein wenig über ihre Lippen heraus. Sie hätte besser nicht lächeln sollen. Aber sie lächelte ständig.

Ihr Vater war gestorben. Ihre Mutter war gestorben. Und auch ihre Großeltern. Um ein Auskommen zu finden, kam sie jeden Tag zum Krematorium. Und putzte jeden Tag, wenn keine Leichen mehr verbrannt wurden, die Totenhalle mit ihren beiden Räumen. Dazu das Zimmer, in dem die Leichen hergerichtet wurden, und den Verbrennungsraum. Sie lebte in einer Welt der Toten. Ihr Vater war tot. Ihre Mutter. Und ihre Großeltern. Aber sie hatte für jeden ein Lächeln übrig. Lächelte, wenn sie putzte. Wenn sie den Ofen schrubbte. Und manchmal lächelte sie sogar, wenn sie einen Toten schminkte. Als wäre ihr Lächeln eine Blume, die nie welkte.

Ich ging zu dem Fass mit dem Leichenöl hinüber und zupfte den Hahnenkamm und die grünen Gräser aus den Ritzen. Prompt sammelte sie alles wieder auf und steckte es zurück. Ihr Gesicht schien immer noch von lauter blassgelben und blassroten Blumen zu schimmern.

»Wenn du das heute nicht mitnimmst, haben wir morgen keinen Platz mehr für das Leichenöl. Wenn das Fass weg ist, stelle ich hier einen Blumentopf hin. Am Hang beim Krematorium habe ich eine Blume entdeckt, die hat Blüten groß wie Hände. Schön rot sind die, mit ein bisschen hellem Gelb drin. Und duften tun sie stärker als eine Duftblüte.«

»Diese Duftblumen will ich hier züchten.«

»Dann ist der ganze Verbrennungsraum voll von diesem Duft. Und alle, die von der anderen Welt hierherkommen, kommen in eine Welt voll Duft. Dann tut es ihnen gar nicht mehr weh, wenn wir sie verbrennen. Es tut ihnen nicht mehr weh, wenn ihre Knochen zu Asche zerfallen und wenn ihnen das Öl aus dem Körper fließt. Denn dieser Duft berauscht sie und macht, dass sie alles vergessen. Als wären sie betäubt, und sie vergessen die Welt und mit ihr alle Schmerzen. Dann kommt kein Schmerz mehr von der einen Welt in die andere Welt hinüber.«

»Morgen grabe ich diese Duftblumen aus und pflanze sie hier.«

»Jetzt gleich grabe ich sie aus und pflanze sie in einen Topf um. Hier neben den Ofen stelle ich sie hin. Wenn du hier ein neues Fass hin rollst, pass ja auf meine Duftblume auf.« Damit lief sie nach draußen. Flatterte davon wie ein Schmetterling. Als sie mit mir geredet hatte, hatte sie mich nicht einmal angeschaut. Hatte nur Augen gehabt für das, was ihr auf der Seele lag. Ihre Traumwandlerwelt. Ich holte den Karren herbei, mit dem ich das Leichenöl fortschaffen wollte, aber sogar als ich das Fass darauf wuchten wollte und sie bat, mir zu helfen, hörte sie mich nicht. Lief einfach hinaus. Als flatterte sie davon.

Ich schaute ihr nach, während sie mit einer Schaufel auf der Schulter im Lampenschein wegging. Die Tür in der hinteren Hofmauer war offen. Wahrscheinlich stand sie immer offen. Denn sogar die Diebe hielten sich von diesem Ort fern. Jedenfalls ging Juanzi durch diese Tür hinaus. Trieb auf dem weiten, weiten Hügel davon wie ein Schatten.

Wie eine Blume in einem nächtlichen Traum.

2. 22:01–22:22

Ein Fass Leichenöl wog dreihundert Kilo. Ich weiß nicht, wie viele Leichen man verbrennen muss, um so viel Öl zu gewinnen. Jedenfalls floss in der Nebensaison der Toten in einem ganzen Monat nicht genug Öl, um so ein Fass zu füllen. In der Hauptsaison dagegen genügten dafür zwei Wochen oder auch nur zehn Tage.

Blassgelb war das Öl, aber wenn es gerann, wurde es tiefgelb. So tief, als schimmerte unter dem Gelb ein dunkles Grau.

Weil das Öl von Menschen stammte, rede ich nicht mehr darüber. Denn sonst packt mich ein schmerzhaftes Zucken am ganzen Körper wie von einem Krampf. Sonst schnürt sich mir die Brust zusammen, und mein Herz rast. So als hätte ich mir die Finger in einem Türspalt eingeklemmt.

Das Krematorium war an der Straße erbaut, die über die Berge führt. Auf der einen Seite liegt die Straße, auf der anderen der Stausee. Es war noch nicht tief in der Nacht. Von den Dörfern am Fuß der Berge trappelten alle möglichen Geräusche herauf. Es war heiß und stickig. Aber der Wind hier oben war frisch wie klares Wasser. Und vom Stausee stieg ein reiner weißer Schimmer herauf, der sich als feuchter Dampf auf die Berge legte. Auf beiden Seiten der Straße lagen abgeerntete Weizenfelder. Der süße Duft, den die Stoppeln verströmten, trieb im Dampf wie der Geruch von Milch. Als hätte eine Frau gerade ein Kind geboren und ihre überschüssige Milch auf den Bergen verspritzt. Auf den Bergen, den Feldern und der Erde.

Ich zog den Karren mit dem großen Fass Leichenöl die Straße entlang zur Höhle beim Stausee. Wie mit dünnen Fäden schlängelte sich der Geruch um meine Nase. Von dem Öl sickerte mit der Zeit immer ein bisschen durch das Blech nach draußen, so wie sich bei einem Salzfass an der Außenseite Salz und Wasser ablagern. Das weiße Blech wurde deshalb erst ölig rot, dann ölig schwarz. Und immer roch es nach Eis und fauligem Fleisch. Vor allem nach Eis, kaum nach Fleisch. Wenn man nicht gewusst hätte, was für ein Öl das war, hätte man vielleicht gar nichts Besonderes gerochen. Denn dieser eisige Geruch kam vor allem aus dem Herzen. Sonst hätte man glauben können, man hätte bloß irgendein gewöhnliches Fass Öl vor sich. Maschinenöl oder Pflanzenöl. Vielleicht nicht gerade ein Öl, das nach Sesam oder Erdnuss duftet, aber ein Öl, das so riecht, wie solche Öle eben riechen. Dieses Öl aber stammte von Menschen. Und sobald man das einmal im Kopf hatte, hatte man auch diesen Geruch von Eis in der Nase. Und den ranzigen Gestank nach Fleisch und Fett.

Zum Glück hatte ich trotzdem keine Angst vor diesem Öl. Denn ich bin ein bisschen dumm. Und Leute wie ich sind immer ziemlich mutig. Der Tod oder die Toten haben mir nie Angst eingejagt. Immerhin wohnte ich mit meinen Eltern in einem Bestattungsladen. Ich wuchs zwischen Stapeln von Kränzen, Papierschmuck und anderen Bestattungswaren auf. Ich war noch keine drei, da nahmen meine Eltern mich schon regelmäßig zu meinem Onkel ins Krematorium mit. Mit fünf betrat ich zum ersten Mal den Verbrennungsraum. Und mit fünfeinhalb saß ich ein oder zwei Mal im Monat vorn auf dem Karren für das Leichenöl und begleitete meinen Vater bei seinen Touren zur Höhle.

Begleitete ihn oft zweimal im Monat für das Leichenöl.

Inzwischen war es an mir allein, das Öl fortzuschaffen. Mit meinen vierzehn Jahren kam ich mir vor wie ein Baum, der am Eingang zum Jenseits gewachsen ist. Um Wind und Wetter abzuhalten, stand ich dort. Und nun musste ich in der Nacht des Großen Traumwandelns allein ein Fass Leichenöl aus dem Verbrennungsraum auf den Karren wuchten und einen halben Kilometer über den Hügel schleppen. Erst vorbei an dem Haus, das Yan Lianke zum Schreiben gemietet hatte. Dann noch einen Viertelkilometer einen sanften Hang entlang. Und einen knappen Viertelkilometer einen Hang hinunter. Um in einer Höhle, die früher einmal als Hochwasserabfluss gedient hatte und das ganze Jahr über angenehm kühl war, ein Fass Öl zu lagern, für das siebzig oder achtzig Leichen ihr Körperfett gelassen hatten.

So trottete ich vor mich hin. Allein über den Hügel, allein über die Hänge. Um nicht in einem fort an das Öl und seine Quelle zu denken, sagte ich mir: Ich sollte mir mal Gedanken machen wie ein richtiger Mann. Gedanken über Frauen. Nur worüber genau?

Prompt landete ich wieder bei der Kleinen Juanzi, die jeden Tag den Ofen schrubbte und die Toten schminkte. Eigentlich hieß sie Yu Xiaojuan, aber die Leute nannten sie alle nur »Juan« oder »Yu Juanzi«. Schade, dass sie nicht besser aussah. Sonst wäre ich mit ihr gegangen. Ich hätte sie sogar geheiratet. Aber sie war hässlich. In einem fort ragten ihr diese zwei Schneidezähne über die Lippen. Sobald ich diese Zähne vor mir sah, verlor ich jede Lust, mit ihr zu reden. Und wenn ich sie mit diesen Zähnen sprechen hörte, hätte ich ihr am liebsten gesagt:

»Geh doch mal in die Stadt ins Krankenhaus und lass dir die beiden Zähne vorne ziehen. Dann lässt du dir zwei gerade Zähne dafür einsetzen. Und wenn dein Geld für zwei nicht reicht, spendiere ich dir den zweiten.«

Aber ich habe es ihr nie gesagt.

Ich wollte es immer, aber ich habe es nie fertiggebracht.

Eine Weile vorher, als ich mit ihr allein gewesen war, da hätte ich es ihr sagen sollen.

Hätte mit ihr zusammen die Blumen ausgraben sollen. Hätte ihr ins Ohr schreien sollen, um sie zu wecken. Hätte ihr eine Schüssel Wasser geben sollen, damit sie sich das Gesicht wäscht. Oder ihr mit einem nassen Lappen gleich selber übers Gesicht wischen sollen. Wenn sie doch nur ein kleines bisschen besser ausgesehen hätte. Nur ein klitzekleines bisschen besser, dann hätte ich sie wieder wachgeschrien. Oder ich hätte ihr Gesellschaft geleistet, während sie im Schlaf ihre Blumen pflückte, und danach hätte sie mich auf meiner Tour begleiten können. Einen halben Kilometer über den Hügel. Einen Viertelkilometer einen sanften Hang entlang, dann einen knappen Viertelkilometer hinunter. Aber nun war ich diesen Weg allein gegangen.

Die Räder quietschten, jedes für sich, als folgte ein jedes seinem eigenen Lauf wie die Sterne am Himmel. Ich trottete weiter, bis die Räder sich lockerten und gegeneinanderschlugen. Sie rieben sich aneinander und quäkten vor sich hin, und ihr Gequäke verschlang ein Stück nach dem anderen vom nächtlichen Weg. Und brachte mich zu der Höhle, die an einem Hang am Stausee lag.

Zwei Bäume. Ein bisschen Gras. Und ein Tor aus zwei verrosteten Eisenflügeln, groß genug, dass ein Auto hindurchfahren konnte. Dahinter noch ein Tor aus Holz, das mein Vater selbst dort angenagelt hatte. Ich öffnete beide Tore und tastete dahinter auf der rechten Seite herum. Schon hatte ich die Schnur gefunden, die dort hing.

Ein Ruck, und die Lampe ging an.

Weich wand sich das Licht im vorderen Teil der Höhle. Um Strom zu sparen, hatte sich mein Vater mit einer Glühbirne begnügt, die die Höhle nicht voll ausleuchten konnte. Denn diese Höhle war volle fünfhundert Meter tief. Trotzdem kämpfte sich das Licht, so weit es nur konnte, in das Dunkel vor, vorbei an einem Fass nach dem anderen. Es plackte sich so sehr ab, dass ich es keuchen hörte.

Von den Wänden hörte ich das Wasser tropfen. Tief aus der Höhle huschte ein stockdusterer, kalter Wind herbei. Und dann war da noch der feuchte Gestank nach Eis und fauligem Fleisch, den all die Fässer verströmten. Ein Gestank, der an- und abebbte. Beißend und stechend. Die Vierzig-Watt-Birne leuchtete immer schwächer, als würde der kalte Wind mit seinem Ölgestank sie tödlich erschöpfen. In der dröhnenden Stille trat ich unter die Lampe und schaute mich um.

Prompt überkam mich ein kalter Schauder. Die Höhle war breit wie eine Straße und hoch wie ein Haus. Sie führte von einer Seite des Damms zur anderen. Ihre Wände waren aus Stein gemauert, und die Ritzen dazwischen waren mit Zement gefüllt und zwei Finger dick. Sie schmückten die Wände und die Decke wie ein Relief. Die Decke hatte eine unregelmäßige Kuppelform. An den besonders nassen Stellen lief in einem fort das Wasser wie eine kümmerliche, aber nie versiegende Quelle.

Als man sich vor ein paar Jahrzehnten daran gemacht hatte, den Stausee zu bauen, hatte man diese Höhle am oberen Hang des

Damms für den Fall eingeplant, dass das Becken vollgelaufen war. Aber als der Stausee dann fertig war, kam schon längst nicht mehr so viel Wasser vom Oberlauf des Flusses, und es regnete auch immer weniger. Auch nach Jahren war der Stausee nie so weit gefüllt, dass das Wasser auch nur die Unterlippe der Höhlenöffnung geleckt hätte. Also wurde die Höhle aufgegeben. Und wurde zur Lagerstätte für das Leichenöl meiner Eltern. Gegen eine Mahlzeit und ein paar Zigaretten übergab der Mann, der für die Höhle zuständig war, den Schlüssel an meinen Vater. Als wäre diese Höhle nur für meinen Vater erbaut worden. Damit er eines Tages, nachdem sich ein Stückchen weiter das Krematorium angesiedelt hatte, sein Leichenöl hier verwahren konnte.

Alles lief wie am Schnürchen.

Alles ergab sich wie von selbst.

Der Himmel hat bestimmt, dass wir Menschen sterben, und er hat auch bestimmt, wie wir bestattet werden sollen: ob in der Erde oder im Meer, in den Flüssen oder auf den Bergen. Lange übten die Menschen all diese Bräuche aus, aber dann hat die neue Zeit sie gezwungen, zur Feuerbestattung überzugehen. Und da trat mein Onkel auf den Plan und schöpfte das Öl aus den Leichen, wie ein korrupter Beamter, der sich am Geld des Staats bereichert. War das Öl aber erst mal geschöpft, fanden sich auch Käufer. Und es fand sich einer, der das Öl im Stillen lagerte. Fass um Fass, Jahr um Jahr.

Anfangs hatte mein Vater das Öl noch in der Erde vergraben wollen. Mitten in der Nacht hatte er den Berg abgelaufen und nach einer Senke, Kuhle oder Rinne gesucht, aber da dämmerte ihm erst, wie dicht dieser Landstrich besiedelt war: dicht wie Gras auf einer Lichtung. Weit und breit gab es nicht einen Flecken Erde, auf dem er auf Jahre hinaus ungestört sein Öl hätte vergraben können, ohne dass nicht irgendeine Seele, ob lebendig oder tot, davon Wind bekommen würde. Also blieb ihm gar nichts anderes übrig, als die Fässer hier, in dieser Höhle, zu lagern. Eines nach dem anderen. Damit sie irgendwann einmal ihren Nutzen entfalteten. Welchen Nutzen? Einen großen, einen ungeheuer großen. Sonst hätte er nicht jahrein, jahraus sein Leichenöl hierhergeschleppt. Und nicht diese fünfhundert Meter tiefe Höhle damit gefüllt.

Das Lampenkabel reichte vom einen Ende der Höhle zum anderen. Wenn ich am Eingang stand und hineinschaute, kam sie mir so weit vor wie der nächtliche Himmel über der Erde. Fass an Fass reihte sich das Leichenöl aneinander, als wollte ein Dorf hier eine vieltausendköpfige Versammlung abhalten. Oder als würde hier eine Straße von zehntausend Meilen beginnen. Und auf dieser Straße waren lauter Leute in schwarzen Hemden und Hosen aufmarschiert. Fass um Fass. Wenn man alle diese Fässer ausgekippt hätte, hätte sich das Leichenöl in einen Fluss verwandelt. Oder zu einem See gesammelt. Vielleicht wäre es sogar zu einem Meer angeschwollen.

Aber ich habe noch nie das Meer gesehen.

Yan Lianke schreibt in seinen Romanen kaum über das Meer. Viel lieber schreibt er über Äcker und Wildnis, Hänge und Berge. *Trostlos und totenstill war die Einöde. Grenzenlos. Ohne Anfang und Ende. Man hätte drei Tage und drei Nächte gehen können und wäre trotzdem nicht an ihr Ende gelangt.*

Jeder seiner Romane ist sehr lang. Wenn man sie aneinanderlegt, sehen sie selber aus wie eine Einöde. Aber in Wahrheit sind sie nur ein primitives, chaotisches Gräberfeld. *In diesem Gräberfeld lagen nicht nur Menschen begraben, hier wuchsen auch Kiefern, Zypressen und Schnurbäume. Der Boden unter den Bäumen war von verwelkten Gräsern und Blumen bedeckt, und dazwischen lebten lauter Heuschrecken und Grillen. Und all diese Grillen und Heuschrecken zirpten jeden Tag.*

Ach ja. Der Onkel Yan. Ich weiß nicht, warum er jedes seiner Bücher schreibt, als wäre es ein chaotisches Gräberfeld. Eine Einöde. Wenn man auf Teufel komm raus etwas Gutes an seinen Büchern finden will, dann kann man sie allenfalls mit einem Dorf vergleichen. *Das Lied vom langen Leid, das endlose Lied der Leute und Felder und Häuser in unserem Dorf.* Aber tatsächlich sind sie nicht einmal das, sondern bloß *ein Begräbnislied auf der Suona, ein Lied von einem Baum, einem Gras und einem Menschen. Oder ein Mensch, der die Suona spielt und einen Bestattungsladen namens Neue Welt hat.*

Onkel Yan hat das gesagt, nicht ich. So gesehen umfasste der Laden meiner Familie alles, was er je geschrieben hat vom Anfang bis zum Ende. Und was auch immer wir taten oder sagten – mein Vater, meine Mutter und ich –, hätte Eingang in seine Bücher finden sollen. Wir gaben doch schließlich einen viel besseren Stoff ab als die Leute und Dinge in seinen Büchern. Nur leider konnte mein Vater nicht lesen, und meine Mutter kann es auch nicht. Und ich selber kann kaum richtig sprechen, geschweige denn schreiben. Also blieb mir am Ende gar nichts anderes übrig, als Onkel Yans Bücher zu lesen, egal wie schlecht sie auch waren. Wir hatten in unserem Dorf nun mal nur diesen einen Schriftsteller. Auch wenn du keine Süßkartoffeln magst – wenn es zu Hause nichts anderes gibt, musst du sie eben essen. Auch wenn du dir nach den erlesensten Delikatessen die Finger leckst – wenn du nichts anderes als grobes Getreide in die Hände bekommst, musst du dir eben damit den Bauch vollhauen. Oder vielleicht sehnst du dich danach, in den großen Städten zu leben, in Luoyang oder Zhengzhou, in Guangzhou, Peking oder Shanghai – aber alles, was du tun kannst, ist, von Gaotian zu dieser kalten Höhle zu laufen. Und von der Höhle wieder zurück nach Gaotian. Gaotian ist nun mal Gaotian. Und die Höhle ist die Höhle.

Die Fässer in dieser Höhle waren genauso endlos wie die Romane von Yan Lianke. Trostlos und totenstill. Ohne Anfang und Ende. Man hätte sie drei Tage und drei Nächte fortschleppen können und wäre trotzdem nicht an ein Ende gekommen.

Ich lud mein Fass neben einer langen Reihe anderer Fässer ab. Ich musste das Karrenende nur vor die Reihe stellen und den oberen Rand des Fasses kräftig anstoßen, und schon rutschte es von dem Karren hinunter und landete mit einem Wumms neben den anderen Fässern. Aufrecht stellte es sich dorthin, wie ein Soldat, der sich mit einem Satz in seinen Trupp einreiht. Als wären die Bücher von Onkel Yan um eine Geschichte reicher. Und wieder war der Trupp um einen Mann größer. Schwoll zu einem Heer an, das immer stärker und mächtiger wurde.

Mit einem tiefen, dumpfen Bums schlugen die Fässer gegeneinander. Aber die Höhle verschluckte dieses Bumsen wie ein ausgehungerter Wolf seine Beute. Und schon war es wieder still. Und die Fässer reihten sich wieder aneinander wie lauter leblose Säulen.

Als ich die Höhle verlassen wollte, hüpfte mir ein Frosch vor die Füße. Eine Fledermaus flatterte im Lampenschein herum. Und eine Spinne, die einen Wassertropfen hinter sich herschleppte, kraxelte geschäftig in der Ritze zwischen der Höhlenwand und einem Fass herum. Alle drei schienen zu hoffen, dass ich bei ihnen blieb. Oder dass ich, wenn ich denn unbedingt gehen musste, wenigstens das Licht anließ. Und sie nicht in der nassen, öligen Finsternis zurückließ.

Aber ich musste die Lampe ausmachen. Ich musste fort. Denn die Welt da draußen hatte angefangen zu traumwandeln. Was, wenn es bei meinen Eltern auch losging, und ich hockte noch immer hier?

Ich machte die Lampe aus. Schloss die Tür ab. Der schwarze Rumms erschütterte die Höhle. Und die Welt rings um den Stausee. Das Mondlicht war weich wie Wasser und die Nacht still wie die Höhle. Nachdem ich die Höhle verlassen hatte, blieb ich einen Moment stehen und schaute hinüber zu Yan Liankes Haus. Dann ging ich im Schein seiner Fenster den Hang hinunter und zurück in die Stadt.

Viertes Buch

Dritte Nachtwache: Die Vögel legen ihre Eier

1. 23:00–23:41

Die Nacht war heiß und stickig.

Die Hitze kroch aus jeder Tür- und Fensterritze und jedem Haus in Dorf und Stadt.

Als ich den Damm verließ und auf die Landstraße zurückkehrte, fühlte ich mich wie in einer Backstube. Und als ich die Stadt betrat, fühlte ich mich wie in einem Dämpfkörbchen. Überall sirrte und wummerte es, als wäre die ganze Stadt auf den Beinen. Vögel schrien plötzlich auf, als hätte die Hitze sie aus dem Schlaf gerissen. Ihre Schreie klangen nach Schweiß. Nach Verstörung und nach Angst.

Draußen vor der Stadt hüpften und tanzten noch immer die Grillen, aber sobald sie auf die Straßen sprangen, verstummten sie. Das Licht von Laternen und Taschenlampen schwankte an mir vorüber. Fußgetrappel wogte an mir vorüber. Irgendetwas schien in der Stadt vor sich zu gehen. Aber als sich das Licht und das Getrappel wieder entfernt hatten, wurde die Stille wieder so groß und tief, bis sie vom Winter zum Sommer reichte. Oder von der Qing-Dynastie zurück zur Ming-Dynastie.

Erst an der Kreuzung sah ich wieder Lampenlicht und darin eine hastig herumhuschende Gestalt. Die Gestalt kam aus dem Laden meiner Eltern. Wieder hatte jemand von einem Toten zu berichten gehabt und einen Kranz bestellt. Dazu ein ganzes Set Papierschmuck und Grabbeigaben. Mein Vater schaute zu mir auf, als ich hereinkam, und murmelte in einem fort vor sich hin. »Da will einer im Schlaf Wasser holen, fällt in den Brunnen und ertrinkt. Wo gibt's denn so was? Will im Schlaf noch Wasser aus dem Brunnen holen. Das ist doch völlig irre! Will Wasser holen im Schlaf!«

Mit einem Messer spaltete er eine grüne Bambusstange der Länge nach in zwei Teile. Dann in vier. Und in acht. Bis sich die Stange, die ursprünglich dick wie ein Handgelenk gewesen war, in ein Bündel dünner Stecken verwandelt hatte, schmal wie Essstäbchen. Oder wie Glasnudeln. An seinen Oberschenkel hatte mein Vater sich eine alte Schuhsohle gebunden. Auf dieser Sohle glitt er mit seinem Bambus und dem Messer hin und her. Ich hörte das helle Knacksen, mit dem der Bambus splitterte.

Meine Mutter gab keinen Laut von sich. Sie schnippelte bloß an ihrem bunten Papier. Faltete sorgfältig ihre Papierblumen. Ein paar Handgriffe, ein bisschen Kleister, und im Nu erblühte zwischen ihren Fingern eine neue Blume. Ich roch den vertrauten Duft des Kleisters, den kühlen Duft des Bambus und den Geruch nach heißem Schweiß, den meine Eltern verströmten. All das zusammen ergab den Geruch von neuen Kränzen. Von Grabbeigaben und Grabschmuck. Das ganze Zimmer war voll von diesem Geruch. Die ganze Welt war voll davon.

»Fünf Leute sind heute gestorben, oder?« Ich stand an der Tür und schaute zu meinem Vater.

»Sechs.« Meine Mutter hatte sich zu mir gedreht und statt meines Vaters geantwortet.

»Wir rackern wie verrückt. Wie verrückt!« Mein Vater hob die Stimme. »Hochsaison für die Toten, und dann auch noch all diese Traumwandler! Wahrscheinlich kommen morgen zehn oder zwanzig Angehörige, um Kränze bei uns zu kaufen.«

Meine Mutter hielt erschrocken inne. Ihre Hände kamen auf den Knien zur Ruhe. Sie schaute zur Wanduhr hinter sich, aber die Uhr hatte längst ihren Geist aufgegeben. Der Stunden- und der Minutenzeiger waren schon um zwei Uhr nachmittags, zur heißesten Zeit des Tages, stehengeblieben.

Ich schloss die Tür hinter mir. »Wir haben fast keine leeren Fässer mehr in der Höhle. Wir müssen mal wieder welche nachkaufen.«

Ich soff ein Glas kaltes Wasser leer wie eine Kuh. »Im Verbrennungsraum hat Juanzi auch schon angefangen zu traumwandeln. Und auf einer Tenne habe ich drei ganze Familien traumwandeln sehen.«

Ich ging zu meinem Vater, schob einen Haufen Bambusstecken beiseite und setzte mich neben ihn. Er drehte sich zu mir und schaute mich an. »Du bist doch noch nicht müde, oder? Dann kannst du ein bisschen Flittergold falten. Es sind schon wieder zwei Angehörige gekommen, die für ihre Toten etwas kaufen wollen. Früher kamen sie immer erst zwei Tage, nachdem einer gestorben war, um Kränze und Papierschmuck zu kaufen, aber jetzt kommen sie gleich am nächsten Tag. Oder sofort. Als wollten sie ihre Toten am nächsten Tag unter die Erde bringen.«

Er war aufgestanden, um die Ladentür wieder zu öffnen. Offensichtlich hoffte er auf einen kühlen Windhauch. Aber es kam nicht der kleinste Luftzug durch die Tür. Stattdessen breitete sich nur das Lampenlicht nach draußen aus.

»Papa, wenn ich traumwandle, was werde ich dann machen?«

»Du wirst das machen, was du wirklich willst.«

»Ich will lesen.«

»Dann wirst du im Traum ein Buch aufschlagen.«

»Und irgendwann will ich unbedingt weg von hier.«

»Wohin denn?«

»Keine Ahnung. Hauptsache weg.«

»Dann pass bloß auf, dass du nicht auch noch anfängst zu traumwandeln. Sonst läufst du noch wer weiß wohin.«

»Ich will Geschichten erzählen wie Yan Lianke und damit Ruhm und Reichtum ernten.«

Mein Vater schaute mich lange an. »Falte jetzt lieber mal das Flittergold. Dass die Yans einen Schriftsteller hervorgebracht haben, das war ihnen vom Schicksal so bestimmt. Das ist ihnen seit Generationen in die Wiege und ins Grab gelegt. Bei uns ist das anders. Wir verstehen uns nur auf das, was wir hier in unserem Bestattungsladen treiben. Den Lebenden haben wir nicht viel zu bieten, aber den Toten, und das reicht.«

Die Stimme meines Vaters schien in der Luft zu treiben. Unbestimmt, aber lange. Auf einmal war ein grünes Blatt verschwunden, das er an eine große Blume auf einen Kranz geklebt hatte. Ein Luftzug beim Öffnen und Schließen der Tür musste es irgendwohin gepustet haben. Mein Vater bückte sich und schaute unter ein paar Kränzen nach, bis er das Blatt fand und es zurück an seinen Platz klebte.

Meine Mutter hatte unterdessen schon wieder einen Stapel buntes Papier fertiggefaltet. Ihre Papierblumen und die Vögel und Schmetterlinge, die auf ihren Kränzen hängen und fliegen sollten, füllten einen ganzen Korb. Der Korb stand neben ihren Beinen und sah aus, als wäre er von lauter Glück verheißenden Kranichen und rosa Wolken bevölkert, auf denen Unsterbliche ritten. Sie sagte kein Wort, sie schnippelte und kleisterte bloß in einem fort. Faltete und fingerte. Und als sie damit fertig war, streckte sie ihre Beine. Rekelte sich. Reckte ihre Arme lange in die Höhe. Und ließ sie endlich mit einem gedehnten Seufzer wieder heruntersacken.

Und wieder kam mir ihr Gesicht wie eine alte Zeitung vor.

Verdutzt drehte ich mich um zu meinem Vater.

»Lass sie einfach schlafen. Wer weiß schon, wie sie drauf ist, wenn sie wieder wach wird. Alle naslang stirbt hier einer. Alle naslang. Keine Ahnung, wie viele Leute heute Nacht und morgen noch ums Leben kommen.«

Bei diesen Worten machte mein Vater ein sanftes und zärtliches Gesicht. Ursprünglich hatte er meine Mutter kaum einmal so angeschaut. Dann, als sie ihm einen Sohn geboren hatte, hatte er auf einmal auch diesen Ausdruck auf dem Gesicht gehabt. Aber als ich mit zwei Jahren immer noch nicht sprechen konnte und die Leute im Dorf tuschelten, ich wäre ein Idiot, verschwand dieser Ausdruck wieder aus seinem Gesicht. Bis er eines Tages alle Kränze und allen Papierschmuck aus dem Laden in Fetzen riss und auf dem Boden zertrampelte. Bis er die Töpfe und Teller und überhaupt alles, was ihm an Geschirr und Besteck in die Finger kam, gegen die Wand schmiss, sodass es in Scherben ging. »Das ist die Strafe! Die Strafe des Himmels!«, schrie meine Mutter ihn an. Da verpasste er ihr eine Backpfeife, dass es nur so knallte. Sie drückte mich an sich und heulte, während er seinen Kopf gegen die Wand kloppte. Und unter diesem Geheul und Gekloppe, diesem Gekloppe und Geheul nahm sein Gesicht allmählich wieder diesen sanften Ausdruck an.

Jetzt bekam ich diesen Ausdruck wieder zu sehen. Er war so sanft wie eine Blume, die im Herbst zwischen lauter verwelkten Blättern erblüht. Mein Vater ging sogar hinüber zu meiner Mutter und strich ihr das Haar zurück, das ihr ins Gesicht gefallen war. »Deine Mutter sieht richtig hübsch aus, wenn sie traumwandelt«, sagte er. Und dabei lächelte er. »Wenn es noch nicht zu spät ist, schenken deine Mutter und ich dir noch ein Brüderchen oder Töchterchen. So böse kann der liebe Gott gar nicht sein, dass er uns mit lauter Idioten bestraft.«

Er sagte das zu mir, aber auch zu den Bestattungswaren ringsum. Das grüne Blatt hatte er schon zurück an die große Blume geklebt. Nun trug er den Stapel Kränze von der Wand an eine freie Stelle an der Ladentür. Da hörten wir jemanden an der Kreuzung draußen schreien. Das Geschrei klang so erregt wie Wasser, das aus einer geöffneten Schleuse schießt. Oder aus einem Topf überblubbert.

»Wang Ergou! Wo steckst du, verdammt? Weißt du, dass dein Vater traumgewandelt hat? Weißt du, dass er sich mit ein paar anderen Alten, die auch traumgewandelt haben, besprochen hat, und dann sind sie alle in den Westlichen Kanal gesprungen, um sich umzubringen?«

»Wang Ergou! Dein Vater ist tot, und du treibst dich wer weiß wo rum und vertust deine Zeit mit Glücksspiel! Warum hat der Himmel dich mit deiner Spielsucht nicht krepieren lassen, damit dein Vater lebt?«

Die Schreie kamen von einer Frau. Sie platzten so heftig aus ihrer heiser geschrienen Kehle heraus, als würde man armdicke Bambusstangen auf der Straße entzwei spalten. Und dabei sprang die Frau anscheinend auch noch in die Höhe, als hätte der Boden Feuer gefangen und sie Angst, mit den Füßen darauf zu landen.

»Wang Ergou! Dreimal rufe ich dich noch, und wenn du dann immer noch nicht rauskommst, sollst du krepieren, wo du bist! Auf deinem Spieltisch sollst du krepieren und dein Leben für das Leben deines Vaters geben! Dann hast du endlich doch noch deine Pflicht als Sohn getan!«

»Wang Ergou! Lauf schnell zum Westlichen Kanal und rette deinen Vater!«

»Wang Ergou! Weißt du, dass dein Vater mit ein paar anderen Alten ins Wasser gesprungen und ertrunken ist?«

»Wang Ergou! Dein Vater ist tot, nun darfst du mir nicht auch noch sterben!«

Als sie fertig war, machte sie kehrt und ging zurück. Die Gaffer ließ sie an der Kreuzung stehen. Sie hatte ihre Schuldigkeit getan. Hatte der Welt ihr Leid geklagt. Ob ihr Mann sie gehört hatte, wusste sie nicht. Ob er nach Hause kommen würde, lag nicht in ihrer Hand. Sie jedenfalls hastete heim nach Süden. Sie musste sich um die Trauerangelegenheiten ihres Schwiegervaters kümmern. Und ließ all die Leute an der Kreuzung, all die Leute, die noch nicht schliefen, verblüfft zurück. Ließ sie miteinander diskutieren.

»Wie heiß es ist!«, sagten sie. »Schon wieder haben sich ein paar Traumwandler in den Westlichen Kanal gestürzt«, sagten sie. »Lasst uns bloß nicht nach Hause gehen und schlafen«, sagten sie. »Sonst fangen wir auch noch an zu traumwandeln. Und stürzen uns auch noch in den Tod.«

Mein Vater und ich gingen aus dem Laden und stellten uns an die Straße. Wir schauten der Frau hinterher, als würden wir einen Traum betrachten. Gerade wollten wir zur Kreuzung hinübergehen und mit den Leuten dort reden, da löste sich ein mittelalter Mann aus der Menge und kam zu uns gelaufen. Baute sich direkt vor meinem Vater auf und sagte:

»Tianbao, gut, dass du da bist! Sind deine Kränze schon ausverkauft? Unser Nachbar, der alte Hao, war noch keine siebzig, aber er ist mit ein paar anderen Alten, die immer so gern zum Schwatzen zu den Westbergen gegangen sind, in den Kanal gesprungen. Als man ihn gerettet hat, ist er aufgewacht. Und gleich wieder eingeschlafen. Hat prompt wieder angefangen zu traumwandeln. ›Ich bin unheilbar krank‹, hat er im Schlaf gesagt. ›Wenn ich am Leben bleibe, falle ich meinen Kindern bloß zur Last. Da sterbe ich lieber.‹ Dann hat er doch tatsächlich im Schlaf DDVP getrunken. Jahrelang hatte er das Zeug bei sich versteckt und nie angerührt. Aber kaum hat er traumgewandelt, hat er es getrunken. Hat es runtergegluckert, als wäre es Wasser. Hat auf der Stelle Krämpfe bekommen, ist zusammengeklappt und in Ohnmacht gefallen. Und schwups war er tot. Ich komme für meine Nachbarn zu dir, um drei große Kränze, zwei kleine Kränze und ein Set Grabschmuck aus Papier zu bestellen.«

Im Lampenschein hatte der Mann ein Gesicht wie eine alte Tischplatte. Seine Augen waren schmal wie Schlitze. Wie verfaulte Melonenkerne. Er sah aus, als hätte man ihn gerade erst geweckt. Als wäre er noch nicht richtig wach, aber eine dringende Angelegenheit würde ihn zur Eile antreiben. Als hätte er meinem Vater all das im Schlaf erzählt.

»Immerhin geht es um meinen Nachbarn, da muss ich doch seiner Familie bei den Trauerangelegenheiten helfen. Im Krematorium muss ich auch noch Bescheid sagen. Muss den Onkel von deinem Sohn bitten, dass er seine Sache ordentlich macht, wenn er morgen oder übermorgen meinen Nachbarn verbrennt. Der alte

Hao war so ein anständiger Kerl. Jetzt schulden wir ihm auch ein anständiges Begräbnis. Lichterloh soll sein Feuer brennen und seine Asche fein wie Staub werden.«

Damit trat er ganz dicht an meinen Vater heran. Starrte ihn ganz aufgewühlt im Lampenschein vor dem Laden an. Dann drehte er sich langsam wieder um.

»Aber vergiss mir nicht, was ich bei dir bestellt habe. Nicht dass mein Nachbar in ein kahles Grab muss. Das sind wir so einem anständigen Kerl schuldig.«

Dann fiel ihm doch noch etwas ein. Er kam noch einmal zurück und blieb kaum einen halben Schritt vor meinem Vater stehen. Flüsterte so leise, dass ich ihn kaum verstehen konnte.

»Tianbao, ich habe gehört, wenn dein Schwager die Toten verbrennt, gewinnt er Öl aus ihnen. Das ist doch bloß ein Gerücht, oder? Was will er denn mit dem Menschenöl? Für ein Pfund Sojabohnenöl kriegt man ja gerade mal zehn Yuan. Und für ein Pfund Sesamöl keine zwanzig. Bringt er es denn wirklich fertig, das Menschenöl auf dem Markt als Speiseöl zu verkaufen? Er hat doch genug Geld, da wird er ja wohl auch genug Anstand haben. Wir sind doch nicht mehr in der Hungersnot Ende der fünfziger Jahre, als die Leute nichts dabei fanden, sich gegenseitig zu essen. Wir leben in anderen Zeiten, da kann man den Leuten doch kein Menschenöl mehr zum Essen andrehen. Wenn die Leute hier davon Wind kriegen, schlagen sie ihn tot, da wette ich drauf. Und wenn sie es nicht am helllichten Tag tun, dann im Stillen. Ich habe die Leute darüber tuscheln hören, aber ich kann mir einfach nicht vorstellen, dass dein Schwager so was fertigbringt. Wenn er so viel Mumm hätte, wäre er doch längst tot. Oder etwa nicht? Niemand geht für Geld so weit, dass er Leichenöl verkauft. Egal, was die Leute reden, ich glaube nicht daran. Als Kind bin ich mit deinem Schwager in dieselbe Klasse gegangen. Wenn ich zu ihm gehe und ihm ein paar Geschenke für meinen Nachbarn mache, frage ich ihn einfach mal geradeheraus, ob an der Sache was dran ist. He, Tianbao, was guckst du mich denn so an? Ich rede nicht im Schlaf. Ich habe bloß den ganzen Tag Weizen geschnitten, und jetzt bin ich hundemüde. Aber kaum war ich eingeschlafen, haben mich meine Nachbarn gebeten, mich wieder auf die Beine zu machen und mich um ihre Trauerangelegenheiten zu kümmern.«

»Vergiss nicht: drei große Kränze und zwei kleine, dazu ein Set Grabschmuck.«

»Morgen oder übermorgen komme ich die Ware abholen und gebe dir das Geld.«

»Ich gehe jetzt, aber vergiss nicht, was ich dir gesagt habe.«

Diesmal ging er wirklich. Von Weitem wirkte er wie ein schwankender Schatten in einem Traum. Mein Vater starrte unentwegt seinem Gesicht hinterher, das wie eine alte Tischplatte aussah. Ein Gesicht mit zwei halb geschlossenen Augen, schmal wie verfaulte Melonenkerne. Mein Vater wusste, dass der Mann traumwandelte. Im Traum erledigte er die Trauerangelegenheiten für seinen Nachbarn. Ein lebender Traumwandler erledigte die Trauerangelegenheiten für einen toten Traumwandler. Sein Gang war schaukelnd, als ob er schwebte. Oder hüpfte. Während er mit meinem Vater geredet hatte, hatte er ihn nicht einmal zu Wort kommen lassen. Hatte wie mit sich selber gesprochen. Die meisten Traumwandler waren so: Entweder sie taten einfach nur stumm, was sie tun wollten, und waren blind für alles andere, oder sie sprachen wie mit sich selber und achteten nicht darauf, ob jemand sie hörte.

Mir fiel die Frau wieder ein, die an der Kreuzung ihren Mann gesucht und beschimpft hatte. Auch sie war bloß vor sich hin gehüpft und hatte wie zu sich selber geschrien. Womöglich hatte sie das alles auch im Schlaf getan, genau wie der Mann, der nun im Krematorium meinen Onkel bestechen wollte. Der Mann, der eingeschlafen und wieder geweckt worden war. Der angefangen hatte zu tun, was er tun wollte, und darüber wieder eingeschlafen war. Und dennoch weitergetan hatte, was er so dringlich erledigen wollte.

Der Mann, der angefangen hatte zu traumwandeln.

Einfach so.

Genau wie viele andere bei uns schon damit angefangen hatten.

Vielleicht waren manche von den Leuten, die dort an der Kreuzung standen, ja auch schon tief in ihren Träumen versunken. Warum sonst blieben sie noch immer dort, obwohl die Frau, die ihren Mann gerufen hatte, längst wieder fort war?

Mein Vater marschierte auf die Kreuzung zu. »Pass auf deine Mutter auf«, rief er mir zu, als er sich noch einmal umdrehte. »Nicht dass sie im Schlaf noch auf die Straße läuft.« Ich sah ihm nach, wie er im Lampenschein davonging wie ein Schatten in einem Traum.

Als er an der Kreuzung angekommen war, lugte er verstohlen jedem Einzelnen dort ins Gesicht, als suchte er darin etwas. Danach blieb er sprachlos vor dem guten Dutzend von Männern und Frauen stehen. Die Hälfte der Leute, die er sich angeschaut hatte, hatte Gesichter wie eine alte Backsteinmauer. Gesichter wie aus Mörtel oder Holz. Mal mehr grau als gelb, mal mehr gelb als grau. Aber alle im Schlaf. Alle schlafwandelnd. Die Augen halb geschlossen, und dennoch glaubten sie alle von sich selber, sie wären wach. Sie schliefen, aber ihre Seelen waren wach.

Auch die Gesichter der anderen Leute, die nicht schlafwandelten, waren gräulich oder gelblich. Die Augen starr und schläfrig. Sie wollten schlafen, aber ihre Seelen wehrten sich dagegen. Wahrscheinlich hätten sie sich nur hinlegen müssen, und schon hätten sie geschlafen wie die Toten. Wahrscheinlich waren sie nur deshalb noch nicht eingeschlafen, weil sie standen. Jedenfalls waren sie noch wach und merkten doch nicht, dass rings um sie die Leute schon schliefen. Sie ahnten nichts davon. Standen einfach nur da in einem wirren Haufen. Murmelten vor sich hin. Auf den Köpfen das lehmgelbe Licht der Laternen wie schlammiges Wasser. Das Licht sah genauso aus wie ihre Gesichter. Ein Hund bellte. Irgendwo in der Ferne das Hin und Her von Schritten. Eine nächtliche Katze huschte geschwind über die Kreuzung. Als sie schon an den

Leuten vorüber war, verlangsamte sie ihren Lauf. Schaute noch einmal zurück. Und sprang mit einem Satz auf eine Mauer. Dort legte sie sich auf die Lauer. Beobachtete die Leute auf der Straße. Beobachtete, was in unserer Stadt vor sich ging. Und alles, was sich in dieser Nacht noch in der Welt ereignen würde.

Aber die Katze verstand nichts von den Angelegenheiten der Menschen. Verstand nichts davon, was es mit dem Traumwandeln auf sich hatte. Und deshalb verschwand sie nach einer Weile wieder, um Mäuse zu fangen.

Mein Vater aber blieb noch an der Kreuzung stehen. Schaute sich die Leute an und sagte zu dem einen oder anderen: »Du siehst aus, als würdest du traumwandeln. Geh schnell nach Hause und leg dich schlafen.« Sagte das zu dem einen oder anderen, aber niemand beachtete ihn. Als sähen sie ihn gar nicht, obwohl er direkt vor ihnen stand.

Den jungen Burschen von der Apotheke gegenüber rüttelte er sogar an der Schulter. »Deine Lider sind schwer wie Eisen. Geh schnell zurück in deinen Laden und leg dich schlafen.« Aber der Bursche nahm bloß die Hand meines Vaters von der Schulter und schüttelte sie ab. »Du willst, dass ich schlafe? Dann soll ich wohl schlafwandeln, was? Wenn ich erst mal schlafwandle, kommt ihr doch und raubt mir den Laden aus.« Seine Stimme war so scharf und klar wie die eines Wachen.

Auch den alten Gao, dem der Teeladen an der Kreuzung gehörte, rüttelte mein Vater an der Schulter. »Schläfst du auch nicht? Deine Augen sind ja nur noch Schlitze.«

Aber auch diesmal schüttelte der andere seine Hand ab. »Was soll denn das Gerüttel? Du glaubst doch wohl nicht, ich schlafwandle?«, zischte er ihn an, aber sein Blick lag nicht auf dem Gesicht meines Vaters. Er schaute woanders hin. Schaute auf die gräulich schwarze, fiebrig heiße Nacht. Schaute auf das verschwommene Grau am Ende der Straße.

Nach einer Weile wandte sich der alte Gao an die ganze Schar von Menschen vor ihm. »Ich bin älter als ihr, also hört für diese Nacht auf mich. Bei uns in Gaotian ist das Große Traumwandeln ausgebrochen. Deshalb darf niemand von uns mehr schlafen. Wer einschläft, wird von den anderen Traumwandlern angesteckt. Und ist einer erst einmal angesteckt, dann weiß er nicht mehr, was er tut.«

»Heute Nacht darf niemand von uns schlafen. Passt auf eure Läden auf, damit sie nicht ausgeraubt werden. Fangt nicht an zu traumwandeln, sonst sterbt ihr und merkt es noch nicht einmal.«

Alle umringten sie den alten Gao. »Wir hören auf dich und bleiben hier an der Kreuzung. Und wenn einer kommt und will unsere Läden ausrauben, dann stürzen wir uns alle zusammen auf ihn. Wir verteidigen unseren Besitz. Und unser Leben. Wir halten die ganze Nacht die Stellung.«

Aber dann sagten sie: »Wir können aber nicht die ganze Nacht bloß hier rumstehen. Trinken wir was! Gehen wir was trinken! Dann können wir die ganze Nacht durchhalten. Können durchhalten, bis das Traumwandeln vorüber ist. Die anderen schlafen, wir bleiben wach. Beschützen unsere Läden und unser Leben. Und wenn einer das Traumwandeln ausnutzen und uns ausrauben will, dann stürzen wir uns alle wie ein Mann auf ihn.«

Dann gingen sie.

Zerstreuten sich.

Eigentlich wollten sie zu einem der Läden gehen und zusammen Bier trinken, aber die Hälfte von ihnen kehrte in ihre eigenen Geschäfte zurück. Einer von ihnen plumpste zu Boden und war im nächsten Moment prompt am Straßenrand eingeschlafen. Ein anderer wollte den Schläfer wieder hochziehen. »Wach auf! Wach auf!« Aber kaum hatte er den Arm um ihn gelegt, war er auch schon selber eingeschlafen.

Nur mein Vater blieb an der Kreuzung zurück. Er sah den Leuten nach wie einer Herde Schafe, die sich auf einer Weide zerstreut. Einsam. Verlassen. Als gäbe es im Funiu-Gebirge niemanden sonst mehr, und er stünde mutterseelenallein in diesem Dorf in den Bergen. Als wäre die ganze Welt verwaist, und er stünde allein an dieser Kreuzung.

Die Nacht war tief. Ziemlich tief jedenfalls, denn es war schon die dritte Nachtwache angebrochen. Gegen halb zwölf war es oder vielleicht schon gegen Mitternacht. Früher hätte ganz Gaotian um diese Stunde im Schlaf gelegen. Auf der Straße hätte man gehört, wie die Leute im Schlaf vor sich hin murmelten. Aber in dieser Nacht hatte sich die Stille in ein untergründiges, dumpfes Dröhnen verwandelt. Und in diesem Dröhnen lauerte ein tödliches Grauen.

Nachdem mein Vater noch eine Weile an der stillen Kreuzung gestanden hatte, kehrte er wieder nach Hause. Erst mit langsamen Schritten, dann schnell, dann wieder langsam. Zurück in unserem Bestattungsladen sah er, dass meine Mutter nicht mehr im Schlaf an ihrem Papier schnippelte und ihre Kränze bastelte. Sie war nun gänzlich an die Wand gesunken und lag in tiefem Schlaf. Aus der Ruhelosigkeit des Traumwandelns war sie in die Ruhe des Traums zurückgefallen. Da blieb mein Vater eine Weile an der Tür stehen. Und überlegte. Dann zerrte er meine Mutter hoch, als wäre sie ein großer Sack. »Wenn du schlafen willst, dann schlaf, aber stirb mir nicht im Schlaf.« Und er stützte sie und hievte sie auf die Treppe, damit sie oben schlief.

Unser Haus hat vier große Zimmer, zwei oben und zwei unten. Die oberen beiden Zimmer dienen als Schlafzimmer. In den unteren beiden ist unser Geschäft untergebracht, die Neue Welt, und dahinter gibt es noch eine Küche und einen Lagerraum. Die Treppe führt an einer Ecke der Hinterwand hinauf. Die Stufen sind aus Ulmenholz. Sie waren einmal rot gestrichen, aber inzwischen ist von der Farbe nichts mehr übrig geblieben, und das grauschwarze Holz liegt nackt da. Und in der Mitte jeder Stufe haben all die vielen Tritte zwei Kuhlen hinterlassen. In diese Kuhlen trat meine Mutter, als sie sich die Treppe hinaufschleppte.

Mein Vater schaute ihr nach, bis sie oben verschwunden war. Dann kam er zurück in den Laden und blieb dort stehen. Schaute erst hierhin, dann dorthin. »Niannian, du bist doch nicht müde, oder? Wenn nicht, dann bleib am besten die ganze Nacht wach.«

Dann ging er in die Küche und wusch sich das Gesicht unter dem Wasserhahn. Als er zurückkam, brachte er mir ein nasses Handtuch mit. »Wisch dir das Gesicht ab, und dann schauen wir zusammen bei unserem alten Zuhause vorbei. Nicht dass uns noch irgend so ein Traumwandler die Tür aufbricht.«

Mit diesen Worten marschierte er los. Und führte mich hinaus auf die Straße, hinein in den nächtlichen Traum.

2. 23:42–00:00

Mein Vater ging vorneweg, ich hinterher. Wir redeten viel, aber ich erinnere mich nicht mehr genau was. Ich glaube, mein Vater fragte mich: »Hast du Angst vorm Traumwandeln?«

»Ich würde gerne traumwandeln«, antwortete ich, »aber ich bin kein bisschen müde. Im Gegenteil, mich durchströmt so eine seltsame Kraft. So wie vor ein paar Jahren, als ich zum ersten Mal im Zoo von Luoyang war und eine für mich ganz neue Welt sah.«

»Heute Nacht braut sich irgendetwas hier in unserer Stadt zusammen. Vielleicht ein tödliches Unheil«, sagte mein Vater.

»Wir müssen nur die Nacht durchstehen«, antwortete ich. »Wenn es im Osten wieder hell wird und der neue Tag anbricht, dann werden alle wieder wach. Wer Weizen schneiden muss, schneidet Weizen. Wer dreschen muss, drischt. Und die Läden machen wieder auf wie immer.«

Wir redeten wohl noch vieles mehr. Aber ich erinnere mich nicht mehr, was es war.

So marschierten wir voran.

Der Mondschein schimmerte wie Wasser. Aber er verströmte keine Kühle mehr wie sonst. Er ähnelte eher Spülwasser, kochendem Spülwasser. Und nun dämpfte er die Erde wie ein riesiges Brötchen, und der Dampf stieg von ihr auf, ehe er sich in alle Winde zerstreute.

Schweiß floss meinem Vater und mir über Gesicht und Rücken. Wir gingen vom belebtesten Teil der Hauptstraße zur westlichen Dorfstraße. Wenn es hoch kam, hatten wir einen Kilometer zu gehen. Oder vielleicht doch mehr als einen. Jedenfalls hatte ich geglaubt, es wären nur ein paar Schritte und schon wären wir da. Aber in dieser Nacht kam mir der Weg wie fünf oder zehn Kilometer vor. Wie hundert oder tausend.

Unterwegs begegneten wir einem Mann, der im Schlaf auf die Straße trat, um zu pinkeln. Wie ein Kind lief er aus der Haustür, in der Hand seinen Schniedel, und pinkelte auf die Straße. Vor ein paar Jahren war die Straße neu asphaltiert worden, und die Hitze, die der Asphalt gespeichert hatte, vermischte sich nun mit der Hitze des Urins zu einem köchelnden Zischen.

»Ah, ist das gut! Ist das gut!«, murmelte der Mann vor sich hin. Der Himmel hat Mann und Frau ein besonderes Vergnügen geschenkt, und es klang, als hätte dieser Mann mit seiner Frau gerade dieses Vergnügen genossen. Oder als hätte er es mittendrin nur einmal kurz zum Pinkeln unterbrochen und würde gleich darauf im Bett damit weitermachen. Aber als er mit dem Pinkeln fertig war, hatte er vergessen, dass seine Frau dort auf ihn wartete. Dafür war ihm etwas anderes eingefallen. Etwas, das er auf der Stelle erledigen wollte. Und so tapste er zur nächtlichen Kreuzung. Blieb wie angewurzelt mitten auf der Straße stehen und glotzte hinauf zum Himmel.

»Wird es schon hell? Dann muss ich Mutter schnell eine Schüssel Schafsuppe kaufen. Wenn ich mich jetzt gleich darum kümmere, kriegt meine Frau auch nichts davon mit. Am besten, ich gehe gleich los, dann schnappe ich mir ich die erste Portion. Die mit besonders viel Fleisch und Fett. Mutter hat ja schon gejammert, dass sie ein paar Tage keine solche Suppe mehr bekommen hat.«

Damit schnürte er sich die Hose zu und trottete auf den Busbahnhof zu. Denn dort vor dem Bahnhof waren auf beiden Seiten der Straße die Stände mit der Rinder- und der Schafsuppe. Aber als der Mann meinen Vater und mich sah, blieb er wieder auf der Straße stehen und fragte: »Wird es schon hell? Es scheint mitten in der Nacht zu sein und trotzdem wie im ersten Morgengrauen.«

Mein Vater beugte sich zu ihm vor und starrte ihm aus nächster Nähe ins Gesicht. »Zhang Cai, du traumwandelst.«

»Ich habe dich gefragt, ob es hell wird.«

Da schlug mein Vater ihm heftig auf die Schulter. Der andere schwankte, riss die Augen auf und schüttelte den Kopf. »Was mache ich denn hier auf der Straße? Ich wollte doch bloß mal schnell aufs Klo.«

Als wäre er plötzlich aus einem Traum aufgeschreckt, machte er kehrt und tapste zurück zu seinem Haus. »Was mache ich denn hier auf der Straße? Wieso bin ich denn bloß hier rausgelaufen?«

Als wir weitergingen, trafen wir auf eine Frau Mitte dreißig, die mit einer Sichel in der Hand aus ihrem Haus kam. »Ich bin so müde. Todmüde«, murmelte sie vor sich hin und warf die Sichel an den Straßenrand. »Und dabei bin ich drauf und dran, ein Kind zur Welt bringen. Ein Kind!«

Sie krümmte sich. Kauerte sich nieder. Als müsste sie sich vor lauter Bauchschmerzen gleich auf dem Boden wälzen. Wir rannten zu ihr, weil wir glaubten, sie würde wirklich jeden Moment dort auf der Straße ein Kind gebären. Hastig halfen wir ihr auf. Ihr Gesicht glühte im Laternenschein wie ein rotes Tuch. Aber beim Sprechen hatte sie die Augen geschlossen. Als wäre sie trunken von zu viel Schönheit.

»Du traumwandelst!«, schrie mein Vater und rüttelte sie. Dann starrten wir beide auf ihren Bauch.

Sie war tatsächlich schwanger. Ihr Bauch wölbte sich vor wie eine unförmige Kugel. Darüber trug sie ein weites, dünnes Stoffhemd. Die Muster aus Blumen und Bäumen, die darauf gedruckt waren, waren nass von Schweiß.

»Wach schnell auf und geh zurück nach Hause! Nicht dass deinem Bauch im Schlaf noch etwas zustößt!«, schrie mein Vater ihr ins Gesicht.

Da stutzte sie und wachte wirklich auf. »Tianbao«, sagte sie und lächelte sogar. »Diesmal bin ich mit einem Jungen schwanger! Die drei davor waren alle Mädchen.« Dann lachte sie laut und lief zurück nach Hause.

Danach quietschte die Nachbarstür der Schwangeren auf. Die Tür war aus Weidenholz, und das Gequietsche, mit dem sie aufging, stach durch die Nacht. Als es verebbte, kam ein Mann Mitte sechzig heraus. Hager. Weißhaarig. Schlurfte in Schlappen drauflos, auf der Schulter einen bleischweren Stoffsack. Der Sack lastete so schwer auf ihm, dass der Alte tief vornüber gekrümmt ging und alle naslang verschnaufte und sich streckte. Dabei murmelte er in einem fort vor sich hin. Sein Gemurmel plätscherte wie Wasser aus seinem Sack. Plätscherte auf den Boden zu seinen Füßen und auf die Straße.

Er war erst ein paar Häuser weit gekommen, da wussten wir, was er dort schleppte. Und wir wussten auch, was er damit machen wollte. Er ging zum Haus von Liu Datang und hämmerte lautstark an die Tür.

»Datang, mach auf!«

»Datang, ich bringe dir den Sack Weizen zurück, den ich mir vor über zehn Jahren von euch geliehen habe. Vor ein paar Jahren haben wir uns deswegen noch gestritten. Ich dachte, ich hätte dir den Weizen schon zurückgegeben. Aber heute Nacht im Traum ist es mir endlich wieder eingefallen, dass ich ihn dir noch schulde.«

»Ich wollte mir den Weizen nicht unter den Nagel reißen, ich hatte die Sache wirklich vergessen. Sonst wäre ich kein Mensch.

Sonst wäre ich ein Schwein. Oder ein Hund. Aber ich hatte es wirklich vergessen.«

Da ging die Tür auf.

Die beiden alten Männer starrten einander an, der eine in der Tür, der andere davor. Nach einer Weile erwachte der Alte vor der Tür aus seiner Erstarrung und lud den Sack vor sich ab.

»Ein Sack Weizen, was ist das schon!« brummte der Alte in der Tür barsch und doch verlegen. »Wenn du ihn vergessen hättest, wäre es auch nicht weiter wild.« Aber dann machte seine Verlegenheit der Überraschung Platz, als hätte er gerade entdeckt, dass er nicht ein Knäuel warme Wolle, sondern einen Haufen Eis aufgelesen hatte.

»Traumwandelst du etwa? Du siehst so wirr aus, und deine Augen hast du auch nicht richtig auf. Qingshan, komm erst mal rein und wasch dir das Gesicht.«

»Na los, nun komm, ich hol dir schnell Wasser zum Waschen.«

Immer wieder trafen wir Traumwandler auf unserem Weg. Manche konnte mein Vater mit einem Schulterklopfen und einem Schrei wecken, andere beachteten ihn gar nicht und schwankten unter seinen Rufen nur umso hastiger davon. Männer waren darunter, aber auch Frauen. Junge Leute Mitte zwanzig, aber auch Alte, die über siebzig oder gar über achtzig waren.

So begann das Große Traumwandeln.

Die Nacht trug seine Geräusche und Stimmen hinaus aus dem Dorf, aus der Stadt und in die Berge. Hinein in die benachbarten Dörfer und Familien. Unser Dorf schlief und war doch wie wach. Unsere Stadt schlief und war doch wie wach. Die Welt lag in nächtlichem Schlaf und trieb doch wie wach auf ein tiefes Traumwandeln zu.

Ich sah einen Mann im Schlaf splitternackt aus seinem Haus kommen. Offensichtlich rannte er im Sommer immer mit nacktem Oberkörper herum, denn er war dort dunkel wie die Nacht. Dort, aber auch zwischen den Beinen, wo er normalerweise eine Unterhose trug. Ansonsten sah seine Haut bleich wie ein Sonnenaufgang aus. Nackt, wie er war, tapste er wer weiß wohin. Hastig. Stumm. Sein Pimmel baumelte ihm zwischen den Beinen wie ein toter Vogel. Entgeistert starrte ich diesen Vogel an. Mein Blick war wie gebannt, und die Augen taten mir weh.

»Papa!«, rief ich. »Papa.« Ich zog ihn am Arm, damit er nicht weiter vorwegmarschierte, und zeigte auf den Nackten, der dicht vor uns in eine Gasse abbog. Ruckartig blieb mein Vater stehen, als hätte sich die Straße an seinen Füßen festgesaugt.

»He, weißt du, dass du keine Kleidung anhast? Weißt du, dass du nichts anhast?« Er lief dem Mann hinterher und packte ihn am linken Arm. Aber der andere riss sich sofort los. Stumm. Unbeirrt. Und hastete weiter auf irgendein Haus zu.

»Weißt du, dass du nichts anhast?«

»Du bist doch Zhang Jie von der Straße vor uns, oder? Du weißt nicht, dass du nichts anhast, oder?«

3. 00:01–00:15

Unser altes Haus schlummerte noch immer friedlich vor sich hin. Das Türschloss schlief wie ein Vogel in der Sommernacht. Das Haus war noch immer ein Haus und die Tür noch immer eine Tür. Die Tontöpfe mit dem Weizen, die in einer Ecke an der Wand lehnten, waren abgesehen von ein paar Mäuseköteln unberührt. Das Bild meiner Großmutter stand friedlich auf dem langen Tisch im Hauptraum. Die Spinnennetze hingen friedlich in den Ecken. Auf den Hockern und Stühlen saß der Staub. Als wir eintraten, erhob er sich. Die heiße, faulige Luft wirbelte auf. Von einem Nagel an der Wand raschelte ein Strohhut herunter. Nächtlicher Vogelgesang antwortete auf unsere Schritte. Die Bäume im Hof, die Paulownien und Pappeln, waren wie entfesselt in die Höhe geschossen, ohne dass jemand sie daran gehindert hätte. Die Äste standen von den Stämmen ab wie verirrte Beine. Alte Truhen. Abgetragene Kleidung. Verrostete Hacken, Schaufeln und Sicheln. Ein verwaister Brunnen mit Schwengelpumpe. Verdorrte Blumen in Töpfen. Und der heiße, faulige Geruch, der uns auf den Fersen folgte. Der Geruch von Einsamkeit, den verlassene Häuser verströmen. Ein kalter, trostloser Geruch.

Wir gingen herum. Schauten uns um. Und traten schließlich hinaus vor die Hintermauer von Yan Liankes Haus, das an unseren Hof angrenzte. Die Mauer war längst nicht mehr neu. Roch längst nicht mehr nach Schwefel wie frisch gebrannte Backsteine. Yans Haus konnte sich mit unserem neuen nicht messen. Es war einmal ein neues Drei-Zimmer-Landhaus gewesen, aber jetzt war es nur noch ein altes Backsteinhaus. Unser Haus wirkte noch immer ziemlich neu, und seine drei Zimmer waren auf zwei Stockwerke verteilt. Yans Haus war einmal ansehnlich gewesen, aber das war nun vorbei, genauso wie er selbst auch keine Geschichten mehr erzählen konnte. Obendrein hatte es die Bewohner aus der Weststadt alle in die Oststadt gezogen. Alle wollten sie dort wohnen, weil dort so viel los war. Wollten dort Geschäfte machen. Nur Yans Zuhause war in dieser verlassenen Gasse zurückgeblieben. Jedes Jahr verkündete der berühmte Yan Lianke, auch er wolle in die blühende Oststadt umziehen. Jedes Jahr verkündete er das, aber er tat es nie. Vielleicht reichte das Geld, das er mit seinen Büchern verdiente, nicht aus, um sich dort ein Haus zu kaufen. Oder vielleicht wollte er das Geld aus seinen Büchern auch einfach nicht anrühren. Jedenfalls kaufte er sich nie ein neues Haus. Hörte auf, zu den Reichen zu zählen. Hatte weniger Geld als wir.

In seinen Büchern wollte er Menschen zum Leben erwecken. Und meine Eltern verdienten ihr Geld damit, den Toten in einer anderen Welt zum Leben zu verhelfen. Auf verschiedene Weise verfolgten wir alle das gleiche Ziel. Wir hatten die gleiche Absicht.

Meine Eltern hatten einen Bestattungsladen. Sie verkauften Bestattungswaren. Und wann immer bei uns in der Stadt einer gestorben war, gingen die Angehörigen zu meinen Eltern, um Bestattungswaren und Leichenhemden zu kaufen. Darum gehörten wir nun zu den reichsten Familien der Stadt. Wir waren wie ein großer Baum in einem prächtigen Wald. Und jedes Mal, wenn mein Vater zu unserem alten Haus zurückkehrte und sein Blick auf die Mauer und das Haus der Yans fiel, blieb er eine Weile davor stehen und sinnierte vor sich hin. Sinnierte und klopfte ein paar Mal gegen die Hintermauer der Yans. Klopfte und grübelte vor sich hin, bis er schließlich auch noch gegen die Mauer trat. Aber in dieser Nacht trat er nicht gegen die Mauer. Er klopfte nur ein paar Mal dagegen und schaute zum Himmel.

»Niemand aus seiner Familie arbeitet auf den Feldern, also wird ja wohl auch niemand traumwandeln.«

»Niemand aus seiner Familie arbeitet auf den Feldern, aber es wird ja wohl auch einer traumwandeln.«

Auf seinem Gesicht lag ein fragender Ausdruck. In seinen Augen funkelte es ungeduldig. Ich weiß nicht, ob er hoffte, jemand von den Yans würde traumwandeln. Oder ob er sich sorgte. Jedenfalls stand er dort vor ihrer alten Backsteinmauer und wartete. Lauschte. Hörte Rufe, schweißig vor Erregung, von draußen aus der Gasse.

»Hat jemand meine Mutter gesehen? Hat jemand meine Mutter gesehen?«

»Deine Mutter ist am Fluss bei den Westbergen. Viele alte Leute sind dort. Anscheinend hatten sie sich darauf verständigt, in den Fluss zu springen, aber dann sind Leute aus dem Dorf vorbeigekommen und haben sie daran gehindert.«

Fragen und Antworten waren aus voller Kehle geschrien. Als mein Vater die Schreie und Schritte hörte, lief er hastig zum Tor. »Anscheinend sucht Guangzhu aus der Nordstraße seine Mutter«, murmelte er vor sich hin, während er zusah, wie Yang Guangzhus Gestalt hinter einer Mauer verschwand wie ein Holzscheit, der in einen Graben fällt.

Mein Vater zögerte einen Moment, dann schloss er die Tür unseres alten Hauses ab und zog mich hinter sich her. Gemeinsam folgten wir Yang Guangzhus Schritten.

Da fiel mir wieder ein, was ich einmal gehört hatte: Das Grab, das ein Jahr, bevor meine Eltern geheiratet hatten, gesprengt worden war, war das Grab von Guangzhus Großmutter gewesen. Sein Vater hatte ihn und die anderen aus seiner Familie zu ihrem Grab geführt, und da hatten sie die in Fetzen gesprengte Leiche und das verkohlte Fleisch gesehen. Der Vater wollte einen Fluch ausstoßen, aber mittendrin blieb ihm die Luft im Hals stecken, und er sackte auf das Grab. Gehirnblutung. Er kam nicht wieder zu sich und wurde gleich an Ort und Stelle in dem aufgesprengten Grab bestattet. Nicht verbrannt, sondern begraben, wie er war.

Danach hockte sich Guangzhu mit einem Hackebeil und einer Schaufel in den Händen auf das Grab seines Vaters. Und wartete darauf, dass der Denunziant kommen und nach ihm ausspähen würde. Und dass die Gesetzesvollstrecker vom Krematorium noch einmal kommen und das Grab sprengen würden. Sogar eine Handgranate bastelte er sich und band sie sich an den Gürtel, damit er sich notfalls zusammen mit den Gesetzesvollstreckern und dem Grab in die Luft sprengen konnte.

Aber niemand kam.

Er wartete Tag für Tag, aber niemand kam.

Er wartete Woche für Woche, aber niemand kam.

Er wartete Monat für Monat, aber niemand kam.

Also steckte er sich einen Dolch an den Gürtel, marschierte damit durch die Straßen und schrie: »He, Denunziant! Ich habe meinen Vater in unserem Familiengrab begraben! Na los, geh ins Krematorium und denunzier mich! He, Denunziant! Ich habe meinen Vater in unserem Familiengrab begraben! Na los, geh ins Krematorium und denunzier mich!«

Mit seinem Geschrei erntete er in den Straßen nur Totenstille. Im ganzen Dorf erntete er nur Totenstille. In der ganzen Stadt und in der ganzen Welt. Niemand denunzierte ihn. Niemand kam zum

Grab seiner Familie, um es zu sprengen. Und so vergingen die Tage. Die Wochen. Die Monate. Tag für Tag, Woche für Woche, Monat für Monat harrte er am Grab aus wie ein Hase auf einem öden Feld.

Endlich kehrte er heim. Lief allein zurück durch die Straßen, heulte und schrie: »He, Denunziant! Komm raus! Lass mich nicht monatelang dort warten! Komm raus, und wir prügeln uns auch nicht mehr. Wir beschimpfen und streiten uns auch nicht mehr. Sag mir nur, wieso du so was tust. Ich will nur wissen, wer du bist. Und wieso du so was tust. Wieso du für ein paar hundert Yuan noch das letzte bisschen von dem Anstand, der hier bei uns seit Generationen herrscht, mit Füßen trittst.«

»He, Denunziant! Komm raus!«, schrie er. »Zeig dich mir!«

»Komm raus!«, heulte er. »Zeig dich mir! Lass mich wissen, wer du bist! Was haben wir Yangs dir denn getan? Wegen dir haben sie meine über neunzigjährige tote Großmutter in die Luft gesprengt und dann auch noch unter freiem Himmel verbrannt. Wegen dir ist mein Vater an unserem Familiengrab gestorben. Gerade mal sechzig Jahre ist er alt geworden, und dabei war er kerngesund.«

So heulte und schrie er. Kauerte sich auf die Straße. »Komm raus. Komm raus. Du schuldest meiner Familie zwei Menschenleben, aber wenn du rauskommst und ich dich schlage, bin ich ein Lump. Wenn ich dich nur mit einem Wort beschimpfe, bin ich ein Stück Vieh, ein Schwein und ein Hund. Ich schlage dich nicht und beschimpfe dich nicht. Sonst bin ich ein Stück Vieh, ein Schwein und ein Hund, und wenn ich auf die Straße gehe, soll mich das erste Auto überrollen. Der Leichenwagen vom Krematorium soll mich überrollen. Wie ein totes Schwein soll man mich auf den Wagen schmeißen. Wie ein Schwein soll man mich im Ofen verbrennen. Und meine Asche wie Schweinemist oder Kuhdung im Gras und Schlamm vorm Krematorium verstreuen. Und als Futter für die Fische in den Stausee gleich daneben schütten.«

»Aber erst musst du rauskommen. Rauskommen musst du.«

»Komm raus, damit ich weiß, wer du bist. Komm raus.«

Während er schrie, ging die Sonne unter.

Während er schrie, ging die Sonne wieder auf.

So schrie und heulte er Tag für Tag, während die Sonne auf- und unterging.

Die Erde und die Straßen des Dorfs hatten die trockene Hitze des Tages gespeichert. Nun, in der Nacht, stieg diese Hitze überall auf. Es war Mitternacht, aber es wurde nicht kühl, wie es hätte sein sollen. Stattdessen überfluteten Schwaden von Hitze die Straßen und die ganze Welt. Von vorn hörten wir Schritte und von hinten auch. Schemenhafte Gestalten schwankten vor uns vorüber und hinter uns auch. An der Straßengabelung vor uns schien jemand nach Westen zu gehen. Hastig wirbelten seine Schritte auf und ab, auf und ab, als müsste er eine Grube überqueren. Oder eine lange Reihe von Gruben. Jeder einzelne Schritt ein großes Auf und Ab.

Ein anderer hastete ihm halb im Laufschritt hinterher, und dabei schrie er mit einer Stimme, die so aufgewühlt war wie Wasser, das aus einem geöffneten Schleusentor herausrauscht:

»Vater, du wagst es nicht, zum Fluss zu gehen!«

»Vater, du wagst es nicht, zum Fluss zu gehen!«

Wir standen wie erstarrt. Dann rannten wir zur Straßengabelung, und dort sahen wir, wie ein mittelalter Mann einen alten Mann verfolgte. Der Alte schwankte auf den Fluss im Westen zu. Er war Mitte siebzig und sein Sohn Mitte fünfzig. Als der Sohn den Vater eingeholt hatte, drückte er ihn an sich. »Bist du verrückt geworden? Bist du irre? Bist du verrückt geworden? Bist du irre?« Halb stützte er ihn, halb trug er ihn und führte ihn zurück nach Hause.

Vor meinem Vater und mir blieb er stehen. Er schaute meinen Vater an wie einen Arzt.

»Tianbao, du bist zurückgekehrt zu deinem alten Zuhause! Sag mir: Ist mein Vater irre? Mitten im Schlaf ist er auf einmal aufgestanden und zur Tür hinausgelaufen.«

»Er wollte meine Mutter suchen. Weißt du, vor über zehn Jahren haben sie sie im Krematorium verbrannt, obwohl sie noch nicht tot war. Sie hing im Krankenhaus noch an den Schläuchen, aber der Arzt meinte, es geht mit ihr zu Ende, und wenn sie nicht verbrannt werden soll, sollen wir sie schnell fortschaffen, solange sie noch lebt. Irgendjemand muss dann aber gleich beim Krematorium angerufen und uns denunziert haben, denn der Leichenwagen wartete schon vorm Krankenhaus. Wir hatten uns noch keine Gedanken über die Bestattung gemacht, da haben sie meine Mutter schon ins Krematorium gebracht. Ihr Herz schlug noch, da wurde sie bei lebendigem Leib verbrannt. Deshalb sagt mein Vater jede Nacht im Schlaf, er geht meine Mutter suchen, er geht meine Mutter suchen.«

Mit diesen Worten zog der Sohn seinen Vater an uns vorüber.

Wieder blieb mein Vater stehen wie angewurzelt. Als hätte ihm jemand eine Backpfeife verpasst. Sein Gesicht war bleich wie der Mond. Vierzig Jahre war er alt, aber sein kleines, rundes Gesicht sah furchig aus wie das eines Fünfzig- oder Sechzigjährigen. Als wäre ihm kalt. Aber die Nacht war drückend heiß. Und stickig. Ohne ein Wort zu sagen, stand mein Vater da, als wäre er starr vor Kälte. Ganz klein war er geworden. Als wäre er geschrumpft. Klein wie ein Staubkorn auf der nächtlichen Straße. Klein wie ein Grasbüschel, auf das jemand am helllichten Tag trampelt. Vorher hatte auf seinem Gesicht ein Ausdruck des Verstehens gelegen, nun verstand er nichts mehr. Verstört sagte er zu mir: »Geh nach Hause und pass auf deine Mutter auf. Ich schaue mal beim Westlichen Kanal vorbei.« Damit ging er los nach Westen, zum Kanal.

Ging hinaus aus der Stadt.

Fünftes Buch

Vierte Nachtwache, erster Teil: Die Vögel brüten ihre Eier

1. 00:50–01:10

Als ich zur Hauptstraße zurückkehrte, erschreckte mich das Chaos, das dort ausgebrochen war. Anfangs war alles immer noch sehr ruhig. Während ich allein die Straße entlangging, hörte ich nur, wie die Leute in ihren Häusern im Schlaf mit den Zähnen knirschten. Und wie sie vor sich hin brabbelten. Manchmal hörte ich auch, wie jemand vor oder hinter mir schnell wie der Wind vorüberhuschte. Wenn sie traumwandelten, waren alle wirr im Kopf und fieberhaft erregt. Ich sah kaum einmal jemanden, der etwas sorgfältig tat, so als suchte er eine Nadel auf dem Boden. Einen jungen Mann sah ich, der aus dem Fenster eines Friseurladens heraussprang, die Hände voller Shampoos und Seifen, Waschpulver und einer Haarschneidemaschine. Ein anderer stand auf der Straße und schrie aus voller Kehle: »Ein Dieb! Ein Dieb!« Und während er so schrie, brach wieder ein anderer die Tür zu einem Schaffleischladen auf und stellte sich einen großen Kochtopf für das Fleisch auf den Kopf. Sonst klaute er nichts. Lief mit dem Topf zu dem, der schrie, und stellte ihm seine Beute vor die Füße. Beugte sich vor und schaute ihm ins Gesicht. Verpasste ihm eine Backpfeife.

Da schrie der andere nicht mehr.

Die Welt war wieder still.

Einträchtig wie Brüder hoben die beiden Männer den Topf hoch und liefen damit davon.

Es war seltsam. Höchst eigenartig war die Welt geworden. Höchst sonderbar. Die Alten wollten im Schlaf Selbstmord begehen. Die Jüngeren gingen Weizen schneiden und dreschen, oder sie raubten und plünderten. Der junge Mann, der den Friseurladen ausgeraubt hatte, hatte am anderen Ende der Stadt selber so einen Laden. Und weil seine Geschäfte nicht so gut liefen wie in diesem Laden, war er im Schlaf gekommen, um hier einzubrechen.

Seltsam war auch, dass der hiesige Ladenbesitzer nicht etwa geschlafen hatte, sondern, kaum hatte der Abend gedämmert, die Tür abgeschlossen hatte und voller Gottvertrauen wer weiß wohin verschwunden war.

Ich kam jeden Monat zum Haareschneiden hierher. Nachdem der Einbrecher abgezogen war, spähte ich durch das Schaufenster ins Innere. Der Laden war nicht nur geplündert, sondern auch noch verwüstet worden. Die Wandspiegel waren zu Scherben zerschmettert. Die Bilder von schönen Frisuren und Menschen lagen zerknüllt auf dem Boden oder hingen in Fetzen von den Wänden. Eine kleine Lampe war unter den Tisch gerollt und ein Stuhl, dessen Höhe man verstellen konnte, daneben geworfen. Hinter der Tür lag ein Föhn, dessen Gebläse jemand plattgetrampelt hatte. An der Decke beschien eine Neonlampe unbeirrt dieses Bild der Zerstörung, als hätte die Sonne sich hinter Wolken hervorgearbeitet, um die trostlose Erde zu erhellen.

In dieser besonderen Nacht war die Welt ein einziges Chaos. Als hätte ein Sturm einen ganzen Wald umgeblasen. Als wären die Bäume entwurzelt und die Blätter und Zweige zerfetzt. Überall auf den Straßen und Feldern, vor allen Türen und in allen Mauerecken lagen die zerrissenen Blätter und Zweige und die Plastiktüten, die der Sturm mit sich fortgewirbelt hatte. Die Welt war nicht mehr die Welt von früher. Die Berge waren nicht mehr die Berge von früher. Und Gaotian war nicht mehr die Stadt von früher.

Ich trat vom Fenster des Friseurladens zurück und blieb verstört auf der Straße stehen. Im Osten sah ich Schemen vorüberhuschen und im Westen. Jemand rannte mit einer Nähmaschine auf der Schulter an mir vorüber, und dabei fiel Garn von der Maschine herunter, als spuckte der Dieb Spinnweben aus.

Ein anderer ging mit einem Fernseher in den Armen an mir vorüber, und dabei knirschte er im Schlaf mit den Zähnen. Es klang, als wäre der Fernseher noch eingeschaltet.

Ich war fassungslos. Die Welt war eine Welt voller Diebe geworden. Ich war fassungslos. Und auf einmal packte mich die Angst um meine Mutter. Ich hastete zu unserem Zuhause und fand alle Häuser und Läden ringsum erhellt. Manche Leute standen an den Türen, beobachteten das Treiben auf der Straße und hielten Wache. Andere hatten sich mit einem Stuhl und einem großen Becher Wasser vor ihre Tür gesetzt, wedelten sich Luft mit einem Fächer zu und tranken. Neben ihnen an den Stuhlbeinen lehnten Knüppel oder lagen Messer. Als ich mich ihnen näherte, fixierten sie mich schon von Weitem, während sie sich wortlos ihre Messer oder Knüppel schnappten. Erst nachdem sie mich erkannt hatten, legten sie ihre Waffen wieder nieder.

»Ach, du bist es, Li Niannian! Du geisterst hier herum wie ein Gespenst.«

»Wieso schläfst du denn noch nicht? Wo willst du denn hin?«

»Statt hier herumzulaufen wie ein kleines Gespenst, solltest du lieber auf deine Eltern und euren Laden aufpassen, jetzt, wo so viele Leute traumwandeln.«

Als ich nach Hause kam und die Tür aufstieß, fiel mir auf den ersten Blick auf, dass wir wieder sechs oder sieben Kränze mehr hatten. Im ganzen Vorderraum stapelten sich nun die Kränze aufeinander, alles in allem bestimmt zwei oder drei Dutzend. Genug, um acht oder zehn Familien damit zu versorgen. In den Jahren davor waren bei uns kaum einmal zwei Leute an einem Tag gestorben. Aber in dieser Nacht war alles anders. Ich fragte mich, was in dieser Nacht noch alles passieren würde. Fragte mich, wie viele Leute noch sterben würden. Vielleicht zu viele für unsere Kränze, auch wenn sie schon ein Zimmer füllten. Vielleicht würden selbst zwei, ja, drei Zimmer voller Kränze nicht ausreichen.

Der Gedanke an die Toten jagte mir keine Angst ein. Ich fühlte nur ein leises Unbehagen. Und als ich zwischen all den Kränzen hindurchging, kam es mir vor, als würde mein Herz von siedend heißem Schweiß triefen. Meine Haut war ganz trocken und kühl und sauber, aber aus meinem Herzen quoll der Schweiß. Als würde man einen reifen Pfirsich in Wasser kochen und waschen.

»Mutter! Mutter!«, rief ich, kaum hatte ich den Laden betreten. Und während ich nun den vorderen Raum mit seiner Welt aus Bestattungswaren durchquerte, blieben meine Rufe wie erstarrt am Fuß der Treppe hängen.

Meine Mutter schlief nicht etwa im oberen Stockwerk. Nachdem sie genügend Kränze für ein ganzes Zimmer gebunden hatte, hatte sie in der Küche hinter der Treppe einen Topf Teewasser aufgesetzt. Bis zum Rand hatte sie den großen Aluminiumtopf, in dem sie sonst Brötchen dämpfte, mit Wasser gefüllt. Als das Wasser auf der Gasplatte zu kochen anfing, tat sie die Teeblätter hinein. Weil sie nicht wusste, wie viele Blätter sie für so einen großen Topf brauchte, tat sie einfach eine kleine Handvoll hinein. Und noch eine. Dann pustete sie den Dampf weg, der aus dem Topf aufstieg, als wäre es ein Topf Reis, den sie noch salzen musste.

»Mama!« Ich stand im Licht hinter der Treppe und schaute in die Küche.

»Wo ist denn dein Vater?«

Meine Mutter drehte sich zu mir um. Der Dampf hatte sich auf ihrem Gesicht abgesetzt, Wasser- und Schweißtropfen hingen darauf und ließen ihre Haut rot schimmern. Ihre Miene erinnerte mich nun nicht mehr an ein altes Buch oder eine alte Zeitung, sondern an einen nassen roten Lappen. Ihre Backenknochen glänzten gelb, ihr vom Schlaf zerzaustes Haar sah aus wie Unkraut, das man noch nicht gejätet hat, und ihr Körper war schief wie ein umgestürzter Baum. Sie hatte sich eindeutig zu mir gewandt, um mit mir zu sprechen, aber noch bevor ich antworten konnte, drehte sie sich wieder weg. Vergaß, was sie mich gefragt hatte. Versank wieder in ihrem Traum. Hatte nur noch Augen für ihren Topf. Und für die getrockneten Teeblätter, von denen sie eine kleine Handvoll nach der anderen ins Wasser warf.

Der Tee stammte aus der Stadt Xinyang in Henan. Unsere dicke Nachbarin, die einen Laden mit landwirtschaftlichen Geräten besaß, hatte ihn von ihrer Mutter mitgebracht und meinem Vater geschenkt. »Dieser Tee kann Wunder wirken«, hatte sie geschwärmt. »Du musst nur ein paar Blätter davon in eine Tasse heißes Wasser tun, dann entfalten sie sich und richten sich auf. Als würden lauter kleine Knospen aufgehen. Eine Tasse davon vertreibt deine Müdigkeit und macht dich wieder munter. Wenn du erkältet bist und Fieber hast, musst du nur ein paar Tassen davon trinken, und schwups! ist die Erkältung wieder weg.«

In der Zentralchinesischen Ebene trinken die Leute kaum grünen Tee, und bei uns im Funiu-Gebirge schon gar nicht. Nur in der größten Sommerglut kochen sie Wasser mit ein paar frischen grünen Bambusblättern auf, um sich zu erfrischen. Um die innere Hitze zu kühlen und Entzündungen vorzubeugen. Aber unsere dicke Nachbarin beteuerte, ihr Tee hätte nicht nur die gleichen Wirkungen wie der Bambus, sondern obendrein noch andere Wirkungen. Quicklebendig würde er einen machen. Ein, zwei Tassen, und alle Müdigkeit wäre verflogen.

Und damit hatte sie nicht übertrieben. Schon eine einzige Tasse vertrieb die Müdigkeit.

Zwei Tassen, und man schlief die ganze Nacht nicht mehr.

Unsere ganze Familie hatte diesen Tee schon probiert. Danach konnten wir einmal die ganze Nacht nicht schlafen und redeten bis zum Morgengrauen.

»Wer müde ist, soll einfach eine Tasse trinken und schon ist er wach. Dann braucht er keinen Schlaf mehr, und schlafwandeln tut er auch nicht mehr.« Sagte meine Mutter im Schlaf. Sorgte im

Schlaf dafür vor, dass niemand mehr schlafwandelte. Dabei strahlte sie, als hinge ihr Gesicht voller Pfirsichblüten. Oder voller Ulmen- oder Schnurbaumblüten.

Sie nahm den Aluminiumtopf vom Herd und suchte zwei Teetassen und drei Schüsseln heraus. »Komm, wir gehen zur Tür. Jeder, der schlafwandelt, kriegt von uns eine Schüssel zu trinken.«

Aber ich blieb im Licht der Küchenlampe stehen und rührte mich nicht. »Papa sagt, ich soll dich nicht nach draußen lassen. Wenn du traumwandelst, darfst du auf keinen Fall das Haus verlassen, sagt er.«

Ich baute mich vor ihr auf und nahm ihr eine Schüssel aus der Hand. »Trink erst mal selber eine. Trink selber eine, und du springst im Nu aus deinem Traum heraus.«

Sie wich geschwind vor mir zurück, und dabei stieß sie mit ihrem rechten Ellbogen an die Wand. Die Schüsseln und Tassen, die sie vor sich trug, klirrten auf. »Ich soll traumwandeln? So ein Unsinn! Ich bin nur müde von den vielen Kränzen, die ich gemacht habe, aber mein Kopf ist klar wie Wasser.«

Mit diesen Worten ging sie auf die Ladentür zu, in den Armen ihre Tassen und Schüsseln. »Der liebe Gott meint es heute Nacht gut mit unserer Familie«, lachte sie. »Die ganze Stadt traumwandelt, nur wir nicht. All diese Traumwandler sind wie wirre Geister. Aber wir, wir sind wie wache Götter. Und deshalb können wir diesem Haufen von wirren Geistern besser helfen als jeder andere. Danach sind wir ihnen nichts mehr schuldig. Im Gegenteil, wenn sie erst mal wach sind, müssen sie uns allen dankbar sein.«

Bei diesen Worten wippte sie so leichtfüßig voran wie eine Tänzerin. Unwillkürlich starrte ich auf ihre Beine. Seitdem sie einen Autounfall gehabt hatte, humpelte sie. Aber in diesem Augenblick war davon nichts zu sehen. Sie kippte beim Gehen nicht mehr zur Seite, als könnte sie jeden Moment umfallen. Staunend folgte ich ihr ein paar Schritte. Und tatsächlich: Während sie an den Kränzen im vorderen Ladenraum vorbeitänzelte, schien ihr lahmes Bein auf einmal länger geworden zu sein. Und stärker. Als strotzte es nur so vor Kraft und könnte mühelos ihr Gewicht tragen.

Sprachlos vor Staunen blieb ich im Zimmer stehen und sah zu, wie sie die Tische verrückte und den Topf herbeibrachte und wie sie die Tassen und Schüsseln auf den kleinen Tisch am Eingang stellte. Dann schnappte sie sich einen Hocker und setzte sich im Lampenschein vor die Tür, und ihr Blick wanderte die Straße auf und ab.

Ein Mann kam mit einer Last Weizen auf sie zu. Die Tragstange knarrte so gequält wie der letzte Aufschrei eines Sterbenden. Die Weizengarben wippten auf und ab wie Boote auf einem Fluss.

»Mitten in der Nacht schleppst du dich noch mit deinem Weizen ab? Komm, trink eine Schüssel Tee!«

Aber der Mann beachtete sie gar nicht. Ging einfach an ihr vorbei. Wuchtete bloß, als er bei ihr war, die Stange auf die andere Schulter.

Schon kam ein anderer vorbei, in den Armen ein Bündel, das brechend voll von Weizen schien. Hastete herbei, keuchend, den Blick stur geradeaus gerichtet.

»Mitten in der Nacht rackerst du dich noch so ab? Komm, trink eine Schüssel Tee!«

Der Mann warf ihr nur einen Blick zu und beschleunigte seine Schritte. Als wollte er vor ihr fliehen. Aus seinem Bündel fiel eine Flasche heraus und kullerte klirrend an den Straßenrand.

»Dir ist da was rausgefallen! Dir ist da was rausgefallen!«

Aber statt sich zu bücken und die Flasche wieder aufzuheben, richtete sich der Mann auf und rannte nur noch schneller.

Verdutzt starrte meine Mutter ihm hinterher. Ging zu der Flasche und hob sie auf. Es war eine Nuckelflasche für Babys. Ein Beutel Milchpulver war auch noch mit herausgefallen. Auf der Plastikverpackung war ein Baby abgebildet, das so fett war, dass ihm der Speck vom Gesicht herunterschwabbelte. Die bunten Firmenlogos und die Preisschilder klebten noch auf der Flasche und dem Beutel. Da wusste ich, welcher Laden diesmal ausgeraubt worden war.

Der Plünderer hatte bestimmt ein Baby zu Hause, für das er Flasche und Milch brauchte. Ich gesellte mich zu meiner Mutter auf die Straße. Wir schauten dem Mann nach, wie er davonlief. Dann kehrten wir zu dem Teetopf vor unserer Tür zurück.

Meine Mutter humpelte wirklich nicht mehr.

Ging nicht mehr krumm und schief, sondern fast wie jeder andere auch.

Ich hatte keine Ahnung, wie spät es war. Vielleicht schon tiefste Nacht, vielleicht auch nicht. Jedenfalls war es hier an der Straße anders als draußen vor der Stadt am Fluss noch immer heiß und stickig.

Wieder kamen Leute auf uns zu. Mit schweren Schritten, die heftig auf den Asphalt knallten. Eine ganze Gruppe. Ein Haufen. Lauter Leute in den Dreißigern und Vierzigern. Kräftige Kerle in den besten Jahren. Von Habgier getrieben. Während sie auf uns zumarschierten, tuschelten sie verschwörerisch miteinander. Tuschelten, ob sie den Gemischtwarenladen beim Busbahnhof oder die Elektrostadt gleich daneben ausrauben sollten. Wobei diese sogenannte Stadt in Wahrheit auch bloß ein gewöhnlicher Laden war. »Stadt« klang nur nach mehr.

»Im Gemischtwarenladen gibt es doch bloß Kleinkram«, brummte einer. »Da stopfen wir einen Sack voll und kriegen dafür am Ende auch nur ein paar Kröten. In der Elektrostadt schnappt sich jeder ein Teil und kassiert dafür ein paar hundert, wenn nicht tausend Eier! Also, hier ist unser Plan: Du stehst auf der Straße Schmiere. Du brichst ein Fenster auf und nimmst die Ware in Empfang. Und wir drei gehen rein und reichen dir alles raus.«

Der die Befehle erteilte, war der Boss unserer städtischen Spedition. Ein großer, bulliger Kerl. Wann immer es bei uns in der Stadt etwas zu transportieren gab, war er mit seinem Trupp zur Stelle. Als sie unseren Laden erreichten und den Tee an unserer Tür entdeckten, kamen sie zu uns gelaufen, noch bevor meine Mutter sie gerufen hatte, und stürzten den Tee herunter, dass es nur so gluckerte wie von einem Gebirgsbach. Nur einer von ihnen rührte den Tee nicht an. So tief, wie sein Kopf vornüber gesackt war, konnte er jeden Moment einschlafen.

»Na komm, trink auch eine Schüssel!«, ermunterte meine Mutter ihn. »Danach ist deine Müdigkeit wie weggeblasen.«

»Drauf geschissen!« Der große Kerl warf seinem Kameraden nur einen kurzen Blick zu. »Ein Wort, dass uns die fette Kohle winkt, und der ist hellwach.« Er drehte sich wieder zu uns. »Solange die anderen im Schlaf durch die Gegend laufen, bleiben wir umso wacher – so eine Gelegenheit kommt doch in tausend Jahren nicht mehr! Wir könnten gar nicht pennen, selbst wenn wir wollten.«

Er warf seine leere Schüssel auf den Hocker an der Tür, sodass sie klirrend einen halben Kreis drehte. Dann erteilte er den Befehl zum Abmarsch. Sonst brachte sein Trupp die Sachen zu anderen Leuten nach Hause. Diesmal würden sie die Sachen zu sich selber schaffen. Vor lauter freudiger Erregung schwollen ihnen schon die Backen. Hinten am Gürtel oder in den Händen hatten sie Bettlaken und Jutesäcke zum Transport dabei.

Die Luft vor der Tür war auf einmal so dünn, dass uns der Atem stockte.

Die Luft auf der Straße war so dünn, dass uns der Atem stockte.

In meinen Handflächen stand der Schweiß wie kleine Pfützen.

»Keine Bange, euern Laden wird schon niemand ausrauben.« Nachdem alle ihre Schüsseln leergetrunken hatten, zogen sie ab. Aber der Anführer drehte sich noch einmal um. »Geht schlafen. Einen Bestattungsladen ausrauben, das ist wie ein Grab ausrauben. Niemand in der ganzen Stadt, niemand auf der ganzen Welt will euch die Kränze klauen und sie bei sich zu Hause haben.«

Alle lachten. Lachten ausgelassen und wild. Als platzten Knallfrösche in tiefer Nacht. Und dann marschierten sie ab. Marschierten davon. Und die Welt war wieder still. Aber in dieser plötzlichen Stille lauerte ein Schrecken, der sich nicht mehr vertreiben ließ. Meine Mutter war bleich vor Angst. Ihre Augen schauten nicht mehr starr und schläfrig drein. Sie sah aus, als wäre sie erwacht. Und das war sie wirklich. Die fünf oder sechs Kerle hatten sie aus ihrem Traum aufgeschreckt. Sie strich sich das wirre Haar nach hinten, das ihr ins Gesicht gefallen war, und starrte in die Richtung, in der der Trupp verschwunden war.

»Die wollen stehlen, oder? Die wollen jemanden ausrauben, oder?«, fragte sie mich. Aber gleichzeitig klang es, als redete sie mit sich selber. »Mein Gott, wir müssen schleunigst jeder Familie unseren Tee bringen. Wenn sie ihn erst mal getrunken haben, dann sind sie nicht mehr so schläfrig und können sich vor den Dieben schützen. Dann können sie ihr Leben schützen.«

Mit diesen Worten lief sie ins Haus zurück. Offenbar wollte sie irgendetwas holen. Ihre Schritte waren noch immer leicht und doch voller Kraft.

Anscheinend hatte diese Nacht tatsächlich ihr lahmes Bein kuriert. Ihr Gang war geschmeidig wie Kleidung, die wie angegossen sitzt. Federnd, als würde sie fliegen.

2. 01:10–01:20

In der Nacht des Großen Traumwandelns war es nicht schwerer, etwas zu stehlen als etwas vom Boden aufzulesen.

Um zur Elektrostadt zu kommen, musste man von uns aus rund hundert Meter nach Osten gehen. Nach einer Abbiegung in die Gegenrichtung erreichte man kurz vor dem Busbahnhof eine besonders belebte Gegend. Zwischen einem Gemischtwarenladen und einem Spirituosenladen lag die Elektrostadt. Ein Haus mit drei Zimmern, zwei Fenstern und einer Tür. Die Männer, die sich zu einer Bande zusammengetan hatten, wollten die Fenster und die Tür aufbrechen. Aber die Hämmer und Brechstangen, die sie sich an die Gürtel gesteckt hatten, brauchten sie gar nicht. Der Laden war taghell erleuchtet. Der Lampenschein strömte aus Tür und Fenstern, als ginge die Sonne auf. Selbst den Speichel, der dem Ladenbesitzer im Schlaf aus dem Mund geflossen war, konnte man klar und deutlich erkennen. Und die Fußabdrücke, die er auf dem Boden hinterlassen hatte, auch. Er war Mitte fünfzig, hatte ein speckiges, rundes Gesicht und einen leicht gekrümmten Rücken. Wenn er redete, schoss ihm die Fröhlichkeit in die Mundwinkel. Wenn er nicht redete, auch. Wenn ein Kunde kam und etwas bei ihm kaufte, lächelte er. Wenn einer nichts kaufte und sich bloß ein bisschen umschaute, lächelte er auch.

An den Wänden standen die Regale. Manche mit großen, andere mit kleinen Fächern. In den großen standen die Fernseher, in den kleinen die kleineren Geräte. Kühlschränke gab es auch, aber die wurden nur selten verkauft. Auch die ersten elektrischen Reiskocher, Bügeleisen und Haartrockner benutzten die Leute schon in unserer Stadt. All diese Sachen, dazu Stecker und Steckdosen für Glühbirnen, waren auf den Regalen ausgestellt.

Wenn Wan Ming, der Chef, nichts zu tun hatte, staubte er immer mit einem Federwisch die Regale ab. Nun hatte er eine Bande von Einbrechern herbeigewedelt. Verdutzt standen sie am Ladeneingang. Denn der Chef schlief überhaupt nicht, er staubte mal wieder im taghellen Licht seine Regale ab. Die Einbrecher blieben im Dunkeln vor der Tür stehen und entschlossen sich, den Einbruch abzublasen. Sie würden lieber weitermarschieren und den erstbesten Laden, der nicht beleuchtet war, ausrauben. Aber als sie gerade den Rückzug antreten wollten, kam der Chef an die Tür.

»Warum wollt ihr denn schon gehen? Ihr müsst ja nichts kaufen, schaut euch doch nur ein bisschen um.« Er klang so vertraulich wie ein Nachbar. Oder wie ein Bruder. In unserer kleinen Stadt kannten wir einander ja auch alle wie Nachbarn oder Brüder.

»Wir müssen los«, sagte der Bullige und gab seinen Leuten einen Wink.

Aber der Chef lief ihnen hinterher auf die Straße und versuchte, sie mit seinem Federwisch zurückzuwinken. »Es ist gerade Ernte, und dazu herrscht auch noch so eine Bullenhitze. Seit ein paar Tagen ist bei mir totale Flaute. Kommt doch rein und lasst mich ein kleines Geschäft machen. Nur ein kleines.«

Wieder blieben die Männer stehen.

Einer, der mutiger war als die anderen, ging zu dem Chef hinüber. Fuchtelte ihm mit einer Hand vor den Augen und sagte ein paar Worte zu ihm. Dann kam er wieder zurück und berichtete dem Bulligen zufrieden: »Scheiße, ich glaube, der Typ ist am Traumwandeln. Eigentlich sind wir Nachbarn, aber nun sieht er in mir nur noch einen Kunden.«

Der Bullige stutzte. Dann lachte er und zeigte mit dem Kopf auf den Laden. »Na, dann mal los.« Und er führte seine Männer zurück zu dem Lichtkreis vor dem Laden.

Der Chef strahlte übers ganze Gesicht. Aber obwohl er seine Augen weit aufgerissen hatte und darin viel Weiß und wenig Schwarz war, gab es darin kein Licht. Stattdessen rieb er sich immer wieder die Augen. »Na, kommt schon rein. Ihr müsst ja nichts kaufen. Schaut euch einfach bloß ein bisschen um.« Dabei grinste er immer weiter vor sich hin und rieb sich die Backen. »Wenn alle auf den Feldern rackern, ist bei mir tote Hose. Seit Tagen habe ich nicht eine Ware mehr verkauft. Und dabei muss ich am Monatsende doch noch die Miete bezahlen.«

In Wahrheit hatte er sich sein Haus selber gebaut. Und die Einbrecher waren damals noch keine Einbrecher gewesen, sondern hatten ihm beim Bau geholfen. Und trotzdem tischte er ihnen nun diese Geschichte auf. Als wären sie irgendwelche dahergelaufenen Fremden. Wer traumwandelte, der wandelte eben wirklich in einer anderen Welt.

Auch der Bullige fuchtelte ihm nun mit der Hand vor den Augen. Der Chef schaute tatsächlich drein wie ein Schläfer. Er blinzelte nicht einmal.

»Na, wie sieht's aus? Wenn ihr was kauft, kann ich euch auch Rabatt geben.«

»Und wie viel?«

»Das hängt davon ab, was ihr kauft.«

»Ich kaufe einen Fernseher.«

»Wie groß?«

»Den hier, mit 29 Zoll.«

Sonst redeten die Männer den Chef mit Namen an. Jetzt aber waren sie Fremde geworden. Er bewegte sich in seiner Traumwelt, sie sich in ihrer Wachwelt. Er war ein Geschäftsmann, der darauf brannte, seine Ware zu verkaufen, und er sah in den Männern nichts als Kunden und mögliche Käufer.

»Der Fernseher hier gefällt mir.«

»Mir gefällt der Kühlschrank hier.«

»Wenn du uns einen Freundschaftspreis machst, kauft jeder von uns was.«

All das war bloßes Geschwätz. In Wahrheit warteten die Männer nur auf eine Gelegenheit zum Diebstahl. Aber der Chef nahm jedes ihrer Worte ernst.

»Kann jeder von euch etwas kaufen? Dann gebe ich euch noch mal zehn Prozent Rabatt obendrauf, und ihr kriegt alles dreißig Prozent billiger. So ein Schnäppchenangebot findet ihr im Traum nicht noch mal! Ich zahle dabei noch obendrauf. Ihr müsst nur jeder etwas für mindestens zweitausend Yuan kaufen, und ich garantiere euch die dreißig Prozent Rabatt.«

»Das ist ja echt billig.«

»Ja, wirklich.«

»Und? Wie sieht's aus? Sucht euch was aus. Ich trinke in der Zwischenzeit einen Schluck.«

Er steuerte von der Tür auf den Ladentisch zu, lief aber wie ein Blinder dagegen. »Scheiße, mir fallen schon die Augen zu. Was für eine Bullenhitze. Ich kann gar nicht mehr klar sehen. Wärt ihr nicht gekommen, hätte ich den Laden dichtgemacht und mich schlafen gelegt.«

Kaum setzte er sich auf seinen Hocker und lehnte sich auf die

Theke, schlief er tatsächlich ein, eine Hand noch an der Tasse Wasser.

Im nächsten Moment erfüllte sein Schnarchen den Laden wie ein herumschwirrender Mückenschwarm. Und die Diebe machten große Augen. Ganz aus dem Häuschen waren sie. Als hätte ein jeder von ihnen im Kopf ein Nest, in dem ein Vogel seine Eier brütete, so wohlig warm war ihnen zumute und so freudig. Dem einen von ihnen, der vor den Fernsehern gestanden und so getan hatte, als würde er sich einen aussuchen, huschte ein Grinsen aufs Gesicht, das gar nicht mehr verschwinden wollte. Genauso wenig wie die Hand, die er auf einen der Fernseher gelegt hatte. Ein anderer, der so getan hatte, als wollte er sich einen Reiskocher aussuchen, klemmte sich einen davon unter den Arm, aber als er merkte, dass alle seine Kumpels es auf die Kühlschränke oder Fernseher abgesehen hatten, ließ er den Reiskocher schleunigst stehen und sicherte sich einen der Fernseher, indem er seine Hand darauflegte.

Jeder nahm sich, was er brauchte. Und im Nu war der ganze Laden leer.

3. 01:21–01:50

Meine Mutter hatte noch einen Topf Tee aufgebrüht.

In den ersten hatte sie sieben oder acht kleine Handvoll Teeblätter getan, in den zweiten zwei große Handvoll. Diesmal war der Tee so dick wie ein Kräutersud. Dunkelrot war er, und der Dampf, der von ihm aufstieg, roch kühl und frisch. Die Blätter trieben auf dem Wasser wie Reisig auf einem Fluss.

»Bring diese Schüssel in die Straße um die Ecke zu dem Mann, den du Fünfter Opa nennst. Jeder, der müde ist, soll davon trinken. Sie sollen auf keinen Fall noch mal einschlafen, denn sonst fangen sie an zu traumwandeln, und dann weiß keiner, was passiert.«

Ich antwortete nichts und rührte mich nicht. Ich stand nur da und starrte meiner Mutter in die Augen. Alle Müdigkeit war aus ihnen verflogen, sie waren wie zwei ausgetrocknete Teiche, die wieder neu mit Wasser befüllt worden waren. Ich hatte keine Ahnung, ob jemand diese Augen, diese vorher grauweiß verschleierten Traumwandleraugen, aus dem Schlaf gerissen oder ob der Teedampf sie geweckt hatte. Jedenfalls hatte meine Mutter in ihren Augenwinkeln lauter Falten, wie Furchen auf einer felsigen Fläche.

»Na, nun geh schon.« Sie trat einen Schritt auf mich zu, und der Tee schwappte vor mir in der Schüssel. »Dein Vater hat Schuld auf sich geladen und dein Onkel auch. Wenn wir den Leuten in dieser schlimmen Nacht eine Schüssel Tee vorbeibringen, ist unsere Schuld beglichen. Dann sind wir quitt.«

Aus ihrem Mund klang das alles so leicht. Als müssten wir den Leuten nur einen Teller Suppe vorbeibringen.

Also lief ich hastig mit der Schüssel Tee durch die dunkle Straße. In meinem Kopf herrschte ein einziges Durcheinander. Im ersten Moment leuchtete mir ein, dass man mit einer solchen Schüssel eine Schuld begleichen konnte, aber im nächsten Moment fand ich diesen Gedanken schon wieder ganz abwegig.

»Fünfter Opa!«, rief ich, als ich vor seiner Tür angekommen war. »Auf den Straßen gehen die Räuber und Plünderer um. Trink meinen Tee, dann bist du nicht mehr schläfrig und kannst dich vor ihnen schützen.«

Die Tür ging auf, und der Fünfte Opa beäugte misstrauisch den Tee. Als wäre es eine vergiftete Suppe.

»Probier doch mal, wenn du mir nicht glaubst. Ein paar Schluck, und du bist kein bisschen schläfrig mehr. Nicht das kleinste bisschen mehr.«

So richtig glaubte er mir immer noch nicht. Und trotzdem holte er sich eine Schüssel und forderte mich auf, meinen tiefroten Tee hineinzugießen.

Wo das Licht der Straßenlaternen hinfiel, war der Boden trübgelb. Wo es nicht hinfiel, sah er aus wie eine schlammige Kloake.

Leute hasteten an mir vorbei. Andere rannten in meinem Rücken. Wer etwas verlor, hob es nicht auf, so eilig hatten sie es alle. Ein Paar Plastiksandalen, ein roter Seidenrock, alles Mögliche ließen sie liegen. Daheim ließ ich mir eine Schüssel starken Tee nach der anderen von meiner Mutter geben und trug den Tee, wohin auch immer sie mich schickte. Vor jeder Tür rief ich die Bewohner, sagte meinen Spruch auf und überbrachte meine Fracht. Und auf dem Rückweg suchte ich mit den Augen die Straßen ab und las auf, was immer ich fand.

Als ich den Tee an die sechste Familie ausliefern wollte, stieß ich an der Kreuzung auf eine dreiköpfige Familie. Der Mann war Mitte vierzig. Er trug nichts als eine Unterhose und an einer Tragstange zwei große Bambuskörbe. Im einen Korb lag ein Nähmaschinenkopf, im andern das Gehäuse. Dazu ein paar säuberlich gefaltete Stoffe und nagelneue Kleidungsstücke. Anscheinend hatten sie alle zusammen gerade eine Näherei ausgeraubt. Ja, ganz sicher sogar. Die Frau des Mannes trug ein großes Bündel Stoffreste in den Armen. Als ihr etwas davon auf die Straße fiel, wusste ich auch, aus welcher Näherei es stammte.

Als die drei mich sahen, wichen sie zu den Hausmauern zurück, als wäre ich der Besitzer der Näherei. Oder als wäre dessen Familie gerade auf die Straße gekommen. Einen Moment lang stand ich bloß da und schaute die drei an. Im trüben Laternenschein waren ihre Gesichter gelb. Schweißtropfen hingen darauf.

»Kommt und trinkt ein bisschen Tee!«, rief ich und ging auf sie zu. »Danach seid ihr nicht mehr müde, und traumwandeln werdet ihr auch nicht mehr.«

Der Junge, der ein paar Jahre jünger als ich war, stürzte zu seiner Mutter und packte ihre Hand. Sein Gesicht war nun nicht mehr wachsgelb, sondern kreideweiß. Weiß wie die Mauern eines Krankenhauses.

Sofort baute sich der Mann vor seiner Frau und seinem Kind auf und schnauzte mich an: »Verpiss dich. Wenn hier einer traumwandelt, dann du. Wenn du noch einen Schritt näher kommst, mache ich dich platt.«

Er nahm seine Tragstange von der einen Schulter zur anderen, sodass der Korb mit dem Nähmaschinenkopf nun vor ihm baumelte. Ich blieb stehen. Stand dort wie erstarrt. Und unternahm noch einen neuen Anlauf.

»Das hier ist Tee. Der vertreibt die Müdigkeit und macht euch richtig schön munter.« Ich hielt die Schüssel vor mich hin und tat einen kleinen Schritt nach vorn. »Starker Tee ist das. Ein paar Schluck, und man ist nicht mehr müde. Und wer traumwandelt, wacht auf.« Ich hielt die Schüssel noch weiter nach vorn, bis sie in seiner Reichweite war. Da ließ er die Tragstange mit den Körben zu Boden knallen und zog neben dem Nähmaschinenkopf ein Beil hervor. Ein Hackebeil. Die Rückseite der Klinge war dunkel von Rost, aber die Schneide blitzte und funkelte.

»Du bist wohl lebensmüde, was? Noch ein Schritt, und ich mache Hackfleisch aus dir.«

Ich stand wie angewurzelt da und zog die Hand mit meiner Schüssel wieder zurück.

»Verpiss dich endlich. Wenn du nicht noch ein Junge wärst, hätte ich dich schon in Stücke gehackt.«

»Das ist wirklich Tee. Ein Schluck, und du bist wach. Bist gar nicht mehr müde.«

Ich trat zurück, und dabei schwappte mir der Tee auf die Hand. Er war lauwarm und klebrig. Ich schaute den Mann und seine Familie an, während ich mich bis zur Mitte der Straße zurückzog, und dabei fragte ich mich, ob ich den Tee ausschütten und nach Hause laufen oder ob ich zur sechsten Familie weitergehen sollte.

Diese Familie hieß Gao. Als einer von ihnen gestorben war, hatte mein Vater wieder einmal heimlich vierhundert Yuan kassiert. Mein Onkel hatte damals die Leiche verbrannt und ihr das Öl bis auf den letzten Tropfen abgepresst. Die Angehörigen hatte er mit ein paar achtlos aus dem Ofen zusammengeklaubten Resten von

Asche und Knochen abgespeist, ohne dass sie etwas davon geahnt hätten. Sie hatten genauso wenig davon gewusst, wie man tagsüber von seinen nächtlichen Träumen weiß. Oder wie man im Traum weiß, was davor gewesen ist.

So stand ich in der Mitte der Straße und grübelte vor mich hin, bis ich von Weitem wieder jemanden kommen sah. Der Mann und seine Familie sahen ihn auch, und deshalb steckte der Mann sein Beil rasch zurück und nahm seine Tragstange wieder auf die Schulter.

»Wenn du irgendjemandem ein Sterbenswörtchen sagst, dass du uns heute Nacht hier über den Weg gelaufen bist, schaue ich gleich morgen früh bei dir vorbei und bringe dich und deine ganze Familie ins Krematorium.« Er vergaß nicht, mir diese Drohung mitzugeben, bevor er sich aus dem Staub machte. Und auch einen letzten grimmigen Blick vergaß er nicht. Als würde er mich hassen. Aber auch, als würde er mich fürchten. Und gerade wegen dieser Angst schnitt mir sein Blick wie ein Messer ins Gesicht.

Dann rannte er mit seiner Familie in die entgegengesetzte Richtung davon. Rannte so schnell, als wäre er auf der Flucht. Erst als sie alle drei schon weit weg waren, fiel mir ein, dass ich mir das Gesicht des Mannes hätte merken sollen. Und die Gesichter seiner ganzen Familie. Ich wusste nicht einmal, ob sie aus Gaotian stammten. Aber die Angst hatte mir so in den Knochen gesessen, dass ich das völlig vergessen hatte. In meinem Kopf herrschte eine einzige öde Leere, wie auf einem kahlen Felshang im Winter. Oder wie in einem der Romane von Yan Lianke, die wie anonyme Massengräber sind. Als hätte ich das alles nur geträumt. Vielleicht traumwandelte ich ja auch schon selber? Und wäre das nicht eine spaßige Sache gewesen? Eine herrliche Sache? Ich hoffte, ich würde selber traumwandeln.

Versuchsweise nippte ich an dem Tee aus meiner Schüssel. Und zwickte mir kräftig in den Oberschenkel. Mein Schenkel tat weh. Und meine Kehle fühlte sich angenehm feucht an. Da wurde mir klar, dass ich wach war, und das enttäuschte mich ziemlich.

Die Straße war vom Laternenschein nur ungleichmäßig beleuchtet. Ich trat aus dem Hellen einen Schritt zurück ins Dunkle, und da sah ich, wie weit die räuberische Familie schon weg war.

Dafür kam der andere immer näher.

Und näher. Seine Schritte klangen mir so vertraut in den Ohren wie die Sätze aus einem Buch, das ich schon gelesen hatte.

Vertraut wie ein Buchtitel von Yan Lianke oder wie der Name einer Figur von ihm.

Es war mein Vater.

Es war tatsächlich mein Vater. Er war vom Fluss draußen vor der Stadt zurückgekommen.

Aber je näher er kam, desto weniger ähnelte er meinem Vater. Sein Körper war so zusammengeschrumpft, dass er wie eine Maus aussah, die über die Straße huscht. Aber dabei keuchte er so schwer wie ein Elefant, der einen weiten Weg hinter sich hat. Oder wie ein Mann, der sich gerade völlig abgerackert hat und noch kein Mal durchschnaufen konnte. Seine Kleidung war pitschnass, und an seiner linken Brust klaffte ein Loch, von dem der Stoff herunterbaumelte. Auch die Hose hatte an dem einen Oberschenkel einen langen Riss, durch den eine blutige Wunde im bleichen Fleisch schimmerte. Sein kleines rundes Gesicht war fahlgelb. Wachsgelb war es.

Man hatte ihn verprügelt. So sah er jedenfalls aus. Nach Strich und Faden verdroschen hatte man ihn. Sein linker Mundwinkel war blau angeschwollen, als hätte sich das Blut im Innern angesammelt, als wollte es herausfließen und konnte doch nicht.

Draußen vor der Stadt hatte er Taten vollbracht wie ein Heiliger. Hatte am Westlichen Kanal vielen Traumwandlern die Gesichter gewaschen, als wollte er sie taufen. Hatte sie alle aus ihrem Traum herausgewaschen und herausgeschrien. Hatte eine Bambusstange in den Kanal gehalten und so mehrere alte Leute gerettet, die als lebensmüde Traumwandler ins Wasser gesprungen, aber dann aufgewacht und nicht mehr lebensmüde waren.

Nachdem er dort am Kanal, so erzählte man mir später, all die Traumwandler, die Alten und die Jungen und auch die Lebensmüden, aus dem Traum gerissen hatte, wuchtete er sich schließlich einen gewissen Yang, für den jede Rettung zu spät kam, auf den Rücken und kehrte mit ihm ins Dorf zurück. In die Oststadt. Aber irgendwo zwischen einer Gasse dort im Osten und dem Zentrum verwandelte er sich in seine jetzige Gestalt. In eine Gestalt wie eine Maus. Oder wie ein Lamm. Ein verschrecktes Huhn, das die Katzen und Hunde gebissen haben. Ein Straßenköter, den die Leute verdroschen haben. Krank. Verkrüppelt. Und obendrein auch noch schrecklich müde. Todmüde. Als hätte er vorher in einem Zug die Feldarbeit von Jahrzehnten erledigt. Wäre die Wege von Jahrzehnten gegangen. Sodass er nun, kaum würde er innehalten, in Schlaf sinken würde. Und umkippen. Und um das zu verhindern, blieb er starr und steif vor mir stehen. Stand da wie ein verrotteter Baumstumpf, der viele Jahre in der Erde vor sich hin geschlummert hat.

»Papa! Papa!«, rief ich.

Zweimal rief ich ihn, aber er antwortete mir nicht. Blieb einfach vor mir stehen wie ein verrotteter Baumstumpf, der viele Jahre in der Erde vergraben war. Blieb auf der Straße stehen, als wäre sie ein weites, freies Feld. Sah mich und sah mich doch nicht.

»Geschieht mir ganz recht, dass sie mich verprügelt haben. Warum habe ich den Leuten auch so etwas angetan?«

»Geschieht mir wirklich ganz recht. Warum habe ich den Leuten denn auch so etwas angetan?«

Als würde er mit mir reden. Aber auch mit dem leeren Raum um ihn herum. Und mit sich selber. Murmelnd. Brabbelnd. Auf dem Gesicht ein schwaches, fahlgelbes Lächeln. Ein gezwungenes, schleierhaftes Lächeln. Dabei ließ er seinen Blick über die Südstraße hinter mir gleiten.

»Niannian, du bist doch mein Sohn, oder? Wenn du wirklich mein Sohn bist, dann komm mit mir mit und lass uns vor den Leuten niederknien. Dann lassen wir ihre Prügel über uns ergehen.

Und ihre Beschimpfungen. Warum haben wir den Leuten das auch angetan? Und warum hat dein Onkel, dieses Schwein, ihnen das angetan?«

Da sah ich das Weiß in seinen halb geschlossenen Augen. Es sah aus wie zwei grobe, verwaschene, schmutzig weiße Lappen. Und die Pupillen waren wie zwei dünne Tintentropfen, die zufällig auf diese Lappen gefallen waren. Die Tinte war schon nicht mehr schwarz. Und die Lappen nicht mehr weiß. Weiß und Schwarz waren ineinander zerlaufen. Wenn man nicht genau hinschaute, konnte man sie schon nicht mehr auseinanderhalten. Und nur wenn man ganz genau hinschaute, fiel einem auf, was für ein schmutziges Weiß das war. Und dass die Pupillen eine Mischung aus Schwarz, Gelb, Grau und Weiß waren. Nur dass das Schwarz ein kleines bisschen überwog. Bloß ein kleines bisschen, als wollte es beweisen, dass dies die Pupillen waren.

Da wusste ich, dass mein Vater traumwandelte.

Auch er.

Sein Gesicht war wie ein Holzbrett oder wie ein Backstein. Vielleicht hatte ihn doch niemand geschlagen. Vielleicht war er einfach nur im Schlaf irgendwo hingestürzt, hatte sich die Kleidung aufgerissen und den Mund lädiert. So entsetzlich war die Schwellung ja eigentlich auch gar nicht. Nur dass darin ein leuchtendes Rot durchschimmerte, das sein Gesicht von einem Holzbrett oder einem alten Mauerbackstein unterschied.

»Papa, was ist denn nur los mit dir? Trink ein bisschen von dem Tee, den Mama gemacht hat.«

Ich hielt ihm die halb volle Schüssel mit dem nur noch lauwarmen Tee hin. Aber er war mit Leib und Seele in seinem Traum versunken, war gefangen in den Dingen, die ihn darin umtrieben. Er klatschte bloß einmal so heftig gegen die Schüssel, dass sich ihr Inhalt auf die Straße ergoss. Der ganze schöne Tee spritzte auf die Straße. Ganz verächtlich hatte er ihn mir aus der Hand geschlagen, als hätte ich ihn mit irgendwelchem Waschwasser belästigt.

»Bist du nun mein Sohn oder nicht? Schaust du jetzt auch auf mich herab, nur weil alle anderen in der Stadt das tun?«

»Ich bin vielleicht nicht groß gewachsen, aber ich bin immer noch dein Vater.«

»Ich bin vielleicht kein Unschuldsengel, aber ich bin immer noch dein Vater.«

»Los, komm. Wir gehen jetzt zu den Familien und knien vor ihnen nieder.«

Und er zog mich mit sich zur Südstadt, wo die Familien wohnten, die er meinte. Und das waren ausgerechnet all die Familien, denen ich erst gerade eben den Tee gebracht hatte: die Familien vom Fünften Opa und vom Onkel Liu, von Tante Wu und Schwester Niu. An jede dieser Türen klopfte und hämmerte mein Vater, und wann immer eine Tür aufging, riss er mich mit sich zu Boden und ließ mich mit sich niederknien, ohne dass ich wusste, wie mir geschah. Und noch bevor unser Gegenüber auch nur einen blassen Schimmer hatte, was da vor sich ging, schaute mein Vater auch schon zu ihm auf und heulte und bettelte drauflos.

»Fünfter Opa, komm, verprügel mich! Na los, verprügel mich! Verprügel mich! Ich, Li Tianbao, bin kein Mensch, ich bin ein Schwein, also verprügel mich!«

Der Fünfte Opa war sprachlos.

Hinter ihm im Hof hing eine funzelige kleine Glühbirne, die ein trübes gelbes Licht verströmte. Das gelbe Gesicht des alten Mannes war eine einzige Frage. »Was ist denn nur los? Was ist denn nur los?«

Im ersten Moment war er ganz starr vor Schreck, dann wollte er meinem Vater und mir wieder auf die Beine helfen. Aber als er schon vor meinem Vater stand, fiel ihm etwas ein, und er erbleichte. Und der Ausdruck, mit dem er meinen Vater anstarrte, wurde kalt und grimmig. Genau wie seine Stimme.

»Tianbao, was um alles in der Welt ist denn nun los?«

Mein Vater schaute wieder auf, und sein Gesicht hatte etwas von einem Traumwandler und doch auch wieder nicht. Und seine Stimme war heiser und klar zugleich.

»Der, der euch damals vor über zehn Jahren im Krematorium denunziert hat, das war ich. Ich habe ihnen vom Begräbnis der Tante erzählt, sodass sie sie wieder aus dem Grab herausgeholt und verbrannt haben.«

Der Fünfte Opa erstarrte.

Er stierte meinen Vater an wie einen Hund, der Menschenfleisch gefressen hat. Während ich weiter neben meinem Vater kniete, schaute ich zu dem alten Mann auf. Er war schon über achtzig, und sein kurzes weißes Haar zuckte im funzeligen Licht. Auch sein Ziegenbart zuckte. Seine schlaff in Falten herabhängende Gesichtshaut spannte sich, zitterte, spannte sich wieder. Als wollte er etwas sagen. Und meinem Vater wirklich ein paar Backpfeifen verpassen. Aber er war ja schon ein Greis von über achtzig Jahren. Er war zu alt, um noch jemanden zu schlagen oder auch nur zu beschimpfen. Seine Mundwinkel und Backen bebten. Bebend schaute er hinter sich in den Hof. Als er sich wieder umdrehte, sah sein Gesicht auf einmal ganz rot und bestürzt aus.

»Tianbao, schnell! Du und dein Sohn, ihr müsst jetzt aufstehen!«

»Erzählt bloß niemandem sonst aus meiner Familie davon! Vor allem nicht meinem Sohn Dashun!«

Mein Vater schaute kurz in den Hof des Fünften Opas und stand dann tatsächlich auf. Ich folgte ihm auf der Stelle. Während uns der Fünfte Opa beiseitezog, spähten wir in den Hof hinter ihm.

»Papa, wer ist denn da?«, rief sein Sohn Dashun aus einem der Zimmer.

»Niemand«, rief der Opa zurück. »Nur jemand vom Dorf, um uns zu sagen, dass wir uns vor den Räubern und Plünderern schützen sollen.«

Da war es wieder still. Mitten in dieser Stille schob uns der Opa hastig fort. Aber da warf sich mein Vater noch einmal vor ihm auf die Knie und machte vor ihm einen Kotau, ehe er sich rasch mit mir aus dem Hof zurückzog. Wir standen schon am Rand der Straße, da schärfte uns der Opa unter allerlei Gefuchtel noch einmal ein: »Kein Wort davon zu den anderen! Kein Wort! Merk dir, Niannian: Du hast meiner Familie gerade Tee als Wachmacher vorbeigebracht. Aber kein Wort über diese alte Geschichte!«

Und schon hatte er das Tor wieder geschlossen. Und die alte Geschichte im Schädel meines Vaters eingeschlossen.

Da standen wir nun am Rand der Straße. Mein Vater stieß einen langen Seufzer aus, so lang wie eine Schnur um eine Garbe Weizenhalme. Oder wie eine große, breite Straße. Sobald man die Schnur löst, lockern sich die Halme. Sobald sich die Straße vor einem weitet, entspannt man sich. Und auch mein Vater entspannte sich. Und auf sein grau verschleiertes Traumwandlergesicht trat ein rötliches Schimmern.

»Na, los! Auf zur nächsten Familie! Eigentlich ist das alles doch halb so wild. Wir klappern bloß noch ein paar Familien ab, und dann bin ich für immer frei. Dann kann ich mit deiner Mutter ein glückliches Leben führen.«

Die Hand, mit der er mich mit sich zog, war schweißnass.

Auch in meiner zusammengepressten Hand hatte sich eine Lache Schweiß angesammelt. Erst als mein Vater mich losließ, um sich an einem Strommast den Schweiß abzuwischen, spürte ich eine wohlige Kühle auf dem Handrücken. Da merkte ich, dass ich beide Hände unbewusst zu Fäusten geballt hatte, und als ich sie nun öffnete, kühlten sich auch meine Handflächen ab.

Jetzt erst fiel die Anspannung von mir ab. Als hätte es das Große Traumwandeln nie gegeben. Oder allenfalls ein bisschen. Auch mein Vater konnte wieder klar denken. Und klar reden. Nur wenn ich zu ihm hinüberlugte, sah ich noch immer diesen Ausdruck, der mich an Holz und Backstein erinnerte, auf seinem Gesicht. Und trotzdem hatte auch der Fünfte Opa, obwohl er wach gewesen war, ihn nicht für einen Traumwandler gehalten. Aber als mein Vater sich vor ihm niedergekniet und um Vergebung für seine Verfehlung, Vergebung für seine Schuld gebeten hatte, da hatte er das halb im Schlaf getan. So war das, als er um Vergebung bat. So und nicht anders. Er war genau wie ein Betrunkener, der im Rausch alles Mögliche sagt und tut, aber wenn er erst mal wieder nüchtern ist, sich vielleicht an nichts davon mehr erinnern kann. Abgesehen davon, dass er beim Gehen ein bisschen schwankte, sah man meinem Vater nicht an, dass er traumwandelte. Oder halb traumwandelte.

Wir gingen weiter. Zur nächsten Familie, zur Familie von Onkel Liu. Von irgendwoher auf der Straße schien verborgen und doch markerschütternd ein ständiges Gedröhne zu kommen. Aber als ich genau hinhorchte, hörte ich auf einmal nichts mehr. Der Mond war noch genauso grauweiß verschleiert. Er schien sich über unseren Köpfen zu bewegen und doch stillzustehen. Und auch die Wolken sahen noch so aus wie vorher. An manchen Stellen klumpten sie sich zu Haufen, an anderen zerfaserten sie zu größeren Flächen. Trübe und stickig und fiebrig kauerten die Straßen und Gassen der Stadt unter all diesen Fasern und Flächen und Haufen. Wie spät es wohl war? Ich hatte keine Ahnung. Ich folgte einfach meinem Vater. Die leere Schüssel hatte ich auf einem Stein vor der Tür des Fünften Opas zurückgelassen. Auf dem Rückweg wollte ich sie wieder mitnehmen.

Wir kamen zum nächsten Haus. Und klopften.

Klopften und riefen.

Jemand öffnete die Tür. Sobald mein Vater in solchen Momenten sah, dass es der Hausherr oder das Familienoberhaupt war, kniete er vor ihm nieder. Schwups, schon kauerte er auf den Knien.

»Los, schlag mich. Schlag mich. Spuck mir ins Gesicht. Na, spuck ruhig.«

Und schon erzählte er, wie er die Familie damals denunziert und damit Geld kassiert hatte. Der Mann war fassungslos. War sprachlos. Ratlos. Schließlich lag diese Geschichte schon über zehn Jahre zurück, und der Staat hatte entschieden, auf welche Weise man seine Toten bestatten sollte. Und mein Vater und ich waren nicht nur geständig, wir knieten auch noch vor ihm nieder. Was hätte er denn da noch tun sollen? Also stand er bloß eine Weile sprachlos da. Und erinnerte sich. »Du warst das also, Tianbao.«

Immer noch auf Knien nickte mein Vater.

Ein Anflug von Wut huschte über das Gesicht des Mannes, aber im nächsten Moment verzieh er meinem Vater auch schon. Er vergab ihm. Und sagte ein paar Worte, in denen sich Kälte und Wärme mischten.

»Das hätte ich dir gar nicht zugetraut. Du bist so klein und stellst doch so was Großes an. Alle sagen, dass ihr beide, du und deine Frau, mit eurem Bestattungsladen anständig geblieben seid, nicht so wie der Chef vom Krematorium. Eure Kränze verkauft ihr richtig billig. Habt nie den Toten und ihren Familien das Geld aus der Tasche gezogen. Deshalb wäre ich auch nie darauf gekommen, dass du damals zu so was imstande warst.«

»Steh auf. Man soll eben niemanden nach seinem Äußeren beurteilen.«

»Steh auf. Wenn einer um Entschuldigung bittet, dann schlägt man ihn nicht auch noch. Dann reicht man ihm die Hand.«

»Steh auf. Es ist schon so tief in der Nacht, da solltest du schnell mit deinem Sohn heimkehren und schlafen. Deine Frau hat Niannian vorhin noch eine Schüssel Tee für uns mitgegeben, gegen die Müdigkeit und gegen das Traumwandeln.«

Also standen wir auf.

Und gingen zur nächsten Familie.

Gingen gleich weiter zur nächsten.

Das Familienoberhaupt hieß Gu Hongbao. Er war ein bisschen älter als mein Vater und ein bisschen größer. Die Schüssel Tee, die ich eben vor dem Haus des Fünften Opas abgestellt hatte, hatte ich eigentlich zu ihm bringen wollen. Hätte ich es doch nur getan. Hätte ich ihm doch nur schon vorher die Fürsorge meiner Mutter übermittelt. Aber meine Schritte waren schwer geworden. Und so hatte ich die Schüssel südlich von der Kreuzung vor dem Haus des Fünften Opas abgestellt. Damit nahmen die Dinge einen anderen Lauf. Damit gerieten sie aus dem Ruder. Sprengten die Pläne meines Vaters. Sprengten meine wild blühende Fantasie.

Wir klopften an sein Tor. Gingen hinein. Fielen im Nu vor ihm auf die Knie, sobald wir ihn im Hof stehen sahen.

»Was soll denn das? Was soll denn das? Li Tianbao, was soll denn das?«

Sein Hof war hell erleuchtet. Ich hatte keine Ahnung, woher er auf einmal so viel Geld hatte. Geld wie Heu, und das aus dem Nichts. Geld genug, um damit zu trinken und zu spielen bis zum Umfallen. Und um sich ein Haus mit drei Geschossen zu bauen, und überall waren weiße Fliesen verlegt. Offensichtlich führten die Bewohner ein Leben in Saus und Braus. Im prachtvollen Lampenschein sah ich, dass die Türen aus Eisen waren, rot bemalt und mit Silber und Gold verziert. Vor den Fenstern waren grün lackierte Eisenstangen angebracht, die mit allen möglichen geschweißten Blumenmustern dekoriert waren. Der Hof war voller Blumen und Sträucher, und ein Teich, gesäumt von Blumen, war darin angelegt. Ein schwarzes Auto parkte im Hof in einer neuen Garage mit Ziegeldach.

Vor dieses Garagentor knieten mein Vater und ich uns, auf die gänzlich zementierte Hofeinfahrt. Wir rochen die Wolke von Schnaps, die Gu Hongbao umgab. Und mit diesem Geruch in der Nase begann mein Vater mit seiner Beichte. Er erzählte davon, wie er Gu denunziert hatte, erzählte von den Gewissensbissen, die ihn all die Jahre gequält hatten, und davon, wie er sich immer bei ihm hatte entschuldigen wollen. Über zehn Jahre hatte er nun auf die richtige Gelegenheit gewartet und sich am Ende nie dazu durchringen können, zu ihm zu kommen.

»Aber in dieser Nacht laufen die Leute bei uns in der Stadt alle im Schlaf herum, und mein Kopf ist auch nur halb klar und halb wirr, als würde ich schlafen. Und so bin ich zu dir gekommen.«

»Um dir zu gestehen, was ich getan habe.«

»Und dich um Verzeihung zu bitten.«

»Schlag mich, wenn du willst.«

»Beschimpf mich, wenn du willst.«

»Hongbao, mir ist alles recht.«

Er glaubte, er würde auch diesmal ungeschoren davonkommen. Würde sich schlimmstenfalls nur wieder ein paar höhnische, vorwurfsvolle Worte gefallen lassen müssen. Zumal er an der Verbrennung von Gus Mutter gar nicht wirklich schuld war. Denn bevor er damals im Krematorium eingetroffen war, um Gu zu denunzieren, hatte mein Onkel schon irgendwie Wind davon bekommen, dass die Familie die Tote heimlich begraben wollte. Und der Leichenwagen war schon vor ihrem Haus vorgefahren. Weil mein Vater deswegen aber extra zum Krematorium gelaufen war, hatte mein Onkel ihn trotzdem mit zweihundert Yuan belohnt. Und deshalb war er nun zu den Gus gekommen, um sie um Verzeihung zu bitten. Aber kaum hörte Gu das Geständnis meines Vaters, verfinsterte sich sein Gesicht schlagartig. Und er schnappte sich mit wütend aufgerissenen Augen eine Stange, die vor dem Garagentor gelegen hatte, und schwenkte sie in der Luft.

»Fick deine Mutter! Du warst das also!«

»Fick deine Großmutter! Du warst das, Li Tianbao!«

»Fick deine ganze Sippschaft! All die Jahre konnte ich diese Sache nie vergessen. Und nun, wo alle im Schlaf herumlaufen, bist du doch glatt weich in der Birne geworden und kommst hier reingeschneit, um mir deine Schuld zu gestehen.«

Seine Stimme war so dünn und hoch wie die einer Frau. Wenn ein Mann mit einer solchen Stimme wütend wird, ist es, als stünde er buchstäblich unter Strom. Er hüpfte und fuchtelte mit seiner Stange herum, und die Stange hüpfte und zitterte mit.

Dann nahmen die Dinge eine überraschende Wendung. Sie machten kehrt wie ein aufgescheuchtes Pferd. Bei Gus erstem Fluch hatte mein Vater wie ein Mann reagiert, der schlafend im

Bett liegt und eine schallende Backpfeife verpasst bekommt. Er hatte aufwachen wollen, hatte es aber nicht geschafft, so tief hatte er geschlafen. Als Gu dann aber seinen zweiten Fluch so schrill herausgekreischt und sich auch noch die Stange geschnappt hatte, schreckte mein Vater schlagartig aus dem Schlaf auf. Riss schlagartig die vorher halb geschlossenen Augen auf und stammelte: »O je, was ist denn hier los?!« Und zog mich aus der Reichweite von Gus Stange. Ein paar hastige Schritte wich er mit mir zurück, aber dann zerrte er mich vor sich wie einen Schutzschild.

»Du willst also wirklich drauflosprügeln, Hongbao?«

»Ich habe vor deinen Schlägen keine Angst, aber einen vierzehnjährigen Jungen wirst du ja wohl nicht schlagen!«

»Na los! Nun schlag ihn doch, wenn du willst! Schlag Niannian tot, wenn du dazu imstande bist!«

Mein Vater schob mich zurück in Reichweite der Stange. Aber gleichzeitig hielt er mich fest an den Schultern gepackt, bereit, mich jeden Moment wieder in Sicherheit zu bringen.

Und tatsächlich hielt ich Gus Stange auf. Mit meiner Jugend besiegte ich ihn. Aber ich war völlig verstört. Durcheinander. Verängstigt. In Panik. An Kopf und Körper, überall lief mir der Schweiß. Mein Gesicht war nass von Schweiß.

Aber als Gu sah, wie mein Vater mich unter seine Stange schob, erstarrte ihm die Stange in der Hand. Sein ganzer Körper erstarrte. Da hatte mein Vater gewonnen. Mit seinem Erwachen hatte er den Schläfer besiegt.

»Hongbao, ich habe gerade nur im Schlaf gefaselt. Du glaubst doch wohl nicht, was einer im Schlaf so vor sich hin brabbelt? Oder glaubst du etwa auch, was du so vor dich hin lallst, wenn du betrunken bist? Glaubst du das noch, wenn du wieder nüchtern bist? Nicht mal vor Gericht zählt das, was einer im Schlaf oder im Rausch so von sich gibt, als richtiger Beweis. Für die Leute am Gericht ist so was genauso wertlos wie das Gefasel eines Irren. Wie kannst du also ernst nehmen, was ich gerade im Schlaf geredet habe? Wie kannst du ernst nehmen, was ich beim Schlafwandeln geredet und getan habe?«

Gu war wie vor den Kopf geschlagen. War an derselben Stelle erstarrt, an der mein Vater und ich eben noch gekniet hatten. Der Griff, mit dem er die Stange in die Luft gereckt hielt, lockerte sich langsam. Ich habe keine Ahnung, woran er in diesem Moment dachte. Vielleicht daran, wie er war, wenn er betrunken war? Oder vielleicht daran, was für eine komische Sache so ein Schlaf doch war und was für eine noch viel komischere Sache das Schlafwandeln? Dabei starrte er meinem Vater und mir ins Gesicht, als könnte er so herausfinden, ob mein Vater wirklich schlief. Ob er sich in seiner Traumwelt bewegte oder in der Wachwelt.

Jedenfalls kehrte das Blut wieder zurück in sein Gesicht. Seine Erstarrung löste sich. Die Hand, mit der er die Stange hielt, erschlaffte, und er ließ die Stange sinken. Aber mein Vater traute dem Frieden nicht. Kaum senkte der andere die Stange, zog er mich mit sich und stürzte zur Straße. Stürzte mit großen Schritten davon. Fluchtartig. Im Laufschritt.

»Wie kann es sein, dass ich erst schlafe, dann wache und dann wieder schlafe? Und wieder schlafwandle? Wie kann es sein, dass man mich schlägt, und ich schlafwandle weiter?« So murmelte er vor sich hin. Ganz versunken in sein Selbstgespräch. Als wir den Hauseingang erreicht hatten, drehte er sich noch einmal um und schrie Gu, der uns gefolgt war, entgegen:

»Gu Hongbao, was die Leute im Schlaf vor sich hinreden, kann man nicht glauben, also glaub bloß nicht, was ich dir gesagt habe. Die Mutter von Yang Guangzhu vom östlichen Ende der Straße hat sich vorhin auf die Suche nach ihrem Mann gemacht, der vor über zehn Jahren gestorben ist, und hat sich im Fluss ertränkt. Da habe ich ihre Leiche auf dem Rücken zurückgetragen und ihrem Sohn erzählt, dass ich seine Mutter, seinen Vater und seine Großmutter getötet habe.«

»Nun sag mir: Hätte ich ihm und seiner Familie das erzählt,

wenn ich wirklich drei von seinen Angehörigen auf dem Gewissen hätte?«

»Wie könnte so ein kleines Männchen wie ich drei Menschen töten?«

»Hörst du mich? Vergiss nicht, dass ich dich mehr als ein Mal nach Hause getragen habe, wenn du mal wieder betrunken auf der Straße lagst.«

»Leg dich wieder schlafen. Dass deine Mutter gegen deinen Willen eingeäschert wurde, hat mit mir nicht das Geringste zu tun. Mir geht es genau wie dir, ich frage mich auch seit über zehn Jahren, wer in unserer Stadt so verkommen ist, dass er so etwas tut. Und im Schlaf war ich so wirr im Kopf, dass ich die Schuld einfach auf mich genommen habe.«

»Na los, leg dich wieder schlafen. Denk dran: Meine eigene Mutter wollte auch eine Erdbestattung, aber am Ende hatte ich solche Angst, jemand könnte uns denunzieren, dass ich sie eigenhändig zum Krematorium getragen habe.«

Von der Mitte der Straße aus redete und redete mein Vater auf Gu Hongbao ein. Und Gu stand wie benommen am Eingang seines Hauses und hörte ihm zu. Als wäre er aus einem Rausch erwacht und versuchte sich nun zu erinnern, was er als Betrunkener so alles gelallt und getrieben hatte. Als wäre nun alles vorbei. Als wäre die ganze Nacht überstanden und alles, alles in diesem Leben. Gerade eben noch war mein Vater im Traum herumgewandelt und er selber im Rausch. Nun war er wieder wach im Kopf, und mein Vater war es auch. Und beide waren andere Menschen. Beide redeten und hörten zu, aber je mehr sie das taten, desto mehr verwirrten sie die Dinge.

Und als schließlich alles verwirrt, als Richtig Falsch und Weiß Schwarz war, gingen wir davon.

»Ich darf nicht mehr schlafen, ich darf nicht mehr schlafen«, murmelte mein Vater in einem fort, »sonst schlafwandle ich, und es geschieht ein Unheil. Ein tödliches Unheil.« Ohne länger auf Gu

Hongbao zu achten, der immer noch am Hauseingang stand, riss er mich Hals über Kopf mit sich fort. »Los, wir müssen nach Hause.«

Und wir kehrten Hals über Kopf nach Hause.

Sechstes Buch

Vierte Nachtwache, zweiter Teil: Das Gelege schlüpft

1. 01:50–02:20

Da geschah ein Unheil.

Ein tödliches Unheil.

Mein Vater hatte mich noch nicht weit mit sich fortgezerrt, da kamen wir zum Schneider. Der Laden lag schräg gegenüber vom Haus der Familie Gu. Auf dem Hinweg hatten wir nur Gu und seine Familie im Kopf gehabt und keine Augen für die Schneiderwerkstatt. Aber nun sahen wir sie. Und wir hörten all die vielen Schritte, die über die Straße huschten. Noch viel mehr als vorher waren es. Wer traumwandelte, plünderte. Und wer nicht traumwandelte, nutzte die Gelegenheit und plünderte auch.

»Diebe! Diebe!« Von irgendwoher kam dieser Schrei wie ein schneidender Windstoß herbeigeweht. Aber nach einer Weile wurde der Windstoß stumpf, und der Schrei erstarb. Nicht das kleinste Lüftchen blies mehr. Die Laternen in den Straßen und Gassen warfen ein trübgelbes Licht, als wollten sie den Dieben den Weg weisen. Aber gleichzeitig war ihr Licht so funzelig, dass es die Gesichter der Diebe verbarg. Wieder hastete eine Schar von Leuten auf uns zu, die Schultern und Rücken schwer beladen von allen möglichen Taschen und Beuteln. Während sie dicht an uns vorüberstürzten, drehte ich mich nach ihnen um. Aber mein Vater riss mich heftig zurück.

»Lasst euch von uns nicht stören, wir haben nichts gesehen«, beschwichtigte er die Leute. Als sie weitergelaufen waren, drückte er mich an den Schultern an sich, ehe er mich zum Eingang der Schneiderwerkstatt zog.

Die Tür war offen. Der Laden lag direkt an der Straße. Am Eingang hing ein Holzschild, auf dem mit großen roten Zeichen »Schneider« geschrieben stand. Jetzt in der Nacht sahen die Zeichen schwarz und verschwommen aus und doch auch wieder klar. Und mitten in dieser Klarheit wehte mir ein stechender Geruch nach Blut in die Nase. Und ich senkte den Blick und sah vor dem Eingang einen Mann in einer schwarzen Lache Blut liegen. Tot. Die ausgestreckten Arme verrenkt wie Äste. Die eine Hand in den Lederriemen einer Nähmaschine verkrallt.

Als mein Vater und ich ihn sahen, blieben wir wie vom Blitz getroffen stehen. Dann, noch bevor ich die Leiche genauer betrachtet hatte, riss mein Vater mich hinter sich und versuchte mir mit dem Körper den Blick zu versperren. Er wollte verhindern, dass ich die Leiche und all das Blut sah. Aber ich sah es trotzdem.

Das Blut war wie Schlamm. Und der Schädel der Leiche wie eine am Boden zertrümmerte Melone. Die Leiche war mit dem Blut vermengt, als suhlte sie sich in einem Morast. Mein Vater starrte darauf, ohne ein Wort zu sagen. Starrte darauf, bis er endlich doch schrie:

»He! Schneider Liu! Bei euch ist ein Unheil passiert! Ein tödliches Unheil! Aber ihr schlaft ja alle noch … Oh Gott, ihr schlaft ja alle noch!«

Da fiel mir die Familie wieder ein, die eine Nähmaschine, Stoffe und Stoffreste geklaut hatte. Und der Mann mit dem Hackebeil. Und mir fiel einmal mehr auf, was für eine mächtige Stimme mein Vater hatte, so klein er auch war. Seine Stimme ragte so hoch wie ein Baum, nein, wie der Himmel. So mächtig war seine Stimme, dass, wenn man ihren Ruf ganz gerade hingestellt hätte, man darauf zum Himmel hätte emporsteigen können wie auf einer Leiter. Und wenn man die Leiter gegen eine Wolke gelehnt hätte, hätte man darauf sogar die fernen Sterne und den Mond einfangen können.

Im nächsten Moment ging ein Licht hinter dem Ladenraum der Schneiderwerkstatt an. Da zerrte mein Vater mich mit sich fort und rannte mit mir unserem Haus entgegen. Rannte wie ein Verrückter.

Jemand war gestorben.

Jemand war wirklich und wahrhaftig gestorben.

Das Traumwandeln führte dazu, dass einer nach dem andern starb. Sie ertränkten sich im Fluss oder töteten sich in den eigenen vier Wänden. Oder sie wurden mit Messern und Beilen von den Räubern und Plünderern ermordet. Überall schienen die Straßen vom Fußgetrappel der Räuber und Diebe widerzuhallen. Und gleichzeitig schienen die Straßen doch überall wie verwaist zu sein. »Passt auf, hier sind Diebe! Passt auf, hier sind Räuber!« Solche warnenden Schreie hörte man überall. Aber nach jedem Schrei kehrte Totenstille ein, Totenstille immer wieder. Und in dieser Stille roch man nur noch die Angst, die durch die Stadt strömte, das Blut und das Grauen. War man in der einen Straße, hörte man, wie in der anderen Straße geraubt und gemordet wurde. Und war man dann in der anderen Straße, hörte man die Schreie und all die anderen Geräusche aus der ersten Straße.

Alle hatten es eilig. Ungeheuer eilig. Und alle murmelten sie vor sich hin. Wenn sie dicht aneinander vorüberhasteten, schienen sie sich nicht zu kennen. Niemand drehte sich zum anderen um. Als wären die anderen Luft. Als wäre die ganze Welt in Schlaf versunken und nur man selber noch wach und geschäftig. Wer wusste, was er wollte, der tat es im Schlaf. Wer es nicht wusste, der irrte herum. Tauchte bald hier und bald dort auf. Stieß auf eine Mauer und drehte einfach um. Stieß auf einen Baum und schlug sich auf die Stirn, den Oberschenkel oder den Po, als wäre er aufgewacht oder als wäre ihm wieder eingefallen, was er eigentlich hätte tun sollen. Dann stand er eine Weile wie benommen da, machte kehrte und tat, was er eigentlich hätte tun sollen. Oder auch nicht. Ganz wirr im Kopf und wie benebelt tapste er durch die Straßen. Schaute sich überall um, als suchte er irgendetwas. Aber in Wahrheit suchte er gar nichts.

In den Augen hatte so jemand einen trüben, schläfrigen Ausdruck. Als suhlte er sich in einem schlammigen Teich. Als badete er darin und schnarchte. Und dieses Schnarchen klang so angestrengt, als schnappte er unter Wasser nach Luft.

Es war, als würden die Leute zu einem Markt strömen. Aber auf diesem Markt herrschte kein geschäftiges Treiben und Gedränge. Es war eher die ruhige Art von Markt nach der Erntesaison, wenn die Zeit der größten Betriebsamkeit vorbei ist und die Leute nichts mehr zu tun haben. Wenn sie auf den Straßen bummeln, ohne dass sie irgendetwas Bestimmtes kaufen oder verkaufen wollen. Aber mitten in diese Ruhe hinein stürzten manche hastig vorbei, als wollten sie fliegen. Als wollten sie noch auf den letzten Drücker einen Bus oder Zug erreichen. Und in dem Chaos, das nun ausbrach, wusste niemand, was im Verborgenen geschah.

Oder noch geschehen würde.

Leute starben.

Starben wirklich. Erst einer, dann mehrere, dann viele.

Viele gingen an den Leichen vorbei, als wären sie Luft. Die Toten am Straßenrand waren ihnen kaum einen Blick wert, als lägen da nur ein paar Schläfer an der Straße oder am Fluss. Aber mein Vater war aufgewacht, und er sah all diese Dinge zusammen mit mir. Beugte sich über all diese Toten, um sie zu mustern. Als er aus dem Hof der Familie Gu herausgekommen war, war er schon wach. Nachdem er die Leiche vor der Schneiderwerkstatt gesehen hatte, war er nicht einmal mehr schläfrig. Und nachdem er dann noch mehrere andere Leichen am Straßenrand gesehen hatte, war bei ihm auch der letzte Rest von Schläfrigkeit verflogen. Eine Leiche kann die Müdigkeit vertreiben. Genau wie der Geruch von Blut. So wie eine Räucherspirale die Mücken verscheucht.

»Wir müssen dem Dorfvorsteher erzählen, was hier vor sich geht.

Wir müssen der Stadtverwaltung davon erzählen. Und wir müssen schnell aufs städtische Polizeirevier, um dort Meldung zu machen und Alarm zu schlagen.«

Eigentlich hatte mein Vater mich nach Hause bringen wollen, aber an der Kreuzung überlegte er es sich anders und steuerte mit mir das Haus des Dorfvorstehers an. So hasteten wir durch einen Traum nach dem anderen. Durch die Träume einzelner Leute. Und durch die Träume von ganzen Scharen von Leuten. Als würden wir lauter Waldstücke durchqueren. Und all diese Traumwandler hoben ihre Füße geschwind hoch und ließen sie langsam und schwer wieder auf den Boden sacken. So wankten und stolperten sie hastig durch die Gegend, aber komischerweise fiel kaum einmal einer von ihnen hin. Kaum einer sah den Boden vor seinen Füßen nicht richtig, stürzte und wachte auf.

Ich hatte keine Ahnung, wie spät es inzwischen war. Vielleicht zwei Uhr. Wahrscheinlich um die zwei Uhr. Wir liefen zu dem Haus des Dorfvorstehers, da begegneten wir unserem Nachbarn, der von seinem Arbeitszimmer auf dem Damm in die Stadt zurückkehrte. Auch er schien zu traumwandeln, denn während er vom anderen Ende der Straße auf uns zu hastete, hob und senkte er seine Füße genauso komisch wie die anderen Traumwandler. Anders als die anderen war er allerdings ordentlich angezogen und sein Hemd gewissenhaft in den Hosenbund gesteckt. Er trug ein Paar Lederschlappen, als hätte er gerade nur einmal kurz vom Bett aufstehen und zum Klo schlürfen wollen. Aber dann war er immer weiter und weiter gelaufen und schließlich in der Stadt gelandet, unterwegs zu seinem Haus. Er sagte kein Wort, und sein Gesicht sah aus wie ein Buch, das von falschen Schriftzeichen wimmelte und das niemand las. Als er an uns vorbeilief, schrie ich ihm zu:

»Onkel Yan, was ist denn mit dir los? Was willst du denn wieder in der Stadt?«

Aber er beachtete mich gar nicht und hastete einfach weiter. Hastete in seinem Traum weiter auf sein Haus zu.

Also war auch ein Schriftsteller wie er nicht vor dem Traumwandeln gefeit. Auch er hatte sich davon anstecken lassen. Ich zupfte meinen Vater am Ärmel und zeigte auf den davoneilenden Onkel Yan. Mein Vater starrte ihn an wie einen wandelnden Baum. Einen Baum, der vom einen Ende der Straße zum anderen lief.

»Nun rennt auch er schon im Schlaf herum! Das ist ja schrecklich! Schrecklich! Einfach schrecklich!«

Mit diesen Worten zerrte er mich weiter mit sich auf das Haus des Dorfvorstehers zu. Als könnte der das Traumwandeln einfach so stoppen. Als könnte der den Tag wieder zum Tag und die Nacht zur Nacht machen. Als könnte der dafür sorgen, dass die Leute wieder zur rechten Zeit taten, was sie tun sollten.

Wer traumwandelte, schien unter dem Bann eines Rufs zu stehen oder von einem Virus angesteckt zu sein. Und nun war sogar unser Schriftsteller diesem Ruf oder Virus erlegen. Also war man selbst an menschenleeren Orten davor nicht sicher. Vielleicht ging das Große Traumwandeln ja nicht nur in unserem Dorf und unserer Stadt um und auch nicht nur im Funiu-Gebirge. Vielleicht hatte es schon den ganzen Kreis, ja, die ganze Provinz, ja, das ganze Land erfasst. Ja, vielleicht war auf der ganzen Welt jeder Schläfer zu einem Schlafwandler geworden. Und nur mein Vater und ich waren noch wach. Und die Räuber und Diebe.

Während wir weiter voranliefen, ein jeder in seine Gedanken versunken, murmelten wir halb im Gespräch miteinander, halb im Selbstgespräch. Ich rannte ein paar Schritte vor und drehte mich um, um das Gesicht meines Vaters zu mustern.

»Ich schlafe nicht noch mal ein«, brummte er und gab mir einen Klaps auf den Kopf. »Mein Kopf ist klar wie Wasser, ich bin kein bisschen müde.«

Dass wir nicht schliefen, war unser Unglück. Denn nun mussten wir uns um die Schläfer und Schlafwandler kümmern, so wie sich einer, der aufrecht gehen kann, um einen kümmern muss, der hingefallen ist und hilflos am Straßenrand liegt. Dann muss der eine dem anderen aufhelfen. Muss dessen Sachen wieder aufheben, auch wenn vieles schon wer weiß wohin gerollt ist. Dass er sich dabei die eine oder andere fremde Sache in die eigene Tasche steckt, ist normal. Ich habe viele Sachen auf der Straße gefunden, die irgendjemand dort verloren hat, und alle habe ich mit nach Hause genommen. Einen Topf. Eine Tüte Milch. Eine Flasche Milch. Kleidungsstücke und Schuhe, die Diebe dort verloren haben. Eine Sichel zum Schneiden von Weizen und einen neuen Jutesack für den gedroschenen Weizen.

Das Haus des Dorfvorstehers lag am Eingang zur zweiten Gasse, die von der Hauptstraße abging. Es war ein neues Haus mit drei Geschossen. Die roten Ziegel der Mauern und des Dachs leuchteten bei Tag und Nacht wie ein mächtiges Feuer. Die Hofmauern ragten über zwei Meter hoch, der altertümliche Ziegeltorbogen sogar an die vier Meter. Hoch oben am Torbogen prangte mit golden eingelegten Schriftzeichen der Name »Villa Gong«. Die zwei großen Glühbirnen unter dem Bogen blitzten wie die Augen der Frau des Dorfvorstehers, wenn sie auf der Straße stand und schimpfte. Wir waren an unserem Ziel angekommen.

Wir wollten gerade ans Tor klopfen, da merkten wir, dass es nur angelehnt war. Das Licht im Hof war hell wie der Tag. Und im Haus war es genauso hell. Mitternacht war längst vorüber, aber der Dorfvorsteher und seine Frau schliefen immer noch nicht. Stattdessen machten sie sich warme und kalte Speisen und tranken Schnaps. Der Schnapsgeruch strömte über den Hof und bis hinaus auf die Straße. An den Apfel- und Birnenbäumen im Hof hingen die Früchte schwer wie Hämmer. Die Mücken schwirrten unermüdlich um sie herum und mit ihnen die Motten.

Der Dorfvorsteher, der Mitte fünfzig war, versuchte die Mücken zu verscheuchen, während er seinen Schnaps trank. Er war weder besonders dick noch besonders dünn, aber ziemlich krumm. Sein mürrisches Gesicht war stumpf und staubgrau. An den Wänden hingen Bilder von Göttern und klassischen Landschaften, von

Deng Xiaoping und Mao Zedong, auf den er seinen Schatten warf. An einer Wand hing ein Bild der Acht Unsterblichen, die das Meer überqueren. Das Bild war so riesig, dass die ganze Wand ein einziges strahlend blaues Meer zu sein schien.

Vor diesem Meer trank der Dorfvorsteher seinen Schnaps. Der kleine Becher schmatzte und gurgelte an seinem Mund wie ein wogendes Meer. Und die Stäbchen, die schon auf dem Tisch bereitlagen, schlugen gegen Schüssel und Teller wie zwei Ruder an ein Ufer.

»Scheiße, wieso machst du mir denn nicht mehr die Tür auf! Wie kannst du es wagen!«, jammerte er immer weiter vor sich hin, wenn er nicht gerade seinen Schnaps trank. »Ich habe dir doch gar nichts getan. Ich war immer so gut zu dir, und nun schreie ich mir die Kehle aus dem Hals und schlage mir die Fäuste wund, und du machst mir trotzdem nicht die Tür auf.«

Seine Frau brachte ihm aus der Küche einen Teller Rührei mit Schnittlauch. Ihr Hemd war halb aufgeknöpft, sodass die Brüste herausguckten. Sie sahen aus wie lang und schlaff herunterbaumelnde Auberginen. Die Frau ging an meinem Vater und mir vorbei, als wären wir irgendwelche Säulen. Der Schnittlauch war grün, die Eier gelb und das lächelnde Gesicht der Frau, die noch keine fünfzig war, glänzte rotbraun wie von einer dicken Schicht getrockneter Farbe.

»Gong Tianming, ich habe dir noch einen Teller Rührei gemacht. Jetzt kapierst du ja wohl endlich, wer es wirklich gut mit dir meint: diese Witwe oder deine Frau.«

Sie setzte sich ihrem Mann gegenüber an den kleinen Tisch. Schenkte sich auch einen Becher Schnaps ein und stieß mit ihm an.

»Ich begreife einfach nicht, was du an dieser Witwe findest, außer dass sie jünger ist als ich. Jetzt kapierst du ja wohl, ob sie es wirklich gut mit dir meint. Nicht bloß rausgeschmissen hat sie dich, sondern dir obendrein auch noch eine Backpfeife verpasst!«

Sie schob ihm den Teller zu. »Na, komm, nun iss schon was. Der Schnittlauch, das ist das geschnetzelte magere Fleisch dieser Witwe, und das Ei ist ihr fettes Fleisch. Das Gericht heißt: ›Gebratene Witwe‹.«

Dann stellte sie ihm noch eine Schüssel Suppe hin. »Das ist eine Rippchensuppe von der Witwe. – Das ist Zungensalat von der Witwe. – Das ist Brust mit Knoblauch von der Witwe. – Iss sie auf. Trink sie auf. Damit stillst du meinen Hass und deinen gleich dazu.«

Der Dorfvorsteher schaute zu ihr auf. Seine Miene war immer noch voll stumpfer, hilfloser Trübsal. Aber schließlich stieß er doch mit ihr an. Schaute ihr ins Gesicht, das wie mit einer dicken Schicht getrockneter Farbe überzogen war, und sagte kein Wort. Griff bloß nach seinen Stäbchen und nahm sich einen Happen von der Gebratenen Witwe aus Rührei und Schnittlauch.

Da wussten wir, dass auch er traumwandelte. Genau wie seine Frau. Gefangen in ihren Träumen aßen, tranken und jammerten sie vor sich hin.

Am Eingang zum Wohnzimmer standen zwei Töpfe mit Chinarosen, die wie blutige Mäuler blühten. Der Duft der Blumen, des Essens und des Alkohols vermischte sich in der Nacht wie zu einem Tümpel aus Schlamm und Blut, in dem der Dorfvorsteher und seine Frau versunken waren. Wir standen vor dem Wohnzimmer und schauten in die Gesichter der beiden, die fast dreißig Jahre miteinander verbracht hatten. Sie sahen aus wie ein Brett, das man vor dreißig Jahren entzwei gespalten und vor uns hingestellt hatte.

»Ihr beide traumwandelt!«, rief mein Vater und machte einen Schritt auf das Wohnzimmer zu.

»Ihr beide traumwandelt, und deshalb müsst ihr euch das Gesicht waschen oder euch eine Schüssel Tee kochen, dann werdet ihr gleich wieder wach.«

Er ging ins Wohnzimmer und trat an den kleinen Tisch, an dem die beiden aßen und tranken.

»Dorfvorsteher, du musst aufwachen! Du musst dafür sorgen, dass unser ganzes Dorf heute Nacht nicht mehr schläft! Denn sonst schlafwandeln sie alle. Und dann bricht ein großes Unheil über uns herein. Es sind schon Leute gestorben. Viele Leute. Manche haben sich im Fluss ertränkt, andere wurden ausgeraubt und totgeschlagen. Und viele Menschenleben stehen noch auf dem Spiel. Wenn du nicht bald einschreitest, stürzt unser Dorf ins Chaos. Ins totale Chaos!«

Dann schaute er sich nach einer Waschschüssel um. Nachdem er eine gefunden hatte, füllte er sie halb mit Wasser und stellte sie vor den Dorfvorsteher.

»Na los, nun wasch dir erst mal das Gesicht. Und wenn du dann wach bist, kümmer dich schnell um das Chaos bei uns im Dorf. Du kannst doch nicht tatenlos zuschauen, wie einer nach dem anderen ums Leben kommt!«

Er stellte dem Dorfvorsteher die Schüssel mit dem Wasser vor die Füße. Aber der Dorfvorsteher warf nur einen flüchtigen Blick auf meinen Vater und die Schüssel, dann schenkte er sich seinen Becher Schnaps wieder voll.

»Ich dachte, du wärst Wang Erxiang. Dabei bist du es gar nicht. Du bist es nicht und erzählst mir irgendwas von wegen Waschen.«

Der Dorfvorsteher trank einen Schluck Schnaps und nahm sich einen Happen Rührei.

»Dann wasch du ihm das Gesicht«, sagte mein Vater und wandte sich an die Frau. Aber sein Blick streifte nur ganz kurz ihren Körper, dann schaute er blitzschnell wieder woanders hin. Ihre herausguckenden Brüste sahen wirklich aus wie zwei herunterbaumelnde verschrumpelte Auberginen.

»Na los, nun wasch ihm schnell das Gesicht. Und dir selber gleich mit.«

»Dorfvorsteher, du musst dich darum kümmern. Bei uns im Dorf sind schon viele ums Leben gekommen. Wenn du nicht bald einschreitest, wird es noch viel mehr Tote geben.«

»Wasch dir erst mal selber das Gesicht, und wenn du wach bist, wasch es deinem Mann. He, hör doch mal auf zu essen! Wasch dir erst mal selber das Gesicht und dann deinem Mann!«

So redete mein Vater und redete, während er neben dem Tisch stand. Und der Dorfvorsteher und seine Frau aßen und tranken und behandelten ihn wie Luft. Am Ende fing mein Vater einfach selber an, dem Dorfvorsteher das Gesicht zu waschen. Aber da wurde der Dorfvorsteher wütend und schoss von seinem Hocker hoch. Seine Stäbchen schleuderte er weg.

»Scheiße, was glaubst du, wer du bist, dass du es wagst, mir im Gesicht herumzugrabschen? Glaubst du, du bist meine Frau? Glaubst du, du bist Wang Erxiang? Wenn du mich noch einmal antatschst, lass ich dich von meiner Frau braten, als wärst du Wang Erxiang, und dann spüle ich dich mit ein paar Bechern Schnaps hinunter!«

Er sprach mit einer Stimme wie Donnerhall, das Gesicht wutentbrannt und zu allem bereit, als wäre er drauf und dran, sich seinen Hocker zu schnappen und ihn meinem Vater an den Schädel zu schmettern.

Mein Vater war starr vor Schreck. »Aber ich bin es doch, Tianbao! Erkennst du mich denn nicht mehr?«

Er wich einen Schritt zurück. »Ich bin Li Tianbao, ich verkaufe Kränze. Ich bin wach, und du schläfst.«

»Verpiss dich.« Der Dorfvorsteher setzte sich wieder hin und schenkte sich Schnaps nach. Hob seine Stäbchen auf, ohne den Dreck von ihnen abzuwischen, und nahm sich damit einen Happen Salat, während seine Frau ihn anlächelte. Und meinen Vater anlächelte.

»Du meinst, wir schlafwandeln?«, sagte sie zu ihm. »Schau dir lieber mal dein eigenes Gesicht an, da liegt die Müdigkeit dick wie eine Mauer drauf. Geh nach Hause und leg dich schlafen. Was hast du überhaupt mitten in der Nacht hier verloren? Nicht mal um diese Uhrzeit lässt du meinen Mann ein bisschen zur Ruhe kommen. Er ist euer Dorfvorsteher und nicht irgendein Knecht oder Tagelöhner, den ihr, wann immer ihr wollt, bei euch antanzen lassen könnt.«

Dann aß sie weiter. Trank weiter. Plapperte weiter. »Das sind die Schenkel von Wang Erxiang. Das sind die Brüste von ihr. Iss sie auf. Trink sie auf. Dann ist es, als hättest du mit ihr geschlafen. Und du musst dich nicht mehr vor Sehnsucht nach ihr verzehren.«

Sie glaubte, sie könnte sich damit bei ihrem Mann einschmeicheln. Aber er stierte sie nur mit kalten Augen an, in der Hand seinen Schnapsbecher. Stierte sie so voller Hass an, dass sie rasch den Blick von ihm abwandte und die Stimme senkte. Ganz leise und sanft redete sie nun.

»Es ist doch nicht meine Schuld, wenn sie dir nicht die Tür öffnet.«

»Es ist doch nicht meine Schuld, wenn sie dich auf die Straße wirft und dir auch noch ins Gesicht schlägt.«

Mein Vater und ich zogen uns aus dem Haus des Dorfvorstehers zurück. Zurück aus den Träumen, in denen seine Frau und er gefangen waren. Die Nacht war noch wie vorher. Noch immer lauerten überall Fußgetrappel und Stimmengemurmel. Eine rätselhafte Unruhe war so allgegenwärtig wie die Luft. Als ob sich hinter jedem Baum jemand versteckte und in jeder Ecke. Und aus irgendeinem Grund erloschen auf einmal auch noch die Straßenlichter. Erloschen in der ganzen Stadt. Ich weiß nicht, ob sie um diese Uhrzeit immer abgeschaltet wurden oder ob die Traumwandler, die plündernd herumzogen, sie löschten. Weite Flächen von Dunkelheit legten sich über die Straßen. Über die abgelegenen Gassen senkte sich eine einzige tiefe Finsternis. All die unsichtbaren Schritte hoben sich nun noch schärfer gegen die Nacht ab. Klar und doch verschwommen.

Die Nacht wurde zu einer Nacht der Diebe und Räuber.

Die Stadt wurde zu einer Stadt der Diebe und Räuber.

Die Welt wurde zu einer Welt der Diebe und Räuber.

Mein Vater ergriff meine Hand. »Keine Angst, das ist nur ein Stromausfall.« In der Finsternis nickte ich ihm zu. Aber meine linke Hand umklammerte seine Hand noch fester. Die Finger, mit denen er jeden Tag den Bambus für die Kränze spaltete, fühlten sich so rau an wie Schuhsohlen aus Sandstein.

So tapsten wir heimwärts. Nach ein paar Schritten glaubten wir im Dunkel über unseren Köpfen ein paar Sterne auszumachen. Und die Straße vor unseren Füßen schimmerte trüb wie schlammiges Wasser. Wir tapsten weiter.

Da hörten wir Schritte hinter uns, die uns verfolgten. Hastig drehten wir uns um. Ohne darauf zu warten, dass die Schritte näherkamen, versuchte mein Vater zu beschwichtigen:

»He, egal wer du bist und was du vorhast, lass dich von uns nicht stören. Wir sind Vater und Sohn und haben nichts gesehen. Also werden wir auch niemandem etwas sagen.«

Trotzdem kam die Gestalt immer näher, und ihre Schritte wurden immer schneller.

»Wer seid ihr? Ihr seid doch die zwei, die gerade zu mir nach Hause gekommen sind, oder?«

»Ja, das müsst doch ihr sein!«

Es war der Dorfvorsteher.

Aus seinem Haus und seinem Traum heraus war er uns nachgelaufen. In der Hand hielt er eine Taschenlampe, mit der er uns beide kurz anleuchtete. Dann schaltete er die Lampe wieder aus. Blieb im Dunkeln stehen. Grübelte über irgendetwas vor sich hin.

»Dorfvorsteher, hast du Tee bei dir zu Hause? Dann lass dir von deiner Frau eine Schüssel Tee aufbrühen und trink davon. Oder ich gehe mit Niannian erst mal nach Hause, und er bringt dir eine Schüssel Tee.«

Der Dorfvorsteher schwieg. Aber nach einer Weile fing er plötzlich wieder an zu reden.

»Ich war eben ziemlich müde und wirr im Kopf. Aber jetzt bin ich nicht mehr so müde und im Kopf ein bisschen klarer. Hast du gerade bei mir zu Hause gesagt, dass bei uns im Dorf welche gestorben sind – nicht einer, sondern mehrere?«

»Oh ja. Viele sind gestorben. Und alle, weil sie traumgewandelt haben oder im Traum getötet wurden. Deshalb musst du richtig wach werden, damit du dich um diese Sache kümmern kannst.«

Die Nacht war ungeheuer still. Aber in dieser Stille lag eine unangenehme, bedrückende Anspannung. Ich hörte die Nervosität aus den Worten meines Vaters heraus, und ich spürte den Schweiß in seiner Hand.

Der Dorfvorsteher dagegen war ganz ruhig. Sein Gesicht verschmolz mit dem Dunkel. Als stünde nur noch sein Körper vor uns, sein Körper ohne Kopf. Lange stand er so da und schwieg, bis er endlich wieder etwas sagte.

»Mit deinen Kränzen und Leichenhemden verdienst du zwar tüchtig an jedem Toten, aber am Ende springt für dich doch nicht viel dabei heraus. Ich gebe dir ein hübsches Sümmchen Geld dafür, wenn du mir heute Nacht bei einer Sache hilfst.«

»Besorg mir ein bisschen Gift und tu es meiner Frau in den Schnapsbecher oder in die Suppenschüssel, solange mein Sohn mit seiner Familie nicht da ist und alle bei uns traumwandeln, in Ordnung? Dann können Erxiang und ich endlich heiraten, und niemand kommt uns mehr in die Quere.«

Regungslos stand der Dorfvorsteher da. Starrte uns an, als wären wir unsichtbar.

Meinem Vater tropfte auf einmal der Schweiß von der Hand. Eben war seine Hand noch heiß gewesen, aber nun fühlte sie sich kalt und nass an und verströmte einen eisigen Hauch.

»Was redest du denn da, Dorfvorsteher? Ich habe doch gar nicht den Mumm zu so was. Ich habe nur Angst, dass mit all den Traumwandlern bei uns noch mehr Unheil geschieht, deshalb bin ich zu dir gekommen. Erledige du deine Angelegenheiten, und ich gehe schnell nach Hause und hole dir eine Schüssel starken Tee.«

Im nächsten Moment zog er mich schon mit sich fort, und seine Schritte wurden immer größer. Aber dann verlangsamte er sie doch noch einmal und drehte sich zu der Gestalt um, die dort hinter uns stand.

»Geh nach Hause, Dorfvorsteher. Wir haben es alle nicht leicht. Ich hole dir eine Schüssel Tee.«

Der Dorfvorsteher antwortete nicht sofort. Erst nach einer Weile drangen seine Worte aus dem Dunkel zu uns herüber.

»Was soll ich denn nur machen? Ich habe Erxiang wirklich gern. Was soll ich denn nur machen?«

Hilflos klang seine Stimme, erhitzt und erregt. Und auch, als würde eine echte menschliche Wärme darin mitschwingen. Ich hatte keine Ahnung, ob er aus seinem Traum erwacht oder immer noch darin versunken war. Aber mein Vater wollte sich nur noch so schnell wie möglich aus dem Staub machen, und als er dem Dorfvorsteher noch etwas zurief, drehte er den Kopf bloß noch symbolisch um.

»Geh nach Hause, Dorfvorsteher. Niemand in unserer Stadt kann ein Geheimnis besser bewahren als ich. Ich hole dir eine Schüssel Tee als Wachmacher.«

Da hörten wir, wie der Dorfvorsteher kehrtmachte und zurück zu seinem Haus trottete. Langsam und zögerlich schlurfte er zurück, als hätte ihn die Frage, ob er seine Frau töten und Erxiang heiraten sollte, in eine echte Zwickmühle gestürzt.

2. 02:22–02:35

In unserer Stadt gibt es eine Polizeistation.

Sie liegt in einem Hof gegenüber dem Rathaus. Als wir dort hinkamen, sahen wir Bäume, Laternen und Ventilatoren. Die Polizisten schliefen alle dort draußen in der kühlen Nachtluft. Das schmutzig gelbe Licht der Lampen schimmerte wie ein schlammiger Teich. Das Hoftor war aus Eisenstäben. Als wir durch die Stäbe hindurchlugten, sahen wir fünf Bambuspritschen, die dahinter in Reih und Glied aufgestellt waren wie Leichenbahren. Aber die Männer, die darauf lagen, waren lebendig. Wie Soldaten in einer Kaserne schliefen die fünf Polizisten, bis sie einer nach dem anderen aufstanden und in ihren Schlappen zur Mauer hinter ihnen schlurften. Dort zogen sie ihre Pimmel heraus und fingen an gegen die Wand zu pinkeln, dass es nur so rauschte. Als würde der Kanal draußen vor der Stadt durch den Hof fließen. Als der Erste fertig war, wartete er auf die anderen, in der Hand noch immer seinen Schniedel. Dann, als alle fünf fertig waren, sagte irgendjemand – wahrscheinlich der Chef – irgendetwas, und alle schüttelten brav ihre Pimmel, dass die Tropfen flogen.

Dann marschierten sie alle zusammen zurück.

Zogen sich alle zusammen die Schlappen aus und legten sich wieder schlafen. Schnauften und schnarchten, als würde der Kanal durch den Hof fließen.

»He, in der Stadt sind Leute ums Leben gekommen! Wollt ihr nicht mal was unternehmen?«, schrien mein Vater und ich durch das Gitter.

»Leute sind ums Leben gekommen! Wollt ihr denn gar nichts unternehmen?«

Wie auf Kommando setzten sich drei Polizisten auf und brüllten so barsch zurück, als würden sie uns einen Backstein an den Kopf werfen:

»Verpisst euch!«

»Was macht ihr denn hier mitten in der Nacht so einen Lärm? Wollt ihr verhaftet werden?«

»Wollt ihr verhaftet werden?«

Wie auf Kommando ließen sie ihre steifen Körper wieder auf die Pritschen plumpsen, dass es durch die Nacht knackte, als hätte man ein paar Dutzend Bambusstecken von unseren Papierkränzen zerbrochen.

Dann wurde es wieder still. Nur das rhythmische Knirschen von Zähnen drang noch zu uns herüber.

Auch die Kader aus dem Rathaus traumwandelten alle.

Alle traumwandelten sie. Nur die Glühbirnen und Neonröhren waren noch wach und leuchteten so hell, dass man selbst die Risse im alten Backsteinboden im Hof klar erkennen konnte. Wenn eine Nadel dort in einen Spalt gefallen wäre, hätte man sie mit einem Blick gefunden. Mücken und Motten schwirrten im Licht umher. Halb im Hellen, halb im Dunkeln standen Spaliere mit Weintrauben und bildeten ein geheimnisvoll verschwommenes Muster.

Hundert Jahre war dieses Anwesen alt. Seine dunklen Backsteine und Ziegel sahen aus wie bei einem Tempel. Oder wie in der Verbotenen Stadt in Peking. In der Republikzeit hatte es mit seinen drei Höfen einer reichen Familie von Beamten und Gelehrten gehört. Später war es dann zum Sitz der Stadtverwaltung geworden. Eine Verwaltung nach der anderen hatte hier ihre Büros bezogen, ein Bürgermeister nach dem anderen hier mit seinen Untergebenen zwischen den dunklen Steinen gearbeitet und gefaulenzt. Zeitung hatten sie gelesen, Akten studiert, Sitzungen abgehalten. Hatten sich um all die kleinen und großen Angelegenheiten in all den Dörfern, die der Stadt unterstanden, und im ganzen Funiu-Gebirge gekümmert. Aber in dieser Nacht traumwandelten die Kader. Der Bürgermeister hatte damit angefangen, und sein Stellvertreter hatte es ihm nachgetan. Und als sie beide traumwandelten, waren auch all die anderen wichtigen und weniger wichtigen Leute in den altehrwürdigen Hallen und Häusern ihnen wie auf Befehl nachgefolgt.

Im Traum spielten sie eine kaiserliche Audienz. Einen halben Monat vorher war ein Operntrupp zu uns gekommen und hatte zwei Palaststücke aufgeführt, *Die Generäle der Familie Yang* und *Die Fälle des Richters Bao*, aber nun erst hatten die Kostüme ihren großen Auftritt. Der Bürgermeister zog sich die Robe des Kaisers an, sein Stellvertreter die des Kanzlers. Die Robe des Kaisers war mit lauter seidenen Drachen und Phönixen bestickt, die Säume blitzten golden, und die Ärmel waren so weit wie Hosenbeine. Auch die Gewänder der höchsten Beamten, des Kanzlers und der Minister, hatten goldene Säume und rote Schärpen. Die Gewänder der Kaiserin und der kaiserlichen Nebenfrauen waren mit lauter Jade, Achat und Gold geschmückt, dass es nur so funkelte und blitzte und immer wieder hell aufeinanderklirrte. Der Sitzungssaal des Rathauses hatte sich in den Audienzsaal des kaiserlichen Palasts verwandelt. Neben dem Bürgermeister und seinem Stellvertreter waren auch alle übrigen Kader wie Generäle oder hohe Beamte gekleidet. Selbst die Boten und Köche waren auf einmal zu Beamten und Würdenträgern in prachtvoll geschmückten Gewändern aufgestiegen. Die Halle war strahlend hell erleuchtet. Mitten in all dem Licht hingen am Eingang noch reihenweise rote Laternen. Aus den Putzleuten waren Höflinge geworden, die neben den Beamten standen und Schilder mit der Aufschrift »Ruhe!« in die Höhe hielten, und die Sprecherinnen des städtischen Senders hatten sich in die Kaiserin, die Nebenfrauen und Konkubinen verwandelt. Und in Hofdamen, die dem Kaiser kühle Luft zufächelten.

Es herrschte eine feierliche Stille. Eine andächtige Stille. So müde alle Beteiligten auch dreinschauten, sie versuchten doch angestrengt, eine neugierige, ja, verzückte Miene aufzusetzen. Als wären sie zwar drauf und dran einzunicken, wollten aber vorher unbedingt noch ein wenig zuhören, zuschauen und irgendetwas unternehmen. Die hohen Beamten und Generäle knieten vor dem Bürgermeister, der nun der Kaiser war, und der saß auf einem Thron. Davor stand ein mit goldenen Rändern und Schnitzereien verzierter Tisch, wie man ihn als Requisite für Palastopern benutzt. In der Mitte des Tischs lag ein großes kaiserliches Jadesiegel, das mit gelber Seide umhüllt war, links und rechts davon Pinselständer, Pinsel und eine kleine Teetasse mit Deckel und Untersetzer.

Eine Hofdame brachte dem Bürgermeister eine kräftigende Suppe aus Schwalbennestern und Silbermorcheln. Er schaute ziemlich verdrießlich darauf und entließ die Hofdame mit einem müden Wink seiner Hand. Furchtsam zog sie sich zurück.

»Nun rückt schon raus mit der Sprache. Echte Probleme löst man nicht im Knien.«

Der Bürgermeister redete tatsächlich wie ein Kaiser. Gemächlich und ziemlich mürrisch.

Seine Untergebenen lugten verstohlen zu ihm auf, und als sie sahen, dass er träge seine Schüssel hob und von seiner Suppe probierte, wussten sie, dass sich seine Laune gebessert hatte, und waren beruhigt.

»Setzt euch«, ermunterte er sie. »Setzt euch und erstattet mir der Reihe nach Bericht.«

Nun erhoben sich all die Generäle und hohen Würdenträger, verbeugten sich vor dem Kaiser, dass die Ärmel rauschten, und riefen wie aus einem Mund: »Ergebensten Dank, Eure Majestät.« Dann setzten oder stellten sie sich vor oder neben den Kaiser.

»Und? Wer will anfangen? Fangt Ihr an, Kanzler. Erzählt mir, was Ihr auf Eurer Reise in diesem Monat erlebt und in Erfahrung gebracht habt.«

Der stellvertretende Bürgermeister trat hastig vor und verbeugte sich mit flatternden Ärmeln.

»Jawohl. Habt Dank für Eure grenzenlose Güte, Majestät. Auf Euer Geheiß hin bin ich für über einen Monat in den Süden gereist. Ich habe die Provinz Shandong durchquert, Xuzhou besucht und bin mit einem Schiff auf dem Kanal weitergefahren, von der Region rings um die Städte Nanjing und Suzhou bis nach Hangzhou. Während der gesamten Reise wahrte ich mein Inkognito, um die lokalen Beamten und einfachen Leute nicht unnötig aufzuschrecken. Und überall, wo ich auch hinkam, fand ich friedliche, blühende Lande. Das Volk lebt in Wohlstand, und all Eure Untertanen sind Euch in tiefer Dankbarkeit ergeben und rufen aus vollem Herzen: ›Lang lebe unser Kaiser! Lang, lang lebe der Kaiser!‹«

Der Kaiser winkte ab. »Schon wieder diese Phrasen. Diese immer gleichen Phrasen.« Aber auf seinem Gesicht war ein Lächeln erschienen, und seine Augen funkelten freudig. »Aber eins muss ich doch sagen: Der Weg von Peking nach Süden ist beschwerlich, und Ihr hattet auf Eurer langen Reise sicher viele Strapazen zu erleiden. Deshalb gewähre ich Euch einen kleinen Urlaub. Fahrt morgen für ein paar Tage mit Eurer Familie und Eurer Dienerschaft in die Sommerfrische in den Bergen von Chengde.«

Nachdem er mit einem Wink den Kanzler entlassen hatte, musterte er kurz die Beamten und Generäle auf beiden Seiten. »Militärgouverneur Li, Ihr seid vor einigen Tagen von der Grenze im Norden zurückgekehrt. Erzählt mir ein wenig von der Lage dort und von den Leiden der Bevölkerung.«

Daraufhin trat Li Chuang hervor, der stellvertretende Leiter der städtischen Unterabteilung für Militärangelegenheiten, zupfte sich die Ärmel seiner Generalsuniform zurecht und warf sich auf die Knie. Als er wieder aufschaute, begann er, mit einer Stimme so laut wie eine Glocke zu sprechen:

»Habt Dank, Majestät, dass Ihr mich in Eurer grenzenlosen Güte zur nördlichen Grenzgarnison entsandt habt. Nachdem dort vor drei Jahren der Krieg ausgebrochen war, hielten die Kämpfe fortwährend an. Das Volk lebte in bitterer Not, und überall, wo ich auch hinkam, traf ich auf Scharen von Hungernden. Oft stellten sie sich unseren Truppen in den Weg und bettelten sie um ein wenig Wasser und Essen an. Gleichzeitig fielen die Xiongnu immer wieder in unser Land ein. Sie raubten und plünderten bei Tag und bei Nacht. Am grausamsten waren sie zur Erntezeit. Dann jagten sie auf ihren Pferden mordend und brandschatzend umher und schändeten die Frauen, sodass den Bauern jede Lust vergangen war, ihre Felder zu bebauen, und sie am Ende ohne Getreide dastanden. Die meisten von ihnen gaben Haus und Hof auf und flohen ins Landesinnere. Aber nachdem ich auf Euer Geheiß hin dort eingetroffen war, befriedete ich, wie es Eurer Strategie entsprach, erst die Grenzregion, bevor ich mich dem Hinterland zuwandte. Um den

Grenzpass zu verteidigen, trat ich dem Feind mit aller Entschlossenheit entgegen.

Jedes Gefecht forderte Gefallene. Aber in keinem Gefecht traten unsere Truppen den Rückzug an. Vom einfachen Soldaten bis zum General kämpften wir wie ein Mann. Ein jeder gab lieber auf dem Schlachtfeld sein Leben, als auch nur einen Schritt zurückzuweichen. Ich selbst stürmte an vorderster Front voran. Unser Vorgehen passte ich stets der jeweiligen Lage an. Bei der Schlacht im Qilian-Gebirge wurde ich von drei Pfeilen verwundet, und dennoch warf ich mich dem Feind als Speerspitze unserer Truppen entgegen. Drei Tage und drei Nächte stieg ich nicht vom Pferd. Ich gab meine Waffen nicht aus der Hand, aß und schlief im Sattel. Endlich fügten wir der feindlichen Streitmacht eine vernichtende Niederlage zu, und die Xiongnu zogen sich über sechzig Kilometer weit zurück. Mit diesem Triumph wendete sich das Blatt endgültig zu unseren Gunsten, und wir errangen Sieg auf Sieg, sodass wir am Ende all unser Land zurückeroberten und den Nordwesten befriedeten. Die Grenzbevölkerung konnte zurückkehren, wieder ihre Felder bebauen und von Neuem die Freuden von heimischer Scholle und häuslichem Miteinander genießen. In der gesamten nordwestlichen Grenzregion – in Shaanxi, Gansu, Ningxia und der Mongolei – ist nun wieder Frieden eingekehrt. Die Feldarbeit trägt reiche Früchte, das Land gedeiht, und alle Gewerbe blühen. Alle Volksstämme in allen Landen des Nordwestens knieten vor uns nieder, sobald sie unsere Han-chinesischen Truppen erblickten, und entboten uns und Euch ihre ehrerbietigsten Grüße. Immer wieder drangen sie in mich, ich möge Euch, sobald ich an den Hof zurückgekehrt sei, ihrer Ergebenheit versichern und Euch ihren inbrünstigsten Wunsch übermitteln: ›Lang, lang, lang lebe der Kaiser!‹«

Jedes Wort im Redeschwall des stellvertretenden Unterabteilungsleiters war so wohlgesetzt, dass es der zuhörenden Beamtenschaft die Sprache verschlug. Niemand hatte diesem unbedeutenden Beamten so viel Beredsamkeit zugetraut – auch wenn er immerhin in zwölfter Generation ein Nachkomme von Li Zicheng war, dem Rebellenführer, der 1644 Peking erobert hatte. Sogar der Bürgermeister war freudig erstaunt, und sein Stellvertreter wurde richtig neidisch. Und all die anderen Kader, die in der Stadt für die Wirtschaft, die Zivilverwaltung und die Bildung zuständig waren und nun mit einem Schlag zu mächtigen Ministern für eben diese Bereiche aufgestiegen waren, fühlten sich beschämt von ihrem niederen Kollegen. Sie wussten, dass der Bürgermeister Gefallen an ihm finden und ihn von einem stellvertretenden Unterabteilungsleiter zu einem Abteilungsleiter befördern könnte, vielleicht sogar zu seinem eigenen Stellvertreter, zuständig für die öffentliche Sicherheit, oder zum Generalgouverneur aller Grenzgarnisonen. Alle Augen richteten sich auf den Offizier.

Da lachte der Bürgermeisterkaiser laut auf. Erhob sich und trat an seinen Tisch. Schritt davor auf und ab und blieb endlich wieder vor seinem Thron stehen. Befingerte das Jadesiegel auf seinem Tisch und sprach:

»General Li, Ihr vereint ziviles und militärisches Geschick, hohe Moral und fachliches Können in Euch, und obendrein habt Ihr Euch an der Grenze große Verdienste erworben. In den letzten drei Jahren haben sich die Xiongnu gänzlich unserer Oberhoheit unterstellt und leisten uns nun jährlich Tribut. Um die Ordnung unseres kaiserlichen Regiments aufrechtzuerhalten und Euch die gebührende Belohnung zuzuerkennen, ernenne ich Euch hiermit zu meinem kaiserlichen Generalgouverneur. Als solcher seid Ihr von nun an dafür verantwortlich, alle Streitigkeiten und kriegerischen Konflikte in unseren sämtlichen Grenzregionen beizulegen – im Nordwesten wie im Nordosten und im gesamten Süden, in Yunnan und Taiwan, Guangdong und Guangxi.«

Lächelnd musterte der Kaiser noch einmal die versammelten Beamten und Generäle vor sich, ehe er einen tiefen Seufzer ausstieß, als wäre zu seiner gänzlichen Beruhigung nun endlich die Harmonie unter dem Himmel wiederhergestellt.

»Und Ihr, Minister für Bildung und Minister für Zivilverwaltung? Habt Ihr mir auch etwas zu berichten?«

Die beiden angesprochenen Minister blickten einander an. Dann trat der Minister für Zivilverwaltung vor, verbeugte sich mit rauschenden Ärmeln und kniete auf einem Bein nieder.

»Ich ersuche ergebenst darum, in einer Angelegenheit das Wort ergreifen zu dürfen – wenn es Euch denn genehm ist?«

»Sprecht.« Der Kaiser sah ihn an, als wäre er auf einer seiner Inspektionsreisen einem Bauern begegnet, der ihm sein Unrecht klagen wollte. »In der heutigen Audienz bin ich in großmütiger Stimmung. Wer immer ein Anliegen hat, möge es vortragen.«

Der Minister für Zivilverwaltung erhob sich aus seiner knienden Haltung und warf erst dem Kaiser, dann den Beamten und Generälen, die auf beiden Seiten aufgereiht warteten, einen Blick zu.

»Dank der unermesslichen Güte Eurer Majestät wurde unserem Volk in diesem Sommer eine überreiche Ernte zuteil. Die Weizenähren sind groß wie Hirseähren. Doch wie das Amt für Himmelserscheinungen jüngst in einem dringlichen Bericht gewarnt hat, droht uns in drei Tagen ein verheerender Regen, der mindestens einen halben, vielleicht auch einen Monat anhalten wird. Weite Landstriche unseres Reichs sind deshalb von Überschwemmungen bedroht, und wenn wir nicht bald die Ernte einholen, wird ein Großteil unseres Weizens auf den Feldern verrotten, sodass wir im Winter eine schwere Hungersnot zu gewärtigen haben. Hinter dem Frieden und dem Wohlstand, die unser Volk in vollen Zügen genießen, braut sich den Vorhersagen unseres Amts für Himmelserscheinungen zufolge in diesem Moment eine ungeheure Katastrophe zusammen. Deshalb ersuche ich Eure Majestät untertänigst, eingedenk der drohenden Gefahr und aus Eurer unermesslichen Weisheit heraus baldmöglichst dem ganzen Reich zu verkünden, dass ein jeder Eurer Untertanen noch in dieser Nacht seine Ernte einfahren und Vorkehrungen gegen die Flut treffen solle. Ein jeder möge Dämme und Deiche bauen und Haus und Hof gegen die Gefahr rüsten, damit, wenn die Flut wirklich über uns hereinbricht, sie uns nicht unvorbereitet trifft. Nur auf diese Weise können wir von unserem Volk noch die bitterste Not und von unserem Land Unruhe und Chaos abwenden. Ich hoffe, Ihr werdet meinen untertänigen Rat ernsthaft in Erwägung ziehen, Eure Majestät.«

Nachdem der Minister für Zivilverwaltung geendet hatte, verbeugte er sich erneut mit rauschenden Ärmeln und lugte verstohlen zum Stadtkaiser. Der Kaiser schaute verdrießlich drein, schien aber um eine Antwort verlegen und gähnte stattdessen nur, als hätte er bloß mit halbem Ohr zugehört. Der Minister wiederum machte aus seiner Besorgnis keinen Hehl, als scheute er sich um des Reichs willen nicht, als unerschrockener Mahner sein Leben zu riskieren. Aber da – in eben diesem Moment, als fände all das tatsächlich auf der Bühne statt, wo auf dem Höhepunkt der Spannung, im Augenblick der größten Gefahr, die Handlung immer eine neue Wendung nimmt –, da also kam einer der Palastwächter hastig hereingelaufen, trat vor den Kaiser, die Beamten und Generäle, verbeugte sich eilig und berichtete:

»Eure Majestät, melde gehorsamst: Zwei Querulanten sind in den Außenbezirk des Palasts eingedrungen und lassen sich allen Bemühungen zum Trotz nicht abwimmeln. Sie bestehen darauf, von Eurer Majestät persönlich empfangen zu werden. Zwar sei die Ernte vor den Toren der Stadt reich ausgefallen, aber die Bauern hätten noch in der Nacht den Weizen geschnitten wie Schlafwandler, so behaupten sie. Und weil die Bauern nun so erschöpft seien, dass sie entweder tief schlafen oder tatsächlich schlafwandeln würden, würden andere die Situation ausnutzen und rauben, plündern und morden. Kurz: Die Welt sei in Chaos versunken, und auch der Kaiserhof stehe am Rande des Abgrunds. Bitte erlaubt die Frage, ob Ihr die Querulanten empfangen wollt oder nicht.«

Der Bürgermeister musterte den Wächter. »Bist du dir sicher, dass beide nur Querulanten sind?«

Der Wächter rieb sich die müden Augen. »Ganz sicher. Es handelt sich um den Vater und den Sohn, die bei uns in der Stadt ein Bestattungsgeschäft betreiben und mit ihrem Totengeld Kasse für sich selber machen.«

Der Blick des Kaisers wanderte vom Gesicht des Wächters zum Minister für Zivilverwaltung, der ihn vor drohendem Unheil gewarnt hatte. Prompt erkaltete sein Blick, und er schnaubte verächtlich. Sein Blick erwärmte sich erst wieder, als er weiterwanderte zu Li Chuang, dem stellvertretenden Leiter der städtischen Unterabteilung für Militärangelegenheiten und neuen Generalgouverneur.

»Generalgouverneur Li, wir brauchen Euch im Kampf gegen unsere Feinde von außen, aber auch zur Befriedung im Innern. Geht vor den Palast und prüft die Lage. Für jeden, der unserem Kaiserhaus den gebührenden Respekt verweigert und verleumderisch zu behaupten wagt, in unserem Land herrschten noch immer Unfrieden und Unordnung, gilt nur eine Devise: Kopf ab!«

»Jawohl!«, bekräftigte Li, ließ seinen Blick über die versammelten Beamten und Offiziere gleiten und folgte dem Torwächter hinaus aus dem Palast.

Als stellvertretender Unterabteilungsleiter für Militärangelegenheiten war Li, der auch schon über dreißig war, zuständig für die öffentliche Sicherheit und das Petitionswesen. Über zehn Jahre war er nun schon auf diesem Posten, hatte gekatzbuckelt und mit seiner ins Stocken geratenen Karriere gehadert. Nun sah er endlich seine große Chance gekommen und marschierte mit mächtigen Schritten auf das Rathaustor zu.

Das Rathaus lag nicht etwa im Zentrum, sondern am nordöstlichen Rand der Stadt. Vor dem Eingang standen noch immer die steinernen Löwen aus der Republikzeit. Auch die Wehrtürme erhoben sich noch immer an den vier Ecken des Anwesens, genauso wie die steinerne Treppe mit den sechs Stufen. Verwaist wirkte das alles. Wolken trieben darüber hinweg und warfen ihre Schatten. Alle Straßenlaternen in der Stadt waren erloschen, nur die Laternen vor dem Rathaustor leuchteten noch. Und dieses helle Licht mitten in der Nacht unterschied das Rathaus von den Dorfstraßen ringsum. Es unterschied den Amtssitz von den Häusern der einfachen Leute.

Mein Vater und ich standen vor der Verbotenen Stadt unserer Stadt und warteten. Wir warteten darauf, dass der Wächter, der uns gemeldet hatte, zurückkommen würde. Da tauchte hinter uns jemand auf. Ein alter Mann, der traumwandelte, kahlköpfig und zahnlos. Wenn er den Mund geschlossen hatte, klaffte in seinem Gesicht eine Grube. Wenn er ihn öffnete, schien sein Mund viel größer als der anderer Leute. Er hieß Gao Bingchen, und er lebte von den Beschwerden, die er im Rathaus einreichte. Zweiundsiebzig Jahre alt war er inzwischen, und die letzten achtzehn Jahre davon hatte er damit verbracht, sich zu beschweren. Wenn ihm das Geld ausging, legte er eine Beschwerde ein. Gab ihm die Stadtverwaltung ein bisschen Geld, kehrte er wieder nach Hause. Hatte er nichts mehr zu essen, beschwerte er sich erneut, und wenn die Stadt ihm ein paar Reisnudeln gab, verschmauste er sie prompt, während er in den Straßen herumspazierte. Er war der Einzige, der sich beschwerte. Ohne ihn hätte die Stadt ihren Frieden gefunden. Aber er beschwerte sich Monat für Monat und Jahr für Jahr.

Seine Tochter war in einer Fabrik im Kreis ums Leben gekommen. Die Fabrik behauptete, die Tochter wäre an einer Krankheit gestorben. Und weil sie dem Vater keine Entschädigung zahlen wollte, beschwerte er sich bei der Stadt. Er hatte nun im Alter niemanden mehr, der sich um ihn kümmern würde, also beschwerte er sich.

Jetzt, in der Nacht des Großen Traumwandelns, waren mein Vater und ich uns sicher, dass er noch im Schlaf Klage erheben und sich beschweren würde. Aber als er bei uns ankam, schimmerten seine Augen im Laternenschein bloß gelb und trübe, und er brabbelte in einem fort etwas vor sich hin, das verständlich war und doch auch wieder nicht. Und dabei hatte er ein trübes, gelbes Lächeln im Gesicht.

»Von nun an beschwere ich mich nicht mehr. Nie mehr.«

»Von nun an beschwere ich mich wirklich nicht mehr. Nein, das brauche ich jetzt nicht mehr.« Dabei türmte sich das Lächeln auf seinem Gesicht immer höher. Mein Vater fragte ihn gerade, warum er sich nicht mehr beschweren wollte, da marschierte Li Chuang aus dem Tor, der Mann, der nicht nur für die Sicherheit an den Außengrenzen des Reichs, sondern auch im Innern verantwortlich war. Wie ein Soldat in die Schlacht stürmt, so stampfte er in seinem Generalskostüm auf uns zu. Und dabei brabbelte er vor sich hin. Oben an der steinernen Treppe vor dem Tor blieb er stehen und musterte meinen Vater und mich, die wir unten standen. Aber noch ehe er ein Wort zu uns sagen konnte, stürzte der alte Gao zu ihm vor.

»Herr Li, von nun an beschwere ich mich nicht mehr.

Herr Li, ich komme nur, um Ihnen und dem Herrn Bürgermeister etwas zu sagen. Wann immer ich mich beschwert habe, haben Sie mich gefragt, wie ich denn das Geld vom letzten Mal so schnell ausgeben konnte – dabei wusste ich das selber genauso wenig. Ich war mir jedes Mal ganz sicher, dass ich es unters Kopfkissen gelegt hatte, aber nach ein paar Tagen war es wieder futsch, und dann musste ich wieder hierherkommen und neues Geld von Ihnen fordern. Aber heute Nacht, da hatte ich einen Traum. Ich habe von dem Geld geträumt, das Sie mir gegeben haben und von dem ich geglaubt habe, ich hätte es verloren. Im Traum habe ich es in einem Loch im Stamm von dem Kakibaum versteckt, der bei mir im Hinterhof steht. Also bin ich, kaum war ich wieder wach, zu dem Baum gelaufen – und prompt habe ich in dem Loch über dreißigtausend Yuan gefunden! Danach habe ich noch in einem anderen Loch geguckt und noch einmal über zwanzigtausend Yuan gefunden. Da habe ich unter und hinter meinem Bett weitergesucht, in den Boden- und Wandritzen – und nun raten Sie mal, wie viel ich alles in allem gefunden habe! Hundertdreiundzwanzigtausendachthundert Yuan habe ich gefunden!

Mit so einem Batzen Geld brauche ich mich nie wieder zu beschweren. Damit kann ich mich für den Rest meines Lebens satt essen. Damit bin ich versorgt. Also, Herr Li, deshalb will ich Ihnen und dem Herrn Bürgermeister nur sagen, dass ich mich von nun an wirklich nicht mehr beschwere. Lieber lasse ich mich totschlagen!«

Die Nacht war heiß und die Gemüter erhitzt. Das lachende Gesicht des alten Gao leuchtete so gelb wie die Laternen. Lachend und plappernd stieg er die Treppe hinauf, und als er oben vor Li Chuang angekommen war, wiederholte er noch ein paar Mal: »Hundertdreiundzwanzigtausendachthundert! Hundertdreiundzwanzigtausendachthundert!«

»Du willst dich wirklich nicht mehr beschweren?«, zischte Li und baute sich vor ihm auf.

»Ich verspreche es!«

Da packte Li den alten Gao am Kragen.

»Wozu bin ich denn dann noch nütze, wenn du dich nicht mehr beschwerst?!« Seine Stimme war eisig und dumpf. »Dann ist es vorbei mit den über hunderttausend Yuan, die unsere Stadt jeden Monat für ihr Petitionswesen und die Aufrechterhaltung der gesellschaftlichen Ordnung zugeteilt bekommt. Dann kann ich mir meinen Generalgouverneursposten für die äußere und innere Sicherheit abschminken. Also hör mir mal gut zu: Du musst dich auch weiter Monat für Monat beschweren. Musst weiter Monat für Monat und Jahr für Jahr in der Stadt und im Kreis Klage erheben, kapiert?«

Er rüttelte den alten Gao an den Schultern, und anscheinend wurde der dadurch tatsächlich wach. Der Alte stutzte. Stieß ein »Oh …« aus. Offenbar war er wirklich aufgewacht. Starrte Li mit großen Augen an. Und antwortete mit einer Stimme, die plötzlich laut und erregt war:

»Herr Li, Sie tragen ein Generalskostüm wie auf der Bühne, und die Augen haben Sie halb geschlossen – schlafwandeln Sie vielleicht? Ich war gerade selber noch halb wie im Schlaf, aber das Geld, von dem ich vorher keinen Schimmer hatte, wo ich es versteckt hatte, das Geld habe ich wirklich gefunden! Alles in allem hundertdreiundzwanzigtausendachthundert Yuan. Mit so einem Batzen Geld will ich mich nicht mehr beschweren. Wirklich nicht!«

Der stellvertretende Abteilungsleiter sagte nichts. Nicht ein Wort sagte der Generalgouverneur. Er starrte den alten Gao nur eine Weile an. Und noch eine Weile. Und dann stieß er ihn auf einmal von sich weg. Krempelte die Ärmel seiner Uniform hoch und den Saum an den Hosenbeinen, die bis auf den Boden reichten.

»Sag mir: Wie soll ich denn dann noch für die äußere und innere Sicherheit sorgen? Damit machst du mich arbeitslos! Damit ruinierst du nicht nur mir und dem Bürgermeister die Zukunft, sondern drehst auch unserem Kaiserhaus den Geldhahn zu, kapierst du das?«

Im Handumdrehen riss er sich die Uniform vom Leib und schleuderte sie auf den Boden, ehe er sich wieder vor dem alten Gao aufbaute.

»Ich bin jetzt nicht mehr dieser kleine Wichser von stellvertretendem Abteilungsleiter. Ich bin der Generalgouverneur des Kaiserhauses, und ich bin für alle kriegerischen Konflikte und Streitigkeiten im Innern wie im Äußern unseres Reichs zuständig. Wer mir nicht gehorcht, den töte ich, ohne mit der Wimper zu zucken. Wenn du mir nicht gehorchst, mache ich dich kalt.«

Er schlug dem Alten mit der Faust gegen die Brust, sodass der ein paar Schritte zurücktaumelte. Zurücktaumelte und dabei auch nach den achtzehn Jahren, in denen er sich beschwert hatte, immer noch nicht begriff, wie so eine Behörde tickte. Und wie der Staat tickte. Wie benommen stand er da, starrte Li an und wiederholte immer wieder:

»Sie schlafwandeln doch. Mit einem, der schlafwandelt, rede ich nicht. Ich will mit dem Bürgermeister persönlich sprechen. Ich will mich wirklich nicht mehr beschweren. Ich brauche das nicht mehr.«

Er versuchte sich an Li vorbeizudrängeln, aber der stieß ihn zurück. Der eine drängelte, der andere stieß.

Da hatte der Generalgouverneur, der schubste und stieß, auf einmal wie aus dem Nichts einen Knüppel in der Hand, knapp eine Elle lang und dick wie ein Handgelenk. Und diesen Knüppel knallte er dem alten Gao so heftig auf den Schädel, dass das Blut spritzte. »Au!«, ächzte der Alte lauthals auf. »Verdammt …« Und stürzte, nachdem er sich achtzehn Jahre beschwert hatte, auf die Rathaustreppe.

Starb auf der Rathaustreppe. Aber vorher rief er noch einmal verzweifelt zum Himmel: »Ich will mich wirklich nicht mehr beschweren! Wirklich nicht …«

Auf seinen Schrei folgte sein Blut und lief, sprang und stolperte die Stufen herunter. Mein Vater und ich standen wie erstarrt am Fuß der Treppe. Der Torwächter dagegen in seiner absonderlichen Soldatenuniform hatte sich die ganze Zeit hinter Li Chuang gehalten und mit großen Augen den Streit verfolgt. Er war Mitte zwanzig und eigentlich Küchengehilfe, und er hatte diese Arbeit auch nur bekommen, weil er entfernt mit der Familie des Bürgermeisters verwandt war. In diesem Moment starrte er nur kurz auf den alten Gao auf der Treppe, ehe er kehrtmachte und in den Rathaushof zurückrannte. Zurückrannte und kreischte. Kreischte und schrie.

»Jemand ist gestorben! Jemand ist wirklich gestorben!«

»Jemand ist gestorben! Jemand ist wirklich gestorben!«

Es klang, als würde ein Haus einstürzen und der Himmel gleich dazu. Und als würde die Erde sich auftun.

Und Li Chuang? Der rührte sich nicht. Der blieb ruhig. Der gab ein leuchtendes Vorbild ab für alle Generäle und Generalgouverneure.

»Drei Jahre habe ich die Grenze verteidigt, habe Zigtausende von Xiongnu getötet – und da soll ich vor ein, zwei kleinen Querulanten Angst haben?«

Er warf den Knüppel beiseite und hob sein Kostüm vom Boden

auf. Dann richtete er den Blick auf uns. »Ihr seid doch Vater und Sohn aus der Neuen Welt, dem Bestattungsladen in der Hauptstraße, oder? Da habe ich euch ja ein schönes Geschäft beschert.«

Er klopfte den Dreck von seinem Kostüm – wenn dort überhaupt Dreck war. Aber jedenfalls klopfte und klopfte er liebevoll. »Ich sage euch mal was: Das hier ist nicht das Rathaus. Das ist der Thronsaal der Verbotenen Stadt. Und ich bin nicht der stellvertretende Unterabteilungsleiter Li Chuang, ich bin der Generalgouverneur des kaiserlichen Heers. Wenn noch einmal einer von euch es wagen sollte, eigenmächtig in den Palastbezirk einzudringen, den Willen des Kaisers zu missachten und die Ordnung unseres Reichs zu stören, nimmt es mit euch genauso ein Ende.«

»Genau wie mit diesem beschissenen kleinen Querulanten namens Gao Bingchen.«

Er drehte sich um und schritt gelassen zum Rathaus, das nun ein Palast war, und dabei klopfte er immer noch liebevoll seine Uniform ab.

Ganz gelassen ging er davon. Gemächlich. Der Laternenschein warf seinen Schatten in den Innenhof. Den Rathaushof. Den Hof des erhabenen Kaiserpalasts in dieser Nacht des Großen Traumwandelns.

Mein Vater und ich verfolgten dieses Schauspiel starr vor Schreck. Fröstelnd. Mit zitternden Händen. Dann fasste mich mein Vater an der Hand, und seine Hand war nass von kaltem Schweiß. Da war auch meine Hand nass von seinem Schweiß wie von eiskaltem Wasser. Und mein Körper war nass von meinem eigenen Schweiß wie von eiskaltem Wasser.

Siebtes Buch

Fünfte Nachtwache, erster Teil: All die großen und die kleinen Vögel schwirren herum

1. 03:01–03:10

Wir durften die Leute nicht länger traumwandeln lassen.

Sie starben so leicht, wie einer im Schlaf mit den Zähnen knirscht. Sie plünderten so leichthin, wie einer im Schlaf ein paar Worte vor sich hin murmelt. Als wir vom Rathaus zurückkamen, fragte sich mein Vater, wie er das Große Traumwandeln beenden konnte. Und er befahl meiner Mutter, den großen Topf und den Gasherd zur Kreuzung zu tragen. Er zündete den Herd an und füllte den Topf bis zum Rand voll mit Wasser. Und als es kochte, warf er mehrere Handvoll Teeblätter hinein.

Dann ging er zur Apotheke, kaufte alles, was er an Rubinschwefel als Muntermacher kriegen konnte, und tat es in den Topf.

Die nächtliche Stadt lag in einem verschwommenen Dunkel, aber die Kreuzung war in helles Licht getaucht. Niemand traumwandelte dort, oder wer es noch eben getan hatte, der war nun aus seinem Traum entkommen. In Grüppchen standen die Leute dort, manche zu dritt, andere zu fünft oder sechst. Und alle tranken sie den Tee und die Brühe aus Rubinschwefel. Und halfen dabei, mehr davon zu kochen. In dieser Nacht wuchs mein Vater über sich hinaus. In dieser Nacht verwandelte er sich in einen Heiligen. Er hielt meine Mutter und die anderen Leute dazu an, die Brühe zu kochen. Er selber trieb irgendwo einen Gong auf, mit dem er die Straßen und Gassen ablief und rief:

»He! In dieser Nacht des Großen Traumwandelns müsst ihr euch alle vor Dieben und Räubern schützen!«

»He! Der Gemeindevorsteher und die Leute von der Stadtverwaltung traumwandeln alle, deshalb müssen wir uns selber vor Dieben und Räubern schützen!«

»He! Alle, die jeden Moment vom Schlaf übermannt werden, sollen zur großen Kreuzung kommen! Dort gibt es Tee und Rubinschwefelbrühe zu trinken. Ein Schluck davon, und eure Müdigkeit ist verflogen, und ihr fühlt euch wie frisch erwacht.«

Seine Gongschläge öffneten viele Fenster und Türen. Und alle, die Angst vorm Traumwandeln hatten, fanden sich auf der Kreuzung ein. Ein richtiger Trubel herrschte dort. Die Leute tranken die Brühe aus Rubinschwefel und den Tee und erörterten die Ereignisse dieser Nacht. »Wie kann das nur sein? Wie kann das nur sein? So ein Traumwandeln, das wie ein Virus umgeht, das gibt es bei uns in Gaotian doch nur einmal in hundert oder tausend Jahren – und ausgerechnet uns hat es jetzt erwischt!«

Sie konnten es einfach nicht glauben. Und mussten es doch. Aus den Straßen und Gassen, von überallher kam Fußgetrappel. Die ganze Welt war erfüllt von einem einzigen Fußgetrappel. Und alle liefen sie zur Kreuzung und tranken Tee. Alle wollten sie all die absonderlichen Geschichten vom Großen Traumwandeln hören.

Die Kreuzung wimmelte von Leuten. Als wäre dort eine Versammlung einberufen worden. Die Luft war geschwängert vom Duft des Tees und vom bitteren Geruch der Rubinschwefelbrühe. Die Leute tranken im Stehen und im Hocken. Und meine Mutter hatte alle Hände voll zu tun, so als hätte sie einen Stand auf dem Markt. Über den großen Topf hinweg gab sie eine Schüssel Tee und Brühe nach der andern an die Leute aus. Mein Vater dagegen schlug seinen Gong und lief die Straßen ab, und als er von Südosten nach Süden kam, wurde er Zeuge von zwei kleinen Zwischenfällen. Zwischenfällen, die ich euch Göttern und Geistern nicht verschweigen darf.

Der erste war, dass er, als er so rufend und den Gong schlagend durch die Straßen zog, einem Mann begegnete. Einem alten Mann, der aus einer Gasse herauskam und einen Handkarren hinter sich herzog. Auf der Ladefläche stand jemand, dessen Körper und Gesicht von einem Bettlaken verhüllt waren. Damit dieser Jemand nicht herunterfiel und die Ladefläche eben blieb, krümmte sich der Alte vor und zog den Karren ganz behutsam. Aber als er vor meinem Vater ankam, wich er mit einem Ruck zur Seite aus und raunte ihm zu: »Das ist ein Gott. Ein Gott, den ich gerufen habe. Ich habe viel Weihrauch dafür verbrannt.«

Und tatsächlich sah mein Vater vorn im Wagen ein tönernes Weihrauchfass, in dem drei Räucherstäbchen steckten. Zur Hälfte waren sie schon abgebrannt und glommen vor sich hin.

Der Alte, der den Karren zog, war ein kümmerlicher Habenichts namens Zhao Linggen vom nördlichen Stadtrand. Er war genauso klein wie mein Vater, aber noch ein ganzes Stückchen dünner. Und obwohl er erst sechzig Jahre alt war, sah er schon aus wie siebzig. Oder achtzig. Deshalb nannten alle bei uns in Dorf und Stadt ihn nur den »Kleinen Alten«. Der Kleine Alte hatte schon immer davon gelebt, dass er für andere Weihrauch verbrannte. Wenn er dadurch zufällig einmal ein krankes Kind geheilt hatte, gab ihm die Familie zum Dank drei oder fünf Yuan. Oder manchmal auch acht oder zehn. Als er nun meinen Vater traf, begegnete er ihm so ehrfürchtig wie dem Bürgermeister. Oder gar wie dem Kreisvorsteher. Aber im nächsten Moment hatte er erkannt, wer da vor ihm stand, und die Ehrfurcht war schon wieder verflogen.

»Ach, du bist es, Tianbao.«

»Diesen Gott hier habe ich selber gerufen, nicht geklaut.«

»Tianbao, als mein Vater gestorben ist, hat mir jemand gesagt, dass du mich denunziert hast. Deshalb habe ich dich immer verflucht, wenn ich meinen Weihrauch verbrannt habe. Den Tod habe ich dir an den Hals gewünscht und deiner Familie alles mögliche Unheil. Aber dann habe ich wirklich zum Glauben gefunden, und das hat mich geläutert. Seitdem verfluche ich dich nicht mehr und deine Familie auch nicht. Aber deshalb darfst du den Leuten auch nicht erzählen, dass ich heute Nacht einen Gott geklaut habe. Ich habe einen Gott gerufen, das musst du ihnen sagen.«

»Vergiss nicht: Ich habe einen Gott gerufen. Das musst du den Leuten sagen.«

Mein Vater nickte ihm zu. Oder deutete zumindest so etwas an. Und ging weiter. Und der Kleine Alte zog seinen Karren mit dem Gott und den Räucherstäbchen weiter. Als wäre es ein Berg, so langsam zog er ihn.

So gingen sie auseinander. Da fiel meinem Vater erst ein, dass er dem Kleinen Alten aus nächster Nähe ins Gesicht hätte schauen sollen. Schauen, ob er schlief oder nicht, ob er in seinem Traum gefangen war oder nicht. Aber so langsam der Kleine Alte auch ging, er war doch schon ein ganzes Stück weit weg. Also blieb mein Vater stehen und schaute in die Gasse, aus der der andere gekommen war. Ein Steinmetz, der ausschließlich Götter- und Buddhastatuen anfertigte, war dort zu Hause. Eine solche Buddhastatue kostete viel Geld, und wenn man sie gekauft hatte, musste man noch viele Räucherstäbchen vor ihr verbrennen.

Als mein Vater in diese Gasse schaute, verlor er jeden Schwung. Wurde matt und lustlos. Trottete zurück in Richtung Kreuzung. Wollte dabei den Gong schlagen und tat es doch nicht. Wollte rufen wie vorher und konnte sich doch nicht dazu aufraffen.

Da ereignete sich der zweite Zwischenfall. Manche der Läden an der Hauptstraße waren geöffnet, andere nicht. Bei den geschlossenen waren die Türen von innen versperrt und obendrein noch mit Stangen oder Tischen gesichert. Als mein Vater nun die Straße zurücktrottete, kam ihm von Norden eine Gestalt entgegen. Ein Mann, der in der einen Hand eine Ledertasche trug und mit der anderen einen Koffer hinter sich herzog.

»Ershun, bist du das?«, fragte der Mann. »Und? Was hast du eingesackt? Aber du kommst ja mit leeren Händen!«

Offensichtlich hielt der Mann meinen Vater für einen gewissen Ershun. »Wer bist denn du?«, fragte mein Vater zurück. »Ich bin nicht Ershun, ich bin Li Tianbao.«

Er ging zu dem anderen hin, und als beide nur noch ein paar Schritte voneinander entfernt waren, erkannten sie sich. Dann standen sie einander im Dunkeln gegenüber wie vorher mein Vater und der Kleine Alte.

»Li Tianbao! Ich dachte, du wärst mein Bruder Ershun. Was willst du denn mit dem Gong? Der ist doch nichts wert. Da kriegst du ja für einen halben Kranz noch mehr.«

»Du traumwandelst, oder?« Mein Vater musterte ihn. »Du solltest auch zur Kreuzung gehen und eine Schüssel von dem Tee trinken, den meine Frau gekocht hat. Die Leute in der Polizeiwache und im Rathaus traumwandeln auch alle, von denen sind auch schon ein paar zur Kreuzung gegangen.«

»So ein Quatsch! Ich traumwandle doch nicht!« Dashun lachte auf, wurde aber gleich wieder ernst. »Also ihr seid das, du und deine Frau, die da an der Kreuzung den Tee kochen?« Er machte noch einen Schritt auf meinen Vater zu und schaute ihm ins Gesicht. »Dann brauchst du doch bestimmt Teeblätter, oder? Der Laden da verkauft zwar nur Koffer und Taschen, aber in einem Schrank habe ich auch noch viel Tee und so was gefunden. Ich selber trinke keinen Tee und in meiner Familie sonst auch niemand, deshalb habe ich die Schachteln nicht angerührt.«

Mein Vater schaute hinüber zu dem Laden, aus dem der andere gekommen war.

»Nun geh schon rein. Du willst ja nicht klauen, du tust das für uns alle.«

Mein Vater zögerte, aber schließlich ging er tatsächlich in den Laden.

Bald hatte er mehrere Schachteln Wulong-Tee und unverarbeiteten Grüntee an sich genommen. Er hatte keine Ahnung von Tee. Hatte keine Ahnung, welcher Tee die Müdigkeit am besten vertreiben konnte. Er schnappte sich einfach die fünf oder sechs größten Schachteln.

Als er damit wieder aus dem Laden herauskam, traf er Dashun an, der dort auf ihn wartete.

»Du bist ja noch da!«

»Na, ich stehe hier für dich Schmiere.« Er hob den Koffer an und zog ihn neben sich. »So ist es am besten, dann hast du geklaut genau wie ich, und wenn es morgen hell wird und alle wieder aufwachen, verrate ich dich nicht und du mich auch nicht. Ich bin ein Dieb, und du bist auch einer, wir haben beide keine weiße Weste, da beißt die Maus keinen Faden ab.«

Er grinste vergnügt, warf meinem Vater noch einen Blick zu und spazierte davon.

Spazierte einfach so davon.

Mein Vater aber blieb noch eine ganze Weile wie vor den Kopf geschlagen stehen. Endlich ging er noch einmal in den Laden, der sich »Kofferwelt« nannte, und legte die fünf oder sechs Teeschachteln zurück an ihren alten Platz.

Genau an ihren alten Platz.

2. 03:11–03:31

Ihr Götter! Ihr Menschengeister! Nach den kleinen Zwischenfällen erzähle ich euch nun wieder von den großen Ereignissen.

Selbst die Leute im Rathaus traumwandelten, das war so ein großes Ereignis. Und so mussten wir einfachen Leute uns selber um unsere Angelegenheiten kümmern. Jemand schleppte noch einen zweiten Gasherd zur Kreuzung, und aus dem einen Topf wurden mehrere. Die Flammen der beiden Herde schlugen an den Boden der Töpfe, aber der Feuerschein trug nicht weit. Da wuchtete jemand noch einen dritten Herd herbei, einen großen, klobigen Herd aus Ton, Ziegeln und Steinen, der ringsum sein Feuer spie. Die Leute fütterten ihn mit grob gehacktem Holz von Türbrettern und Hockern, und das Feuer züngelte mächtig empor und erhellte den ganzen Platz. In kleinen und großen Töpfen wurde nun gekocht, in Aluminium- und Eisentöpfen. Aber die Rubinschwefelbrühe, die nach dem Kochen wie Eis glitzerte und doch schwarz und bitter war, die wollte niemand trinken. Alle wollten sie nur den Tee trinken. Drei, vier, fünf Töpfe waren es, unter denen das Feuer kräftig loderte. Schon kochte das Wasser, und im Feuerschein kochte der Tee. Sein bitterer Duft wehte nach Lust und Laune durch die Nacht. Wehte hierhin und dorthin bis an den Fuß der Berge und erfüllte endlich die ganze Welt.

Da trieb jemand von zu Hause sogar noch eine Dose Kaffee auf. Fast niemand hatte bei uns in der Stadt jemals Kaffee getrunken. Dunkelbraun war er. Oder seidenrot. Als die Dose geöffnet war, sprang die Leute ein roter Duft an. Sie schöpften kochendes Wasser und taten eine Kelle gemahlenen Kaffee hinein. Im schimmernden Wasser schlingerte er herum wie Seide in einem Feuer.

»Wir müssen noch Zucker und Milchpulver reintun!«, rief lautstark einer der Wenigen dazwischen, die Erfahrung mit Kaffee hatten.

»Wir müssen noch Zucker und Milchpulver reintun!«

Also holte noch jemand von zu Hause weißen und braunen Zucker. Und Milchpulver, das sonst für die Babys war. Da schmeckte der Kaffee tatsächlich gleich viel besser. Bitter und süß wie gekochte Süßholzwurzel. Als würde man, wenn man durstig ist, so eine Süßholzwurzel kauen. Und so machte der Kaffee die Runde. Der eine trank eine halbe Schüssel, der andere eine ganze Tasse. Am Ende trank jeder, der dort an der Kreuzung versammelt war, ein paar Schluck, um einmal davon zu probieren und die Müdigkeit zu vertreiben. Und prompt wurden die Leute immer aufgedrehter und aufgekratzter, und alle Müdigkeit war verflogen.

Die Nacht war dunkel, aber in den Köpfen wurde es hell wie der Tag. Als würden alle ein Fest miteinander feiern und obendrein noch ein Theaterstück dazu aufführen.

Da fiel mir auf einmal die Familie von Onkel Yan ein.

Ich war mir nicht sicher, ob auch in seiner Familie jemand traumwandelte. Aber wenn es in jeder Familie der ganzen Stadt Traumwandler gab – und so schien es –, warum sollte dann ausgerechnet seine Familie eine Ausnahme bilden? Und so lief ich mit der Schüssel Kaffee, die mein Vater mir eigentlich für eine ganz andere Familie mitgegeben hatte, gegenüber der er sich schuldig fühlte, zur Familie Yan. Diese Familie war die berühmteste in unserer Stadt, das versteht sich von selbst. Was hatte der Sohn, der Schriftsteller geworden war, nicht alles für Bücher geschrieben! Was hatte er nicht alles für Geld damit gescheffelt! Sogar der Bürgermeister und der Kreisvorsteher besuchten ihn zum Neujahrsfest. Und wann immer er von seinen Reisen heimkehrte, brachte er die teuersten und besten Zigaretten mit. Bestimmt hatte er auf seinen Reisen auch alle möglichen Leckereien und Delikatessen genossen. Hatte alle möglichen Tees probiert und alle möglichen Kaffees aus der Stadt und sogar aus dem Ausland. Und trotzdem würde er in dieser Nacht nicht unbedingt eine Tasse Tee zu trinken haben oder eine Tasse Kaffee.

Ich hatte gesehen, wie er vom Damm zur Stadt zurückgekommen war. Auch er schien dabei in Schlaf versunken. Wie komisch er die Füße gehoben und gesenkt hatte! Wie ein Geist auf einem Feldweg war er die Straße entlanggelaufen. Nachdem er unsere Stadt verlassen hatte, war er ein Schriftsteller geworden, aber immer, wenn er keine Geschichte mehr zu erzählen hatte, kehrte er zu uns zurück und wohnte eine Weile in unserer Stadt. Danach hatte er sich wieder eine neue Geschichte, aus der er Geld und Ruhm herausschlagen konnte, unter den Nagel gerissen. Unsere Stadt war für ihn das, was eine Bank für einen Dieb ist: eine unerschöpfliche Geldquelle. Seine Romane *Verfließende Jahre*, *Hart wie Stein* und *Lenin küssen* erzählten alle irgendwelche Geschichten von unserer Stadt und dem nahen Balou-Gebirge. Jede Kleinigkeit in seinen Geschichten, und sei es ein Blatt an einem Baum, kannte ich so gut wie meine eigenen Hände und Füße. Oder wie meine Fingernägel. Aber jetzt, mit weit über fünfzig, konnte er nicht mehr schreiben. Unsere Stadt war noch immer die alte, und die Tage vergingen wie früher. Immer neue Geschichten brachte unsere Stadt hervor, Geschichten, die ständig im Fluss waren, aber er konnte nicht eine davon zu Papier bringen. Er wusste einfach nicht mehr, wie er so eine neue Geschichte hätte erzählen sollen. Und so hatte er sich auf dem Staudamm nahe der Stadt inmitten der malerischen Landschaft einquartiert und vor sich hin gebrütet, ohne dass am Ende etwas dabei herausgekommen wäre. Das hatte ihn schlagartig alt gemacht. Mit seinen dünnen grauen Haaren sah er nun aus wie einer der heruntergekommenen Greise, die durch unsere Straßen trotteten. Vom strahlenden Glanz der großen weiten Welt da draußen war bei ihm nichts mehr übrig geblieben. Seine Kleidung verlotterte, und sein Gesicht hatte nichts Fröhliches mehr.

Auf einmal war er alt. Wenn einer wie er keine Geschichten mehr erzählen kann, geht so etwas ratzfatz.

Als er damals aus unserer Stadt fortgegangen war, war er noch keine zwanzig Jahre alt gewesen. Und jetzt war er schon über fünfzig. In den mehr als dreißig Jahren, die dazwischen lagen, war er fett und schwammig geworden und obendrein noch ziemlich krumm. Nichts an ihm deutete darauf hin, dass er ein Schriftsteller war. Nichts an ihm deutete darauf hin, dass er überhaupt jemand war. Abgesehen davon, dass er ein bisschen wie ein Auswärtiger sprach, war er genau wie wir. Er wirkte wie ein kleiner Dorfbuchhalter. Mit dünnen grauen Haaren und Tränensäcken, dick und rot wie Trauben. Nur dass sich ab und zu ein fremdes Wort in seinen heimischen Dialekt mischte.

Niemand bei uns ahnte, dass er so rasch gealtert war, weil er nicht mehr schreiben konnte. Niemand hätte sich überhaupt vorstellen können, dass das eine mit dem anderen zusammenhing. Als der Tischler Zhao alt wurde, konnte er nicht mehr vernünftig tischlern, so war das eben. Und als der große schwarze Hund alt wurde, konnte er nicht mehr wer weiß wie hoch springen, wie hätte es auch anders sein sollen? Yans Angehörige sagten, weil er sein Leben lang gesessen und geschrieben hätte, hätte er sich alle möglichen Gebrechen eingehandelt. Den Nacken hätte er sich ruiniert und die Hüfte noch dazu, sodass seine Beine beim Gehen ruckzuck taub würden und seine Hände keinen Stift mehr halten könnten, ohne dass sie in einem fort zitterten. Aber in unseren Augen ist das kein Grund, jemanden zu bemitleiden. Wenn einer keinen Stift mehr richtig halten kann, soll er es eben bleiben lassen. Hauptsache, er konnte noch seine Stäbchen halten. Und seine Wehwehchen an der Hüfte und am Nacken waren ein Luxusproblem verglichen mit uns anderen, die wir uns oft bei der kleinsten Bewegung schon halb gelähmt fühlten. Sie waren ein Schotterstein verglichen mit einem Berg. Zumal der Schriftsteller gut versichert war und sich im Krankenhaus behandeln lassen konnte. Da war es nur angemessen, dass er sich mit seinem Geschreibsel ein paar Zipperlein eingehandelt hatte. Da musste man doch nicht gleich so ein Theater machen, als ginge es um Leben und Tod! Neid und Wut weckte dieser Yan bei uns, aber auch Bedauern und Mitleid.

Nun war er also wieder einmal in unsere Stadt zurückgekehrt. Wahrscheinlich war er der Traumwandler gewesen, der eine Weile vorher an mir vorbeigegeistert war. Was für ein Bild so ein Schriftsteller als Traumwandler wohl abgab? Was für ein Bild Yan Lianke wohl abgab? Auf einmal wollte ich ihn unbedingt sehen. Wollte ihm eine Schüssel Rubinschwefelbrühe und Kaffee als Wachmacher bringen, als wäre er krank, und ich hätte einen Kräutersud, der ihn von allen Leiden kurieren könnte.

So marschierte ich mit meiner Wachmacherbrühe aus Rubinschwefel und Kaffee zum Haus der Yans.

Als ich dort ankam, fand ich das Haus ganz anders vor, als ich es erwartet hatte. So als würden Weizenähren Sandkörner tragen. Oder Reisähren Hühnerhirse. Und niemand wüsste, wie aus den Weizenähren der Sand geworden war. Und wie man die Hirseähren in Reis zurückverwandeln könnte. Ja, so war das. So und nicht anders.

Das alte Haus. Der alte Hof. Darin die vielen alten Pappeln, die bis zum Himmel hinaufragten. Und die achtzig Jahre alte Mutter des Schriftstellers, die dort wohnte, als wollte sie das Erbe ihrer Ahnen hüten. Wahrscheinlich war sie sehr einsam. Aber das sind ja alle, die ein Erbe hüten.

Während ich mit meinem Kaffee zu dem Haus ging, hallten meine Schritte auf der Straße wider, als wollten sie noch in den letzten einsamen Winkel dringen. Ich hatte geglaubt, nur der Schriftsteller und seine Mutter würden noch in dem alten Haus sein, aber als ich in der Gasse ankam, die auch einmal die Gasse meiner Familie gewesen war, hörte ich aus dem Hof ein anhaltendes Geheul. Und kurz vor dem Tor Wellen von erregtem Fußgetrappel. Als ich dann im Toreingang stand, sah alles so aus, als würden lauter Weizenähren lauter Sandkörner tragen.

Der Hof war hell erleuchtet. Stalllaternen hingen an den Bäumen, Öllampen standen auf den Fenstersimsen. Auf einem verdorrten Ast klebten Kerzen. Das Licht war so hell, dass es auf die Gasse hinausquoll. Die große Schwester des Schriftstellers war von der Familie ihres Mannes nach Hause gekommen. Ihren Mann hatte sie auch mitgebracht. Und all die Nachbarn aus der Gasse hatten sich auch dort versammelt. Der ganze Hof war voll lärmender Leute. Und alle hatten sich um den Schriftsteller geschart, als hätte ein Dämon von ihm Besitz ergriffen. So thronte er mitten im Hof, vor sich eine halb volle Schüssel Wasser. Seine Mutter hielt ein zusammengeknäueltes nasses Handtuch in den Händen, als hätte sie ihm damit gerade das Gesicht gewaschen.

Fahlweiß war sein Gesicht. Blutleer, als wäre es zu lange gesiedet worden. Der Schweiß hatte sein Haar durchnässt, sein Hemd aus reiner Baumwolle und seine Hosenbeine. Wachsbleich war sein Gesicht. Tränen rannen kreuz und quer darüber. Ein gewöhnliches Gesicht war es, ein Gesicht, von dem die fetten Hängebacken herabhingen wie verdorbene Speckwülste. Nichtssagend. Stumpfsinnig. Die Augen starrten ins Leere. Ungläubig, als hätten sie etwas jenseits unserer Welt gesehen. Eine Geisterwelt. Aber gleichzeitig war seine Miene so stumpf, als hätte er überhaupt nichts gesehen. Oder als hätte er zwar etwas gesehen, könnte es aber nicht in Worte fassen. Und darum kam Leben in seine Nase, die wie eine Knoblauchknolle aussah. Sie zuckte. Schniefte. Stieß ein abstoßendes, lautes Schnaufen aus.

Vor ihm lagen ein gutes Dutzend von seinen Romanen und irgendwelche anderen Bücher. Dazu ein paar Manuskripte und eine Flasche ausländischer Kleister. Im Schlaf war er nach Hause gekommen, um sich all diese Sachen zu holen. Und dabei hatte er mit einem breiten Grinsen den immer gleichen Satz vor sich hin gemurmelt: »Ich habe eine neue Geschichte zu erzählen. Ich habe eine neue Geschichte zu erzählen.« Als wären die Ideen nur so auf ihn herabgeregnet wie lauter Blütenblätter. Und als strömte die Geschichte mit all ihren Wendungen auf ihn ein wie der Duft des Weizens. Oder als wäre sie auf ihn herabgefallen wie eine köstliche, reife Frucht. Und so hatte er in einem fort vor sich hin gemurmelt. Hatte auch in seinem alten Zuhause Augen für nichts sonst. Wechselte mit seiner Mutter kein Wort. Durchwühlte nur die Kisten und Schränke auf der Suche nach den Büchern, nach Stift und Papier. »Ich habe eine Inspiration, die muss ich aufschreiben. Ich habe eine Inspiration, die muss ich schnell aufschreiben.« Da erst war seine Mutter aus ihrem brütend heißen Bett gestiegen und hatte ihn gesehen. Sein Gesicht war wie ein einziges Gekritzel aus lauter Zeichen, die keinen Sinn ergaben. Der Mund war darin das einzig Lebendige, alles andere war wie erstarrt und tot. Die Augen waren offen wie die eines Lebenden, aber sie schauten starr drein und tot.

»Du traumwandelst doch, oder? Du traumwandelst doch!«, sagte seine Mutter, als sie zu ihm ging.

»Na, komm, Lianke, nun wasch dir erst mal das Gesicht.«

»Mutter, wo sind denn mein Stift und mein Papier? Ich habe eine neue Geschichte zu erzählen. Ich habe so viele Ideen, dass sie wie reife Früchte auf mich herunterprasseln.«

»Du traumwandelst wirklich. Lianke, du traumwandelst wirklich.«

»In den Kisten habe ich doch auch noch Bücher. Bevor ich anfange zu schreiben, müssen sich auf dem Tisch und im Zimmer um mich herum die Bücher stapeln. Nur dann habe ich das Gefühl, dass ich nach Hause gekommen bin.«

Seine Mutter schöpfte eine halbe Schüssel Wasser. Und während er sich hinunterbeugte und nach Papier und Stift suchte, klatschte sie ihm das nasse Handtuch ins Gesicht. Das Handtuch mit dem kalten Wasser klatschte sie ihm ins heiße Gesicht. Da zuckte er zusammen, stutzte und richtete sich schlagartig wieder auf. Riss die Augen auf und schaute sich um. Und plötzlich schlug er die Hände vors Gesicht, kauerte sich auf den Boden und heulte drauflos.

»Ich kann nichts mehr schreiben ... Ich kann nichts mehr schreiben ...«

Er heulte wie ein Baby. Wie ein Besessener.

»Wenn ich nichts schreiben kann, sterbe ich besser ... Am besten, ich sterbe ...«

So schluchzte er und kauerte vor seiner Mutter, die Hände vorm Gesicht. Die Tränen quollen zwischen seinen Fingerritzen hervor wie das Wasser einer Quelle aus der Erde.

Da wusste seine Mutter nicht mehr weiter. Sie hatte keine Ahnung, wie sie ihrem berühmten Sohn gut zureden sollte.

Und so heulte und schluchzte er vor sich hin.

»Das macht doch nichts, wenn du nichts mehr schreiben kannst. Du kannst doch immer noch ein gutes Leben haben. Immer noch!«

Seine Mutter stand bei ihm und tätschelte ihm den Kopf. Auch ihr strömten die Tränen über das Gesicht.

»Wenn ich nichts schreiben kann, bin ich wie tot. Wie tot«, jammerte er. Aber er weinte nicht mehr. Als wäre ihm bewusst geworden, dass er ein Mann von über fünfzig war und seine Mutter schon über achtzig. Da stand er auf und schaute seine Mutter und sein altes Zuhause an.

»So ist es also, wenn man traumwandelt.« Er lachte freudlos. »Ich hatte ja nicht geahnt, dass es mich auch erwischen würde. Weil ich in den letzten Tagen nichts schreiben konnte, konnte ich auch nicht mehr schlafen. Da hat sich die Müdigkeit in mir angestaut, immer mehr und mehr, bis ich angefangen habe zu traumwandeln.«

Mit seiner Mutter kehrte er vom vorderen Zimmer ins hintere zurück. An der Türschwelle stützte er sie. Ganz als käme er aus der Traumwelt in die Wachwelt zurück. Als wäre er mit einem Schritt über die Schwelle in sein Zuhause getreten, hätte nur den Türvorhang beiseitegeschoben, und schon wäre er aus dem Schlaf in die Wirklichkeit zurückgekehrt.

Er setzte sich neben seiner Mutter aufs Bett. Redete lange mit ihr. Erzählte ihr von den Traumwandlern, die er sogar auf dem Damm gesehen hatte. Und wie er, als er im Schlaf nach Hause gekommen war, auch auf den Straßen viele Leute hatte herumlaufen sehen, und alle schienen sie zu traumwandeln. Und er fragte seine Mutter, ob sie in all den Jahren, die sie nun schon gelebt hatte, in den gut achtzig Jahren, die sich von der Republikzeit bis ins Heute erstreckten wie eine dunkle Gasse, ob sie da je so ein Großes Traumwandeln erlebt hätte. So ein Traumwandeln, bei dem die Leute wieder zu kleinen Kindern wurden, an denen das Hässliche und das Schöne ganz nackt hervortraten.

Aber während er noch fragte und fragte, war er, ohne es zu merken, wieder auf das Bett seiner Mutter gefallen und eingeschlafen.

Im Schlaf warf er den Kopf hin und her, dass ein Wind über ihn hinstrich. Schnaufte und schnarchte, dass es im Zimmer widerhallte.

»Wenn du schlafen willst, geh ins andere Zimmer«, ermahnte ihn seine Mutter. »Lianke, wach auf und geh ins andere Zimmer.«

Mühsam öffnete er die Augen. Aber als er ins andere Zimmer gehen wollte, trat er gleich wieder in die andere Welt ein. Sah die Dinge der anderen Welt. Stand schon am Rand der anderen Welt und schaute sich noch einmal zu seiner Mutter um.

»Mutter«, sagte er lächelnd, »ich habe eine neue Geschichte zu schreiben. Ich muss nur die Hand ausstrecken und schon kommt mir eine Idee, wie ich meine Geschichte beginnen soll.«

Da fing er von Neuem an, mit einem strahlenden Lächeln die Kisten und Schränke zu durchwühlen. Suchte hastig nach Papier und Stift und nach seinen Büchern. Behände wie ein Bewohner einer anderen Welt. Auf dem Gesicht einen unbegreiflichen Ausdruck, der von unbegreiflichen Dingen kündete. Wie ein Buch, das niemand lesen kann. Die Augen hatte er geöffnet, aber sie sahen nur das, was in seinem Kopf vorging. Sie sahen nicht in die Ferne, sie sahen überhaupt kein Ding und keinen Menschen außerhalb von ihm selbst.

»Ich habe endlich wieder eine Geschichte. So eine Geschichte hat sonst niemand!«

So plapperte er lauthals vor sich hin, und dabei kicherte er verstohlen in sich hinein.

Seine Mutter kam zu ihm. »Lianke! Lianke!« Sie schrie es so laut, als wollte sie ihn aus seinem Traum herausreißen.

»Hast du das Buch mit dem schwarzen Umschlag gesehen? Das Buch mit dem Umschlag, von dem du gesagt hast, der ist ja schwarz wie die Nacht.«

Seine Mutter schüttelte ihn an der Schulter. »Du musst doch nicht gleich sterben, wenn du nicht mehr schreiben kannst!«

»Jetzt nicht mehr.« Er grinste sie an. »Jetzt habe ich ja eine neue Geschichte zu erzählen.«

Sie verpasste ihm eine leichte Backpfeife.

»Wenn du nicht bald aufwachst, stirbst du noch in deiner Geschichte!«

Verdutzt starrte er sie an.

»Komm rasch heraus aus deiner Geschichte!«, schrie sie ihn mit einer Stimme wie Donnerhall an. »Sonst wirst du noch zu Tode geschrieben in deiner Geschichte!«

Sie verpasste ihm noch eine Backpfeife, und diesmal eine starke. Aber danach hatte sie Tränen im Gesicht.

Da wurde die Welt still. Die Stadt wurde still. Und auch das Zimmer, in dem eben noch so ein Lärm geherrscht hatte. Yans Körper schwankte. Und auch sein Kopf. Die überschwängliche Freude auf seinem Gesicht war verflogen. Stattdessen war da nur noch eine glühende Röte. Die Röte von jemandem, der vor Scham plötzlich ganz betreten ist. Er war erwacht. War aus dem Traum zurückgekehrt. Er schaute seine Mutter an und rieb sich über das Gesicht, als wollte er sich einen Schmerz abwischen.

»Ich schreibe nicht mehr. Ich schreibe in meinem ganzen Leben nichts mehr.« Er sagte es leise, aber die Worte klangen fest und entschieden. »Wenn ich nicht mehr schreibe, lebe ich noch besser. Besser als jeder andere.«

Er nahm die Hand von seinem Gesicht und führte seine Mutter zurück in ihr Zimmer, und dabei wischte er ihr die Tränen von den Backen. Aber während er sie noch so führte, zerrte sie ihn auf einmal mit sich in den Hof.

»Komm, wir setzen uns in den Hof. Hier drinnen ist es so stickig, dass du gleich wieder einschläfst.«

Und so gingen Mutter und Sohn in den Hof. Ein kühler Windhauch strich über sie hinweg. Hoch über ihren Köpfen schimmerte trübe der Mond. Ringsum die alten Bäume. Der alte Hof. Die alten Mauern und Pfeiler. Friedlich wie ein uralter Fluss. Wie die Berge. Oder wie eine nächtliche Wolke, die seit ururalten Zeiten vor sich hin treibt.

So saßen Mutter und Sohn einander im Hof gegenüber und lauschten den Schritten, die hin und wieder von der Gasse und der Straße zu ihnen herüberdrangen. Auch dem Gong lauschten sie und den Rufen meines Vaters: »Ihr dürft ja nicht einschlafen! In jeder Familie muss einer wach bleiben, um die anderen vor den Dieben und Räubern zu schützen!«

»Das ist doch unser Nachbar Li Tianbao, der da ruft.«

»Ja, das ist er. Was für ein anständiger Kerl.«

»Mit seinem Bestattungsladen in der Stadt macht er ja auch gutes Geld. So eine Geldquelle versiegt nie, dem gehen die Kunden nie aus.« Da war Yans ältere Schwester gekommen. Und mit ihr auch ihr Mann. Beide hatten sich gesorgt, das Große Traumwandeln könnte auf den alten Hof übergreifen. Also waren sie schnell hergeeilt. Und hatten sich zu Mutter und Sohn in den Hof gesetzt. Und weil es dort so hell war, kamen auch die Nachbarn herbei. Sie scharten sich um den Schriftsteller und um die halb volle Schüssel Wasser. Und redeten über das Chaos, das in unserer Stadt ausgebrochen war. Über das Große Traumwandeln.

Wer sich müde fühlte, nahm das Handtuch aus der Schüssel und wischte sich damit das Gesicht, als könnte er sich so den Schlaf wegwischen. Yans Mutter brachte eine Schüssel Erdnüsse und eine Schüssel Walnüsse. Die Nachbarn steuerten Sonnenblumenkerne bei. Auch einen kleinen Tisch holten sie und stellten alles Mögliche darauf. Dann scharten sie sich um den Tisch und redeten. Kämpften die Müdigkeit und das Traumwandeln nieder, als feierten sie die Silvesternacht. Lauschten den Geräuschen von draußen, die von dem Durcheinander auf den Straßen kündeten. Redeten vom Getreide und von der Ernte. Darüber, wer mit wem gestritten hatte, weil alle zuerst hatten dreschen wollen. Wie deswegen Blut geflossen war. Aber auch, dass nicht alles am Traumwandeln schlecht war. Wie ein Streithahn einem anderen am hellen Tag noch den Schädel eingeschlagen hatte, dass das Blut nur so geströmt war. Wie er da noch getönt hatte: »Du bist doch kein Gegner für mich! Eine Backpfeife von mir, und du fliegst in hohem Bogen durch die Luft!« So ein Großmaul war das gewesen. Aber dann war die Nacht gekommen, und er hatte traumgewandelt. Und da war der Raufbold doch glatt mit Eiern und Milch zu dem anderen gegangen, um sich zu entschuldigen. »Tut mir leid. Tut mir leid«, hatte er in einem fort wiederholt. »Ich war im Unrecht.«

»Seht ihr?«, folgerten die Nachbarn. »Es ist nicht alles schlecht am Traumwandeln. Manchmal macht es aus einem Großmaul und Grobian auch einen gutherzigen, sanftmütigen Kerl.«

Da kannten sie alle kein Halten mehr und redeten von den unzähligen guten Dingen, die das Traumwandeln mit sich gebracht hatte.

»Was soll denn daran so seltsam sein? Bei uns in der Oststadt ist was passiert, das war wirklich seltsam. Ich meine die Sache mit Ma Huzi.«

Der Nachbar, der in dem Haus südlich der Yans wohnte, erhob sich und trat aus der Menge nach vorn. Um seine Worte zu untermauern, fuchtelte er in einem fort mit den Händen in der Luft herum.

»Ihr erinnert euch doch bestimmt noch, dass Ma Huzi vor drei Jahren gestorben ist, oder? Damals machte die Nachricht, dass er an einer Krankheit gestorben war, ja in der ganzen Stadt die Runde. Aber heute Nacht, am Anfang, als die Leute langsam müde wurden und die Ersten anfingen zu traumwandeln, da – ratet mal, was da geschehen ist! Die Witwe von Ma Huzi ist im Schlaf auf die Polizeiwache gegangen, und da hat sie ein Geständnis abgelegt. ›Mein Mann ist nicht an einer Krankheit gestorben‹, hat sie gesagt. ›Zwölf Jahre lang war er bettlägerig, und ich habe ihn gepflegt, bis ich es nicht mehr ertragen konnte. Da habe ich Gift in seine Schüssel gegeben.‹

›Drei Jahre ist mein Mann nun tot‹, hat sie gesagt, ›und nicht eine Nacht habe ich richtig geschlafen. Die Reue hat zu sehr an mir genagt. Ihn zu vergiften, das war, als hätte ich meinen eigenen Eltern etwas angetan. Aber erst jetzt, wo ich endlich gut schlafe, habe ich mich entschlossen, alles zu gestehen.‹

›Ich weiß, dass ich traumwandle. Aber sonst hätte ich nie den Mut gefunden, mich zu stellen. Wach wäre ich niemals hierhergekommen. Schließlich habe ich drei Kinder, was soll denn nun aus ihnen werden? Das Kleinste ist noch keine drei Jahre alt, es ist erst ein halbes Jahr nach dem Tod seines Vaters auf die Welt gekommen. Also komme ich jetzt im Schlaf, um alles zu gestehen, und ihr dürft mich nur ja nicht wecken. Sonst leugne ich, dass ich meinen Mann vergiftet habe. Wenn ihr mich weckt, streite ich alles ab, und wenn ihr mich totprügelt.‹

›Ihr wisst ja nicht, was mein Mann vor seinem Tod gesagt hat. Er hatte schon Schaum vorm Mund, da hat er noch gesagt: „Danke, dass du mich ins Jenseits beförderst. Dann muss ich nicht mehr leiden. Du tust mir einen Gefallen. Nur denk immer dran: Du darfst niemandem etwas davon erzählen! Wenn du dich verplapperst, stürzt du unsere Familie ins Unglück. Dann verlieren unsere Kinder nicht nur ihren Vater, sondern obendrein noch ihre Mutter.“‹

So war das.

So und nicht anders.

Wäre das Traumwandeln nicht gewesen, hätten wir nie und nimmer erfahren, dass Ma Huzis Frau ihn umgebracht hat. Dass sie dazu überhaupt imstande war! Sie wirkt doch immer so gutherzig und schwach. So folgsam, so eifrig und duldsam. Sie war nur ein Jahr mit Ma Huzi verheiratet, da wurde er bettlägerig. Volle zwölf Jahre hat sie ihn gepflegt. Aber am Ende hat sie ihn umgebracht.

Ein Glück, dass es das Große Traumwandeln gibt! So eine Nacht kommt in hundert Jahren nicht wieder. Nur in so einer Nacht hat die Frau von Ma Huzi gestanden. Hat endlich die Wahrheit gesagt. Sonst hätten wir nie erfahren, was damals wirklich geschehen ist. ›Es ist gut, wenn man schläft‹, das hat sie selber gesagt. ›Dann tut man endlich, was man schon immer tun wollte. Ohne das Traumwandeln hättet ihr mich doppelt und dreifach totprügeln können, ich hätte euch trotzdem kein Wort davon verraten, dass ich meinen Mann vergiftet habe.‹

Ist das nicht eine seltsame Sache, dass sie das im Schlaf gesagt hat? ›Ich gestehe alles, aber ihr dürft mich nicht wecken‹, hat sie gesagt. ›Sonst streite ich alles ab. Überlegt doch mal: Wer soll sich denn um meine Kinder kümmern, wenn ich gestehe?‹

Das hat sie gesagt. Wenn das keine seltsame Sache ist!

Im Schlaf wusste sie, dass sie schlief und schlafwandelte! Im Traum wusste sie, dass sie träumte! Und sagte den Leuten, die nicht in ihrem Traum waren, auch noch: ›Weckt mich ja nicht. Lasst mich bloß schlafen.‹«

Als der Nachbar mit seiner sonderbaren Geschichte fertig war, lachte er auf. Dann beugte er sich vor und wusch sich das Gesicht. »Ich bin auch schon ganz müde. Passt bloß auf, dass ich mich nicht auch noch mit dieser Traumwandelkrankheit anstecke! Wer weiß, was ich sonst noch alles sage oder tue!«

Er lachte, aber sonst lachte niemand. Alle grübelten noch über den Mordfall nach: Da war Ma Huzi doch tatsächlich von seiner Frau vergiftet worden! Alle dachten noch darüber nach, dass eine Mörderin im Schlaf so rückhaltlos alles gestanden hatte. Ganz still war es im Hof. Yan starrte seinen Nachbarn mit Augen so groß wie Datteln oder faulige Trauben an. Starrte ihn an, als wäre er ein Fremder. Oder die entscheidende Wendung in einer Geschichte.

»Ist das wahr?«

»Ist das auch wirklich wahr?«

»Warum bin ich nicht selber auf diese Geschichte gekommen? Die Geschichte einer Frau, die schläft und weiß, dass sie schläft. Sie weiß es und kann noch aus ihrem Traum heraus mit der Welt da draußen sprechen.«

Er stand auf und lief im Hof herum. Lief am Rand der Menge entlang und redete vor sich hin, das Gesicht rot vor lauter Aufregung. In der Nacht sah sein Gesicht aus, als klebte darauf ein Stück nasser roter Seide. Ganz dunkel war das Rot in der Nacht.

»Ich habe eine neue Geschichte! Ich habe eine neue Geschichte zum Schreiben! Damit werde ich all die Leute zum Verstummen bringen, die behaupten, meine Inspiration sei versiegt und es gehe mit mir zu Ende. Hihihi! Hihihi!« Er gickerte vor sich hin wie ein Idiot. »Wie Regentropfen prasseln die Ideen jetzt auf mich herunter. Wie ein kühler Luftzug wehen sie um meine Stirn. Mutter! Schwester! Ihr solltet jetzt gehen. Ich will in mein Arbeitszimmer auf dem Damm zurückkehren. Wenn ich all diese Geschichten nicht rasch aufschreibe, haben sie sich, wenn ich aufwache, schon wieder auf flinken Sohlen davongeschlichen.«

»Ihr müsst nun alle gehen. Ich will in mein Zimmer auf dem Damm.«

»Ihr müsst alle gehen. Ich will jetzt schreiben.«

»Aber geht langsam, und redet langsam – nicht dass ihr mich noch aus dem Schlaf aufschreckt! Dann wären meine Geschichten pfutsch. Und meine Inspiration. Und ich könnte mir den Kopf an der Wand einschlagen und brächte doch nichts mehr zu Papier. So ein Schlaf ist eine gute Sache. Eine wirklich gute Sache. Der Schlaf ist wie Sonne und Regen. Wenn er kommt, wächst das Getreide. Und wenn er am tiefsten ist, ist das Getreide reif und man kann die Ernte einfahren. Ich muss diese Gelegenheit nutzen. Also geht jetzt alle. Und berührt mich nur ja nicht! Und redet ja kein Wort mit mir! Nicht dass ihr mich noch aus dem Schlaf herausreißt.«

So ging er herum und redete in einem fort, aber dabei wurde seine Stimme immer leiser, und er versank immer tiefer in seinem Traum. Nachdem er ein paar Runden im Hof gedreht hatte, fing er wieder an, überall nach seinen Büchern zu suchen. Er nahm die Bücher und sein Schreibzeug an sich, Füller, Bleistift und Papier. Dazu den Kleister und die kleine Schere, die er zum Korrigieren immer bei sich hatte, wenn er etwas schrieb. Schließlich verebbte seine eben noch so klare Stimme zu einem Gewisper und Gemurmel. Seine Worte verschwammen. Seine bebenden Nasenflügel beruhigten sich wieder. Die Augen, die er gerade noch so weit aufgerissen hatte, waren nun halb geschlossen, als ob ihm die Lider schwer vor Müdigkeit wurden. Und doch sprach aus seinen Augen mehr denn je der feste Wille zu schreiben, der sich vorher in seinem Traumwandlergesicht gesammelt hatte. Immer mehr verdichtete sich dieser Wille in seinen Augen. Als hätte er sich schon an seinen Schreibtisch gesetzt und den Blick auf die kleinen Kästchen seines karierten Papiers geheftet.

Um ihn herum wurden die Leute ganz still. Alle starrten sie den Schriftsteller an, der sie fortgeschickt hatte, aber es selber am eiligsten hatte zu verschwinden. »Er sollte sich mal das Gesicht waschen«, sagte einer und schnappte sich das nasse Handtuch, aber da wurde er prompt von Yans Mutter gepackt. Sie riss ihm das Handtuch wieder aus der Hand und zog ihn beiseite. Zerrte auch Yans große Schwester und seinen Schwager von ihrem Sohn fort. Dann stellte sie sich vor ihn hin und schaute ihm ins Gesicht. Musterte ihn so lange, als könnte sie auf einmal lesen und als wäre sein Gesicht ein Buch.

»Willst du wirklich schreiben?«

Er nickte.

»Und wenn du nicht schreibst, geht es dir dann wirklich schlecht, als wärst du krank?«

Er nickte.

»Fühlst du dich dann wirklich wie tot? Glaubst du wirklich, wenn du nicht schreibst, dann stirbst du?« Ihre Stimme war plötzlich sehr laut geworden.

Da schwieg er. Als müsste er über diese Frage erst einmal gründlich nachdenken. Aber schließlich nickte er erneut, und diesmal tat er es sehr langsam und gewichtig. Wie ein zum Tod Verurteilter, der sich auf dem Richtplatz zwischen Erhängen und Enthauptung entscheiden muss.

Niemand sagte ein Wort. Alle waren im Licht versunken wie im Wasser eines tiefen Sees. Der Himmel war trübe. Die Nacht war trübe. Yans Gesicht wirkte trübe und entschlossen wie das eines Mannes in mittleren Jahren, der schon alles gesehen hat. Ein Buch fiel ihm aus den Armen, und er hob es wieder auf.

Ich weiß nicht, wie lange ich schon dort im Hof der Yans gestanden hatte. Jedenfalls waren der Rubinschwefel und der Kaffee in meiner Schüssel längst kalt geworden. Auch der Duft des Kaffees war zum Großteil schon verflogen, so als hätte ich bloß eine gewöhnliche Mehlsuppe in den Händen. Eigentlich hatte ich nur draußen vor dem Tor gestanden und gelauscht, aber irgendwann muss ich mich mit meiner Brühe unter den Torbogen gestellt und alles mitverfolgt haben. Ich habe keine Ahnung wann. Eigentlich hatte ich nur dort unter dem Torbogen gestanden und zugeschaut, aber irgendwann muss ich in den Hof gegangen sein. Ich habe keine Ahnung wann. Eigentlich hatte ich nur dort im Hof alles mitangesehen und mitangehört, aber irgendwann muss ich meine Schüssel abgestellt und mich auf den Boden gehockt haben. Ich habe keine Ahnung wann. Genauso wie ich keine Ahnung habe, wer mir später erzählt hat, was in unserer Stadt geschehen war, als ich noch nicht geboren war. Und was in der Welt geschehen war. Und bei den Yans.

Weil ich so dumm bin, vergesse ich viel. Ich vergesse mich selber. So wie ich die Brühe aus Rubinschwefel und Kaffee vergaß, die Brühe, die ich Yan gebracht hatte, um ihn wach zu machen. Denn als ich den Nachbarn von der Sache mit Ma Huzi erzählen hörte, versank ich so tief darin wie in einer von Yans Geschichten. Und als ich mitansah, wie Yan vom Wachen zum Schlafen überging und vom Schlafen zum Schlafwandeln, da fühlte ich mich wie in einem dunklen Zimmer eingeschlossen.

Yans Mutter starrte ihren Sohn an, als hätte sie seit Jahrtausenden nichts anderes getan. »Weckt ihn nicht auf. Lasst ihn in seinem Traum bleiben«, sagte sie zu den Leuten. Die Leute aber standen starr und stumpf da wie Marionetten, die sich ein Marionettentheater anschauen. »Wenn er nicht schreibt, wird er verrückt und geht zugrunde, sagt er. Also lasst ihn schreiben. Und wenn er sich zu Tode schreibt, fühlt er sich trotzdem noch lebendig.« Die Tränen strömten ihr über die Backen wie Regentropfen auf eine öde Wildnis. »Wenn es so weit mit ihm gekommen ist, dann lasst ihn, wie er ist. Lasst ihn leben, als wäre er schon tot, wenn das für ihn Leben bedeutet.«

Sie schaute zu ihrem Sohn und in die Nacht, schaute in den Hof und auf die Leute, die dort standen, und dann sagte sie schlicht und doch feierlich:

»Niemand von euch soll ihn wecken. Lasst ihn in seinem Traum bleiben.«

Ihr Blick wanderte hinab von seinem Gesicht zu seinem Körper, dann wieder hinauf zu seinem Gesicht. »Nun geh schon. Deine Schwester und dein Schwager sollen dich zu deinem Haus auf dem Damm bringen.«

Aber Yan verharrte still in seinem Traum. Dachte nach, als wäre er erwacht. »Nein, niemand soll mich dorthin begleiten. Sonst werde ich aus meinem Traum herausgerissen. Und dann verflüchtigt sich meine Geschichte. Dann löst sie sich in Luft auf wie meine Inspiration. Und ich kann nichts mehr schreiben und bin lieber tot als lebendig.«

Und dann, dann wandelte er in seinem Traum herum, als wäre er wach. Wandelte in der Nacht herum, als wäre es Tag. Schaute seine Mutter an. Schaute seine Schwester, seinen Schwager, seine Nachbarn an. Nahm seine Sachen und ging davon.

»Kehrt nun alle heim«, sagte er noch, aber er selber ging als Erster die Stufen hinauf und den Hofgang entlang und hinaus auf die nächtlichen Gassen und Straßen. Seine Schritte klangen, als schlüge ein hölzerner Hammer auf etwas Weiches und Hohles. Schwankend und doch in einem gleichbleibenden Rhythmus tapste er davon, wie ein Wind, der stoßweise pustet. Schwankend verschwand er in seinem Traum. Seine Mutter und seine Schwester kamen aus dem Hof heraus und schauten ihm hinterher, als schauten sie einem Traum hinterher. Einem Traum, in dem eine Weide am Ufer im Wind schaukelt.

So ging er davon.

Und die Nacht war ungeheuer tief.

Und die Leute beteten, dass es bald es wieder hell würde. Denn dann würde alles wieder gut. Alles würde wieder seinen normalen, gewohnten, geordneten Gang gehen.

3. 03:32–04:05

Ich war es, der Yan zu seinem Haus auf dem Damm begleitete. Ich war es, der ihn begleiten wollte.

»Du bist klein und hast einen leichten Schritt«, sagten seine Angehörigen zu mir. »Du wirst ihn nicht aus dem Schlaf schrecken. Also bring du ihn zu seinem Haus.«

Sie vergaßen auch nicht, mir einzuschärfen, dass ich kein Wort mit ihm reden sollte, um ihn nicht zu wecken. Aber ich redete trotzdem mit ihm. Ich konnte den Drang einfach nicht unterdrücken.

Er tapste voran mit schwankenden Schritten, als wäre er unfähig, die Straße zu überblicken. Alle naslang trat er in ein Schlagloch und taumelte jedes Mal so heftig, dass ich glaubte, nun würde er aufwachen. Aber er murmelte immer nur: »Hier ist ein Loch« und tapste weiter. Tapste, bis er gegen einen Stein oder Ziegel stieß. Dann hob er den schmerzenden Fuß und schüttelte ihn kurz, ehe er ächzend weiterschwankte. Ich folgte ihm wie ein Lamm seinem Mutterschaf. Und immer, wenn er in ein Loch trat oder gegen einen Stein stieß, schoss ich vor und stützte ihn, und wenn er dann weitertapste, ließ ich mich wieder zwei Schritte zurückfallen. So durchquerten wir die Gassen der Stadt, als liefen wir durch einen Tunnel unter einem Staudamm. Als wir dann endlich die breite Hauptstraße erreichten, kam es mir vor, als würden wir einen weiten Platz betreten. An der Kreuzung war schon niemand mehr. Nur die Herde aus Ziegeln und Steinen standen noch dort. Und in der Luft lag noch der Geruch von Tee und Kaffee.

Aber die Leute waren fort.

Nachdem sie die Brühe aus Rubinschwefel und Tee und den Kaffee getrunken hatten, waren sie nicht mehr müde und traumwandelten nicht mehr. Also waren sie nach Hause zurückgekehrt. Ich hörte und sah nur noch die Letzten von ihnen mit ihren großen Töpfen in den Händen davongehen. Die Nacht war genauso ruhig, wie man sich eine Nacht vorstellt. Außer Yan, der vor mir ging, wäre ich gern noch ein, zwei anderen Traumwandlern begegnet. Aber in den Straßen fand ich nichts als Stille und Laternenschein. Nur einen erschrockenen Aufschrei hörte ich noch manchmal, aber das war nicht der Aufschrei von einem, der niedergehackt und ermordet wurde, sondern bloß der Aufschrei, den man ausstößt, wenn sich ein dunkles Etwas auf einmal als Katze oder Hund entpuppt.

So würde das Große Traumwandeln doch gewiss nicht enden! So glatt doch nicht! Aber auf den Straßen war es tatsächlich so still wie auf einem Friedhof. Ich war verstört. Verschreckt. Unwillkürlich schloss ich zu Yan auf und ergriff seine Hand. Wie ein verängstigtes Kind, das sich an die Hand seines Vaters klammert. Seine Hand war weich, heiß und verschwitzt. Eine Hand, die zu schwach war, um ein Feld zu bestellen. Mit der Hand meines Vaters hatte sie nichts gemein. Wegen dieser Handfläche fing ich an mit ihm zu sprechen und stellte ihm eine Frage nach der anderen.

»Wie viele Jahre ist es jetzt her, dass du Gaotian verlassen hast?«

»Diesmal hat es sich wirklich gelohnt, dass ich zurückgekommen bin. Die ganze Stadt habe ich beim Großen Traumwandeln erlebt.«

»Was hast du im Traum gesehen? Wie kann es sein, dass jemand träumt und dabei weiß, dass er träumt?«

Er drehte sich zu mir um und schaute mich an. Tätschelte mir den Kopf und gluckste.

»In meinem nächsten Buch erzähle ich vom Traumwandeln. In der Stunde meiner größten Verzweiflung hat mir der Himmel dieses Geschenk gemacht.«

Das Traumwandeln war also ein Geschenk! Ein Geschenk des Himmels und der Götter! Auf einmal wollte ich auch traumwandeln. Und dabei wie er wissen, dass ich traumwandle. Als könnte ich aus einer anderen Welt heraus die Dinge unserer Welt erkennen. Als wäre ich tot und wüsste doch, dass ich noch lebe.

Ich hielt seine Hand und trug seine Bücher. So ließen wir die Kreuzung hinter uns. Ließen die Westliche Hauptstraße und die Östliche Hauptstraße hinter uns. Und kamen am Bestattungsladen meiner Eltern vorbei. Als ich sah, dass die Tür angelehnt und es im Innern noch hell war, wollte ich meinen Eltern erzählen, dass Onkel Yan traumwandelte und ich ihn zu dem Haus bringen würde, das er auf dem Damm gemietet hatte. Aber das blieb nur so ein Gedanke.

Dann sah ich, wie jemand einen Kleiderladen plünderte und sich seine Beute auf die Schulter lud, und ich wollte zu ihm hinlaufen und ihn ermahnen: »Hör lieber auf zu klauen und zu plündern! Die Leute sind nicht mehr müde, und wenn du Pech hast, kommt gleich der Ladenbesitzer und schnappt dich.« Aber auch das blieb nur so ein Gedanke.

Dann sah ich draußen vor der Stadt auf einem Feld einen Mann, der eine Stalllaterne an einen Stock in der Erde gehängt hatte und Weizen erntete. Nach ein paar Hieben mit der Sichel pflanzte er den Stock jedes Mal ein Stückchen weiter in den Boden. Da wollte ich zu ihm hinlaufen und ihm gut zureden: »Geh heim und trink ein paar Schluck Tee, oder koch dir eine Brühe aus Rubinschwefel. Dann bist du nicht mehr müde und traumwandelst nicht mehr.« Aber dann kam mir der Gedanke, dass das Traumwandeln für manche Leute vielleicht eine gute Sache war. Mit welchem Recht sollte ich diese Leute aus ihrem Traum herausreißen?

Ich wollte etwas tun und tat es dann doch nicht, also war ich das genaue Gegenteil eines Traumwandlers, der tat, was er tun wollte. Wenn alles immer so einfach wäre wie für einen Traumwandler – wäre das nicht wunderbar? Da wollte ich Onkel Yan nach einigen Dingen fragen, die mit seinen Büchern zusammenhingen. Wie viel Geld er wohl mit einem Buch verdiente? Und ob er nicht noch einmal zurückgehen und mir noch ein paar Bücher mitbringen konnte? Und so fing ich wieder an zu reden und zu fragen. Als würde ich meine Sichel wetzen, um zu ernten.

»Onkel Yan, was findest du besser: Wenn man sich sein Leben lang nur Geschichten anhört, oder wenn man sie selber erzählt?«

»Onkel Yan, kannst du deine Geschichten nicht mit ein bisschen mehr Wärme erzählen? Wenn ich deine Bücher lese, fange ich immer an zu frösteln. Deine Bücher strahlen so viel Kälte aus. Ich lese gerne Bücher, die im Winter wie ein Ofen sind und im Sommer wie ein Ventilator.«

»Onkel Yan … Onkel Yan! Onkel Yan!«

Wir kamen an die Kreuzung in der Südstadt, die Kreuzung mit dem Schnurbaum. Einem alten Schnurbaum. Einem Baum wie dem, unter dem sich die Leute im Kreis Hongtong in Shanxi versammeln, bevor sie fortziehen. Einem Baum so dick, dass zwei Männer ihn nicht umfassen können. Einem Baum von mehr als zweihundert Jahren. Seine Äste stehen so dicht und fest wie die Streben eines Regenschirms. Und sein Laub ist so dicht und undurchlässig wie der Stoff eines Regenschirms. Rings um ihn herum ist ein Wall aus Erde, Steinen und Ziegeln erbaut, um ihn zu schützen. Wie in kindlicher Ehrerbietung vor einem alten Familienangehörigen. Neben diesem Wall sagte ich:

»Onkel Yan, weißt du was? In allen deinen Büchern erzählst du Geschichten aus unserem Dorf und unserer Stadt. Aber niemand hier außer mir mag deine Bücher. Niemand außer mir schafft es, deine Bücher von der ersten bis zur letzten Seite durchzulesen. Alle sagen nur: ›Was schreibt denn der da bloß für ein Zeug?‹ Alle finden, egal was für ein Buch man sonst aufschlägt, *Die Geschichten der Drei Reiche*, *Die Räuber vom Liangshan-Sumpf*, *Die Investitur der Geister* oder *Die vier Helden und fünf Gerechten*[4], alles ist besser als deine Bücher. Deshalb sind deine Bücher hier keinen Pfifferling wert. Genau wie das Totengeld, das meine Eltern in ihrem Laden verkaufen. Das ist zwar auch Geld, aber würde man es auf die Straße schmeißen, würde sich auch niemand danach umschauen.«

Onkel Yan stutzte.

Stutzte und ließ meine Hand los. Senkte den Kopf und starrte mir ins Gesicht wie ein Wahrsager in sein Orakelbuch. Die Nacht war trübe. Der Mond fahl, aber klar. Auch ich schaute ihm ins Gesicht, als wäre er ein unverständliches Orakelbuch. So starrten wir uns gegenseitig an, ich ihn und er mich. Dann zog er mich hinunter auf den Erdwall rings um den Schnurbaum. Und stellte mir ein paar seltsame Fragen. Rätselhafte, absonderliche Fragen, als würde eine Frau, die keine Kinder kriegen kann, einen Bodhisattwa fragen, wann sie schwanger würde.

»Niannian, nun sag mir mal ganz ehrlich: Welches meiner Bücher magst du am liebsten?«

»Sag mir ehrlich: Welches von meinen Büchern erinnert dich am stärksten an das, was hier im Dorf und in der Stadt passiert ist?«

»Niannian, ich habe eine Bitte: Kannst du mir nicht ein bisschen was von deinen Eltern und deinem Onkel erzählen? Alles, was diese drei in ihrem Leben machen, hat mit bedeutsamen Dingen zu tun, mit unser aller Leben und Tod. Darüber will ich ein Buch schreiben, über Leben und Tod in unserer Stadt. Vielleicht wirst nicht nur du dieses Buch gerne lesen, sondern jeder, der hier bei uns überhaupt lesen kann. Nun erzähl schon. Erzähl mir von deinen Eltern und deinem Onkel. Und wenn ich das nächste Mal heimkomme, bringe ich dir viele Bücher mit. Auch wenn ich selber keine guten Bücher geschrieben habe, kann ich dir doch die guten Bücher von anderen mitbringen. Bücher, die du hier sonst, gerade weil sie so gut sind, nie und nimmer zu lesen kriegst.«

»Was für Bücher?«

»Das *Jin Ping Mei*[5]. Ein göttliches Buch!«

Ich erzählte ihm nichts von unserer Familie. Schwieg wie ein Grab. Wunderte mich nur, wie ruhig er mit mir redete. Verstohlen schaute ich ihn an. Sein Gesicht ähnelte wirklich und wahrhaftig einem Buch voll falscher Zeichen. Einem Orakelbuch, das niemand verstand. Aber anders als er traumwandelte ich nicht. Und ich bin auch nicht so dumm, wie die Leute glauben. Für irgendein Buch, irgendein *Jin Ping* irgendwas, würde ich doch nicht die Geheimnisse meiner Familie ausplaudern! Und auch nicht die Geheimnisse meines Onkels und seines Krematoriums. Ich verriet mit keinem Wort, dass mein Vater, nachdem die Behörden die Feuerbestattung zur Pflicht erklärt hatten, zum Denunzianten geworden war und obendrein lauter Fässer Leichenöl in einer Höhle am Damm gelagert hatte, ganz nahe bei dem Haus, das Onkel Yan dort gemietet hatte.

»Was gibt es von meiner Familie schon groß zu erzählen? Wir essen, ziehen uns an, und wenn einer stirbt, verkaufen wir seinen Angehörigen einen Kranz und verdienen uns damit ein paar Yuan. Und damit kaufen wir dann wieder farbiges Papier und Flittergold und machen neue Kränze. Und wenn wir dann noch ein bisschen Geld übrighaben, kaufen wir uns was zu essen.«

Mehr sagte ich nicht.

Ich wusste nicht, was ich sonst noch hätte sagen sollen. Über unseren Köpfen zogen der Mond und die Wolken langsam vorüber. Da gingen wir weiter. Verließen den Schnurbaum und machten uns auf den Weg zum Damm. Und diesmal waren wir nicht mehr so gesprächig. Und nicht mehr so vertraut miteinander. Weil ich ihm nichts über meine Familie verraten hatte, fühlte ich mich schuldig, als hätte ich ihn bestohlen oder würde ihm etwas schulden. Damit wir wieder so vertraulich miteinander werden konnten wie unter dem alten Schnurbaum, ergriff ich seine Hand und stellte ihm einen Haufen Fragen. Lauter persönliche Fragen stellte ich ihm.

»Onkel Yan, was findest du besser: Wenn man sein Leben lang selber anderen Leuten Geschichten erzählt, oder wenn man sich nur immer die Geschichten der anderen anhört?«

»Onkel Yan, was meinst du: Soll ich wie du Gaotian verlassen, wenn ich groß bin, oder soll ich wie meine Eltern hierbleiben?«

»Onkel Yan, was meinst du: Soll ein Mann, wenn er heiratet, sich nur eine Frau suchen, oder soll er sich lieber gleich ein paar suchen?«

Bald waren wir auf dem Damm. Dort fühlten wir uns dem Himmel näher. Und auch den Sternen und dem Mond. Die irdische Welt von Gaotian dagegen und das Treiben der Menschen, die sich dort unten stritten, die traumwandelten und plünderten, aßen und sich anzogen, die Felder bestellten und das Unkraut jäteten, schwatzten und tratschten, tranken und schliefen – all das war in die Ferne gerückt. Als wir vor dem Hof von Onkel Yan ankamen, sahen wir unter uns das Blau des Stausees. Es war, als wäre alles Mondlicht dort gebündelt, hell wie ein Spiegel, wie Eis oder wie ein Traum. Es wehte ein leichter Wind. Eine einsame Stimme drang zu uns herüber. Auf dem nahen Feld sah ich eine Eule mit Augen wie rote Laternen. Auch die Totenhalle sah ich. Am fernen Hang trieb ihr Licht wie eine Wolke, die vom Himmel herabgefallen war.

So standen wir beide am Hofeingang, und der Abschied legte sich auf Onkel Yans Gesicht und auf mein Herz wie ein Blatt, das von Raureif überzogen ist. Aber Abschied nehmen mussten wir. Onkel Yan musste schlafen. Vielleicht würde er, traumwandelnd, wie er war, gleich ins Bett plumpsen und einschlafen, aber er wirkte, als würde er immer weiterreden. Oder immer weiterschreiben. Alles, was er dachte und tat, war wie in seinen Büchern. Vielleicht würde er sich, kaum wäre er in seinem Haus, an seinen Schreibtisch setzen und anfangen zu schreiben. Und vielleicht würde ein Buch dabei herauskommen, das im Winter wärmte wie ein Ofen und im Sommer kühlte wie ein Ventilator. Diesem Buch zuliebe musste ich ihn allein lassen. Aber zum Abschied gab er mir noch ein paar Worte mit auf den Weg, die ich von meinen Eltern nie gehört hatte.

»Niannian, lern nur tüchtig von deinen Eltern, wie man Kränze und anderen Grabschmuck macht, dann kannst du, wenn du einmal groß bist, ein gutes Leben führen.«

»Niannian, wenn dich ein Mädchen mag, dann heirate sie. Ein Mann sollte sich im Leben nur eine Frau suchen, das haben Gott und der Himmel so bestimmt.«

»Niannian, du kannst jetzt nach Hause gehen. Ich will die Zeit nutzen, solange ich noch traumwandle, und eine Geschichte schreiben. Ich werde mich bemühen, ein Buch zu schreiben, wie du es dir wünschst: eins, das im Winter wärmt wie ein Ofen und im Sommer kühlt wie ein Ventilator. Ein Buch, das alle gerne lesen.«

Er tätschelte mir noch einmal den Kopf, ehe er den Hof betrat. »Geh jetzt heim«, sagte er noch, dann schloss er das Tor.

Ich stand dort vor dem Tor, als würde ich allmählich in einem Traum versinken. Oder in einem Brunnen. Da kam mir wieder das Große Traumwandeln in den Sinn. Und die Dinge, die sich bei uns im Dorf und in der Stadt abspielten. Und meine Eltern. Sofort wurde mir ganz kalt. Ich zuckte zusammen. Und fragte mich, ob jemand das allgemeine Traumwandeln nutzen würde, um bei uns zu Hause einzubrechen. Und ob dieser Jemand meine Eltern fesseln und brutal zusammenschlagen würde. Ich erschrak. Zuckte zusammen. Als wäre in meinem Kopf ein Blitz eingeschlagen, noch bevor der Gewitterregen niederrauschte, rannte ich von Onkel Yan und seinem Haus auf dem Damm fort.

Rannte nach Hause.

Achtes Buch

Fünfte Nachtwache, zweiter Teil: Manche sterben, andere leben

1. 04:06–04:26

Als ich vor unserem Laden stand, erstarrte ich.

Der Schreck traf mich, als hätte man mir einen Backstein an den Kopf geschlagen.

Alles war genauso gekommen, wie es mir geschwant hatte. Als hätte ich auf dem nächtlichen Damm schon gesehen, was sich einen halben Kilometer weit weg bei uns zu Hause abspielte. Hastig stieß ich die Tür auf und blieb am Eingang stehen. Meine Eltern und die beiden Einbrecher zuckten zusammen, als sie mich sahen.

Die Lampe im Zimmer schien so hell, wie eine Lampe scheinen soll. Der ganze Raum mit all seinen Kränzen, dem Totengeld und dem Grabschmuck sah aus wie ein Garten, den ein Sturm verwüstet hat. Die Blüten aus Papier lagen am Boden verstreut und mit ihnen viele Blätter. Andere Blätter hingen noch an den Zweigen oder lagen an der Wand. Die Zweige und Stängel der Blumen waren abgerissen, die Kränze und Bambuszweige zerbrochen oder zertrampelt. Bambuskörbe mit Schnüren, Drähte und Stangen für die Papierpferde und anderen Figuren, Köpfe kleiner Jungen und Mädchen mit aufgemalten Gesichtern und Haaren, all das lag auf dem Boden verstreut oder an einer Wand aufgehäuft. All das Rot und Gelb, all das Herumgeflatter und Herumgebaumel, all das Blau und Grün war wie ein Blumenteich, den ein Hagel verwüstet hat. Kalt war es. Und doch auch wieder heiß.

Meine Eltern waren jeder an einen Stuhl gefesselt. Einer von ihnen kauerte an der Ostseite, der andere an der Westseite in einem Haufen von Kränzen. Die beiden Einbrecher hatten sich Wollmützen mit ausgeschnittenen Schlitzen über Kopf und Gesicht gezogen. Der eine war groß und hatte die Arme vor der Brust verschränkt. Der andere war klein und hielt in der einen Hand einen armdicken Knüppel. Der Schweiß floss beiden vom Kopf auf den Hals und von dort weiter auf die Brust und den Rücken. Trotzdem machten sie keine Anstalten, sich die Mützen herunterzuziehen, um ein bisschen frische Luft zu schnappen. Standen bloß drohend da mit ihren Mützen, als warteten sie auf etwas, und starrten meine Eltern an. Die Augen, die durch ihre Sehschlitze hervorlugten, waren dunkel und hell zugleich und hatten nichts Schläfriges an sich. Sie waren hellwach. Vielleicht hatte mein Vater die beiden mit seinen Rufen sogar geweckt. Oder meine Mutter mit ihrem Tee. Und dann waren sie mitten im Großen Traumwandeln auf Raubzug gegangen.

Die Gesichter meiner Eltern waren bleichgelb oder gelbbleich. Nass von Schweiß waren sie, als wäre ein Regen auf sie niedergegangen. Beide schauten bald vor sich hin, bald zur Treppe, die nach oben führte, und bald zur Tür nach hinten. Beide erwiderten die Blicke der Räuber. Und schienen gleichzeitig in aller Ruhe auf etwas zu warten – ich hatte keine Ahnung auf was. Und da kam ich hereingeplatzt.

Stand auf einmal in der Tür und erstarrte. Denn alles war genauso gekommen, wie ich es mir gedacht hatte. Genauso und nicht ein Haar anders. Es passte alles so genau wie eine Schraube in die Mutter. Ich hatte mir gedacht: Wenn einer unseren Laden ausrauben will, zieht er sich bestimmt eine Mütze über den Kopf oder verhüllt sich das Gesicht mit einem kleinen Handtuch. Und tatsächlich trugen die Räuber Mützen überm Gesicht. Und ich hatte mir gedacht: Wenn einer unseren Laden ausrauben will, kommt er bestimmt nicht allein. Und tatsächlich waren sie zu zweit. Und wahrscheinlich sogar zu dritt. Denn sonst hätten sie nicht immer wieder zum hinteren Zimmer und zur Treppe hinübergeschaut. Und dann hatte ich mir noch gedacht: Wenn sie uns ausrauben, stellen sie bei uns bestimmt alles auf den Kopf, und genauso war es auch gekommen. Als wäre ein Herbststurm durch einen Garten gefegt.

Alles war genauso gekommen, wie ich es mir gedacht hatte.

Wie eine Schraube, die genau in ihre Mutter passt.

Ich stürzte ins Zimmer und erstarrte, weil alles genauso gekommen war, wie ich es mir gedacht hatte. Ich schaute erst zu meinem Vater. Dann zu meiner Mutter. Dann, als ich zu den beiden Räubern schaute, stürmte der Große behände vor und drückte mir seine Pranken um den Hals. Als hätte er einen goldenen Backstein erbeutet, zerrte er mich zu sich ins Zimmer – genau wie ich es mir einen Moment vorher ausgemalt hatte. Dann schoss mir durch den Kopf, was meine Eltern gleich sagen würden – und genau das sagten sie auch im nächsten Moment.

»Er ist doch noch ein Kind!«, versuchte mein Vater hastig zu beschwichtigen und ruckelte auf seinem Stuhl vor, sodass die Papierblumen unter seinem Hintern aufraschelten. »Daming, lass ihn los, ja?«

»Hör endlich auf, mich Daming zu nennen!«, brüllte der Große. »Ich habe dir doch schon gesagt, ich bin nicht Daming! Bist du taub?« Er trat gegen das Stuhlbein meines Vaters, und mein Vater rührte sich auch nicht mehr, aber der Räuber selber hopste im Kreis durch das Zimmer und schnappte nach Luft, weil ihm der Fuß so sehr wehtat.

Der Kleine mit dem Knüppel lachte lauthals los.

Als der Große ihm einen wütenden Blick zuwarf, verstummte er wieder.

»Nun lass ihn schon los! Nun hör doch auf, meinem Jungen so einen Schreck einzujagen!«, rief jetzt auch meine Mutter und lehnte sich vor. Ihr Ton war dringlich und flehentlich und doch zugleich auch noch halbwegs ruhig. »Wir leben doch alle in derselben Stadt. Wenn morgen früh alle wieder aufwachen, dann sehen wir uns doch noch!«

Sie starrte den Großen und den Kleinen an, aber die beiden dachten gar nicht daran, auf sie zu hören. »Wir sind aber nicht von hier!«, schrie der Kleine und fuchtelte mit seinem Knüppel vor ihrem Gesicht herum. »Oder glaubst du im Ernst, wir hätten uns sonst ausgerechnet euren Laden ausgeguckt? Niemand will einen beschissenen Bestattungsladen ausrauben! Nur weil eure eigenen Leute vorher schon alle Läden, in denen es was zu holen gab, leer geplündert haben, nur deshalb sind wir hier! Wir wollen ja nicht umsonst hierhergekommen sein!«

Es klang, als wollte er meiner Mutter eine Erklärung geben, aber diese Erklärung war so laut und kräftig herausgeschrien, dass die Papierblumen auf dem Boden erzitterten.

Da drangen Schritte von der Treppe herüber. Sie kamen mir so vertraut vor wie das Geklacker meiner Stäbchen, wenn sie beim Essen gegen die Schüssel schlagen. Als ich mich nach ihnen umdrehte, um zu schauen, wer sie machte, sah ich zwei dicke Männer die Treppe herunterpoltern. Der eine trug ein Bündel auf dem Rücken, der andere einen großen Sack in der Hand. Im Gehen zogen sie sich ihre Wollmützen wieder über die Gesichter. Und dabei schüttelten sie die Köpfe, weil der Kleine und der Große sie so erwartungsvoll anschauten.

Tief enttäuscht schüttelten sie die Köpfe.

Da zog mich der Große genauso enttäuscht mit einem heftigen Ruck an seine Brust. »Niannian, du kommst wie gerufen. Nun sag mir: Wo habt ihr euer Geld versteckt? Der Tod hat doch gerade Hochsaison. Nicht nur in der Stadt, in der ganzen Gegend gibt es so viele Tote wie Weizenhalme, da muss euer Geschäft doch genauso geschmiert laufen wie die Ernte in diesem Jahr. Aber wir stellen euer Haus von unten bis oben auf den Kopf und finden bloß ein paar mickrige Hunderter! Wen, glaubt ihr, könnt ihr damit für dumm verkaufen?«

Er drehte mich leicht herum, mit dem Gesicht zu meinem Vater. Sein Bauch und seine Oberschenkel drückten gegen meinen Rücken. Um meinen Hals hatte er seinen Arm so fest geschlungen, als wollte er mich erwürgen. Als wollte er mir das Geld aus dem Hals herausquetschen. Es kam mir vor, als müsste ich bald ersticken. Bestimmt war mein Gesicht schon weiß oder wachsgelb, und der Schweiß stand mir auf der Stirn wie Wasser auf einem Spiegel, den man gerade aus einem Teich herausgefischt hat. Ich spürte, wie mir der Schweiß hinuntertropfte wie Regen von einem Dachvorsprung. Ich fühlte keinen Boden mehr unter den Füßen. Ein Knopf an seinem Ärmel bohrte sich mir in die Kehle. Ich wollte husten, aber der Knopf schnürte mir die Kehle ab, sodass ich weder husten noch sprechen noch atmen konnte.

»Wie soll er denn was sagen, wenn du ihn erwürgst?! Wie soll er denn da noch was sagen?!«, schrie mein Vater und rüttelte an seinen Fesseln, bis ihn der Kleine wieder zurückschubste. Da war sein Körper wieder am alten Platz, aber seine Stimme dröhnte unverändert weiter. »Lass ihn reden! Lass ihn reden! Und wenn er sagt: ›Da und da ist das Geld‹, dann könnt ihr ja da suchen!«

»Oder ihr lasst ihn für euch suchen! Aber was habt ihr davon, ihn zu töten? Was habt ihr denn davon?«, rief meine Mutter und trampelte mit den Füßen auf dem Boden. Sie trampelte, weil sie aufstehen wollte, aber egal, wie sehr sie sich auch abmühte, der alte Stuhl, an den sie gefesselt war, rührte sich nicht.

Endlich löste der Große seinen Schwitzkasten. Die Luft strömte in meinen Hals wie ein Windstoß durch eine aufgerissene Tür. Ich hustete eine Weile vor mich hin. Der Schweiß, der sich auf Stirn und Gesicht gesammelt hatte, erkaltete schlagartig. In dieser Nacht würde ich nicht mehr müde sein, das wusste ich. Und traumwandeln würde ich auch nicht mehr. Mein Kopf war klar, als hingen darin lauter Eiszapfen. Oder als hätte er sich in einen ganzen Gletscher verwandelt.

»Ihr wollt doch bloß Geld, oder?« Ich drehte mich zu dem Großen um, der mich gewürgt hatte. Über seiner Nase spannte sich die Mütze, sodass der Stoff dort löchrig wie ein Fischnetz war. Um seinen Mund hatte sich ein dunkler, feuchter Fleck von seinem Atem gebildet. »Wenn ihr Geld wollt, solltet ihr mich nicht so würgen. Wie soll ich euch denn sonst noch helfen?«

»Ich weiß, wo Geld ist.«

»Ihr müsst nur auf mich hören, dann garantiere ich euch, dass ihr einen schönen Batzen Geld erbeuten könnt.«

»Nicht unseren Laden solltet ihr ausrauben, sondern das Krematorium. Was bringt so ein Grabkranz denn schon ein? Und dann müssen wir auch noch Essen und Kleidung davon kaufen und Miete zahlen. Aber das Krematorium braucht bloß ein bisschen Strom und Öl, und schon hat es einen Toten verbrannt. Wenn ein Lebender ins Krankenhaus muss, dann feilscht er noch um den Preis. Aber wenn einer tot ins Krematorium kommt, dann feilscht niemand mehr um den Preis. Das Krematorium kriegt, was es verlangt. Dort gibt es für euch viel mehr zu holen als in unserem Bestattungsladen.«

Niemand sagte ein Wort, niemand rührte sich. Alle standen sie da wie zu Eissäulen erstarrt. Dabei war es im Zimmer sehr heiß. Heiß und stickig. Der kleine Dicke, der ganz hinten stand, machte Anstalten, sich die Mütze hochzuziehen, um ein bisschen Luft zu schnappen. Aber als der große Dicke vor ihm sich zu ihm umdrehte und ihm einen bösen Blick zuwarf, zog er die Mütze schnell wieder nach unten.

Draußen auf der Straße ging jemand mit einem Bündel auf dem Rücken vorbei. Schaute zu uns herein und rief: »Raubt ihr jetzt schon den Bestattungsladen aus?« Lachte und ging weiter. Mein Vater schaute mich an, genau wie meine Mutter. Auch die Einbrecher schauten mich an, ehe sie durch ihre Mützen mit den Sehschlitzen untereinander Blicke tauschten. Ihre Augen funkelten freudig, als hätte ich ihrem Gedächtnis auf die Sprünge geholfen, sodass sie sich endlich wieder erinnerten, wo die Bank war und wo der Schlüssel zur Bank. Und auch der Schlüssel zum Tresor.

Der große Dicke, der mitten im Zimmer stand, warf auf einmal sein Bündel beiseite und lachte. »Scheiße, darauf hätten wir auch selber kommen können!«

Der Große, der mich gewürgt hatte, starrte völlig verwirrt das Bündel auf dem Boden an.

»Das ist bloß eine Decke«, erklärte der Dicke und schaute den Großen an. »Die ist nichts wert.«

Rasch beredeten sie sich mit den Augen. Besprachen eine Menge Dinge. Unter ihren sprechenden Blicken warf auch der kleine Dicke seinen Sack auf die Treppe. Dann schaute der Große den Kleinen mit dem Knüppel an, und der Kleine ließ seinen Knüppel fallen. Wie auf Kommando nahmen alle ihre Mützen ab und wischten sich damit den Schweiß von den Gesichtern. Da sahen meine Eltern und ich, dass der Große tatsächlich Sun Daming aus der Dritten Straße war. Der Dicke war sein Vetter aus einem der Nachbardörfer. Nur seinen Namen wusste ich nicht. Und auch die anderen beiden kannte ich, auch sie kamen aus den Nachbardörfern. Sie waren die Söhne seines Onkels. Sie alle waren Verwandte, die sich für ihren Raubzug zusammengetan hatten. In der Nacht des Großen Traumwandelns schliefen und schlafwandelten sie nicht und gingen doch auf Beutezug.

Mit seiner Mütze in der Hand stand Daming da und befahl dem kleinen Dicken, meiner Mutter die Fesseln abzunehmen. Dem kleinen Dünnen befahl er bei meinem Vater das Gleiche. Dann baute er sich direkt vor meinem Vater auf.

»Li Tianbao, nun sag mir die Wahrheit: Hast du uns damals, als wir meinen Vater begraben wollten, im Krematorium denunziert?«

Mein Vater schüttelte den Kopf. Und rieb sich die wund gescheuerten Handgelenke. »Wenn doch, kannst du mich in dieser Nacht noch umbringen, während ich traumwandle.« Er schaute sich um und schaute zu meiner Mutter. »Im Topf in der Küche ist noch Tee. Ihr solltet alle ein paar Schluck davon trinken, dann seid ihr wieder wach und kommt zur Vernunft.«

Der große Dicke lachte und machte einen Schritt auf meinen Vater zu. »Nur weil wir nicht bei Vernunft waren, haben wir die Gelegenheit nicht gleich beim Schopf gepackt, uns ein bisschen was unter den Nagel zu reißen. Stattdessen sind wir erst jetzt losgezogen, wo die Läden schon alle leergeräumt sind.«

Er schaute wieder zu seinem Vetter Sun Daming, ehe er gut gelaunt erklärte: »Eure Sachen könnt ihr alle wieder haben. Du hast meinen Vetter nicht denunziert, also sind wir quitt. Jetzt musst du uns nur noch Niannian für eine Weile überlassen.«

Mein Vater schoss von seinem Stuhl hoch, als wollte er mich Damings Pranken entreißen. Aber da hatte mich Daming mit einem spöttischen Lachen schon wieder an seine Brust gezerrt.

»Du hasst seinen Onkel doch auch, oder etwa nicht? Die ganze Stadt weiß, was für einen Hass du auf ihn hast. Nur aus Rücksicht auf deine Frau hast du ihm noch nichts angetan. Heute Nacht werden wir vier dich rächen.«

Als sein Blick auf meine Mutter fiel, deren Gesicht vor Schreck aschfahl war, wechselte er in einen sanften, milden Ton über. »Keine Angst, wir tun deinem Bruder nichts. Aber er bereichert sich seit über zehn Jahren an den Toten. Kassiert Geld, das nicht rechtens ist. Das muss ich dir ja nicht erzählen, das weißt du selber am besten. Sagst du nicht immer: ›Er ist mein Bruder, was soll ich machen?‹ Du kannst vielleicht nichts machen, aber wir. Heute Nacht bringen wir ein bisschen von dem schmutzigen Geld, das er an sich gerafft hat, wieder unter die Leute. Und wenn wir Glück haben und richtig fette Beute machen, bauen wir fürs Gemeinwohl eine Brücke über den Fluss. Wenn die Beute nicht so üppig ausfällt, können wir immer noch das Geld an uns nehmen, das dein Bruder in den letzten Jahren zu Unrecht für unsere toten Verwandten kassiert hat.«

Dann schoben sie mich aus der Ladentür.

Sprachlos standen meine Eltern da und schauten uns nach.

Ich ging brav mit ihnen mit.

Draußen auf der Straße war es noch immer so trübe und dunkel wie vorher. Als stünde die Nacht still. Aber wenigstens war die Luft hier viel kühler und frischer als drinnen, sodass wir alle tief Atem holten.

Ich hatte keine Ahnung, wie spät es war. Keine Ahnung, wie weit die Nacht des Großen Traumwandelns schon vorangeschritten war. Die Vettern blieben vor der Tür stehen und schauten sich um. Da kamen meine Eltern wieder zur Besinnung und rannten uns hinterher.

»Daming …«, stammelte mein Vater. »Niannian ist doch noch ein Kind … Egal was ich in diesem Leben an Schuld auf mich geladen habe, deiner Familie habe ich nichts getan. Ich flehe dich an: Pass gut auf Niannian auf. Lass ihn bald wieder heimkommen. Ich habe doch nur dieses eine Kind.«

Daming schaute zurück zum Laden und zu meinen Eltern. »Räumt euer Haus auf. Solange wir nicht traumwandeln, passen wir auf, dass Niannian nichts passiert.«

Dann gingen sie davon. Ihre Stimmen trieben über die Straße wie das rauschende Wasser eines Flusses.

1. 04:30–04:50

In Wahrheit hatten sie einen Dreiradwagen.

Versteckt in einer finsteren Straßenecke.

Leer bis auf ein paar Jutesäcke, Eisenstangen und Hackebeile.

In Wahrheit wollten sie gar nicht das Krematorium ausrauben, sondern seinen Direktor, meinen Onkel. Sie schoben mich auf die Vorderbank und schärften mir ein, mich gut am Geländer festzuhalten. »Pass bloß auf, dass du nicht runterfällst!« Sie waren auf einmal so fürsorglich zu mir, als wäre ich ihr kleiner Bruder. Mir war zumute, als wärmte ich mich im Winter an einem Feuer. Oder als spürte ich an einem heißen Sommerabend eine kühle Brise.

Der Wagen setzte aus dem Schatten zurück und tuckerte aus der

Stadt hinaus. Unterwegs trafen wir auf noch so einen Wagen. »Na, fett Kohle gemacht?«, rief uns einer über die Straße hinweg zu.

»Einen Scheiß haben wir gemacht! Die Leute in der Stadt haben ihre Läden längst selber ausgeräumt.«

»Dann plündert doch ihre Häuser aus!«

»Die haben alle so einen beschissenen Tee oder Kaffee oder dieses Schwefelzeugs getrunken und sind jetzt hellwach. Die kann man nicht mehr so einfach ausrauben!«

Der andere Wagen hielt am Straßenrand, und sein Licht erlosch. Daming und seine Vettern aber fuhren weiter in die Nacht.

»Wohin wollt ihr denn jetzt noch?«

»Na, schlafen! Das mit dem Kohlemachen haben wir uns erst mal abgeschminkt.«

Auf diese Antwort hin sahen wir, wie die Leute im Wagen kurz zögerten und dann weiterfuhren. Und dann doch wieder abdrehten, auf eine andere Straße und zu einem anderen Dorf.

Kaum war dieser Wagen abgedreht, tauchte schon der nächste vor uns auf. Aber nun nahm das Gespräch einen völlig anderen Verlauf.

»Wie sieht's denn so aus in der Stadt?«, fragten die Neuankömmlinge. »Kann man da richtig fett Kohle machen?«

»Aber hallo! Beeilt euch, die ganze Stadt ist am Traumwandeln! Und alle Läden stehen sperrangelweit offen!«

»Warum sieht euer Wagen denn dann so leer aus?«

»Ach, wir wollten uns nicht irgendwelchen sperrigen Kram aufhalsen, wir haben nur genommen, was in unsere Taschen passt.«

Dabei stand der Sprecher auf und klopfte sich großtuerisch auf die Hosentaschen. Einen kleinen Beutel, der mit wer weiß was gefüllt war, schwenkte er auch noch in der Luft. Prompt knatterte der andere Wagen noch eiliger als vorher auf die Stadt zu. Und auf das große Geld. Die Leute im Wagen jubelten, als würden sie das Frühlingsfest feiern. Völlig aus dem Häuschen waren sie.

Tatsächlich waren in dieser Nacht Scharen von Leuten vom Land unterwegs, mit Treckern oder Dreiradwagen, Autos oder Lastern. Unterwegs zu unserer Stadt. Unterwegs zur Kreisstadt weiter weg. Unterwegs zu allen erdenklichen Orten, an denen es irgendetwas zu holen gab. Alle waren sie aufgebrochen, um reich zu werden. Um reiche Beute zu machen.

Einen sah ich, der war so schläfrig, dass ihm der Kopf immer wieder von den Schultern heruntersackte. Als wäre ihm der Kopf abgefallen, wenn er nicht noch am Hals gehangen hätte. Einen anderen sah ich, der traumwandelte, aber dabei schien er hellwach, und auf dem Gesicht mit den weit geöffneten Augen hatte er einen Ausdruck wie ein Sargbrett. Die meisten aber zeigten keine Spur von Müdigkeit. Sie wollten einfach nur die Gelegenheit zum Plündern nutzen, solange die anderen traumwandelten.

Ich hatte keine Ahnung, wie spät es inzwischen war. Wahrscheinlich irgendwann gegen vier oder fünf Uhr morgens, wenn die meisten Leute noch schlafen. Auch der kleine Dicke auf unserem Wagen war eingeschlafen. »Lasst uns nach Hause fahren und schlafen«, murmelte er im Traum. »Nach Hause fahren und schlafen. Was sollen wir schon klauen?« Aber als ihn sein Bruder, der große Dicke, mit einem Klaps auf die Schulter weckte, redete er schon wieder ganz anders daher. »So eine Chance wie heute, an das große Geld zu kommen, kriegen wir im Leben nie wieder. Und wenn wir nicht die ganz große Beute machen, sollte es doch immer noch für eine kleine Beute reichen.«

Da befahl Daming dem Kleinen, der am Steuer saß, an einer Kreuzung draußen vor der Stadt zu halten. Dann zog er mich nach hinten auf die Mitte der Ladefläche, die so groß wie eine Strohmatte war, und sagte mir, ich solle mich hinsetzen. Die Nacht umgab uns wie ein See. Sie brachte genau den richtigen Hauch von Kühle mit sich, um zu schlafen. Auf den Feldern ringsum schnitt niemand mehr im Schlaf Weizen, und auf den Dreschplätzen drosch auch niemand mehr. Die Welt war still, sie war in Schlaf versunken und doch zugleich in Aufruhr. Sie wandelte in ihrem Traum umher, und von überall drangen ganz leise Stimmen und Geräusche zu uns. Daming schaute sich um, schaute zum Himmel und schließlich zu mir. Schwarz funkelten und blitzten die Augen in seinem verschwommenen Gesicht.

»Niannian.« Er legte mir die Hand mit seiner Mütze auf die Schulter. »Dein Onkel ist kein guter Mensch, stimmt's?«

»Er hat sich an unseren Toten bereichert, stimmt's?«

»Wenn einer ihm kein Geschenk macht, dann verbrennt er die Leiche absichtlich nur halb und zerschlägt die Knochen vor den Augen der Angehörigen mit einem Hammer, stimmt's?«

»Er verkauft den Leuten Urnen aus gewöhnlichem Stein zum Preis von Marmorurnen, oder etwa nicht? Und dass er für Urnen aus gewöhnlichem Holz den Preis von Mahagoniurnen kassiert, das weißt du doch bestimmt auch, oder?«

»Dein Vater hasst deinen Onkel, er ist ein anständiger und gutherziger Kerl, aber weil Shao Dacheng dein Onkel ist, kann er auch nichts gegen ihn machen, außer dass er deiner Mutter immer sagt, sie soll ein paar Blumen mehr auf die Papierkränze binden, die sie den Angehörigen verkauft, und für die Totenhemden soll sie nur richtig guten Stoff nehmen und die Hemden schön fest nähen und hübsche und solide Stickereien darauf anbringen, ja, das wissen und schätzen die Leute bei uns im Dorf und in der Stadt, und alle sagen, dass deine Eltern gute Menschen sind und nichts, aber auch gar nichts mit deinem Onkel gemein haben und dass deine Mutter deinen Vater nur geheiratet hat, um deinem Onkel zu entkommen und gemeinsam mit deinem Vater die Schuld deines Onkels zu sühnen und zurückzuzahlen, alle Leute bei uns im Dorf und in der Stadt wissen das, und du weißt es auch, und wenn deine Eltern und dein Onkel die beiden Schalen einer Waage sind, dann scheffelt dein Onkel auf der einen Seite sein schmutziges Geld, und deine Eltern tun auf der anderen Seite Gutes, um seine Schuld wieder auszugleichen, und je mehr Geld dein Onkel scheffelt und je mehr Schuld er auf sich lädt, desto mehr müssen deine Eltern auf der anderen Seite für ihn sühnen und die Kränze noch besser machen und noch billiger verkaufen, sodass ihr Geschäft, obwohl es eigentlich gut läuft, ihnen am Ende nichts einbringt, weshalb wir heute bei euch auch kein Geld gefunden und nichts mitgenommen haben, und das alles nur, weil deine Eltern so gutherzig sind, sodass wir es nicht übers Herz gebracht haben, ihnen auch noch etwas wegzunehmen, und nur für deinen Vater und deine Mutter und eure ganze Familie sind wir mit leeren Händen wieder fortgegangen und haben uns entschlossen, auf deinen Rat zu hören und nicht eure Familie, sondern das Krematorium auszurauben, aber dann haben wir es uns noch einmal anders überlegt und uns entschlossen, für deinen Vater und deine Mutter und eure ganze Familie, aber auch für alle Leute in der Stadt und außerhalb davon nicht das Krematorium, sondern gleich das Haus deines Onkels auszurauben, um den Hass zu stillen, den dein Vater, deine Mutter und eure ganze Familie auf ihn haben, und um mit dem Geld, das wir von ihm erbeuten, allen Genugtuung zu verschaffen, die einen Hass auf sein Krematorium haben, aber du musst uns jetzt nicht mehr zum Krematorium begleiten und auch nicht zum Haus deines Onkels, denn ihn unter diesen Umständen zu sehen, wäre für dich natürlich ganz schön unangenehm, nein, du musst uns nur sagen, in welchem Haus in dem schönen Villenviertel auf dem Damm dein Onkel wohnt, wo er sein Geld und alles von Wert normalerweise aufbewahrt und wo seine Frau, also deine Tante, ihre Wertsachen aufbewahrt, ich weiß ja, dass dein Vater so gut wie nie zu deinem Onkel nach Hause geht und deine Mutter auch nicht, weil sie nicht gut zu Fuß ist, und dass du der Einzige aus eurer Familie bist, der regelmäßig dorthin geht, also sag uns einfach, was du weißt, und dir passiert nichts, du kannst aussteigen und wieder nach Hause gehen, wo deine Eltern schon auf dich warten, wir bringen es einfach nicht übers Herz, dich mit auf unseren Raubzug zu nehmen, bis der Morgen graut, und wenn dabei ein Unglück passieren würde, würden wir uns dir und deinen Eltern gegenüber schuldig fühlen, also spuck's schon aus, du musst uns nur sagen, welche Nummer die Villa deines Onkels hat und wo er seine Wertsachen am liebsten aufbewahrt, und schon bist du aus dem Schneider und kannst wieder nach Hause gehen, und dann könnt ihr alle zusammen eure Ladentür verrammeln und in Ruhe schlafen, und wenn der neue Tag anbricht, werden wir niemandem verraten, was in der Nacht geschehen ist und was für eine Rolle du dabei gespielt hast, wir werden nur voller Dankbarkeit für euch drei sein und euch viele Sachen kaufen und euch einen Teil von dem abgeben, was wir heute bei deinem Onkel erbeuten, damit du uns nicht umsonst erzählt hast, was du weißt, und damit deine Eltern nicht all die Jahre umsonst für die Vergehen deines Onkels gelitten und gebüßt haben.«

»Also, Niannian, nun spuck's schon aus! Wir brauchen nur ein paar Informationen von dir.«

»So ist's recht. Damit hast du dir große Verdienste um deine Familie erworben.«

»Du kannst jetzt nach Hause gehen und schlafen. Rede mit niemandem, den du unterwegs triffst, egal ob er traumwandelt oder nicht. Erzähl niemandem von dem, was wir vorhaben.«

Als er fertig war, stieg ich aus dem Wagen.

Ich schaute ihm und seinen Vettern nach, wie sie davonfuhren und an einer Gabelung in der Nacht verschwanden. In der Ferne, wo mein Onkel wohnte, schien helles Licht, als ginge dort gleich die Sonne auf. Auch im nahen Dorf schien Licht, und auch Geräusche drangen von dort herüber, als wäre das Dorf schon aus seinem Schlaf aufgewacht und drauf und dran aufzustehen.

So stand ich an der Straßengabelung und fröstelte, gefangen in der Grube, die ich mir selber gegraben hatte. Ich war kein bisschen müde. Mein Kopf war hellwach, als hätte jemand am helllichten Tag alle Türen und Fenster aufgerissen.

3. 04:51–05:10

Ich ging zum Haus meines Onkels.

Lief zum Haus meines Onkels.

Stürmte zum Haus meines Onkels.

Mein Onkel war ein Schwein, aber er war trotzdem mein Onkel. Er war ein Hund, aber er war trotzdem mein Onkel. Ich wollte ihn vor den Räubern warnen, die auf dem Weg zu ihm waren. »Du musst unbedingt wach bleiben!«, wollte ich ihm einschärfen. »Du darfst auf keinen Fall traumwandeln oder deine Tür offen lassen!«

Um zur Villa meines Onkels zu gelangen, musste der Dreiradwagen einen Umweg über den Damm machen, am Krematorium vorbei und die Straße vom westlichen Ende des Damms entlang bis zum östlichen Ende. Und von dort wieder hinunter zu einem Wald und einem Teich am Hang. Ich dagegen konnte von der Gabelung aus einen Pfad einschlagen, der auf kürzestem Weg zu meinem Onkel führte. Dadurch konnte ich einen ganzen Kilometer einsparen, vielleicht sogar eineinhalb Kilometer. Ich wusste, wenn ich rannte wie der Blitz, konnte ich schneller als die Vettern bei meinem Onkel sein. Und das war ich dann auch wirklich.

Unterwegs stieß ich auf Wind. Auf Bäume. Und auf ein splitternacktes Pärchen, das unter einem der Bäume tat, was Männer und Frauen eben so tun. Ich hatte keine Ahnung, ob sie traumwandelten oder nicht. Jedenfalls stöhnten sie vor Lust, dass die Bäume an der Straße wackelten. Während ich ihnen von Weitem zuschaute, schoss mir das Blut in den Kopf, und das Ding zwischen meinen Beinen richtete sich auf wie eine Eisenstange. Nur zu gern hätte ich mir ihr Treiben aus der Nähe angeschaut. Aus nächster Nähe. Aber meinem Onkel zuliebe musste ich mich von ihrem Anblick losreißen. Und von dem Licht, denn neben den Baum, unter dem sie es trieben, hatten sie eine Laterne hingestellt. Eine Stalllaterne, deren Licht so stark gedämpft war, dass es wie ein winziger gelber Stern flackerte, der vom Himmel herabgefallen und drauf und dran war zu erlöschen.

Ich entfernte mich immer weiter von diesem Licht.

Bald konnte ich nicht einen Laut mehr von dem Gestöhn hören.

Rings um mich herum war nur noch Wildnis. Ich lief am Yi-Fluss entlang den Damm hinunter. Wie ein breites, zerfranstes Band aus silberner Seide erstreckte sich der Fluss unter dem Himmel. Sein Rauschen klang wie ein Gesang, wie das Geheul eines Geists oder wie das Gestöhn des Liebespaars. Später dämmerte mir, dass die beiden bestimmt das Große Traumwandeln genutzt hatten, um fremdzugehen. Im Schutz des Großen Traumwandelns gingen sie miteinander fremd. Aber damals wunderte ich mich, warum dieses vermeintliche Ehepaar es nicht bei sich zu Hause miteinander trieb. Wofür hatten sie denn ihr Bett!

Ein dunkler Schemen tauchte vor mir auf, und ich bekam es mit der Angst zu tun. Da fiel mir das Liebespärchen wieder ein, und diese Erinnerung verscheuchte die Angst. Sie drängte die Angst beiseite. Ich hörte einen nächtlichen Vogel aufschreien, und wieder bekam ich es mit der Angst zu tun. Da stieß ich ein »Ah! Ah!« aus wie der Mann, der auf der Frau gelegen hatte, und verjagte den Vogel. Und so verwandelte ich mich in einen furchtlosen jungen Helden.

Dann sah ich das Villenviertel, in dem mein Onkel wohnte. Es hieß tatsächlich »Viertel«, nicht »Dorf«. Nur reiche Leute wohnten dort. Zum Beispiel einer, der eine Mine hatte und seine Kohle wer weiß wohin verkaufte. Oder ein anderer, der mehrere Läden einer Kette bei uns in der Stadt und in der Kreisstadt besaß. Oder ein paar Abteilungsleiter und Amtsdirektoren aus der Kreisstadt. Angeblich wohnte sogar der Kreisvorsteher dort. Das war unser hiesiges Reichenviertel. Das Viertel für die hohen Tiere. Normale Leute kamen dort gar nicht hinein. Ohne guten Grund wollten sie das auch gar nicht. Es war ein sonniges Plätzchen mit Blick auf den Fluss, der vom Damm herunterströmte. Die Kiefern waren so dick wie die Zypressen und die Zypressen so dick wie die Kiefern.

Kiefern, Zypressen und Schnurbäume, alle waren sie dick wie Eimer. Und jeder Baum war von einem runden Kiesbett eingefasst. Vor jedem Haus standen zwei große Blumenkübel. Zu jeder Haustür führten vier steinerne Stufen, und oben auf der Treppe waren zwei Hunde aus Keramik, der eine links, der andere rechts. Der eine Hund saß, der andere stand, aber beide streckten die Zunge heraus, als wären sie durstig. Die Türen waren immer verschlossen, als könnte dort jeden Moment jemand einbrechen.

Aber in den über zehn Jahren, seit es dieses Viertel nun gab, war dort nie jemand eingebrochen.

Nie hatte dort jemand etwas geraubt.

Heute Nacht aber wollten dort Leute rauben und stehlen. Und auf ihrem Wagen hatten diese Leute Eisenstangen und Hackebeile dabei. Vielleicht würden sie auch vor blutiger Gewalt nicht zurückschrecken. Und jemand würde sterben. Und dann müsste dieser Jemand gerächt werden, und es würde nicht bei ein oder zwei Toten bleiben. Drei oder fünf würden es sein, vielleicht auch sieben oder acht.

Ich rannte über die alte Brücke. Rannte den Hang hinunter. Aus einem Waldstück ergoss sich Licht, als hätten die Bäume die Sonne zerstückelt. Als ich vom Pfad auf die asphaltierte Straße kam, die zum Hintereingang des Viertels führte, hatte der Schweiß meine Kleidung durchnässt. Er hatte sie gewaschen. Und alle meine Poren freigespült. Sodass er nun aus jeder Pore strömte wie aus einer geöffneten Schleuse. In meinen Turnschuhen stand er wie zwei Stauseen oder Teiche. Als wäre ich aus dem Wasser herausgerannt. Und dabei keuchte ich so laut und heftig wie die Fluten einer Schleuse. Aber als ich nun wirklich das Viertel erreichte und sah, wie es dort drinnen aussah, bereute ich, dass ich gekommen war.

Ich hätte es lieber bleiben lassen sollen.

Auf einmal schien es mir, als wäre es ein ungeheurer Fehler, meinen Onkel und das ganze Viertel zu warnen. Denn der Hintereingang war offen. Normalerweise war er nachts immer verschlossen, aber in dieser Nacht stand er sperrangelweit offen. Und Licht ergoss sich aus dem Tor. Als hätte jemand ein riesiges Kristallglas auf den Boden geschmettert. Oder als wäre ein Strom aus Gold bis auf die Straße geflutet.

Niemand im Viertel schlief. Alle hatten sie sich auf dem großen Platz im Zentrum versammelt. Die Straßenlaternen leuchteten, und auf dem Platz brannten alle Lichter. Auch die Häuser waren hell erleuchtet. Die Nacht war hier hell wie der Tag. Als hätte die Finsternis dieser ganz besonderen Nacht hier nie Einzug gehalten. Die Kronen der Kiefern waren mit Lichtern übersät wie mit Diamanten. Die Zypressen funkelten, als wären sie mit leuchtendem Quecksilber übergossen. Die Blumen in den Kübeln und Beeten badeten in all diesem Licht, als wäre es die Mittagssonne, und dabei verströmten sie einen starken Duft. Überall auf und neben den Straßen und Ecken aus Zement, Asphalt und Fliesen gingen geschäftige Leute herum. Und alle hatten sie etwas in den Händen, gebratene Leckereien oder Schnaps in Bechern und Flaschen. Sie schlemmten und zechten, als feierten sie das Frühlingsfest. Oder zehn, nein, hundert Hochzeiten zugleich. Aber all diese Leute lächelten bloß stumpfsinnig vor sich hin, und ihre Gesichter schimmerten wie Mauerbacksteine. Und mit diesen Gesichtern wie Backsteine, die rot und weiß und gelb angemalt waren und wie blöde vor sich hin schimmerten, liefen und torkelten sie durch die Gegend.

Alle traumwandelten sie.

Und dabei schmausten und becherten und plauderten sie.

Auf dem Platz, der von Reihen von Villen umgeben war, gab es einen blau glitzernden Springbrunnen. Seine aufsteigende Wassersäule blitzte wie von weißen Perlen und gelben Kristallen, und sein Wasserbecken war mehrere hundert Quadratmeter groß und so grell von allen möglichen bunten Lampen erleuchtet, dass sich all die vielen Goldfische im nächtlichen Schatten hinter den künstlichen Felsen versteckt hatten. Rings um das Becken standen gut zwei Dutzend runde Esstische und rechteckige Mah-Jongg-Tische. Manche aßen und tranken, andere spielten Mah-Jongg. Die Gläser, mit denen sie sich zuprosteten, klirrten durcheinander wie eine chaotische Musik. Auf jedem Mah-Jongg-Tisch lagen dutzendweise Geldbündel herum, und weil jedes Bündel zehntausend Yuan wert war, kamen schnell ein paar hunderttausend Yuan zusammen. Die Leute tranken nur die allerbesten Schnäpse, den teuersten Maotai und Wuliangye. Die Schnapsbecher lagen auf und unter den Tischen und Stühlen verstreut, genau wie die Flaschen. Ich hatte keine Ahnung, ob die Leute nur betrunken waren oder traumwandelten. Wenn einer von denen, die einander zuprosteten, sich nicht mehr auf den Beinen halten konnte, ließ er sich auf den Tisch sacken und war im nächsten Moment eingeschlafen. »Ich sauf euch alle unter den Tisch«, murmelte er dann im Schlaf noch vor sich hin. »Ich sauf euch unter den Tisch.«

Die Frauen, egal ob es die Ehefrauen waren oder nicht, trugen alle Schlafanzüge, durch die ihre üppigen Körper und ihre zarte, weiße Haut hindurchschimmerten. Sie standen neben den Männern und schauten ihnen beim Mah-Jongg-Spielen zu. Und sie zogen das Geld für die Männer hervor. Strahlten übers ganze Gesicht, wenn der Mann gewann. Schauten wie ein Putzlumpen drein, wenn er verlor.

Und dann waren da noch die Kinder, manche noch ziemlich klein, andere schon halbwüchsig. Sie tobten und lärmten herum, aber auch ihre Gesichter sahen aus wie Bretter oder graue Backsteine. Nur dass die Bretter frisch gesägt und die Steine frisch gebrannt waren. Manche Kinder schleppten sich auch auf die Steintreppen vor ihrem Zuhause und schliefen dort. Schliefen im Schoß ihrer Mutter oder an den Beinen ihres Vaters. Die Gesichter rosa und voller Schweißtropfen, als hätten sie zu lange in heißem Wasser gelegen.

Alle schliefen sie.

Alle träumten sie.

Und alle schienen sie zu traumwandeln wie ihre Eltern.

Weil es so heiß war, waren all die reichen Bewohner des Viertels aus ihren Häusern gekommen, um sich gemeinsam zu vergnügen und zu plaudern. Und dann waren sie eingeschlafen und hatten angefangen zu traumwandeln und hatten sich, nur um sich zu vergnügen, Schnaps und Zigaretten aus ihren Häusern geholt und sich von den Hausmädchen, die sie alle hatten, ein paar gebratene Leckereien nach draußen auf den hell erleuchteten Platz bringen lassen. Sogar wenn sie traumwandelten, tickten diese Reichen anders als wir einfachen Leute. Bei uns mähten oder droschen die Leute dann Weizen, plünderten oder brachten sich um. Die Reichen dagegen schlemmten und spielten Mah-Jongg. Manche von ihnen hatten die Augen weit geöffnet, andere nur halb. Manche, die im Schlaf Mah-Jongg spielten, sahen genauso aus, wie wenn sie wach waren. Am Oberkörper trugen sie nur noch ein Unterhemd, und der Kohlebergwerksbesitzer, den ich kannte, hatte sogar nichts als eine Unterhose an. Er sah aus, als hätte er es gerade mit einer Frau getrieben und wäre eben erst aus dem Bett gekommen. Aber vor ihm standen schon drei Schnapsbecher und drei leere Flaschen.

Eine Frau, die mit einem Mann gebechert hatte, hatte sich die Bluse ausgezogen. Ihr weiß-rosa BH war am goldenen Saum mit Blumen bestickt, und ihre hervorlugenden Brüste waren prall und rund wie frisch gedämpfte Brötchen. Gebleichte Brötchen.

Überall roch es nach Schnaps und dem Parfüm der Frauen. Überall hörte man nächtliches Schnarchen und spürte die Kühle von fließendem Wasser. Ein Mann hatte sich zum Schlafen an den Straßenrand gelegt. Neben ihm lag ein ausländischer Anzug mit Schlips herum, wie ihn nur die Reichen tragen. Ein anderer irrte im Viertel herum wie ein ruheloses Gespenst. Jeder Schritt kostete ihn Überwindung, und er senkte den Fuß stets so ängstlich, als fürchtete er, auf eine Nadel, einen Nagel oder einen spitzen Stein zu treten.

»Sie schlafwandeln, sie schlafwandeln. Alle schlafwandeln«, jammerte er vor sich hin, als wäre er der Einzige, der noch wach war. »Aber ich darf nicht einschlafen, ich darf nicht schlafwandeln, denn was ist, wenn jemand kommt und bei mir einbrechen will?«

So irrte er umher auf der Suche nach dem Eingang. »Wo sind denn hier die Wachleute? Wo sind denn die Wachleute? Ich muss ihnen doch einschärfen, dass sie auf keinen Fall einschlafen dürfen! Und dass sie niemanden von draußen reinlassen dürfen! Und rauslassen dürfen sie auch niemanden, kein Hausmädchen und keinen Fremden!«

So irrte er immer weiter auf der Straße umher zwischen den vorderen und den hinteren Villen, aber das Eingangstor und die Wache fand er trotzdem nicht.

Ich lief zu ihm, um ihm zu sagen, wo der Eingang und die Wache waren, aber als ich vor ihm stand, verging mir schlagartig jede Lust, mit ihm zu reden. Obwohl er ein Mann war, hielt er aus irgendeinem Grund einen geblümten BH in der Hand. Er sah aus wie ein Schwein, das eine Blume im Maul hat. Und er schaute durch mich hindurch, als wäre ich Luft. Also ließ ich ihn stehen wie einen Holzpfosten und steuerte auf das Haus meines Onkels zu, das Haus Nummer sechs in der dritten Reihe. Aber dann drehte ich mich doch noch einmal um, und da sah ich, dass der Holzpfosten gegen irgendetwas gestoßen und dann umgekippt und eingeschlafen war.

Als wollte ich in einem Haufen Schweine einen einzelnen Eber finden, suchte ich unter all den Schlemmern und Säufern und Spielern nach meinem Onkel, aber ich fand ihn nirgends. Also schlug ich einen Weg zwischen lauter säulenförmigen Zypressen ein, der zur dritten Villenreihe führte. Aus einer Villa mit Hof sah ich eine mittelalte Haushälterin durch die Eisentür kommen. Sie trug ein Bündel und zog obendrein einen großen Koffer hinter sich her. Als sie mich bemerkte, wich sie einen Schritt zurück, aber dann dachte sie sich offenbar, dass ich nun ohnehin Bescheid wusste. Da marschierte sie einfach drauflos und baute sich vor mir auf.

»Ich sehe doch, dass du auch nicht von hier aus dem Viertel bist.«

»Schnapp dir schnell was und dann nichts wie weg! Wenn die Wachleute dich erwischen, machen sie dich zum Sündenbock.«

Dann stürzte sie Hals über Kopf zum nördlichen Eingang des Viertels, wobei sie sich, so gut es ging, im Schatten hielt. Sie rannte so schnell, als hätte sie Nägel unter den Füßen oder als flitzte sie über Eis.

Ein Wachmann schleppte eine Truhe auf der Schulter in ein Waldstück und versteckte sie dort. Als er wieder herauskam, klatschte er in die Hände und tat, als würde er seine übliche Runde drehen.

Ein kleiner Hund lief auf dem Rasen vor einer Villa bellend im Kreis um sein Herrchen herum, das dort lag und dröhnend vor sich hinschnarchte.

Ich lief schneller. Rannte wie der Wind. Denn ich wusste, dass das ganze Viertel am Rand einer Katastrophe stand. Wenn die Räuber und Plünderer aus der Stadt und den benachbarten Dörfern entdecken würden, dass die Bewohner hier schliefen oder schlafwandelten, dann wüssten sie, dass sich ihnen die Tore zum Paradies aufgetan hatten. Die Tore zu einem himmlischen Geldspeicher. Ohne ein weiteres Wort zu verlieren, rannte ich zum Haus meines Onkels. Sauste dorthin und verlor mein Ziel nicht mehr aus den Augen. Die von Bäumen gesäumten Wege waren immerhin mehrere hundert Meter lang, aber unter meinen Füßen schrumpften sie auf die Kürze eines Essstäbchens zusammen. Um eine Mauerecke zu biegen, kostete mich nicht mehr Mühe, als ein Stäbchen zu überqueren.

Manche Häuser waren hell erleuchtet, andere dunkel. Manche hatten verschlossene Türen, aber bei anderen steckte der Schlüssel noch im Schloss und schien nur auf die Räuber zu warten, als gehörten sie zur Familie und müssten bald nach Hause kommen.

Endlich erreichte ich die Villa meines Onkels.

Ich stand vor Haus Nummer sechs in Reihe drei und wischte mir den Schweiß vom Gesicht. Dann sprang ich mit einem Satz über das Geländer aus rostfreiem Stahl auf den Absatz der vierstufigen

Treppe. Ich rief meinen Onkel beim Namen, dann stieß ich die Tür auf und ging in sein Haus. Es war, als hätte ich mit einem Mal die Schwelle zwischen Wachen und Träumen überschritten.

Mein Onkel schlief nicht. Jedenfalls fand ich ihn nicht in dem Raum im Obergeschoss, den man Schlafzimmer nennt. Und auch meine Tante schlief nicht in diesem Raum. Nur ihr Kind fand ich schlafend dort oben.

Der Raum im Erdgeschoss, den man Wohnzimmer nennt, war so groß wie drei normale Zimmer. Und er war so grell erleuchtet, dass mir die Ameisen, die über den Boden krabbelten, so sehr ins Auge sprangen wie Autos auf einer Straße. Der Fernseher war an. Die Wände schneeweiß. Das Sofa leer. Der Lärm aus dem Fernseher tanzte auf Boden und Wänden und hallte von ihnen wider. Auf dem Beistelltisch herrschte ein Durcheinander wie auf einem Markt. Drei Topfpflanzen, ein Bambus und zwei Blumen, schauten den Bewohnern dabei zu, wie sie in der Hocke vor sich hin wuselten. Die Wusler waren mein Onkel und meine Tante. Beide waren oben nackt und trugen nichts als ihre Pantoffeln und Unterhosen. Sie sahen überhaupt nicht wie Reiche aus, sondern wie arme Schlucker, die sich Tag für Tag mühsam durchschlagen müssen. Meine Tante hatte eigenhändig sechs Gerichte gebraten, dazu zwei Schüsseln Suppe gekocht. Eine Eiersuppe mit drei Köstlichkeiten und eine Suppe mit getrockneten Garnelen, Fleischstreifen und scharfen Senfsprossknollen. Und alle diese Suppen und Gerichte drängten sich auf dem Beistelltisch wie auf einem überfüllten Marktstand.

Mein Onkel war groß und kräftig, und wie er da so auf dem Boden hockte, sah er aus wie eine eingestürzte Mauer auf dem Markt. Meine Tante dagegen war klein und schmächtig, und wie sie da so neben ihm kauerte, sah sie aus wie ein frisch gesprossenes Grasbüschel oder Blümchen an der Mauer. Als ich hereinkam, kippten sie gerade irgendetwas aus einer Flasche auf die Gerichte und in die Suppen. Als wollten sie alles mit Glutamat oder Salz würzen. Genauer gesagt kippte mein Onkel, und meine Tante verrührte und verteilte alles mit ihren Stäbchen. Als beide hörten, wie die Tür aufging, drehten sie sich erschrocken um und starrten mich an, und ihre Gesichter wurden ganz bleich, irgendetwas zwischen weißgelb und gelbweiß. Aber dieses Gelbweiß verlor sich bald wieder, und ihre Gesichter sahen erneut so schläfrig und trübe aus wie vorher. Schimmernd und stumpfsinnig wie Fliesen im Lampenlicht.

»Hast du die Tür gar nicht zugemacht?«, fragte mein Onkel meine Tante, und in seiner Stimme schwang ein unüberhörbarer Vorwurf mit. Trotzdem schüttelte er die kleine Flasche, die er in der Hand hielt, weiter in der Luft, sodass der Inhalt auf die Schüsseln und Teller rieselte wie Sesam, den man auf den Feldern sät.

»Doch, aber der Wind hat sie aufgestoßen.« Meine Tante rührte weiter mit ihren Stäbchen herum. Beide wuselten vor sich hin, als hätten sie mich gar nicht gesehen. Als wäre ich Luft oder ein Baum. Oder eine flüchtige Landschaft in einem Traum.

»Onkel! Tante! Was treibt ihr denn da? Wisst ihr denn nicht, was sich hier bei euch zusammenbraut?«

»Hier im Viertel bahnt sich eine Katastrophe an! Wisst ihr das denn nicht?«

Im Zimmer war es so still, als wäre niemand dort. Als wäre ich nie eingetreten. Mein Onkel schüttete sorgfältig irgendetwas auf die Gerichte und in die Suppen, und meine Tante verrührte und verteilte es genauso sorgfältig. Wie Zucker rieselten die Körnchen auf einen Teller mit gebratenem Ei. Dort lösten sie sich rasch auf, und das Ei verfärbte sich blassgrau, als wäre es ein bisschen angebrannt.

»Nicht zu viel, sonst schmeckt es komisch!«

»Keine Angst, ein Bissen, und sie sind hinüber. Sonst kommen sie am Ende doch noch wieder zu sich.«

Mein Onkel griff zu einer anderen Flasche und schüttete den Inhalt in eine Suppenschüssel. Das Zeug, das aus der Flasche herauslief, sah aus wie eine schmutzige, trübe gelbe Brühe. Einen Spritzer nach dem anderen gab er in die Suppe. Einen nach dem anderen.

»Nicht zu viel, sonst schmeckt es komisch!«

»Ein Mundvoll, und die Wichser sind erledigt.«

Mein Onkel gab noch einen letzten Spritzer in die Suppe, ehe er die Flasche ins Licht hielt, um sie zu mustern. Eben war sie noch voll gewesen, nun war sie nur noch halb voll. Im Lampenschein schimmerte sie dunkelgelb und da, wo sie noch gefüllt war, dunkelbraun. Ein Etikett, das an den Rändern gekringelt war, klebte auf ihr und in seiner Mitte ein schwarzer Totenschädel wie ein Bluterguss unter einem Fingernagel.

Der Totenschädel stach mir gleich ins Auge – und dann das Wort, das darunter stand: Dichlorvos. Da wusste ich, dass sich hier im Haus meines Onkels ein noch größeres Unheil zusammenbraute als draußen auf dem Platz.

»Was treibt ihr denn da? Onkel! Tante! Es ist bald Morgen! Warum schlaft ihr denn noch nicht?«

Ein kalter Hauch wehte mich von den beiden und ihrem Beistelltisch an. Erst ein schwacher, dann ein starker. Ich fröstelte und brach in Schweiß aus. Schon klebte mir das Hemd wieder am Rücken. Auf der Stirn und in den Augen hatte ich den stechenden Salzgeruch von Schweiß. In der Luft dagegen breitete sich ein süßlicher Geruch aus wie von Saccharinwasser. Ich wusste, das war das Dichlorvos, und je süßer es roch, desto giftiger war es. Und dieser giftige Geruch kam von dem Essen, das dort vor mir auf dem Tisch stand.

»Onkel! Tante! Es ist bald Morgen, und ihr seid noch immer nicht im Bett. Was treibt ihr denn da?«

»Sei still und setz dich erst mal.«

»Es gibt da Leute, die wollen euch ausrauben! Die werden jeden Moment hier sein!«

»Pah.« Endlich drehte sich mein Onkel zu mir um und schaute mich an. »Wer mich ausrauben will, den lade ich erst mal zu gebratenen Eiern und einer Eiersuppe ein.« Grinsend drehte er sich wieder weg, um gemeinsam mit meiner Tante voller Hingabe auch die übrigen Gerichte zu vergiften. »Dieses Traumwandeln hat mir der

Himmel geschenkt! So eine Chance kommt in tausend Jahren nicht wieder! Alle, die immer auf mich herabgeschaut haben, bringe ich heute Nacht um die Ecke.«

Die Stäbchen, mit denen meine Tante in ihrem Essen rührte, hatten sich von all dem Gift schwarz verfärbt. Und das Grinsen meines Onkels waberte vor mir wie eine gelbe Wolke, während er die Hand über den Tellern schwenkte, als wollte er auf den Feldern die Saat ausstreuen.

»Niannian, du kommst genau richtig. Wie gerufen kommst du. Gleich kannst du mir ein bisschen helfen. Bring das Essen nach draußen auf den Platz. Ich sage dir genau, auf welchen Tisch du welchen Teller oder welche Schüssel stellen sollst. Der Kreisvorsteher Miao wohnt hier im Viertel, aber er hat nie auch nur ein Wort mit mir und deiner Tante gewechselt. Der Direktor der Zivilverwaltung wohnt auch hier, und er hat jeden im Viertel besucht, nur uns nicht. Sie meiden mich, weil ich der Direktor vom Krematorium bin. Sie haben Angst, ich würde ihnen Unglück bringen. Sogar dieser beschissene Bergwerksdirektor, der immer so dreckig und schwärzlich herumläuft, geht mir aus dem Weg. Alle schauen sie auf mein Krematorium herab. Na, dann sorgt doch einfach dafür, dass niemand von euch krepiert! Sorgt doch dafür, dass ihr niemanden zu mir ins Krematorium bringen müsst, wenn ihr könnt! Von meinen Nachbarn hat es einer als Zocker in der Kreisstadt zu Geld gebracht, und ein anderer hat sich sein Geld in Luoyang zusammengeklaut. Ein Zocker und ein Dieb – und wer schaut auf wen herab? Sie auf mich! Damit ich ihnen kein Unglück bringe, haben sie doch glatt ihre Häuser verkauft und sind in die vorderste Reihe umgezogen! Na, mir soll's recht sein. Dafür kriegt ihr heute von mir was Schönes zu essen.«

»Dafür bringe ich euch ins Paradies.«

»Dafür sollen sich eure Angehörigen die Augen ausheulen, und am Ende sollen sie mich anbetteln, dass ich euch zu Asche verbrenne.«

»Und Geschenke sollen sie mir dafür auch noch machen, und sie sollen flennen: ›Wir wohnen doch alle im selben Viertel, wir sind doch alle Nachbarn!‹ Und sie sollen mich anflehen: ›Verbrenn ihn auch gut, ja? Nicht dass noch ein Arm oder Bein von ihm im Ofen zurückbleibt.‹«

»Habt ihr wirklich geglaubt, ich räche mich nicht? Die Zeit war nur noch nicht reif dafür.«

»Komm her, Niannian. Zuerst bringst du diese Eiersuppe zum Kreisvorsteher Miao am Tisch gleich östlich vom Springbrunnen. Du hast diesen Miao bestimmt schon gesehen, das ist dieser dürre Kerl mit der Glatze. Du stellst die Schüssel einfach wortlos vor ihn hin, und dann füllst du jedem am Tisch etwas in die Schälchen, die dort stehen. Wenn dich jemand fragt, sagst du, du kommst von Haus zwei in Reihe eins. Sag einfach irgendwas, ist ganz egal. Die sind sowieso alle nach dem ersten Schluck hinüber. Sind befreit von allen Sorgen, ehe sie auch nur das kleinste bisschen kapieren. Und dann sind da auch noch die Mah-Jongg-Spieler. Niemand weiß, womit die eigentlich ihr Geld machen, aber jedenfalls sind sie reicher als ich. Also krieche ich ihnen mal schön in den Arsch. Wenn du mit der Suppe fertig bist, kommst du wieder zurück und holst die gebratenen Gerichte. Irgendwann haben sie sich müde gespielt, dann stellst du ihnen das Essen vor die Nase. Du musst gar nichts sagen, sie werden sich schon von selber drauf stürzen. Und dann ist all ihr schönes Geld nur noch einen Scheiß wert.«

»Und hier ist noch ein Teller Gemüse. Der Direktor von der Oberschule ist Vegetarier, also bringst du ihm diesen Teller.«

»Dieser Teller … – Niannian! Niannian!«

»Niannian! Niannian!«

Die Nacht war noch tiefer geworden. Schwarz wie die Nacht drang die Stimme meines Onkels aus dem Haus. Troff und rann die Treppe herunter wie Wasser. Heftete sich an meine Fersen, als wollte sie mich verschlingen.

4. 05:10–05:15

Während mein Onkel vor sich hin geplappert hatte, hatte ich mich aus seinem Haus geschlichen. Kaum wieder draußen, rannte ich schnurstracks zum Eingangstor des Viertels. Hinter mir dröhnten Schritte wie Kriegstrommeln, aber ich rannte und rannte. Mein Kopf war leer. Nur ein Gedanke hatte sich darin eingegraben wie ein toter Baum: Gleich kommen Daming und die anderen. Schnell, Daming, führ deine Vettern ins Haus meines Onkels und lass sie dort alles ausrauben. Sein Geld, seine Sachen, egal was – nehmt alles mit. Der Schmuck meiner Tante ist in ihrem Nachttisch, und der Safe meines Onkels ist in einem Wandspalt in seinem Schlafzimmer versteckt. Mach schnell, Daming, raub schnell meinen Onkel aus!

So schrie ich im Stillen vor mich hin, während ich rannte und rannte, und meine Schreie krallten sich in meine Kehle und drängten nach draußen wie eine Schlange. Der Himmel war blaugrau und die Erde trübgrau. Die Welt war ein Traum. Ein Traum, von Gift durchtränkt. Auf beiden Seiten des Weges stürzten säulenartige Kiefern hinter mich, als hätte ich sie zu Boden getreten. Vor mir tauchte das Eingangstor auf. Es war so grell erleuchtet, als stünde die Sonne direkt über ihm. Die graue Backsteinmauer, die das ganze Viertel umgab, war drei Meter hoch und oben mit Glassplittern und Stacheldraht bedeckt. Das Eisengittertor zwischen den Marmorsäulen war verschlossen, genau wie die kleine Tür, die darin eingelassen war. Einer der beiden Nachtwächter schlief neben dem Tor, der andere war verschwunden.

Als ich dort ankam, sah ich durch die Gitterstäbe Daming und seine drei Vettern herbeilaufen. Ihren Dreiradwagen hatten sie irgendwo abgestellt, wo ich ihn nicht sehen konnte. Alle vier trugen Jutesäcke, Knüppel und Eisenstangen bei sich. Ratlos schauten sie auf das verschlossene Tor. Offensichtlich hatten sie keine Ahnung, wie sie in das Viertel hineinkommen sollten. Als sie mich auf der anderen Seite entdeckten, glotzten sie mich so ungläubig an, als wäre ich ein Affe, der aus einem verschlossenen Käfig entlaufen war.

Ein paar Sekunden lang starrten wir uns gegenseitig durch das Gitter an.

Dann drückte ich auf einen Schalter an einer der Torsäulen. Das Gitter glitt nach beiden Seiten auf. Aus zwei Welten wurde eine.

»Daming, mein Onkel wohnt nicht in Reihe zwei, er wohnt in Haus Nummer sechs in Reihe drei.«

»Sein Geld hat er nicht in einer Truhe und einem Schrank versteckt, sondern in einem Safe, der in einem Wandspalt im Schlafzimmer steckt, im ersten Stock auf der Ostseite.«

»Meine Tante hat ihren Schmuck in einem roten Seidenbeutel in der dritten Schublade ihres Nachttischs.«

»Kommt schnell rein und lauft zu Haus sechs in Reihe drei. Mein Onkel und meine Tante traumwandeln beide. Fesselt sie an die Stühle, so wie ihr es mit meinen Eltern getan habt, und dann nehmt euch, was immer ihr wollt.«

»Na los, nur rein! Was steht ihr denn da noch so rum? Ich bin nur deshalb auf schnellstem Weg hierher gerannt, um euch das Tor zu öffnen. Ich hatte Angst, dass ihr sonst nicht reinkommt.«

Freudige Überraschung leuchtete auf den Gesichtern von Daming und seinen Vettern auf wie ein flatterndes Stück Seide. Aber erst als ich rasch über die Schwelle hinaustrat, machten sie vorsichtig einen Schritt hinein. Während wir aneinander vorübergingen, schaute ich zu Daming auf, und er drückte mir eine Taschenlampe in die Hand. Nach einer Weile drehte ich mich mit ihrem Licht noch einmal um und rief den Vieren nach:

»Haus sechs in Reihe drei! Geht aber nur dort rein und nicht in die anderen Häuser!«

»Und Daming, vergiss bloß nicht: Ihr dürft auf keinen Fall von den Gerichten und den Suppen essen, die mein Onkel und meine Tante gekocht haben! Sonst seid ihr tot!«

Meine Rufe trieben in der Nachtluft über meinem Kopf wie ein

Lied, begleitet von den schnellen, rhythmischen Schritten, mit denen die Vettern weitermarschierten. Ich machte mich auf den Heimweg in die Stadt, während sie auf das Innere des Viertels zusteuerten.

»Egal was wir erbeuten, deine Familie kriegt ihren Anteil. Dafür stehe ich, Sun Daming, mit meinem Namen ein. Also mach dir keine Sorgen, Niannian!«

Das waren die letzten Worte, die mir Daming mit auf den Weg gab. Wenn ich daran zurückdenke, fühle ich noch heute einen wohligen, kühlen Schauer. Als wäre sein Ruf wie Eiswasser in der Sommerglut auf meinen fieberheißen Kopf herabgerauscht.

Neuntes Buch

Nach der letzten Nachtwache: Die Vögel sterben in den Köpfen

1. 05:10–05:30

Die Nacht wurde tiefer und tiefer.

Die Vögel starben im Kopf der Nacht.

Mir kam es vor, als wäre ich die ganze Nacht gelaufen. Und auf einmal war ich müde, und meine Waden fühlten sich geschwollen an. Der nächtliche Weg verschwamm mir vor den Augen. Wie ein düsteres Gesicht dehnte er sich vor meinen Füßen. Die Hitze über den Feldern war der Kühle gewichen. Auch der letzte Hauch von Hitze war verflogen. Als hätte jemand seiner Wut Luft gemacht, blieb nichts als eine matte Wärme, die sich auf die nächtliche Stille, auf Felder und Häuser legte.

Auf den fernen Dorfstraßen konnte ich die Lichter der Laternen erkennen.

Auf der fernen Landstraße konnte ich das lärmende Getucker der Wagen hören.

Die Unruhe dieser Nacht lag noch immer überall in der Luft. Sie schien schwächer und stärker zugleich geworden. Ich wusste, dass man in der Stunde vor dem Morgengrauen am schläfrigsten ist. Und dass man, wenn man am schläfrigsten ist, auch am leichtesten traumwandelt und andere damit ansteckt. Als ich die westliche Umfassungsmauer des Villenviertels hinter mir ließ, war der Weg noch immer derselbe. Er wartete auf mich. Und mit ihm die ganze nächtliche Welt.

Am Fluss wusch ich mir erst einmal das Gesicht und trank ein paar Schluck Wasser. Als ich über die Brücke ging, schaute ich auf den Fluss hinab. Das Wasser blitzte und tönte hell. Mir fiel das Liebespärchen wieder ein, das es unter den Bäumen am Ufer miteinander getrieben hatte, und aus irgendeinem Grund dachte ich im nächsten Moment an Juanzi, die jeden Tag im Krematorium saubermachte. Wenn sie doch nur ein bisschen hübscher gewesen wäre! Wenn sie doch nur keine so vorstehenden Zähne gehabt hätte! Wenn sie doch nur hätte lesen können!

Beim Gedanken an sie wurden meine Schritte schneller, und meine Müdigkeit verflog. Als ich merkte, dass sie all meine Schläfrigkeit vertreiben und meinen Beinen neue Kraft einflößen konnte, gab ich mich dem Gedanken an sie völlig hin. Glitt in immer tiefere, verborgenere Regionen hinab. Und sah mich vor mir, wie ich es mit ihr trieb. Gleich hier in der nächtlichen Weite. Sah es so deutlich vor mir, dass mir an Händen und Stirn und am ganzen Körper der Schweiß ausbrach, als hielte ich sie wirklich in den Armen.

Das Pärchen war nicht mehr da, wo ich es angetroffen hatte, unter den Bäumen am Straßenrand. Ich spähte und lauschte, aber da war nur die nächtliche Stille, die auf nackten Sohlen auf mich zu huschte. Also ging ich zu dem kleinen Baum hinüber, unter dem das Pärchen gelegen hatte. Im Schein der Taschenlampe sah ich eine platt gedrückte Fläche Gras. Und ich fand eine Schachtel Zigaretten und eine Haarspange.

Da kam mir einmal mehr ein Roman von Yan Lianke in den Sinn. Die Geschichte war so grob wie die primitiven Lehmhütten, die früher einmal in Gaotian gestanden hatten, aber ausgerechnet diese Geschichte mochte ich besonders gern. Ich hatte das Buch mehrmals hintereinander gelesen und kannte viele Abschnitte auswendig.

Da zog er sich gänzlich aus und räumte all seine Kleidung einfach in ihren Schrank, als wollte er sie für immer beiseitelegen. Und als sie beide splitternackt waren, verschlossen sie das Tor und die Vorder- und Hintertür des Hauses. Da fühlten sie sich, als wären sie in eine andere Welt eingetreten. Sie waren so gelöst, wie sie es nie zuvor erlebt hatten, und ein ungeahntes Gefühl von Freiheit und Glück überwältigte sie. Sie umarmten einander, und wo immer sie ihn streicheln wollte, streichelte sie ihn, ohne zu zögern, wie eine Mutter ihr Baby. Und wo immer er sie küssen wollte, ließ sie ihn gewähren, als ob er keine lebendige Frau, sondern eine Statue mit seinen Küssen bedeckte. Völlig ungezwungen taten sie, was immer die Lust ihnen eingab. Wenn sie erschöpft waren und sich eine Weile hinsetzten, um sich auszuruhen, nahm sie entweder auf ihm Platz, oder er legte seine müden Beine auf ihre Oberschenkel. Mal saßen, mal lagen sie auf dem Boden, mal bettete er seinen Kopf in ihren Schoß und mal auf ihren Bauch. Er hatte sich gerade erst die Haare schneiden lassen, und wenn die kurzen Stoppeln die zarten Innenseiten ihrer Schenkel piksten, die nie das Sonnenlicht erblickt hatten, dann beschworen sie bei ihr ein leises, unaussprechlich wohliges Prickeln herauf, das sich noch steigerte, wenn er seinen Kopf ein wenig drehte. In solchen Momenten brach das helle Gelächter einer reifen Frau aus ihr heraus, das erst anschwoll, dann abebbte, bis es von Neuem seine verborgene männliche Lust entfachte und er sich einmal mehr an ihr zu schaffen machte. Dann entzog sie sich seinen Zärtlichkeiten und rannte und tollte im Zimmer umher, als wäre sie wieder ein Kind. Wenn sie jedoch endlich ermüdete und er sie einfing, ließ sie sich einmal mehr vom Strudel seiner Zärtlichkeiten mitreißen. Entfesselt und wild wie ein Hirtenjunge auf einer Bergwiese tobte er auf ihr herum, und sie ließ ihn gewähren.

Während mir dieser Abschnitt durch den Kopf ging, wurden meine Schritte prompt beschwingter. Gleich würde es hell werden, glaubte ich, und das Große Traumwandeln würde ein Ende nehmen. Und wenn es erst einmal hell wäre, würden die Dinge wieder ihren gewohnten Gang gehen wie die aufsteigende Sonne am Himmel.

Aber die Sonne ging nicht auf.

Sie ging einfach nicht auf. Die Nacht war noch immer so tief wie ein versiegter Brunnen oder eine Klamm. Der Tag noch immer so fern wie die Tang-Dynastie von der Qing-Dynastie.

Als hätte das Unheil dieser Nacht gerade erst angefangen. Als wäre die Welt gerade eben erst ins Große Traumwandeln versunken. Und tatsächlich hatte das blutige Chaos in den Dörfern und Städten, in den Bergen und auf der ganzen Welt gerade erst Einzug gehalten, und das Schlimmste stand uns noch bevor. Als ich vom Feldweg auf die Landstraße kam, sah ich lauter Autos und Trecker mit Leuten aus den Bergen, und alle steuerten sie unsere Stadt an. Wie lange Säulen lagen die Lichter der Autos in der Luft und die Lichter der Trecker auf der Straße. Sie knatterten und ratterten wie Hämmer, die Steine zerschlagen. Im grellen Licht sah ich, dass die Leute in den Fahrzeugen, die an mir vorüberrumpelten, alle Hacken oder Spaten, Forken oder Äxte bei sich trugen. Von den Spitzen der Hacken und Spaten baumelten leere Jute- und Stoffsäcke oder zu Bündeln gefaltete Laken und Decken. Als zögen die Leute in den Krieg und wollten nach einem schnellen Sieg gleich das Schlachtfeld säubern.

Die Leute rebellierten.

Und sie traumwandelten.

Eine mächtige Kolonne von Wagen und Schläfern wälzte sich auf die Stadt zu. Aber die Gesichter der Fahrer glänzten und leuchteten rot und hatten nichts Schläfriges an sich. Die meisten Fahrer und Mitfahrer waren junge oder mittelalte Männer, aber ein paar junge Frauen waren auch unter ihnen. Die Frauen hatten alle möglichen Körbe bei sich, als wollten sie darin die Ernte einsammeln.

Ich wusste, die Welt war in Chaos versunken. Die Welt traumwandelte und stellte Himmel und Erde auf den Kopf. Wer nicht traumwandelte, machte sich die Gelegenheit zunutze. Unter den Aufrührern waren mehr falsche Traumwandler, die nur so taten, als echte. Viel mehr. Unter dem Deckmantel des Großen Traumwandelns gingen sie auf Beutezug. Als wollten sie aus einem Aufstand einen Kriegszug und aus dem Kriegszug einen Raubzug machen.

Nur noch ein paar Schritte, dann bin ich in der Stadt und bin zu Hause, schoss es mir durch den Kopf. Aber nachdem ich mir die ganze Nacht die Hacken wund gelaufen hatte, waren meine Waden schwer wie Blei und meine Beine wie abgestorben. Mit meinen toten Beinen schleppte ich mich vorwärts. An der Kreuzung am Stadtrand sah ich, dass die Autos, Trecker und Dreiradwagen alle noch vor der Stadt angehalten hatten. Die Leute waren aus ihren Fahrzeugen ausgestiegen, und die Lichter ihrer Taschenlampen und Stalllaternen zuckten durch die Nacht. Wer aus demselben Dorf oder derselben Sippe stammte, rottete sich zusammen. Jede Gruppe hatte irgendetwas zu bereden und wartete auf irgendwelche Nachrichten oder Befehle.

»Na los! Worauf wartet ihr denn noch?«, schimpfte einer und stampfte mit dem Fuß auf. »Wenn wir nicht bald da reinstürmen, erwachen die noch alle, und dann können wir uns das Plündern abschminken!«

Die Stimme war so stürmisch wie die Fluten, die aus einer geöffneten Schleuse schießen.

Die Nachricht verbreitete sich so stürmisch wie die Fluten einer Schleuse.

Wie eine Maus zwischen den Beinen einer Menschenmenge huschte ich an der Kolonne vorbei. Manche Leute hatten keine landwirtschaftlichen Geräte, sondern echte Waffen bei sich: Dolche und Beile, Vorschlaghämmer und alte Jagdflinten. An einer Rotte von Leuten nach der anderen kam ich vorbei. Als ich endlich die Stadt erreichte, merkte ich, dass bei uns niemand mehr traumwandelte. Alle schliefen. Die Straßen waren still. Und auch die Häuser. Sogar die geplünderten Läden mit den offenen Türen und Fenstern waren still. Nur ein Mann kam aus der Stille der Straßen auf mich zu. Ich hatte keine Ahnung, ob er wach war oder traumwandelte. Er ging ganz ruhig und gelassen, ihm schwante überhaupt nichts von dem Unheil, das sich über unserer Stadt zusammenbraute. Und von den Bauern aus den umliegenden Dörfern, die sich an der Stadtgrenze versammelt hatten.

Eine Meute von Plünderern stand vor unserer Stadt und wollte über sie herfallen.

Eine Meute von Mördern, die ihren Blutdurst kaum noch zügeln konnten.

Ich war nicht mehr müde, und meine Lider waren nicht mehr schwer. Ich war aus meinem Dämmerzustand gänzlich in den Wachzustand zurückgekehrt, in eine Welt, in der ich alles klar und deutlich sah. Meine toten Beine waren wieder zum Leben erwacht. Hastig war ich an der Kreuzung vorbei in die Stadt gehuscht, und kaum hatte ich die Meute hinter mir gelassen, fing ich an zu rennen. Als ich die Hauptstraße erreichte, rannte ich so schnell, als könnte ich vom Boden abheben und fliegen.

»Die Leute von auswärts wollen unsere Stadt ausplündern!«

»Die Leute von auswärts wollen unsere Stadt ausplündern!«

Ich schrie und rannte, rannte und schrie. Meine Schreie gellten mir in den Ohren wie die Todesschreie eines Kalbs. So schrill und brüchig, als wäre das Schlachtmesser ihm schon in die Kehle gefahren. Aber die Häuser und Straßen erwachten nicht aus ihrem Schlaf. Niemand erwachte von meinen Schreien. Sie mussten alle tot sein. Im Schlaf gestorben. Nachdem sie aus dem Traumwandeln aufgewacht und in Schlaf versunken waren, waren sie in den Tod hinübergedämmert. Oder sie hörten meine Schreie und taten sie als das wirre Krakeelen eines Traumwandlers ab. Als wäre ich ein Irrer, den man nicht weiter beachten musste.

So schrie und rannte, rannte und schrie ich durch die nächtliche Straße, bis ich mein Zuhause erreichte. Als ich das Licht im Eingang unserer Neuen Welt sah, brüllte ich aus Leibeskräften die Straße hinunter:

»Die Leute von auswärts wollen unsere Stadt ausplündern!«

»Die Leute von auswärts wollen unsere Stadt ausplündern!«

Nachdem mein zweiter Schrei verhallt war, musste ich nicht mehr weiterschreien. Ich konnte auch nicht mehr.

»Scheiße, was kreischst du denn so?«, brüllte eine Stimme aus dem Laden. Und dann trat mir jemand in den Hintern, und das so kräftig, dass ich fast durch die Luft geflogen wäre. Ich taumelte noch unter Schmerzen herum, da wurde ich schon in unseren Laden gerissen. Und dort bot sich mir das gleiche Bild wie vorher mit Sun Daming. Ein paar Männer und ein paar halb volle Säcke und Bündel. Meine Eltern knieten matt in der Mitte des Zimmers, und hinter ihnen standen missmutig zwei kräftige junge Kerle. Der Boden war mit den Fetzen von Kränzen und Papierschmuck übersät. Meine Eltern knieten zwischen den Fetzen wie in einer Totenhalle. Und die Männer hinter ihnen waren die Bestatter, die beim Begräbnis nach dem Rechten schauten. Mit ausdruckslosen Mienen. Steinern. Nur ein dritter junger Bursche mit Schwabbelbacken und einem Muttermal auf der Schulter schaute vor lauter Enttäuschung ganz finster drein. Er war es auch gewesen, der mich so finster angebrüllt hatte. Und mich so unbarmherzig getreten hatte. Und mich mit einem Ruck ins Zimmer gerissen und zu meinen Eltern gestoßen hatte.

»Das ist bestimmt euer Sohn, was?«

Meine Eltern stutzten einen Moment, ehe sie nickten und genau das Gleiche sagten, was sie schon zu Sun Daming gesagt hatten. »Er ist doch noch ein Kind! Tut ihm nur nichts! Er ist doch noch ein Kind! Tut ihm nur nichts!«

Sie wollten noch weiter flehen, aber da schnitt ihnen einer der Männer hinter ihnen das Wort ab.

»Wo habt ihr eure Wertsachen versteckt?«

Schon wieder diese Frage.

»Wo verstecken deine Eltern normalerweise ihr Geld?«

Schon wieder diese Frage.

Der mit dem Muttermal auf der Schulter nahm mich genau wie vorher Sun Daming mit seinem linken Arm in den Schwitzkasten, während er mir die rechte Hand auf die Schulter legte. »Nun spuck's schon aus. Spuck's aus und dir passiert nichts. Wir lassen nur ein bisschen was mitgehen und sind schon wieder weg.«

Aber anders als Daming und seine Vettern trugen diese Männer keine Masken. Ihr Anführer würgte mich auch nicht so sehr, dass ich kein Wort mehr herausbringen konnte. Und gefesselt hatten sie meine Eltern auch nicht. Sie kamen von auswärts und hatten keine Angst, dass jemand aus der Stadt sie wiedererkennen könnte. Und als sie mich zum Reden bringen wollten, klopften sie mir brüderlich auf die Schulter, als wollten sie mir eine freundliche Warnung übermitteln.

Also redete ich.

Was blieb mir auch anders übrig.

Als sie hörten, was ich zu sagen hatte, waren sie begeistert, aber meine Eltern waren bestürzt.

»In der Villa von meinem Onkel gibt es richtig viel zu holen.«

»Da gibt es Geld und Schmuck, allerdings sind euch ein paar andere da schon zuvorgekommen.«

»In dem Villenviertel dort leben lauter reiche Leute, und alle schwimmen sie in Geld. Und obendrein ist es auch noch ganz nah – wenn ihr keinen Abstecher dorthin macht, seid ihr wirklich umsonst hierhergekommen.«

Die Räuber waren baff. Sprachlos schauten sie mich an. Als hätten sie traumgewandelt und ich hätte sie geweckt. Auch meine Eltern starrten mich an, aber so, als hätte ich im Traum geredet. Die allgemeine Verblüffung war mit Händen zu greifen. Die Räuber waren vor Freude im ersten Moment wie gelähmt. »Scheiße, wovon redest du denn da?«

»Na, vom Villenviertel bei den Bergen. Ihr müsst dort unbedingt hin, sonst seid ihr umsonst hier. Mein Onkel wohnt dort. Reihe drei, Nummer sechs, das ist sein Haus. Egal was ihr dort erbeutet, alles ist mehr wert als das, was ihr hier bei uns finden könnt. Mein Onkel hat einen Fernseher, der ist so groß wie ein Tisch. Und die Tische und Stühle sind aus Mahagoni. Ihr wisst doch, wie viel Mahagoni wert ist, oder?«

Auf einmal war es still.

Mucksmäuschenstill.

So still war es im Zimmer, dass ich die Papierblumen atmen hörte. Mein Vater war so bleich wie das weiße Papier an den Kränzen. Und meine Mutter auch. Beide starrten mich an, als wäre ich nicht ihr einziges Kind, sondern irgendein missratener Sohn oder Enkel. Der Kerl mit dem Muttermal schaute zu seinen Kumpanen hinüber, und die richteten ihre Blicke erwartungsvoll auf ihn.

»Na klar! Warum bin ich denn da nicht selber drauf gekommen!«, murmelte er vor sich hin und löste seinen Griff um meinen Hals und meine Schulter. Dann schubste er mich sachte ein Stück vor. »Du bist aus dem Schneider«, gab er mir mit diesem kleinen Schubser zu verstehen. »Alles in Butter. Wir machen uns jetzt auf den Weg.« Er schüttelte nur noch einmal den Kopf, und daraufhin hoben seine Leute ihre Säcke und Beutel vom Boden und marschierten zur Tür.

Es war ausgestanden. Es war tatsächlich ausgestanden. Im Handumdrehen hatten wir die Plünderung überstanden.

Aber da fiel dem Kerl mit dem Muttermal doch noch etwas ein. Und er blieb stehen. Drehte sich um. Fixierte mich mit seinem Blick.

»Wie heißt dein Onkel?«

»Shao Dacheng.«

Er stutzte. Rührte sich einen Moment nicht vom Fleck. Baute sich vor meinen Eltern auf. »Dann bist du also Li Tianbao, der Schwager von Shao Dacheng. Und du bist seine verkrüppelte Schwester.«

Mein Vater nickte.

Und meine Mutter auch.

So war das. Und so liefen die Dinge auf einmal in eine völlig andere Richtung. Auf einmal machte alles kehrt und begann von Neuem. Der Kerl mit dem Muttermal schleuderte den Sack, mit dem er eben noch davonmarschieren wollte, auf den Boden. Dann trat er meinem Vater heftig gegen die Brust. »Scheiße, endlich treffen wir uns!« Er stürmte vor und trat meinem Vater zweimal gegen die Beine. »*Du* also hast meinem Vater und meiner ganzen Familie das angetan! *Du* hast uns ins Unglück gestürzt, sodass wir seit Jahren nur noch vom Pech verfolgt sind!« Er brüllte und stampfte. Gab meinem Vater eine Backpfeife und, noch ehe wir wussten, wie uns geschah, auch meiner Mutter. »Dein Bruder ist ein Schwein! Ein Hund! Ein Vieh ist er und kein Mensch! Und du bist seine Schwester, also hast du auch ein paar Backpfeifen verdient!«

Er schlug sie wie ein Irrer.

Beschimpfte sie wie ein Irrer.

Sprachlos schaute ich ihm dabei zu. Als ich endlich zu ihm hinübergehen und ihn anflehen wollte, damit aufzuhören, merkten seine beiden Kumpane auf und umklammerten mich. Prompt wurde die Liebe zu meinen Eltern von der Angst gelähmt, und ich traute mich nicht mehr, mich zu rühren. Verängstigt, bestürzt und wie betäubt ließ ich mich von ihnen auf den Boden pressen, ohne mich zu wehren. Das alles ging so schnell, wie einem ein Auto über den Kopf rollt. Im Nu spritzt schon die Hirnmasse heraus. Leben und Tod trennt nur noch ein Haar. Nicht einmal Zeit zum Schreien bleibt einem noch, da kommt die Wahrheit schon ans Licht.

Der Kerl mit dem Muttermal prügelte weiter auf meine Mutter ein. Trat weiter auf meinen Vater ein, mal mit dem rechten, mal mit dem linken Bein, mal gegen die Brust und mal in den Bauch. Mein Vater kauerte auf dem Boden wie ein Sack Spelzen. Von den Tritten rutschte er auf seinem Hintern immer weiter zurück und mit ihm die zerfetzten Kränze. Als er schließlich mit dem Rücken gegen die Wand stieß, konnte der andere noch bequemer auf ihn eintreten und einprügeln. Wie ein Kleiderbündel oder ein Sack Spreu krümmte sich mein Vater dort.

»Fickt euch alle miteinander! Als vor drei Jahren mein Vater gestorben ist und wir ihn beerdigt haben, hast du uns bestimmt denunziert! Gibst du es zu?«

Die Backpfeifen prasselten auf meinen Vater ein wie Backsteine, die jemand auf den Boden schmettert.

»Fickt euch! Nachdem du uns vor drei Jahren denunziert hast, hat uns dein Schwein von Schwager seine Leute auf den Hals gehetzt, und die haben bei uns in den Bergen die Leiche wieder ausgescharrt. Haben irgendwas von neuen Sitten und Reform und Öffnung gequatscht und meinen toten Vater an Ort und Stelle unter freiem Himmel verbrannt. Hast du davon gewusst?«

Wieder trat er meinen Vater ein paar Mal, diesmal gegen Brust und Kopf. Mein Vater hustete und röchelte. Bekam kaum noch Luft. Hatte ein Gesicht wie eine weiße Blume, von der die Blätter rot herunterbaumeln.

»Erst haben sie meinen Vater unter freiem Himmel verbrannt und dann mich selber als Reaktionär und Konterrevolutionär durch die Straßen getrieben. Sogar in der Kreiszeitung haben sie über mich hergezogen. Hast du den Artikel gelesen?«

»Und wenn du das hast: Kannst du noch ruhig schlafen? Bist du ein Mensch oder ein Vieh?«

»Nachdem meine Frau den Artikel gelesen und den Bericht im Radio gehört hat, hat sie mit mir Schluss gemacht. Und ihr Lis und Shaos, geht es euch gut dabei, wenn ihr andere für immer ins Unglück stürzt, nur um euer schmutziges Geld einzusacken?«

»Drei Tage, nachdem sie meinen Vater unter freiem Himmel verbrannt haben, ist meine Mutter vor Wut gestorben. Drei Monate danach hat mich meine Frau verlassen. Ein halbes Jahr danach hat sich meine kleine Schwester von einer Felswand gestürzt, weil sie der Tod unserer Eltern völlig aus der Bahn geworfen hat. Unsere ganze Familie Ma ist zugrunde gegangen. Wir waren eine ganz normale Familie, aber ihr Lis und Shaos habt uns zerstört und ahnt es noch nicht einmal. In den letzten Jahren bin ich von Tag zu Tag mehr auf den Hund gekommen. Wenn ich nicht gerade gesoffen habe, habe ich gezockt und geklaut. Ein richtiger Dreckskerl bin ich geworden, und du Arschloch bist dran schuld. Als ich vor einem halben Jahr aus dem Knast rausgekommen bin, war ich entschlossen, wieder ein guter Mensch zu werden, aber heute Nacht ist mir im Traum der liebe Gott erschienen. ›Ma Guazi‹, hat er zu mir gesagt, ›jetzt lacht dir das Glück! Nimm dir ein paar Männer und geh in die Stadt, um etwas zu rauben.‹ Als ich aufgewacht bin, habe ich zu ihm gesagt: ›Nein, ich klaue nichts und raube nichts, ich will wieder ein guter Mensch sein.‹ Aber der liebe Gott hat in meinem Kopf immer weiter auf mich eingeredet: ›Nun geh schon, na los! Mach, dass du aus dem Bett kommst, und dann nichts wie los!‹ Und wenn der liebe Gott mir so was sagt, dann kann ich mich doch nicht dagegen sperren! Ich hatte gar keine andere Wahl, als mit ein paar Männern hierher in euren Laden zu kommen. Ich dachte noch, das bringt nur Unglück, in so einen Bestattungsladen zu gehen. Ich hatte ja keine Ahnung, dass der liebe Gott mich hierhergeschickt hat, damit ich bei euch meine Schulden eintreibe. Alles sollst du mir zurückzahlen, Li Tianbao. Und du verkrüppeltes Weibsstück sollst es mir genauso zurückzahlen für deinen Bruder. Eigentlich hatte ich mich schon damit abgefunden, dass ihr meine Familie zerstört habt. Nur in meinen Träumen hatte ich mir noch ausgemalt, wie ich euch aufspüre und euch dafür zahlen lasse. Aber diese Nacht hat mir alles wieder in Erinnerung gerufen. Und dann hat sie mich zu euch gebracht.«

Wieder ohrfeigte er meine Mutter. Trat meinem Vater ins Gesicht und gegen die Brust. Stampfte ihm auf den Beinen, Füßen und Knöcheln herum. Stampfte und schimpfte. Schimpfte und ohrfeigte. Prügelte und schimpfte. Schimpfte und stampfte. Schnappte sich eine Handvoll Bambuszweige und peitschte damit meinen Vater aus. Und meine Mutter. Prügelte, peitschte und schimpfte sich so müde, bis der Laden ein einziges Chaos war. Ein Richtplatz aus zerfetzten Papierblumen und zersplitterten Bambuszweigen. Da wurde ihm auf einmal bewusst, dass sich meine Eltern unter seiner wüsten Flut von Beschimpfungen, Schlägen und Tritten gar nicht mehr gerührt hatten. Kein Wort hatten sie mehr von sich gegeben. Anfangs hatten sie zumindest noch instinktiv versucht, sich mit den Armen zu schützen, wenn die Hiebe und Tritte auf ihre Köpfe und Gesichter niedergeprasselt waren. Aber nach einer Weile hatte mein Vater nicht einmal mehr das getan. Hatte einfach wie gelähmt da gekauert und alles über sich ergehen lassen. Als wäre der, der dort verprügelt wurde, ein anderer. Als wären die Schläge und Tritte, die da auf ihn niederprasselten, kein bisschen schmerzhaft.

Das Blut floss ihm vom Kopf.

Es floss ihm aus der Nase und dem Mund.

Floss ihm ungehindert auf Brust und Hemd und strömte hinab bis auf die Schenkel.

Jeder im Raum war erschrocken, wie reglos meine Eltern die Prügel hinnahmen. Wie fügsam und stumm. Ich kniete nieder, weil ich glaubte, mein Vater wäre tot. »Papa …«, stammelte ich starr vor Schreck. »Mama …«

Da drehten sich die Augen der beiden zu mir. Als wollten sie mir mit den Augen etwas sagen. Und ich blieb genauso wort- und reglos knien wie sie.

Glutheiß war es im Zimmer. Ma Guazis Kleidung war nass von Schweiß. Eiskalt war es im Zimmer. Und alle Gesichter schneeweiß.

»Scheiße.« Ma Guazi wischte sich den Schweiß von der Stirn, ehe er meinem Vater wieder kräftig aufs Bein stampfte. Ich sah, wie das Bein zuckte wie von einem Krampf. Wie es sich spannte und dann wieder dehnte und den nächsten Tritt schon erwartete, der auch prompt kam. Wie es wieder zusammenzuckte, sich spannte und sich erwartungsvoll dem nächsten Tritt entgegenstreckte.

»Einstecken kannst du, das muss ich dir lassen. Du musst mich nur drum bitten, dann höre ich auf.«

»Nur bitten musst du mich, dann sind wir quitt.«

Er stampfte und sprach. Sprach und Stampfte. »Willst du dir nicht mal die Mühe machen, es abzustreiten? Willst du nicht mal irgendwas sagen wie: ›Ich habe dich nicht verpfiffen, echt nicht‹? Scheiße, dann hast du auch nichts Besseres verdient. Dann hast du mich wirklich verpfiffen.«

Er ohrfeigte und trat. Trat und ohrfeigte. Hoffte immer mehr, dass mein Vater um Gnade betteln oder sich verteidigen würde, und wirkte am Ende selber wie ein Bittsteller.

Da kroch meine Mutter auf Knien von meinem Vater weg. Kroch zu Ma Guazi und umklammerte seine Beine. Hob den Kopf und wollte ihn gerade um Gnade anflehen, da beugte sich mein Vater vor und zerrte sie zurück.

Mein Vater fing an zu reden.

Endlich redete er.

»Danke, dass du mich verprügelt hast. Wegen mir ist dein Vater nicht unter freiem Himmel verbrannt worden, ich habe euch nicht denunziert. Aber vor über zehn Jahren habe ich so etwas bei anderen getan. Dank deiner Prügel heute Nacht haben wir unsere Schuld beglichen. Jetzt schulden wir niemandem mehr etwas.«

Mein Vater sagte das mit einem Lächeln. Einem wachsbleichen Lächeln. Und dabei summte seine Stimme wie eine Fliege. Und er schaute zu Ma Guazi auf. Sein Lächeln breitete sich von den Mundwinkeln über beide Backen aus. Er hatte ein Gesicht wie eine weiße Blume, von der die Blätter rot herunterbaumeln. Aber seine Dankbarkeit heizte Ma Guazis Wut nur noch an, sodass der ihm noch ein paar Backpfeifen mehr um die Ohren klatschte. »Du genießt das auch noch, ja? Na, dann verschaffe ich dir noch ein bisschen mehr Genuss.«

Er prügelte meinem Vater das Lächeln aus dem Gesicht. Prügelte es blutrot. Dann starrte er seine Kumpane an, die dort wie betäubt standen. »Warum schlagt ihr sie denn gar nicht? Ihr habt wohl in den letzten Jahren niemanden verloren, den ihr beerdigen wolltet, und dann wurdet ihr verpfiffen und musstet ihn verbrennen?«

Noch einmal trat er mit aller Kraft erst meinen Vater, dann meine Mutter, ehe er verkündete: »Das war's.«

Und das war es wirklich.

Bevor er mit seinen Leuten abzog, hob er nur noch eine große weiße Papierblume vom Boden auf und legte sie meiner Mutter auf den Kopf. Hob einen halben Kranz auf und hängte ihn meinem Vater um den Hals. Und dann ging er. Ging wirklich und wahrhaftig.

Im Zimmer blieb nichts mehr zurück außer meinen Eltern und mir und einem Riesendurcheinander. Wir schauten uns an. Das Lampenlicht war so matt und trübe wie die Papierfetzen auf dem Boden. Meine Mutter seufzte, nahm die weiße Totenblume vom Kopf und legte sie auf den Boden. Bewegte versuchsweise die Glieder und wischte sich den Schweiß vom Gesicht. Angelte sich von irgendwoher einen handtuchartigen Lappen und hielt ihn meinem Vater hin.

Mein Vater kauerte mit aufgeknöpftem Hemd an der Wand. Hemd und Brust waren mit dunklem Blut besudelt. Um den Lappen entgegenzunehmen, drehte er sich ganz vorsichtig zur Seite. Als hätte er Angst, sein Hals könnte brechen. Nachdem er sich vergewissert hatte, dass er sich noch bewegen konnte, betastete er sein Gesicht. Als wollte er prüfen, ob es noch da war. Zum Glück war es das. Allerdings war seine linke Backe geschwollen wie ein frisch gedämpftes Hirsebrötchen. Ganz sachte strich er mit der linken Hand darüber. Als hätte er Angst, das Fleisch könnte auf einmal abfallen. Dann riss er sich einen Streifen vom Lappen meiner Mutter ab und stopfte ihn sich in die blutende Nase, was ihn reichlich lächerlich aussehen ließ.

»Jetzt schulden wir niemandem mehr etwas«, murmelte er vor sich hin. »Ich danke diesem Ma Guazi, dass wir nun alles zurückzahlen konnten.«

Er nahm den Totenkranz von seinem Hals und stützte sich auf den Boden, um vorsichtig aufzustehen. Seine Gelenke knackten und knirschten, als wären seine Knochen verschoben gewesen und würden nun erst wieder an ihren rechten Platz zurückkehren.

Er war doch glatt ohne größere Verletzung davongekommen.

Ich hatte geglaubt, er hätte gerissene Sehnen und gebrochene Knochen davongetragen, aber nichts davon. So klein er auch war, er konnte Prügel einstecken wie kein anderer.

Ich half meiner Mutter auf. Kaum war sie hochgekommen, wäre sie fast wieder zusammengesackt. Aber sie biss die Zähne zusammen und hielt sich auf den Beinen. Da war mein Vater beruhigt. Er trat nach den Blumen und Papierfetzen, dem Totengeld und den Papierbarren, die überall auf dem Boden verstreut lagen. Tappte, auf Stühle und Wände gestützt, zur Tür.

»Es wird bestimmt bald hell«, murmelte er, während er weiter auf die Tür vorrückte. »Und dann wird alles wieder gut.« Sein Gemurmel endete in einem Seufzer. »Ihr solltet hier mal richtig aufräumen. Mein Gott, wenn sie selbst unseren Bestattungsladen nicht verschont haben, dann frage ich mich, wie jetzt die anderen Läden aussehen.«

Er tastete sich an der Wand entlang weiter voran zum Eingang, als wollte er schauen, wie die Räuber und Plünderer die anderen Läden zugerichtet hatten.

Draußen blieb er stehen und sah die Straße hinunter. Die kühle Luft kurz vor dem Morgengrauen schlug ihm entgegen und strömte wie kaltes Wasser in den Laden.

Meine Mutter räumte das Durcheinander und den Müll im Zimmer nicht auf, sondern humpelte auf die Küche zu, um sich das Gesicht zu waschen. Um sich das Blut abzuspülen und sich die blutigen Wunden an den Armen zu verbinden.

»Mit deinem Onkel nimmt es noch ein böses Ende«, murmelte sie, während sie zur Küche hinkte. »Mit deinem Onkel nimmt es heute Nacht noch ein böses Ende.« Aber noch bevor sie an der Treppe vorbei in die Küche gehumpelt war, kam mein Vater von draußen wieder zurück. Und diesmal ging er viel schneller als vorher. Auch wenn er sich an den Türrahmen und die Wände stützte, schien er zu fliegen. Da wusste ich, er hatte die Leute von auswärts gesehen, die im Schutz des Großen Traumwandelns mit ihren Autos gekommen waren und sich mit ihren Hacken und Spaten, Messern und Äxten vor der Stadt zusammengerottet hatten. Sein Gesicht war schlagartig bleich geworden. Nicht mehr grau wie Asche, sondern bleich wie Totenpapier. Und es war nass von Schweiß, als wäre ein Regen von Blut darauf niedergegangen.

»Über unserer Stadt braut sich eine Katastrophe zusammen.«

»Eine schreckliche Katastrophe.«

»Und es gibt kein Entkommen.«

Mein Vater redete so rasch, als hätte er nie Prügel eingesteckt. Im Nu war er wieder im Zimmer und bei meiner Mutter an der Treppe. »Schnell, wir müssen weg! Wir müssen aus der Stadt raus! Lass die Tür offen. Je größer das Durcheinander hier ist, desto besser. Niannian, bring die kaputten Kränze an die Tür. Und lass die Tür weit offen. Schließ sie bloß nicht zu! Unser Laden soll aussehen, als wäre er mehrfach geplündert worden.«

2. 05:30–05:50

Ich tat, was mein Vater mir sagte.

Trug die zerfetzten Kränze zur Tür. Klaubte die zertretenen Papierknaben und -mädchen auf und legte sie an die Tür. Und verteilte auch den anderen Grabschmuck aus Papier, die Maultiere und Pferde, die mit dem Blut meiner Eltern besudelt waren, so auffällig wie möglich im Zimmer. Die Haustür riss ich weit auf. Und dann machte ich mich mit meinen Eltern auf die Flucht. Mein Vater hatte irgendwo einen Dreiradwagen aufgetrieben, einen mit Elektroantrieb und Pedalen. »Hier! Hier!«, rief er aus einem dunklen Winkel, und ich rannte zu ihm und sprang auf den Wagen. Und schon radelte mein Vater von der Landstraße fort und tiefer hinein in die Stadt.

Denn hinter uns ertönte lautes und chaotisches Fußgetrappel. Lautes und chaotisches Stimmengewirr. Wie eine Flut wogten die Geräusche und Stimmen in die Stadt. Die Stadt war umzingelt. Sie wurde von der rauschenden Flut emporgerissen. Also flohen meine Eltern und ich auf dem Dreirad nach Westen, vom Rand der Stadt ins Zentrum. Das klapprige alte Dreirad knarrte und quietschte, als würde es jeden Moment auseinanderfallen. Und als würde die Kette jeden Moment reißen. Auf der nach oben gewellten Ladefläche aus Blech lagen Jutesäcke und Hämmer. Und ein robustes batteriebetriebenes Radio. Wer auch immer bei uns in der Stadt nicht mehr ganz jung und mit einem Dreiradwagen unterwegs ist, nimmt so ein Radio mit. Wenn es dann kräftig durchgerüttelt wird, plärrt es drauflos, aber wenn man einmal tatsächlich etwas hören will, verstummt es wieder. Ich fragte mich, wem dieser Wagen eigentlich gehörte und wer damit seine geraubte Beute hatte fortschaffen wollen. Jetzt jedenfalls brachte der Wagen uns fort.

Die Tür des Ladens für landwirtschaftliche Geräte war geschlossen.

Die Tür des Lebensmittelladens daneben auch.

Die Tür des Friseurladens schräg gegenüber aber stand offen.

Und die Tür des Ladens, der Glas für Fenster und Türen verkaufte, stand halb offen.

Die Stadt lag im Halbschlaf. Manche waren aus dem Traumwandeln aufgewacht und wieder eingeschlafen. Andere hatten die ganze Nacht wie ein Stein geschlafen und waren weder traumgewandelt noch auch nur auf Klo gegangen. Aber es gab auch welche, bei denen ich nicht wusste, ob sie traumwandelten oder wach waren, und die durch die Straßen tappten, ohne irgendetwas davon zu ahnen, was in dieser Nacht in der Welt und in unserer Stadt geschehen war. Oder jetzt gerade geschah.

»Die Leute von auswärts rebellieren und wollen unsere Stadt plündern!«

»Die Leute von auswärts rebellieren und wollen unsere Stadt plündern!«

Nachdem er an der Kreuzung ein paar Mal seine Warnung gerufen hatte, lenkte mein Vater den Wagen nach Norden. Er schrie sich die Lunge aus dem Leib und forderte uns auf, es ihm nachzutun. Also stellten wir uns auf den Wagen, legten unsere Hände wie Trichter an den Mund und riefen:

»Schnell, macht, dass ihr aufsteht! Die Leute von auswärts sind mit Hacken und Schaufeln gekommen, um uns zu plündern!«

»Schnell, macht, dass ihr aufsteht! Die Leute von auswärts wollen uns plündern, und sie stehen schon vor der Stadt!«

Die Schreie meines Vaters klangen rau und rastlos wie rollender Kies. Die Rufe meiner Mutter wehten anmutig und schwerelos umher wie feine Seidenstreifen. Meine eigenen Schreie sprossen in die Luft wie junge Zweige, zart und kurz, und dennoch trugen sie am weitesten.

Plötzlich riss jemand eine Tür auf und trat auf die Straße. Schaute sich kurz um und verschwand dann hastig wieder. Wir hörten noch, wie er die Tür verriegelte und sie mit einem Holzpflock absicherte.

Mein Vater schoss mit seinem Dreiradwagen weiter vorwärts. Im Wechsel hallten unsere Schreie durch die Straßen. Als wären die Schreie meiner Eltern die ganze Nacht nie abgerissen. Als hätten sie beide nur auf diese eine Nacht hingelebt, um sie mit ihren endlosen Schreien zu füllen. Und so wurden die Straßen und Gassen der Stadt aus ihrem unruhigen Schlaf gerissen, nur um von Neuem darin zu versinken.

An der Kreuzung, an der nördlichen Zufahrt, in den Straßen und Gassen in der Süd- und der Weststadt – durch alle Ecken und Winkel der Stadt hallten unsere Rufe und Schreie. Wohin wir auch kamen, rauschten unsere Rufe wie ein Sturm und donnerten wie stürzende Bäume. Vor dem Haus des Dorfvorstehers wollte mein Vater weiterschreien und an die Tür hämmern, aber dazu kam er nicht mehr. Wir mussten fliehen. Der Eingang zur Gasse, in der der Dorfvorsteher wohnte, war auf einmal voller Lichter und Fußgetrappel. Wir hörten niemanden rufen oder reden, aber wir sahen die flackernden Lichter. Und das Fußgetrappel drang aus der Erde zu uns herauf wie ein Beben, das den Boden erschüttert. Oder wie eine Flut, die die Häuser und die ganze Welt überschwemmt.

Die Leute von auswärts hatten sich versammelt, bis sie genug an Zahl waren und die Zeit reif, und nun strömten sie in die Stadt.

So wie sich das Wasser eines Stausees sammelt, bis der Damm bricht.

So wie sich ein Heer sammelt, bevor es in die Schlacht zieht.

Ich sah die Lichter, hörte die Geräusche und erstarrte. Auch meine Mutter schaute, und dann schrie sie. »Sie kommen! Schnell weg hier! Los, Tianbao, schnell!«

Mein Vater wollte gerade gegen die Tür des Dorfvorstehers treten, da erstarrte sein Fuß in der Luft. Einen Moment verharrte sein Fuß regungslos vor der Tür, dann machte mein Vater hastig kehrt und rannte zu uns zurück. Die Straße hallte von fliehenden Leuten wider. Scharen von Menschen schienen überall auf der Flucht zu sein, in den Händen große Bündel mit ihren Habseligkeiten, Stalllaternen und Taschenlampen. Dabei hätten sie die Lampen gar nicht einzuschalten brauchen, denn auch die Straßenlaternen waren auf einmal wieder angegangen. Die Hauptstraße war so hell wie vor der Abenddämmerung. Klar und deutlich sah man jede Kleinigkeit. Als mein Vater zu uns hinüberrannte, sah er im Laternenlicht den Schlüssel, der am Lenker baumelte. Ein schmutziges schwarzes Plüschäffchen hing daran. Blindlings drehte er den Schlüssel um, und schon sprang der Motor genauso blindlings an. Und so geschah es. So und nicht anders. Mein Vater sprang auf den Wagen, als täte er tagein, tagaus nichts anderes. Er drehte am Gasgriff, und der Wagen rollte los. Tuckerte laut und fröhlich vor sich hin. »Scheiße! Scheiße!«, platzte es aus meinem Vater heraus – ich weiß nicht, ob aus Ärger, Wut oder freudiger Erregung. Jedenfalls wackelte der Lenker auf seine Flüche hin ein paar Mal, und die ganze Ladefläche wackelte mit. Und dann sauste der Wagen ganz sicher durch die Straße. Sauste viel schneller, als ein Mensch laufen kann. Und auch viel schneller als ein Pferde- oder Maultierwagen.

Auf den Straßen nichts als Chaos und Getrampel. Damals im Krieg, als die Japaner gekommen waren, war es bei uns genauso gewesen, so erzählten die alten Leute. Auf der Flucht vor den Japanern hatten die Menschen genauso das Weite gesucht, schreiend und in den Händen das Wenige, was sie auf die Schnelle hatten zusammenklauben können. In dieser Nacht kurz vor Morgengrauen war es genauso. Schreiend und in den Händen ein paar wenige Habseligkeiten, stürzten die Leute in alle Himmelsrichtungen davon. Manche hatten ein schlafendes Kind in den Armen, andere ein achtzigjähriges Mütterchen. Einer hatte sogar noch die Zeit gefunden, seinen Handkarren zu holen und ihn mit dem Allernötigsten, mit Kleidung und Essen, mit seinen Kindern und seinen alten Eltern zu beladen. Dabei konnte er die Augen kaum noch offen halten und schien schon halb eingeschlafen zu sein. Und die Kinder und Alten auf dem Karren schwankten im Schlaf vor sich hin und murmelten in einem fort:

»Er traumwandelt doch nicht?«

»Er traumwandelt doch nicht?«

Der Mann war halb wach und halb schlafend, aber seine Füße trappelten in einem fort, als hätte er Angst, er könnte hinter die anderen zurückfallen. Überall waren Stimmen. Überall Geräusche. Die Welt versank im Albtraum dieser nächtlichen Stimmen und Geräusche. Die Leute hasteten und wuselten in diesem Albtraum hin und her. Erst eine Familie, dann Dutzende, dann hundert. Die ganze Stadt war in Aufruhr. Und alle im Halbschlaf, alle wie benommen.

Nur meine Familie war hellwach. Und weil wir die ganze Nacht mit all ihren Wendungen miterlebt hatten, glaubten wir, wir könnten ihren weiteren Verlauf bestimmen. Weil wir klar im Kopf waren, wurden wir zum Hirn der ganzen Stadt. Zu ihrer Seele. Und zugleich zur Laterne der ganzen Welt. Mein Vater lenkte seinen Wagen zwischen den Scharen von Leuten hin und her und rief in einem fort:

»Lauft nicht weg! Bleibt hier! Und weckt alle, die schlafen, damit sie ihr Zuhause bewachen können!«

»Wenn ihr nicht zu Hause bleibt, ladet ihr die Räuber doch geradezu ein, sich ungeniert bei euch zu bedienen!«

Da blieben die Leute schlagartig stehen. Standen wie erstarrt auf der Straße. Begriffen, dass sie mit ihrer Flucht die Räuber nur dazu ermunterten, sie nach Strich und Faden auszuplündern. Begriffen, dass, wer seine Tür mit einem Schloss versperrt hatte, den Räubern damit gesagt hatte: »Kommt nur her! Hier ist niemand zu Hause!«

Da machten manche wieder kehrt und hasteten zurück nach Hause. Alle hasteten sie zurück, erst einer, dann ein paar, dann mehr und immer mehr. Und überall, wohin er auch kam, schrie mein Vater seine Mahnung, damit die Leute nach Hause zurückkehrten und dort Wache hielten, statt zu fliehen.

Aber da stürmten von Südosten die Auswärtigen heran. Ich weiß nicht, ob sie unsere Rufe gehört hatten oder ob sie nur zufällig gerade auf uns stießen. Dutzende waren es, vielleicht hundert, und alle rannten sie mit Knüppeln, Stangen und Messern auf uns zu. Um uns zu verfolgen. Um uns zu verprügeln und zu töten. Nur noch ein gutes Dutzend Schritte trennte uns voneinander. Die Tragstangen und Keulen, die Hacken und Häckselmesser, die sie in den Händen hielten, rauschten und wogten wie ein Wald in einem Sturm auf uns zu. Mit einem Schlag war die Lage gekippt.

Mit einem Schlag konnte ein Einzelner, der wach war, nicht mehr das Hirn und das Auge sein für die Masse der Schläfer.

Mit einem Schlag konnte ein Einzelner, der wach war, nicht mehr mit seinen Rufen das Chaos bändigen.

Mein Vater, der vom Wagen gestiegen war, drehte sich nach Süden und blieb dort auf der Straße stehen mit einem Gesicht voller Bedrückung und Angst. Meine Mutter drehte sich nach Süden, und ihr Gesicht war fassungslos und trostlos wie welkes Laub im Herbst. Auch ich drehte mich nach Süden, und ich hörte all die rennenden Füße laut wie Knallfrösche. Und ich sah all die hochgereckten Waffen durcheinanderfunkeln wie Blitze.

»Schlagt sie tot! Schlagt sie tot!«

Wie Sand in einem Sturm wirbelten die Schreie durch die Straßen. Ich sah in lauter schwarz blitzende, hellwache Augen. Als hätte niemand von diesen Leuten je traumgewandelt. Einer hellwachen Handvoll Leute stürmte eine große Meute hinterher, die genauso hellwach war. Ich hatte keine Ahnung, ob die, die vorneweg rannten, aus unserer Stadt oder von auswärts kamen, und von ihren Verfolgern wusste ich es genauso wenig. Jedenfalls stolperte in diesem Tumult, der wie ein Albtraum war und doch auch wieder nicht, auf einmal jemand aus den vorderen Reihen über irgendetwas und fiel hin. Und noch ehe er sich wieder aufrappeln konnte, hatte ihm ein Verfolger schon seine Schaufel aufs Bein geschmettert. Und ein anderer knallte ihm seine Hacke auf Kopf und Hals.

»Wichser!«, kreischte der Mann wie ein Schwalbenjunges, das aus dem Nest gefallen ist. Dünn und spitz wie eine Nadel flatterte sein Schrei auf, aber da prasselten auch schon die Knüppel und Hacken auf ihn nieder, und sein Schrei erstarb. Bald war er so stumm wie ein Klumpen Matsch. Ich hörte das schmatzende Geräusch, mit dem all diese Knüppel und Stangen, Hacken und Spaten auf diesen matschweichen Klumpen Fleisch eindroschen. Von den Leuten, die vorweg liefen, drehte sich einer um und schrie: »Sie haben einen umgebracht! Sie haben einen umgebracht!« Aber noch ehe seine Schreie Wirkung zeigen konnten, gingen schon die ersten Hacken und Knüppel auf ihn nieder, und er machte hastig wieder kehrt und stürzte weiter die Straße hinunter.

Stürzte auf uns zu.

Das Getrampel seiner Verfolger dröhnte wie Donner oder Knallkörper. Als sie über den Toten trampelten, hörte ich noch immer ein leises Schmatzen wie von Matsch. Meine Mutter war schockiert. »Schnell! Lauf!«, schrie sie meinem Vater zu.

Ich war genauso schockiert. »Schnell, Papa! Auf den Wagen!«

Auch mein Vater war schockiert. Schob den Wagen am Lenker an den Straßenrand. Bog in die erstbeste Gasse ein. Schob und wartete, bis der Wagen Fahrt aufgenommen hatte, ehe er endlich aufsprang.

Zum Glück hatte unser Wagen am Eingang dieser Gasse gestanden. Und zum Glück war es dort so dunkel und so still wie in einem bodenlosen Brunnen. In panischer Angst flohen wir hinein. Hinter uns wimmelte die Meute wirr auf der Straße hin und her, ehe sie hinter uns hereinwogte.

»Sie kommen hierher! Sie kommen hierher!«

Mein Vater schaltete die Wagenlichter aus. Wir stürzten in die Finsternis wie in einen tiefen See. Für unsere Verfolger waren wir unsichtbar geworden wie erloschene Traumbilder.

Sie blieben stehen.

Wir hörten sie hinter uns, wie man Wasser an ein gegenüberliegendes Ufer schwappen hört. Ich weiß nicht, wie mein Vater im Dunkeln den Weg erkennen konnte. Ich weiß nicht, wie er von einer Gasse in eine andere biegen konnte. Aber die Verfolger waren nicht nur hinter uns. Auch vor uns hörten wir sie. Hörten, wie die einen den anderen hinterherjagten, um sie zu töten. Hörten sie im Osten und im Westen. Die ganze Stadt war erwacht. Kurz vorm Morgengrauen war die ganze Welt erwacht. All das Jagen und das Morden brach wie ein Gewitter über unsere Stadt herein. Wie ein Gewitter traf es uns, es traf die Stadt und traf die ganze Welt. Die Schritte der Verfolger dröhnten wie ein Gewitter. Und auch die Schritte der Verfolgten. Die ganze Welt versank in diesem Gewitter aus Gerenne und Gejage. Aus Geschrei und Gemorde. Als wären alle wach und schlafend zugleich. Und alle, ausnahmslos alle in der Welt und in der Stadt traumwandelten. Wo auch immer man hinkam, alle rannten sie herum und jagten einander. Wo eben noch nur ein paar Leute oder ein gutes Dutzend gejagt wurden, waren es im nächsten Moment schon Dutzende oder an die hundert. Und je mehr Leute beieinander waren, desto mutiger wurden sie. Dann blieben sie auf einmal stehen und hielten ihre Knüppel vor die Brust. Und schleuderten den Verfolgern und ihren Laternen einen Regen von Steinen und Ziegeln entgegen, die sie wer weiß wo aufgetrieben hatten.

Und schon wurden die Jäger zu Gejagten.

Und die Gejagten zu Jägern.

Nach einem Moment der Stille dröhnten all die Schritte wieder auf wie ein Gewitter. Der Lärm ging wieder los. Und das Gerenne. Es barst wie eine Bombe. Die Knüppel schwirrten und tanzten durch die Luft. Droschen nieder und schnellten wieder auf. Aber irgendwie fand mein Vater auf dem Dreirad einen Weg aus der Südstadt ins Zentrum. Aus dem Zentrum in die Nordstadt. Und von einer Gasse dort zum Stadtrand. Keuchend brachte er uns aus der Stadt hinaus. Als hätte er uns vom Wachen in einen Traum gezogen und von dort in einen Wachzustand, der klar wie Wasser war.

3. 05:50–06:00

Als wir westlich der Stadt am Fuß der Berge ankamen, war der Himmel tiefblau wie Wasser. Ein gutes Dutzend Sterne funkelten in diesem Blau. Dunst hing darüber. Unterhalb der Berge lag die Stadt. Gleich vor unseren Augen und Füßen. Die Nacht war schon so weit fortgeschritten, dass ich zu spüren glaubte, wie an ihrem anderen Ufer der Morgen dämmerte. Es war Zeit, dass es hell wurde. Egal wie wüst und blutig die Nacht auch gewesen war, es war Zeit. Der Wind war kühl und rein. Er strich an den Bergen entlang wie das Wasser durch den Kanal. Bald war der Schweiß von uns abgefallen, und unser innerer Aufruhr hatte sich gelegt.

Ich wusste, wir waren dem Gemetzel in der Stadt entkommen.

Um uns einen besseren Überblick zu verschaffen, stiegen wir vom Wagen, und ich schob ihn gemeinsam mit meinem Vater den Hang hinauf. An einer Wegbiegung auf halber Höhe machten wir an einer flachen Stelle Halt. Unter uns sahen wir die Lichter in den Straßen und Gassen der Stadt. Sahen die Lichter in den Räumen der Schule am Stadtrand. All diese Lichter schwappten auf und ab wie das Wasser im Stausee an einem sonnigen Tag. Und wir hörten das Gerenne und Geschrei, hörten die Jäger und Totschläger. Ein Wirrwarr von Stimmen und Geräuschen wogte zu uns herauf wie Wasser in einem Sturm. Und wann immer eine Woge auf die andere prallte, fragte ich mich, welche von ihnen wohl die andere vernichtete, um von Neuem wieder aufzuwirbeln. Mein Vater schaute verloren drein. Und meine Mutter auch. Wir schauten einander an, ehe unsere hilflosen Blicke wieder an der Stadt hängen blieben wie an einem vom Sturm aufgewühlten See. Die Häuser und Bäume im Dorf östlich der Stadt konnten wir nicht erkennen und die Häuser und Bäume in der Stadt selbst auch nur verschwommen. Schließlich war es noch immer nicht hell geworden, die Welt war noch immer in der Nacht versunken.

In der Ferne herrschte eine schrecklich dichte Stille, als schwirrten dort lauter unsichtbare schwarze Nadeln in der Luft. Ich bekam eine Gänsehaut. An den Armen schwoll mir das Fleisch zu lauter kleinen Körnern. Als ich mir über den Arm strich, fühlte er sich kalt und hart an wie eine steinerne Keule. In der Nähe raschelte es im Gestrüpp. Etwas kroch über die Blätter der Dornensträucher und Dattelbäume am Wegrand, die in der Nacht dunkelgrün aussahen. Die Früchte ragten an den Zweigspitzen hoch wie seltsame Kinderfinger. Grillen zirpten unermüdlich im Gebüsch, genauso unermüdlich wie die Laubheuschrecken, die auf den Dattelbäumen neben dem Weg, am Straßengraben und auf einem Felsvorsprung saßen. Die Welt war still, als wäre nichts mehr von ihr übrig als strömende leere Luft und Dunkelheit. Nichts mehr als ein verlassenes Grab. Und weil es so still war, hörte man alle möglichen Geräusche, die man sonst nie hörte. Und all diese Geräusche steigerten noch die tödliche Stille und die Angst, die in der Luft lag. Die Angst überflutete die Nacht. Sie schwirrte in der Nacht herum wie die messerscharfen Sicheln von Mond und Sternen.

Meine Mutter und ich standen neben dem Wagen. Mein Vater stand vor uns, näher an der Welt, als stünde er darin.

»Wie kann das sein? Wie kann das sein?«, murmelte meine Mutter wie zu sich selber und doch zugleich wie eine Frage an meinen Vater. »Als Kind habe ich von Traumwandlern gehört und bin sogar welchen begegnet, aber seit wann gibt es Traumwandler, die nicht mehr aufwachen?«

»Sei still. Sei still. Ich habe dir doch gesagt, du sollst still sein.«

Meine Mutter verstummte und ließ sich auf den Boden plumpsen. Sie wirkte müde.

Mein Vater starrte so angestrengt auf die Stadt, als wollte er irgendetwas einfangen. Als wollte er mit den Ohren irgendwelche Geräusche einfangen und daraus irgendetwas ablesen. Eine Hand hatte er auf das Metallgeländer der Ladefläche gelegt, die andere an die immer noch geschwollene linke Backe und das Ohr. So stand er in der Stille da und lauschte, aber er konnte nichts einfangen und nichts ablesen.

Entmutigt schaute er erst zu uns, dann zu den Berghängen nahe der Stadt.

»Wie spät ist es jetzt?«

»Keine Ahnung.«

»Der Himmel ist wie tot. Wenn er nicht bald hell wird, ist er wirklich tot.«

So redeten meine Eltern halb zu sich selber vor sich hin. Da fiel mir das kleine Radio, das wie ein Backstein aussah, auf dem Wagen ein – das musste auch die Zeit ansagen. Ich durchwühlte die Ladefläche und warf zwei leere Jutesäcke weg. Dann nahm ich das Radio herunter und versuchte, einen Sender zu finden. Es krackte und kreischte, als schleifte man einen Spaten über eine Straße. Das Gekreische ging mir durch Mark und Bein. Ich klopfte auf das Gehäuse. Drehte am Regler. Und endlich fand ich eine Frequenz, auf der ich eine Flöte leise pfeifen hörte. Ein, zwei Pfiffe noch, ein kurzes Kracken und dann die Stimme eines jungen Mannes: *Es ist jetzt genau sechs Uhr morgens am ersten Juli.* Die Stimme klang so makellos rein, als wäre sie das Samenkorn einer schönen Stimme schlechthin.

»Sechs Uhr schon.«

»Dann muss es gleich hell werden.«

Meine Eltern redeten durcheinander, als wären sie der Zeit dankbar. Dankbar, dass es schon sechs Uhr war und die Leute bald erwachen würden. Denn jetzt im Sommer sollte die Sonne um kurz nach sechs im Osten aufgehen. Jedenfalls wenn der Himmel klar war. Und wenn es erst einmal hell sein würde, würden die Leute auch aus dem Schlaf erwachen.

In diesem Moment bewegte ich mich ein bisschen und hielt das Radio in eine andere Richtung. Und schon drang aus dem Rauschen wieder die klare Männerstimme, die eine lange Wettervorhersage verlas.

Liebe Zuhörer! Liebe Zuhörer und Freunde weit und breit!

Sie alle, die Sie gerade Ihr Radio eingeschaltet haben und jetzt unsere Wetternachrichten auf der Frequenz von 127,1 Megahertz hören, bitte passen Sie nun gut auf. Passen Sie gut auf! Nachdem es seit etwa neun Uhr dreißig gestern Abend in einigen Regionen unseres Bezirks aufgrund der heißen und trockenen Witterung und einer saisonbedingten Übermüdung zu einem kollektiven Schlafwandeln ungeahnten Ausmaßes gekommen ist, haben unsere Regierungsbehörden eine große Zahl von Mitarbeitern in alle Kreise, Gemeinden und Bergregionen entsandt, um dort Weck- und Selbsthilfemaßnahmen zu initiieren und zu propagieren und so den massenhaften Ausschreitungen, die infolge des Schlafwandelns um sich gegriffen haben, einen Riegel vorzuschieben. Doch das Problem, das nun unsere volle Aufmerksamkeit und Wachsamkeit erfordert, besteht darin, dass heute auch nach sechs Uhr morgens und im gesamten weiteren Tagesverlauf aufgrund besonderer geografischer und meteorologischer Gegebenheiten und insbesondere aufgrund einer leichten Kaltluftströmung aus dem Nordwesten im gesamten Bezirk eine anhaltend heiße, trockene und windstille Wetterlage mit bedecktem Himmel zu erwarten ist. Diese Wetterlage äußert sich dergestalt, dass der Himmel zwar von einer dichten Wolkendecke bedeckt sein wird, aber kein Regen fallen und kein Wind wehen wird. Die Folge wird eine langanhaltende extreme Hitze bei gleichzeitiger Dunkelheit sein. Tagsüber wird es nicht heller als sonst zur Abenddämmerung sein und am Abend so dunkel wie sonst in der Nacht. In manchen Bergregionen wird es sogar zu einer Verfinsterung kommen wie bei einer Sonnenfinsternis, sodass es selbst mitten am Tag nicht heller als in der Nacht werden wird. Einfach gesagt, werden sich heute manche Regionen einer Wetterlage gegenübersehen, die einer Sonnenfinsternis gleicht, und dieser Zustand wird zu einer anhal-

tenden Fortsetzung und Ausbreitung von Schlaf und Schlafwandeln führen. Diejenigen, die die ganze Nacht über geschlafwandelt haben und folglich erschöpft sind, werden unweigerlich in Schlaf sinken, woraufhin sich ihr Schlafwandeln noch ausweiten und vertiefen wird.

Die Stimme des Sprechers klang ganz ruhig und unaufgeregt, als würde er nur irgendeinen Artikel verlesen. Schön wie ein Samenkorn war seine Stimme. Aber als mein Vater sie hörte, erstarrte er. Mein Mutter erstarrte. Und auch ich erstarrte und hielt das Radio krampfhaft in die Höhe aus Angst, die Stimme könnte abbrechen, sobald ich mich bewegte. Da kam meinem Vater eine Idee, und er riss mir das Radio aus der Hand. Ohne die Richtung zu ändern, in der ich das Radio gehalten hatte, zog er sich an einem Mönchspfefferast den Hang hinauf. Je höher er kam, desto lauter und klarer drang die Stimme aus dem Radio und desto lauter rollten auch Sand und Steine herab.

Weil er hochkletterte, ebbte das Rauschen aus dem Radio ab.

Der Sprecher wiederholte seine Durchsage. Es klang, als würde von Neuem ein Band ablaufen. Mein Vater stand nun ein ganzes Stück weit über uns neben einem Mönchspfefferstrauch. Das Radio hielt er sich über den Kopf. Wort für Wort prasselte die Durchsage von dort oben auf uns ein wie schwarze Regentropfen oder Hagelkörner. Sie schlug auf uns ein.

Dreimal hörten wir sie. Dreimal schlug sie auf uns ein. Alle drei hörten wir sie dreimal, die Ohren wie gelähmt.

Die Welt war ausgelöscht, es gab nur noch diese Wettervorhersage.

Die Welt war ausgelöscht, es gab nur noch diese Stimme, die wie schwarze Hagelkörner auf uns einschlug.

Endlich schaltete mein Vater das Radio aus. Wie eine schwarze Säule stand er in der morgendlichen Dunkelheit.

»Wenn die Sonne tot ist, ist die Stadt erledigt. Wenn die Sonne tot ist, ist die Stadt erledigt! Jetzt ist die Stadt wirklich erledigt«, murmelte er in einem fort vor sich hin, selbst als er zurück zu uns heruntersteig. Erst als er wieder bei uns angekommen war, verstummte er. Er schwieg, als wäre die Sonne wirklich tot. Und als wäre die Welt vor seinen Augen verschwunden. Als wäre sie wer weiß wo zugrunde gegangen. Stumm stand er da und starrte zur Stadt hinunter. Die Ohren gespitzt.

Da tauchten nicht weit von uns am Fuß der Berge ein paar Gestalten auf. Wieder waren ein paar Leute dem Gemetzel in der Stadt entkommen. Drei oder vier. Vielleicht auch sieben oder acht. An einer hellen Stelle verschnauften sie kurz, aber bald danach waren sie in der Dunkelheit verschwunden. Bestimmt waren sie genauso erschöpft wie wir und mussten sich erst einmal ein bisschen ausruhen.

Über der Stadt begannen in diesem Moment wieder die Lichter zu flackern und zu flimmern wie der Sonnenschein auf einem See. Die frühmorgendliche Stille verstärkte jedes Geräusch. Als könnten wir jede Ameise und jeden Käfer im Gras atmen hören. Ganz leise, wie das Raunen eines Flusses tief unter der Erde, drang ein Krakeelen aus der Stadt zu uns herüber. Auch ein Fußgetrappel rollte kaum merklich über den Boden heran wie der Vorbote eines Erdbebens. Noch lebte die Stadt. Noch atmete sie. Und tötete. Erwacht zu einem Gemetzel mit all den Traumwandlern in ihren Träumen.

Zu dieser Jahreszeit hätte sonst gegen sechs Uhr morgens über den östlichen Bergen uns gegenüber der Himmel milchgrau schimmern sollen. Aus den Felsrinnen hätte der Sonnenschein rot sprühen sollen. Dieses Rot hätte fließen, sich sammeln und ausbreiten sollen zu Lachen und Seen. Dann wäre der östliche Himmel weiß geworden. Hellrot. Purpurrot. Goldgelb und goldrot. Und auch die Bäume, die Gräser und die Steine auf den Bergen wären allesamt in ein dunkles Rot getaucht worden. Und das Zwitschern der aus tiefem Schlaf erwachten Vögel wäre mit dem morgendlichen Rot vom Geäst der Bäume und vom Himmel herübergeweht. So und nicht anders hätte der neue Tag anbrechen sollen.

Aber an diesem Tag war alles anders. Der Himmel über den östlichen Bergen färbte sich nicht rot. Er blieb so finster wie ein bodenloser Abgrund oder eine tiefe Klamm. Der Tag setzte die Dunkelheit der Nacht einfach fort, als hätte die Nacht nie geendet. Und als würde sie auch nie enden. Als würde es nie einen neuen Tag geben. Die Nacht kam einfach nicht zu einem Abschluss, wie ein Knäuel schwarzes Garn, das unerschöpflich war in alle Ewigkeit.

Mein Vater stand neben dem Wagen und starrte auf die Stadt wie auf einen bodenlosen See. Auch meine Mutter erhob sich und stellte sich neben meinen Vater, gestützt auf das Geländer der Ladefläche wie auf den Bug eines Schiffs.

»Was sollen wir nur tun? Was sollen wir denn nur tun?«

»Gehen wir zurück«, antwortete mein Vater meiner Mutter. »Warum sind wir denn wach? Der Himmel will, dass wir die anderen, die noch schlafen, wecken.«

Er drückte mir das Radio in die Hand und drehte den Lenker des Wagens herum.

»Meinst du das ernst?«

»Was sollen wir denn sonst tun? In der Stadt ist unser Zuhause. Selbst wenn wir uns nicht um unsere Stadt scheren, kann uns unser Zuhause doch nicht egal sein. Wir können es doch nicht so einfach aufgeben!«

Und so führte mein Vater mich und meine Mutter in der Dunkelheit des Tages, der eine verlängerte Nacht war, den Hang hinab, Schritt für Schritt unserem Zuhause entgegen.

Zehntes Buch

Nach all den Nachtwachen: Ein Vogel lebt noch

1. 06:00–06:00

Wir kehrten nicht auf dem Weg zurück, auf dem wir die Stadt verlassen hatten. Weil die Nordstadt ein ärmliches Viertel war, wurde dort auch nur wenig geplündert. Arme Straßen und Häuser versprachen in dieser besonderen Nacht zumindest ein klein wenig Sicherheit. Also fuhren wir am Kanal entlang nach Norden, um von dort aus die Stadt zu betreten. Unterwegs begegneten wir ein paar Leuten, die auf dem Damm beim Kanal am Fuß der Berge schliefen. An einem kleinen Bäumchen hatten sie zwei Stalllaternen aufgehängt und hielten abwechselnd Wache. Wahrscheinlich wollten sie verhindern, dass einer von ihnen wieder ins Traumwandeln verfiel. Als wir an ihnen vorüberkamen, hörten wir aus dem Schnaufen der Schläfer heraus eine Stimme.

»Es wird doch bestimmt gleich hell, oder?«

»Ihr müsst nur noch ein klein bisschen durchhalten, dann wird es hell.«

»Es ist, als würde der neue Tag gar nicht mehr kommen. Als wäre er tot. Wir wissen nicht einmal, wie spät es ist, wir haben keine Uhr und kein Radio dabei.«

Mein Vater sagte ihnen nicht, dass es schon nach sechs Uhr war und jetzt eigentlich hell hätte werden müssen. Er sagte ihnen nicht, dass die Sonne tot war und mit ihr die Zeit und auch der neue Tag. »Legt euch schlafen! Es reicht doch, wenn einer von euch wach bleibt und aufpasst. Ein kleines Nickerchen und es ist wieder hell. Und dann ist alles ausgestanden.« Mit diesen Worten fuhr mein Vater an ihnen vorbei.

Endlich erreichten wir die Nordstadt.

Endlich betraten wir wieder die Stadt.

Verschwommen zeichneten sich die Häuser vor uns ab wie schwarze Erdhügel in den Bergen. Verschwommen die Bäume wie Büsche am Fluss. Ab und zu drang das nächtliche Chaos aus Fußgetrappel und Krakeel aus dem Stadtzentrum zu uns herüber, ehe es wieder erstarb. Dann war es, als wäre die Welt tatsächlich gestorben und mit ihr alle Menschen und Dinge. Nicht einmal ein Insekt oder einen Vogel hörten wir dann noch. Bis doch wieder einmal ein einsamer Vogel in diese Stille hineinpiepte. An der Zufahrt zur Nordstadt hielt mein Vater an und spähte hinein in die Stadt. Es schien, als hätte das Gemetzel aufgehört. Als würde niemand mehr traumwandeln. Als würden alle endlich ruhig schlafen. Als hätte die Stadt und mit ihr die ganze Welt endlich Frieden gefunden.

Also tuckerten wir leise wieder zurück. Meine Taschenlampe war gerade hell genug, um die Schlaglöcher und Steine vor uns zu erkennen. Und um die Bäume und Häuser am Straßenrand zu sehen. Und die vielen Leute und Dinge, die im Dunkeln verborgen waren. Und so sahen wir an der Straße auch zwei Frauen stehen, die noch keine dreißig Jahre alt waren. Hinter ihnen erhob sich ein neues Backsteinhaus mit einem Torbogen. Wie zwei Schwestern standen sie vor diesem Bogen. An der einen Säule hing eine Laterne, in deren Licht sie sich träge rekelten. Ihre Gesichter waren schlaftrunken, die Augen halb geschlossen, aber als sie uns sahen, lächelten sie uns zu. »Wer seid denn ihr? Unsere Männer sind gerade nicht zu Hause, also kommt doch rein und habt Spaß.«

Alle drei sausten wir schleunigst an ihnen vorbei. Wir hörten noch, wie sie uns hinterherschrien: »He, diese Gelegenheit müsst ihr nutzen! Wenn die Sonne erst mal rauskommt, ist es vorbei mit dem Vergnügen.«

Nachdem wir gut hundert Meter die Straße hineingefahren waren, trafen wir wieder auf ein paar Frauen. Fünf oder sechs von ihnen hatten sich um eine Stalllaterne geschart, fächelten sich mit Fächern Luft zu und knabberten Erdnüsse oder Walnüsse, während sie vor einem neuen Haus hockten und auf Männer warteten. Alle hatten sie gebadet und sich die Haare gewaschen. Alle trugen sie freizügige BHs oder entblößten ihre großen bleichen Busen gleich völlig. Manche trugen Pantoffeln, andere waren barfuß. Manche hielten Fächer in den Händen, andere Handtücher, um sich den Schweiß abzuwischen. Aber alle hatten sie sich die kurzen oder langen Röcke hochgezogen, um zu zeigen, was sie hatten. Alle waren sie noch jung, und alle waren sie frisch verheiratet und erst in den letzten zwei Jahren vom Land hierhergezogen zu ihrem Mann. Ob hässlich oder hübsch, alle hatten sie rosa glänzende Gesichter wie frisch bemalte Lehmfiguren. Die Schläfrigkeit waberte ihnen um die Augen wie eine Wolke. Ihre Männer waren weit weg im Süden, um zu arbeiten. Normalerweise versammelten sie sich hier tagsüber, um zu plaudern und ihre kleinen Geheimnisse miteinander zu teilen. Aber in dieser Nacht waren sie extra aus dem Bett gekommen, um sich hier vor dem Haus an den Steintisch unter dem Schnurbaum zu setzen. Um die kühle Nachtluft zu genießen und zu schwatzen. Und um auf Männer zu warten. Als hätten sie keinen Schimmer vom Morden in der Süd- und Oststadt. Als hätte die Nordstadt nichts mit dem Gemetzel zu tun, das in Gaotian gerade vor sich ging. Und mitten unter ihnen, von allen am nächsten an der Straße, war die schon nicht mehr junge Frau des Dorfvorstehers. Ich hatte keine Ahnung, was sie hier trieb. Jedenfalls hatte sie wie die jungen Frauen ihren Oberkörper entblößt, sodass ihre verschrumpelten Auberginenbrüste herunterbaumelten, während sie den anderen Tee einschenkte oder ihnen einen Fächer gab. Zu allem Überfluss fing sie nun auch noch an zu kreischen, als hätte sie Feuer gefangen.

»He! Wer seid ihr denn? Wenn ihr Männer seid, dann her mit

euch! Mit den anderen da könnt ihr für lau schlafen, aber wenn ihr bereit seid, mit mir zu schlafen, lege ich noch einen oder zwei Hunderter drauf! Oder auch drei oder vier!«

»He! Na, nun kommt schon her! Ich bin die Frau des Dorfvorstehers! Mein Mann, dieses Schwein, hat mich sitzen lassen, weil er auf Teufel komm raus zu seiner Wang Erxiang wollte, deshalb muss ich mir jetzt einen neuen Mann suchen.«

»He! Wer seid ihr denn? Nun kommt schon her! Dann regle ich alles für euch, was es hier im Dorf zu regeln gibt! Ich kümmere mich um alles! Na los, worauf wartet ihr denn noch?«

Wir huschten schleunigst an dem Gekreische vorbei.

Meine Mutter schleuderte den Frauen noch ein paar Beschimpfungen entgegen und jammerte in einem fort: »Wie ist denn das nur möglich? Wie ist denn das nur möglich?« Aber noch ehe sie damit fertig war, tauchten aus der Gasse links von uns zwei kräftige Kerle auf, die auf die Frauen zusteuerten. Beide waren in den Dreißigern und beide ledig. Der eine war ein Idiot. Und zwar ein noch größerer als ich selber. Den ganzen Tag lief er mit einem dümmlichen Grinsen herum. Der andere war ein Irrer mit einer gespaltenen Persönlichkeit. Normalerweise trottete er wie ein geprügelter Hund am Straßenrand entlang. Aber wenn er einen seiner Anfälle hatte, stolzierte er mit hoch erhobenem Kopf mitten auf der Straße umher. Gewöhnlich verkehrten die beiden nicht miteinander, und wenn sie sich doch einmal über den Weg liefen, gingen sie schnell wieder auseinander. Aber in dieser Nacht hatten sie zusammengefunden. Auf ihren Gesichtern lag ein so strahlender roter Glanz, als hätten sie irgendein freudiges Ereignis zu feiern. Als hätten sie gerade Honig geschleckt oder Schnaps gebechert. Oder als würden sie in der Hochzeitsnacht das Brautgemach betreten. Als sie nun aus der Gasse herauskamen, plauderten sie miteinander.

»Dass die Kleine vom alten Sun so scharf ist, hätte ich echt nicht gedacht. Weich wie Wasser!«

Der Idiot blieb ruckartig stehen und starrte den Irren ungläubig an. »Ohne Scheiß? Und dabei ist die Frau von seinem Nachbarn so kratzbürstig! Ich musste sie erst schlagen, damit ich sie mal streicheln durfte.«

Auch der Irre blieb nun stehen.

»Du hast sie gar nicht gefickt?«

»Na klar habe ich.«

»Die Frau ist 'ne Wucht, was? Schön wie ein Traum.«

»Ein Traum ist nicht echt, aber das war echt. Wenn du aus so einem Traum aufwachst, leidest du wie ein Hund, aber das war so echt und so schön, dass es mich mein Lebtag schütteln wird, wenn ich nur daran denke.«

Der Irre lachte. Lachte so fröhlich wie die strahlende Morgensonne.

»Und wohin jetzt? Ich glaube, wir sollten nach Hause gehen und schlafen.«

»Ach nee, schnappen wir uns lieber noch ein paar Weiber, solange es noch dunkel ist. Ich tue auch heute und von nun an alles, was du sagst. Besorg mir nur noch eine Frau.«

Der Irre grübelte vor sich hin.

»Diese Nacht ist für uns wie geschaffen! Die Leute plündern und morden im Schlaf vor sich hin, und all ihre Frauen hier in der Nordstadt gehören jetzt uns. Die ganze Straße hier ist unser Brautgemach.«

Der Idiot redete so bestimmt, als wäre ihm gerade der wahre Sinn dieser Nacht aufgegangen. Prompt marschierte er weiter und zog den Irren mit sich fort. So kamen sie auf uns zu. Die Taschenlampen in ihren Händen leuchteten hell wie die Morgensonne. Als ihr Licht auf uns fiel, blieben die beiden stehen und riefen uns lauthals an: »He, schlaft ihr oder seid ihr wach? Ihr schaut nicht so aus, als würdet ihr klauen und plündern.«

Wir hielten in ihren Lichtkegeln inne. »Wisst ihr, was im Zentrum los ist?«

»Die sind alle völlig durchgedreht. Traumwandeln herum und massakrieren sich gegenseitig. Die Stadtverwaltung will, noch bevor es hell wird, die Auswärtigen wieder verjagen oder erledigen.«

Der Irre hatte mit lauter Stimme geantwortet, aber dabei machte er einen völlig normalen Eindruck. Als wäre er überhaupt nicht irre. Stattdessen unterstrich er seine Worte mit der Hand und fixierte uns eine Weile. »So, nun mal raus mit der Sprache: Stehen da vorne vielleicht ein paar schlafende Weiber an der Straße? Ein paar splitternackte Weiber, die nur auf Kerle wie uns warten?«

Mein Vater erstarrte. Und hinter ihm auch meine Mutter. »Weiber?«, rief er. »Hier? Vergiss es! Glaubst du, sonst würde ich jetzt noch hier stehen?«

»In der Südstraße solltet ihr euch mal umschauen«, rief nun auch meine Mutter. »Dort ist immer viel los, und die Frauen kleiden sich nach der neuesten westlichen Mode.«

Da hörten wir lautstarkes Fußgetrappel in unserem Rücken, als würde dort eine Kavallerie aufmarschieren. Frauen kreischten, als würden sie verschleppt werden. Backpfeifen klatschten, und dann klang es, als wären die Frauen gefügig geworden und würden alles, einfach alles mit sich machen lassen. Mein Vater drehte sich um und meine Mutter auch. Alle drehten wir uns hastig um und sahen, wie hinter uns eine Horde von Männern die Frauen verschleppte. Nur die Schreie der Frauen und die zuknallenden Türen hallten noch in der Luft nach.

Und dann, dann senkten sich wieder die tödliche Dunkelheit und die tödliche Stille über uns, mit nichts Lebendigem darin als den davontrampelnden Schritten.

2. 06:00–06:00

Um sechs Uhr morgens starb die Stadt tatsächlich.

Um sechs Uhr morgens starb die Welt.

In einer tödlichen Dunkelheit, zu einer Uhrzeit, als die Sonne eigentlich schon ein paar Handbreit über dem Horizont hätte stehen müssen, ging unsere Stadt zugrunde. Ging zugrunde in einem erbitterten Gemetzel. Die Menschen waren so zahlreich wie die Bäume in einem Wald. So zahlreich wie die Ameisen. So zahlreich wie die Sandkörner in der Wüste Gobi. Wie die Wassertropfen im Meer und die Sterne am Himmel. Wie eine mächtige Woge überfluteten sie erst eine Straße, dann die ganze Stadt. Bis sie die ganze Welt in einen Albtraum gestürzt hatten. Hunderte von Leuten. Tausend. Vielleicht zweitausend. Zwei Drittel Männer, ein Drittel Frauen. Jeder, der in dieser Nacht traumwandelte, schien an dieser Schlacht teilzunehmen.

Und auch wer nicht traumwandelte, nutzte die Gelegenheit, in dieser Schlacht der Räuber und Plünderer mitzukämpfen.

Mit dieser Schlacht erreichte die Nacht ihren Gipfelpunkt. In ihr liefen alle Wege zusammen, egal ob von denen, die traumwandelten, oder den anderen. Was die Traumwandler vorher getrieben hatten, wie sie den Weizen geschnitten und gedroschen hatten, wie sie geraubt und gestohlen und gemordet hatten, all das schien auf einmal in so weite Ferne gerückt zu sein wie eine untergegangene Dynastie. Erst diese Schlacht, diese Schlacht in der tödlichen Dunkelheit eines Morgengrauens, das keines war, läutete das wahre Traumwandeln ein und markierte zugleich sein Ziel.

Wir fuhren nach Südosten, zu dem Viertel, das dichter besiedelt als alle anderen war. Anfangs wollten wir noch den Gong holen, um die Leute aus dem Schlaf zu reißen. Wollten nach Hause fahren, um die Töpfe und Schüsseln und den Gasherd, den Tee und den Kaffee und den Rubinschwefel wieder nach draußen zu schaffen. Aber bald ließen wir diesen Plan wieder fallen. Und verschwendeten keinen Gedanken mehr daran.

Leute huschten an uns vorbei wie Schatten. Tauchten plötzlich aus dem Dunkel auf wie aufblitzende Messer. Alle trugen sie weiße Hemden, und in den Händen hielten sie Knüppel, Messer und alle möglichen anderen Waffen. Hackebeile, Bajonette, Dolche, Häckselmesser. Die Häckselmesser trugen sie auf den Schultern, Äxte, Hämmer und Sicheln in den Händen. Selbst altertümliche Lanzen mit roten Troddeln hatten manche irgendwo aufgetrieben. Im schummrigen Licht verschwammen Kleidung und Gesichter. Nur Schemen konnte ich erkennen und das Blitzen von Waffen. Und ich hörte Schritte, gedämpft wie ein Fluss, der zehn oder zwanzig Meter unter der Erde strömt. Manche Männer hatten sich sogar die Schuhe ausgezogen, um so leise wie möglich zu sein. Barfuß schlichen sie voran, die Schuhe unter die Arme geklemmt.

Eine Frau rannte einem Mann hinterher. »Nun warte doch mal auf mich!«, flüsterte sie. »Warte auf mich! Und wenn du sterben musst, will ich mit dir sterben. Egal ob du stirbst oder lebst, ich will an deiner Seite sein.«

Alle hatten sie sich gelbe Seidenbänder um die Stirn gebunden und sie zwei Finger breit gefaltet. Ausnahmslos alle. Als wären sie eine einzige große Kolonne. Hastig und stumm huschten sie vorüber, schauten einander nur in die Gesichter und auf die Seidenbänder. Die Bänder waren am Hinterkopf zusammengeknotet. Als blühte dort eine Chrysantheme. Auch Zhang Mutou, der im Haus uns gegenüber wohnte, hatte sich der Menge angeschlossen. Er sah wie verwandelt aus, als er an uns vorbeieilte mit einer Eisenstange am Gürtel und einem Hackebeil in der Hand. Im Gehen band er sich ein gelbes Seidenband um die Stirn. Mit dem Beil schnitt er sich das überschüssige Stück Band ab und warf es fort, während er an uns vorbeilief. »He, Mutou! Mutou!«, riefen wir ihm nach. »Wo willst du denn hin? Wo willst du denn hin?« Abrupt blieb er stehen, baute sich vor meinem Vater auf und hielt ihm die armlange Eisenstange, mit der er Boss Wang von der Ziegelbrennerei erschlagen hatte, vor die Nase. »Was leuchtest du mir denn so ins Gesicht? Bist du lebensmüde? Mach deine Lampe aus!«

So barsch, wie er die Worte hervorstieß, hatte er wirklich nichts mehr mit dem alten Mutou gemeinsam. Mein Vater erstarrte. Und schaltete die Lampe aus. Dann beugte er sich auf dem Wagen vor und fragte mit gedämpfter Stimme: »Bist du wach oder schläfst du? Was geht hier eigentlich vor?«

»Wenn dir dein Leben lieb ist, dann such dir ein gelbes Band und bind es dir um die Stirn. Oder fahr weiter so durch die Straßen spazieren, wenn du lebensmüde bist.«

Ich konnte sein Gesicht nicht erkennen. Ich sah nur, wie er die Stange und das Beil von einer Hand in die andere wechselte. Das Beil steckte er sich an den Gürtel, und mit der Stange, die von schwarzem Rost überzogen war, fuchtelte er herum, bis hinter ihm wieder ein Mann mit einer eingeschalteten Taschenlampe auftauchte. Aber weil die Lampe mit einem Stofftuch umwickelt war, war ihr Licht nur gedämpft. Die beiden Männer bestätigten einander, dass sie ein Seidentuch hatten, ehe sie zusammen weitersausten. Sie schienen zu fliegen, so schnell liefen sie. Als würde der Wind sie davonpusten.

Wir hatten noch immer keine Ahnung, was in der Stadt eigentlich passiert war. Selbst Zhang Mutou war nicht mehr der Alte. Mitten durch die Stille knatterte unser Dreiradwagen, als hätte jemand lauter Knallfrösche gezündet. Alle, die an uns vorüberhasteten, drehten sich zu uns um und starrten uns auf die Stirn. Alle, die eine Laterne oder Taschenlampe in der Hand hielten, richteten sie auf unsere Stirn. Alle schauten nur sprachlos, stutzten und liefen eilig weiter. Wir kannten jeden Einzelnen von ihnen, aber niemand schien uns zu erkennen. Zhang Yuantian. Wang Dayou. Wang Ergou. Und Boss Gao vom Teeladen, der in der ersten Hälfte der Nacht die anderen Ladenbesitzer dazu aufgerufen hatte, nicht zu schlafen, damit sie ihren Besitz verteidigen konnten. In dem Elektroladen, der von den Lastenträgern leergeräumt worden war, sahen wir den Boss, Wan Ming, seine Frau und ihre beiden stämmigen Söhne. Als wir sie beim Namen riefen, starrten sie uns nur auf die Stirn, als sähen sie uns selber gar nicht. Starrten uns auf die Stirn und sagten: »Seid ihr lebensmüde? Seid ihr lebensmüde?«

Endlich stiegen wir vom Wagen und blieben wie entgeistert am

Straßenrand stehen. Schauten der Menge hinterher wie Schafe, die den Anschluss an ihre Herde verloren haben. Da kam Onkel Xia von vorn auf uns zu. Abrupt blieb er vor uns stehen.

»In der ersten Hälfte der Nacht wart ihr wach und habt meine Familie gerettet. Jetzt bin ich wach und rette euch. Dann sind unsere Familien quitt.« Er nahm ein Stück gelbe Seide, groß wie ein Handtuch, hervor und warf es meinen Eltern zu. »Wenn euch euer Leben lieb ist, dann reißt das in drei Streifen und bindet euch die Streifen um die Stirn. Wenn ihr lebensmüde seid, schmeißt die Seide einfach weg, und man wird euch köpfen und eure Leichen öffentlich zur Schau stellen. Auf den Richtplatz wird man euch schleifen, wenn das Himmlische Reich erst einmal gegründet ist.«

»Wo wollt ihr denn alle hin?«

»Zurück zur Ming-Dynastie. Zum Himmlischen Reich des Ewigen Friedens[6].«

»Was redest du denn da? Das ist doch alles Hunderte von Jahren her! Wie wollt ihr denn dahin zurückkehren?«

»Bist du lebensmüde? Pass lieber auf, was du sagst! Und wenn dir wirklich nichts an deinem Leben liegt, dann zieh uns da nicht noch mit rein, ja?«

»Du traumwandelst doch, oder? Bestimmt traumwandelst du!«

»Wenn hier einer traumwandelt, dann du! Ihr drei, ihr traumwandelt doch alle miteinander!«

Schimpfend und fluchend hastete er davon. Ließ uns stehen, als wäre er vor uns auf der Flucht. Rannte so schnell, als würde er fliegen. War im Nu in der Menge verschwunden. Untergetaucht in der Nacht. Wir hoben das gelbe Stück Seide auf, das er uns dagelassen hatte, und standen wie betäubt. Überall um uns herum gepresste Stimmen. Überall eilige, gedämpfte Schritte. Die Luft vibrierte von einer bösartigen Energie wie von einem unsichtbaren Sturm. Die Leute tappten durch diesen Sturm wie von einem Schwindel befallen. Offensichtlich schliefen sie und wirkten doch auch wieder wach. Wirkten wach und doch auch wieder schlafend.

Wir ließen unseren Dreiradwagen am Straßenrand stehen.

Dann rissen wir das gelbe Stück Seide in Streifen und banden sie uns um die Stirn. Dabei drehten wir uns in einem fort zu den Leuten um, die an uns vorüberhuschten. Sie alle waren eingehüllt in ihren Traum. Im Traum wollten sie ihr Blut vergießen in der Schlacht um ihre Stadt. Im Traum wollten sie kämpfen auf Leben und Tod.

Nachdem meine Mutter mir einen Seidenstreifen umgebunden hatte, drehte sie sich zu meinem Vater. »Lass ihn nach Hause gehen. Er ist doch noch ein Kind. Lass ihn nicht noch mehr leiden in dieser Nacht.«

Mein Vater band sich erst seinen eigenen Streifen um, ehe er die Streifen von mir und meiner Mutter musterte. »Wenn einer von uns nach Hause gehen will, muss er in jedem Fall erst einmal die Kreuzung passieren. Er muss sich in jedem Fall erst einmal durch das Schlachtfeld schlagen.«

Also setzten wir unseren Weg fort, hinein in die Nacht, hinein in die Schlacht. Mit dem gelben Seidenband um die Stirn nahmen nun auch wir an dieser Schlacht teil. Gehörten auch wir zu dieser Stadt. Tappten auch wir wie die Traumwandler herum. Niemand musterte uns mehr voller Misstrauen. Allen genügte ein Blick auf das gelbe Seidenband. Ein Blick, und sie waren beruhigt und hasteten weiter voran in die morgendliche Nacht. Eigentlich hätte gerade die Sonne aufgehen müssen. Eigentlich wäre dies die Zeit gewesen, in der die aufgehende Sonne sonst all ihre Pracht entfaltete und all die Städte, die Flüsse und Wälder in den östlichen Bergen in ihr goldenes Licht tauchte. Die Zeit, in der die Bauern auf ihre Felder gingen und die Ladenbesitzer ihre Geschäfte öffneten. Aber in dieser endlos sich dehnenden Nacht war noch niemand aus seinem Traum erwacht. Noch niemand war aus dem Großen Traumwandeln herausgetreten. Stattdessen huschten sie alle der Schlacht entgegen, die auf dem Grund ihres Traums auf sie wartete.

An einer kleineren Kreuzung weit weg von der Hauptkreuzung

hielt der Traum inne. Dort brach die Schlacht aus. Die Leute drängten sich wie zu einer Versammlung. Halb geordnet, halb chaotisch wimmelten und wisperten sie durcheinander, in den Händen Lichter, die bald aufflackerten und bald erloschen. Nachrichten kursierten in der Menge. Geheimnisse wurden hastig von Hand zu Hand und von Mund zu Mund weitergereicht wie glühend heiße Kartoffeln. Alle blieben auf der Straße stehen, dicht an dicht wie wucherndes Gras in der Wildnis. Die Taschenlampen und Laternen waren eingeschaltet, aber sie beschienen nur den Boden und die Körper. Die Gesichter und Köpfe blieben im Dunkeln. Und viele Leute hielten die Hände vor das Licht. Oder sie verhüllten ihre Lampen mit Taschentüchern. »Was ist denn da vorne los?« – »Da ist ein Kader mit einer Drachenrobe.« – »Was ist denn da vorne los?« – »Sie sagen, gleich bricht das Himmlische Reich des Ewigen Friedens an.« – »Was ist denn da vorne los?« – »Gleich beginnt die große Schlacht um das Himmlische Reich. Gleich verjagen wir die Auswärtigen, die uns angegriffen haben, und machen sie zu Hackfleisch.«

Die Nachrichten verbreiteten sich wie der Wind. Wie die Wolken. Sie schossen aus der Erde wie keimende Samen. Der Morgen war finster wie die Mitternacht. Die Luft war schwarz, die Bäume, Mauern und Häuser pechschwarz. Die Straßenlaternen waren wieder ausgegangen. Und genau in dem Moment, bevor sie erloschen, erhaschten wir noch einen Blick vom Dorfvorsteher, der die junge, bildhübsche Witwe namens Wang Erxiang im Schlepptau hatte. Beide hatten sich ein gelbes Seidenband um die Stirn gebunden, und die Witwe trug ihre schlafende kleine Tochter in den Armen. Zusammen bogen sie in eine Gasse abseits der Menge ein. Ihre Gesichter strahlten Würde und Unschuld aus, und sie verrieten nicht den leisesten Hauch von Müdigkeit. Ihre Augen waren groß wie Walnüsse. Geschwind wie Affen oder Fische sausten sie davon. Flohen vor der Menge. Flohen aus der Nacht hinaus. Brannten miteinander durch. Um ein Leben wie im Paradies zu führen. »Dorfvorsteher! Dorfvorsteher!«, rief mein Vater. Aber der Dorfvorsteher schien ihn gar nicht zu hören. Erxiang und er ließen die Menge hinter sich zurück. Sie ließen die Welt hinter sich zurück. Ließen sie im Dunkeln versinken.

Die Finsternis drückte die Leute zu Boden, dorthin, wo das Licht war. Mal hier, mal dort schimmerte es auf wie glühende Asche. Die Luft erhitzte sich wieder, aber brennend heiß war sie noch nicht. Noch wehte ein kühler morgendlicher Hauch von den Feldern herein in die Straßen und zwischen die Menschen. Viele Stirnbänder waren trotzdem schon klatschnass von Schweiß. Er lief von den Bändern herunter und klebte den Leuten auf den Gesichtern und Nasenspitzen. Als ich mich durch die Menge drängte, sah ich viele Gesichter, die wie Holzbretter oder Backsteine aussahen. Gesichter, die erregt waren, als hätten sie gerade die Geldgeschenke zu ihrer Hochzeit kassiert. Aufgekratzt wie der Idiot und der Irre, denen wir gerade begegnet waren. Viele hatten die Augen halb geschlossen. Aber es gab auch viele andere, die kein bisschen müde wirkten, so wie der Dorfvorsteher und Erxiang. Nur die blutunterlaufenen Augen verrieten, dass sie eigentlich gern geschlafen hätten, aber nicht schlafen konnten.

Unter einem Strommast am Straßenrand versteckte sich ein Ehepaar, dessen Namen ich nicht kannte. Gut einen Fuß über der Erde hing eine Lampe mit einem gläsernen Schirm und einer Flamme klein wie eine Bohnensprosse an dem Mast. Darunter lagen ein Schaufelstiel und ein Hackebeil. Im Lampenschein sah ich die beiden kauern, die Gesichter fahlgelb vor Erschöpfung und Angst. Die Bänder um ihre Stirn waren klatschnass von Schweiß.

»Ma Huzi, Cai Guifen, ihr beide seid auch hier?« Mein Vater zog mich hinter sich her, und meine Mutter folgte uns. Alle drei drängten wir uns zu dem Ehepaar durch. »Ihr seid wach, das sieht man. Was geht denn da vorne eigentlich vor sich?«

Ma Huzi starrte uns der Reihe nach an. »Den Bürgermeister sollen sie schon getötet haben«, wisperte er mit einer Stimme, die dünn wie ein Faden gepresst war. »Und alle aus der Stadt, egal ob einfache Leute oder Kader, alle, die wach waren und sich dem Aufstand nicht angeschlossen haben, haben sie auch getötet. Du darfst jetzt auf keinen Fall noch sagen, dass du wach bist. Und bitte, sagt bloß nicht, dass wir wach sind!« Er schaute ringsum zu all den Schläfern und Schlafwandlern. »Bald bricht die Schlacht los. Alle Zufahrtsstraßen sind schon blockiert, sogar die abgelegene in der Nordstadt. In den ärmlichen Straßen dort haben sie sich die Frauen geschnappt, damit sie ihren Truppen zu Diensten sind. Die Frau des Dorfvorstehers soll auch darunter sein. Es ist entsetzlich! Einfach entsetzlich! Um das Himmlische Reich des Ewigen Friedens zu gründen, wollen die Leute von hier eine Schlacht auf Leben und Tod mit den Auswärtigen schlagen. Vor zwei Stunden haben sie jeden, der noch wach war und nicht bei der Schlacht mitmachen wollte, gefesselt und in den Rathaushof verschleppt. Und dann haben sie sie alle umgebracht und die Leichen in den Hinterhof geschmissen. Nur weil wir ihnen gesagt haben, dass wir mit in die Schlacht ziehen wollen, sind wir überhaupt noch am Leben. Nur deshalb sind wir hier.«

Seine Stimme war so schwach wie das Summen einer Fliege. Als wären sie beide nur mit knapper Not noch einmal mit dem Leben davongekommen. Und obwohl er wach war, klang er wie ein Traumwandler. »Schnell, Tianbao, ihr müsst jetzt weiter. Wir Wachen dürfen uns nicht so zusammenscharen, sonst werden wir zu leicht von den anderen entdeckt, die im Halbschlaf herumlaufen. Und wenn die uns erst einmal entdeckt haben, dann sind wir erledigt. Dann sind wir tot!« Er fuchtelte mit der Hand herum, um uns weiterzuscheuchen. Er gab meinem Vater sogar einen leichten Schubs.

Also drängten wir uns weiter durch die Menge. Drängten uns weiter durch die Nacht. Aber da kam uns Ma Huzi doch noch einmal hinterhergelaufen und packte meinen Vater am Arm. »Wie spät ist es jetzt? Wieso geht die Sonne denn noch nicht auf?«

»Keine Ahnung, wie spät es ist. Aber es wird bestimmt bald hell.«

Mit diesen Worten ergriff mein Vater meine Hand. Von hinten fasste mich meine Mutter am Hemd. Mit nichts als unserem wachen Geist und den gelben Bändern um die Stirn bahnten wir uns einen Weg durch die dicht gedrängte Menge. Bahnten uns einen Weg durch all die fremden Träume, als folgten wir einem schmalen Pfad zwischen einem Dickicht aus Dornen und Messern.

Da konnte ich die Farbe all dieser Träume sehen. Es war ein Gemenge aus Schwarz und Weiß, als hätte man schwarze Tusche in weißen Lack geschüttet und beides miteinander verrührt zu einem Strudel aus lauter weißen und schwarzen Ringen. Untermalt von einem schwachen Traumgemurmel schwängerte der Schweißgestank der Schläfer die Luft, vermischt mit ihrem üblen Mundgeruch. Dazu ihr Schnaufen, schwer wie das Keuchen von Menschen, die von einem Albtraum an den Rand des Todes gedrängt werden. Mit allerlei Bogen und Schlenkern zwängten wir uns durch die Menge. Stahlen uns im Schein ihrer Lampen hindurch. Verschwommen sah ich die Gesichter der Leute um mich herum. Aber die Leute sahen uns nicht. Sie waren ganz darin vertieft, sich zur Kreuzung im Stadtzentrum zu schleichen, und um nach vorn auszuspähen, machten sie die Hälse lang wie Gummibänder.

Dann erreichten wir die Kreuzung.

Wir erreichten das Zentrum der Schlacht.

Welle auf Welle wogten die Leute heran. Den äußersten Ring bildeten die, die wach oder halbwach waren. Weiter innen waren die, die schliefen oder im Halbschlaf waren. Und ganz im Innern waren die, die tief in ihrem Traum versunken waren, die Traumwandler, die trotzdem noch reden und Aufruhr stiften konnten, als wären sie wach. Mit Beilen und Knüppeln in den Händen, die schlafenden Augen weit aufgerissen, hatten sie sich um eine Bühne geschart, die aus einem guten Dutzend zusammengeschobener Tische gebildet war. An jedem der beiden Holzpfähle, die rechts und links davon standen, hing eine halbhelle Gaslaterne. Das gute Dutzend von Männern, die sich in ihrem Schein auf der Bühne versammelt hatten, bestand aus Polizisten des städtischen Reviers und stadtbekannten jungen Schlägern. Egal ob sie ihre Polizistenuniform trugen oder bloß ein weißes Hemd oder ob sie kurzerhand ihren Respekt einflößenden Oberkörper entblößt hatten, um die Stirn trugen sie wie alle anderen auch ein gefaltetes gelbes Seidenband. Nur der Mann, der von den anderen umgeben in der Mitte der Bühne stand, König Li Chuang, der frühere stellvertretende Leiter der städtischen Unterabteilung für Militärangelegenheiten, trug noch immer die Generalgouverneursuniform, die er schon in der ersten Hälfte der Nacht getragen hatte, als der Bürgermeister noch in seiner kaiserlichen Drachenrobe im Rathaus Hof gehalten hatte. Die Säume seiner Uniform waren über und über mit Blut besudelt. Als käme jeder Tropfen von einem Ermordeten. Auch die anderen dort auf der Bühne hatten überall auf dem Körper, an Händen und Beilen Blut. Als käme jeder Tropfen von einem Ermordeten. Die hölzernen Ringe, die vorher an Li Chuangs Kostüm gehangen hatten, waren verschwunden, und die unzähligen Perlen waren abgefallen und lagen vor ihm auf der Bühne verstreut. Auch die Stickereien an seinen Ärmelaufschlägen hatten sich gelöst. Manche weißen Perlen baumelten noch an einzelnen Fäden von seinem Gewand herunter. Neben dem gelben Seidenband, das er wie alle anderen um die Stirn trug, hatte er sich auch um die Hüfte noch eine gelbe Seidenschärpe gebunden. Sein struppiges Haar stand in die Höhe. Sein Gesicht mit den markanten Zügen hatte die Farbe von geronnenem Blut. Glatt wie polierter Marmor sah es aus und genauso erhaben. Seine Augen waren weit aufgerissen und funkelten wirr. Ihr Funkeln war kalt, nicht warm, und es flackerte und tanzte.

Jemand trat zu ihm und flüsterte ihm etwas ins Ohr, und ein anderer reichte ihm ein elektrisches Megafon. Der Flüsterer war Yang Guangzhu, dem der Vater und die Großmutter gestorben waren und in dieser Nacht auch noch die Mutter und der meinen Vater als seinen Feind betrachtet hatte. Jedenfalls sah er so aus wie Yang Guangzhu. Und doch auch wieder nicht. Dann zogen sich die beiden Untergebenen hinter Li Chuang zurück. Und er selber trat in seiner Uniform, in der Hand das Megafon, nach vorne an den Bühnenrand. Räusperte sich, und die Menge unter ihm wurde still. Räusperte sich noch einmal, und die Stille breitete sich in Windeseile bis in die letzte Reihe aus. Als die Menschenmasse, die dort an der Kreuzung versammelt war, mucksmäuschenstill war, legte er das Megafon neben sich auf einen Tisch.

»Hiermit erkläre ich unsere Rebellion. Dies ist das Himmlische Reich des Ewigen Friedens. Wir haben dieses Reich nun gegründet. Wir sind zurückgekehrt in das Himmlische Reich des Ewigen Friedens des Kühnen Königs.[7]«

Er hielt kurz inne, ehe er die Stimme hob. »Das Heer unserer Großen Shun-Dynastie steht. Das Rathaus haben wir erstürmt. Nun wird die letzte Schlacht, bevor der Morgen graut, über das weitere Schicksal unseres Himmlisches Reichs entscheiden. Sie wird darüber entscheiden, ob wir ans Ende der Ming-Dynastie zurückkehren können. Ich weiß …« Wieder hob er die Stimme und sprach nun so laut, als hielte er sich das Megafon an den Mund. »… dass die Auswärtigen sich genau wie einst Wu Sangui schon vor unserer Stadt versammelt haben, um sie zu plündern. Sie wollen die zukünftige Hauptstadt unseres Himmlischen Reichs einnehmen mit all ihren Häusern und Straßen, ihren Besitztümern und Tieren. Aber diese …« Der stellvertretende Abteilungsleiter lüftete den Saum seiner Uniform und lachte. Lachte höhnisch auf. »… Diese jämmerlichen Wichte mit ihren verrosteten Flinten zählen ein paar Dutzend, wenn es hochkommt, hundert Mann. Wir dagegen sind Hunderte, nein, Tausende! Wir müssen nur voranstürmen und sie niedermetzeln, ihnen die Füße und Hände abhacken und sie an die Bäume und Strommasten unserer Stadt hängen, und wenn die Sonne wieder aufgeht und diejenigen, die dann noch übrig sind von ihnen, das Massaker zu sehen bekommen, werden sie sich in ihre vernichtende Niederlage fügen müssen und sich unserer Herrschaft unterwerfen. Und dann wird die Ming-Dynastie erloschen und unsere Große Shun-Dynastie begründet sein.

In unserer neuen Dynastie wird jeder nach seinem Verdienst belohnt werden. Ich, euer König Li Chuang, stehe zu meinem Wort. Wer einen Auswärtigen erschlägt, dem wird von der Shun-Dynastie ein Beamtentitel des siebten Rangs verliehen. Wer zwei erschlägt, erhält einen Titel des sechsten Rangs. Für drei Erschlagene gibt es einen Titel des fünften Rangs, für vier einen des vierten Rangs. Und wer acht oder zehn erschlägt, genießt den Status eines Examensbesten in der kaiserlichen Palastprüfung. Wer zwar niemanden getötet, aber dem Feind einen Arm oder ein Bein gebrochen oder ihm ein Ohr oder die Nase abgeschnitten hat, der wird je nach Zahl der Nasen und Ohren, der Arme und Beine mit Seide, Silber und Gold, mit Häusern und Grund und Boden belohnt. Ein gebrochenes Bein macht 1,2 *Mu*, ein gebrochener Arm 1,3 *Mu*. Abgeschnittene Nasen und Ohren zehn Ballen Seide oder fünf Silberbarren pro Stück. Für zehn Stück gibt es hundert Rinder oder achtzig Pferde oder stattdessen auch zehn kleine oder fünf größere Goldbarren.«

An diesem Punkt spannte er seine Stimme noch mehr an, und obwohl sie nun leiser war, entfaltete sie eine noch größere Kraft, so als riefe er durch einen Türspalt hindurch. »Ob wir zur Großen Shun-Dynastie zurückkehren oder in der Gegenwart verharren, entscheidet sich in dieser Schlacht! Ob wir als Helden in die Geschichte eingehen oder für immer namenlos bleiben, auch das entscheidet sich, noch bevor der Morgen graut, in dieser Schlacht! Hört mir jetzt gut zu! Wir alle löschen nun unsere Lampen. Niemand sagt mehr ein Wort. Wir verstecken uns in allen Straßen und Gassen der Stadt, und dann rühren wir uns nicht mehr. Wir verstecken uns in Mauerwinkeln und Toiletten, in Bestattungs- und Friseurläden, in Restaurants und Apotheken und in den benachbarten Häusern und Höfen. Der Feind soll glauben, unsere ganze Stadt schläft, sodass er sorglos in die Geschäfte und Häuser spazieren und sie nach Lust und Laune ausrauben kann. Ihr aber bleibt in euren Verstecken und schaut auf die Gaslaternen, die hier auf der Kreuzung hängen.«

Er nahm die Gaslaternen von den Pfählen und hielt sie in die Höhe. »Diese beiden Laternen geben euch das Zeichen. Wenn sie wieder leuchten und an der Spitze der Pfähle hängen, kommt ihr aus euren Verstecken hervorgeschossen. Und wenn ihr dann einen Auswärtigen ohne gelbes Band um den Kopf seht, macht kurzen Prozess mit ihm und tötet ihn. Ein Toter, und die Große Shun-Dynastie verleiht euch einen Beamtentitel des siebten Rangs. Zehn Tote, und ihr werdet für eure außerordentlichen Verdienste um die Dynastiegründung geehrt.

Macht euch nun bereit, eure Lampen zu löschen. Gebt meine Befehle bis nach ganz hinten durch. Sucht euch jeder leise einen Platz, an dem ihr euch auf die Lauer legen wollt. Wenn ihr seht, dass ich diese Gaslaternen hier oben lösche, dann löscht auch ihr eure Stalllaternen und Öllampen, Taschenlampen und Kerzen. Wenn dann der Feind von auswärts in unsere Stadt einfällt und unsere Häuser und Geschäfte ausplündert, verlasst auf keinen Fall eure Verstecke. Erst wenn auf einmal wieder die Gaslaternen hier auf der Kreuzung aufleuchten und ihr Geschrei und Tumult hört, stürmt ihr aus euren Schlupfwinkeln hervor.

Tötet jeden, der kein gelbes Seidenband um den Kopf trägt! Tötet jeden, der nicht aus unserer Stadt ist! Tötet jeden, der nicht in die Ming-Dynastie zurückkehren will, um unsere Große Shun-Dynastie zu begründen!

Habt ihr gehört, was ich euch sage? Habt ihr es euch auch gemerkt? Habt ihr meine Befehle weitergegeben bis in die letzte Reihe?«

Die Worte, die der frühere stellvertretende Abteilungsleiter und jetzige König Li Chuang vom vorderen Bühnenrand in die Nacht hinausgerufen hatte, wirbelten durch die Menge wie ein Sturm. Wie ein vom Sturm gepeitschtes Grasland drehten sich die dicht gedrängten Köpfe vor der Bühne nach hinten, um die Worte ihres Königs weiterzuverbreiten. Die Nacht war undurchdringlich wie Lack. Das Morgengrauen war wie ein Tümpel aus schlammigem schwarzem Wasser. Ein Gewisper und Geflüster schwirrte in der Luft, als trippelten unzählige kleine Füße über einen sandigen Boden. Dann gingen die Lichter aus, und die Menge zerstreute sich. Als würde das Wasser des Tümpels über die Ufer treten und in alle Richtungen davonfließen.

Wir standen an einer Straßenecke ein paar Dutzend Schritte von der Bühne entfernt und hatten alles mitverfolgt. Auf einmal huschten die Leute auseinander, hinein in noch dunklere Winkel und Gassen. Alle hatten sie sich die Schuhe ausgezogen, und ihre verhüllten Lichter und Lampen glitten schwach schimmernd wie Glühwürmchen durch die Straßen. »He, Shunzi! Willst du Beamter vom siebten oder sechsten Rang werden?« – »Wenn ich schon mit dem Abmurksen anfange, dann kann ich mir auch gleich den vierten Rang verdienen!« – »He, Ma Zhuang! Willst du Kreisvorsteher oder Bezirkspräfekt werden?« – »Ich will überhaupt kein Beamter werden. Ich will hundert *Mu* Land haben oder besser tausend und dazu noch vier, fünf Nebenfrauen.« – »Und du, Wang Yili?« – »Ich will kein Beamter werden und auch kein Grundbesitzer. Ich bin mein Leben lang Metzger gewesen und habe Schweine und Rinder geschlachtet, aber wie es sich anfühlt, einen Menschen zu schlachten, das weiß ich noch nicht. Jetzt, wo wir zur Ming- und zur Shun-Dynastie zurückkehren, will ich die Gelegenheit nutzen, um mal auszuprobieren, wie sich das anfühlt, einen Menschen zu schlachten oder ihm die Ohren und die Nase abzuschneiden.«

Leises, rasches Fußgetrappel untermalte all das Gewisper. Ein Raunen wie von einem Wind, wenn die Leute ihre Schneiden prüften. Geflüsterte Gespräche, wenn jemand sein Hackebeil gegen einen Dolch eintauschen wollte. Wie Regen wisperten die Stimmen durcheinander. Wie kleine, hurtige Schritte. Dazu gezischte Nachrichten von der Mitte der Kreuzung: »Der Kühne König sagt, ihr sollt leiser sein.« – »Der Kühne König befiehlt euch, still zu sein.« Lauter gedämpfte Stimmen und doch erfüllt von einer unbändigen Freude und einer nie gekannten Energie. Wie Regen, der auf eine glühend heiße Straße oder einen mittäglichen Acker fällt. Sodass danach ein Dampf vom Asphalt aufwirbelt. Und heiße Luft wie eine Welle über die Erde wogt.

Anfangs bewahrte mein Vater noch die Ruhe, aber diese heiße Welle brachte ihn aus der Fassung. Und meiner Mutter klebte, solange sie ihn noch ruhig gesehen hatte, nur der Schweiß an Händen und Gesicht, aber nun, wo ihn die Angst gepackt hatte, war sie kreidebleich, und ihre Hände zitterten. »Soll einer von uns Herrn Li nicht mal wecken? Willst du ihm nicht mal auf die Schulter klopfen, und wenn das nicht reicht, ihn schlagen oder ihm eine Schüssel kaltes Wasser ins Gesicht schütten?«

Erwartungsvoll schaute sie meinen Vater an. Aber noch bevor er ihr antworten konnte, hackten Yang Guangzhu und Zhang Mutou auf der Kreuzung aus irgendeinem Grund einem Mann den Kopf ab. Er hatte nicht einmal mehr Zeit, seinen entsetzten Aufschrei noch zu Ende zu bringen, da fiel sein Kopf schon wie ein reifer Kürbis herunter. »Wichser! Das passiert mit jedem, der uns dumm kommt!« – »Mit jedem!« Kochend vor Wut traten Yang und Zhang den Kopf beiseite. Das Blut spritzte noch einmal aus dem Hals in die Höhe wie eine Fontäne, dann kippte der Rumpf um wie ein Holzpfahl. Meine Eltern stießen einen erstickten Schrei aus und schlugen die Hände vor den Mund und die Augen. Dann wurde die Welt still. Nachdem die Lampen erloschen waren, legte sich die Dunkelheit über die Straßen. Die Luft vibrierte von dem Geruch nach heißem Blut und einer fiebrigen Erregung. Plötzlich wurde das kaum merkliche Rascheln ringsum von einem neuerlichen Todesschrei durchbrochen. »Aaah! … Scheiße …« Danach wurde es auf den Straßen und in der Welt wieder totenstill. Still wie in einem Grab. Alle Lichter waren nun erloschen, alle Stimmen verstummt. In diese tödliche Stille der Nacht hinein hörte man noch einmal Yang Guangzhu klar und deutlich vor sich hin fluchen, während er etwas Schweres über den Boden schleifte. »Wichser! Mal sehen, ob mir noch jemand dumm kommt! Mal sehen, ob noch jemand so dreist ist zu behaupten, wir würden ja bloß traumwandeln und nicht wirklich rebellieren! Jeder, der so etwas sagt, kriegt von mir einen tüchtigen Hieb, dann wird er schon wieder aufwachen!«

Danach kehrte wieder Stille ein. Eine absolute, tödliche Stille. Aus der nur langsam wieder der Geruch von Blut hervordrang und das Geräusch von Schritten, die hastig in der Dunkelheit herumhuschten.

Auch mein Vater löschte seine Lampe.

Wir kauerten uns unter einen Baum an einer Straßenecke und horchten und spähten in die Nacht. Als sich die Schritte von Yang Guangzhu, Zhang Mutou und all den anderen entfernt hatten, schlich sich mein Vater hastig zu der Stelle hinüber, von der der jüngste Todesschrei gekommen war. Genauso hastig kehrte er auch wieder zurück, nur dass er sich nun die Hand vor Mund und Nase hielt. Er sagte kein Wort und schaute sich auch nicht mehr um. Zog nur meine Mutter und mich von der Nordostseite der Kreuzung Richtung Südosten fort. Rannte mit uns um unser Leben. Hinter uns sahen und hörten wir niemanden, und trotzdem fühlten wir uns von einer ungeheuren Horde verfolgt, die uns mit ihren Messern zerstückeln wollte.

3. 06:00–06:00

Die belebteste Gegend der Stadt, zwischen dem Stadtzentrum und der Oststadt, war nur fünfhundert Meter lang. Aber uns Dreien kamen diese fünfhundert Meter wie fünfhundert Kilometer vor. Und die kurze Zeitspanne, die wir dafür brauchten, fühlte sich für uns an wie ein ganzer Tag. Oder wie ein ganzes Jahr. Als wären wir einen ganzen Tag oder ein ganzes Jahr gerannt. Gerannt wie der Teufel. Mal lief ich vorweg, mal mein Vater, und meine Mutter blieb uns immer auf den Fersen. Wackelte mit ihrem lahmen Bein hinterher wie ein sterbender Fisch, der mit dem Bauch nach oben treibt. Die Nacht schloss sie in ihren Albtraum ein. Sie schloss uns alle in ihren Albtraum ein. Wenn ich nicht gerade vorweglief, half ich meiner Mutter, und mein Vater tat es genauso. Schließlich stützten wir sie im Laufen beide an den Armen. Und dabei packte meinen Vater die Wut auf ihr lahmes Bein. »Mein Leben lang muss ich mich mit diesem verkrüppelten Bein herumquälen! Ich und Niannian!«

Meine Mutter war genauso wütend. »Na, und ich erst! Ohne dieses Bein hätte ich dich nie im Leben geheiratet!«

Schimpfend und fluchend stürzten wir aus diesem Traum.

Hinein in einen anderen Traum.

Niemand hatte uns bemerkt, niemand uns verfolgt auf unserer Flucht.

Aber überall in den Gassen und Ecken, unter den Bäumen und in den aufgebrochenen und ausgeplünderten Läden entdeckten wir Leute. Als sich alle einen Schlupfwinkel gesucht hatten, wurde es ganz still, als wären wir die Einzigen auf der Straße. »Wer da?« – »Wir sind es nur, wir haben ein gelbes Band um den Kopf wie ihr.« – »Schnell, schnell, macht, dass ihr in euer Versteck kommt! Oder wollt ihr noch weiterlaufen und als Märtyrer und Himmlische Kaiser für die Shun-Dynastie enden?« – »Gleich da vorn ist unser Zuhause. Da kennen wir jeden Winkel, da können wir besser kämpfen.«

Während mein Vater noch mit den Leuten wisperte, die sich am Straßenrand versteckt hatten, erkannte uns auf einmal jemand. Ein überraschter Aufschrei schrillte durch die Dunkelheit. »Li Tianbao, du Schwein! Deine Frau ist ein Krüppel, und trotzdem schickst du sie noch in die Schlacht?! Ihr seid wohl auch am Traumwandeln und wollt zurück in die Shun-Dynastie, was?«

Mein Vater antwortete irgendetwas. Oder vielleicht auch nicht. Er hatte schon alle Hände voll damit zu tun, meine Mutter wie einen Sack Getreide hinter sich her zu schleppen. Sein Atem ging so schwer wie ein Haufen Schotter oder Kies, den man durch einen Türspalt presst. Meine Mutter blieb alle naslang stehen, wischte sich den Schweiß ab und jammerte: »Ich kann nicht mehr, ich kann nicht mehr, geht ihr voraus.« Aber mein Vater zog und zerrte sie immer weiter und redete in einem fort auf sie ein: »Nur noch ein paar Schritte und wir sind zu Hause. Die paar Schritte werden dich schon nicht umbringen!«

Als wir endlich die halbe Oststraße hinter uns gebracht hatten, lag am Straßenrand niemand mehr auf der Lauer, und niemand wisperte mehr um uns herum. Es schien, als hätten wir das Himmlische Reich des Kühnen Königs hinter uns gelassen und nur noch eine gewöhnliche kleine Straße im Hier und Jetzt vor uns.

Um uns herum schien alles friedlich.

Kein Jagen und kein Morden mehr.

Die Stimmen am Straßenrand waren verstummt. Aber als wir gerade unsere Schritte verlangsamten und allmählich wieder zu Atem kamen, sahen wir im Eingang zum Nudelladen einen Toten liegen. Einen von auswärts. Der Kopf eckig, das Haar pechschwarz. Mitte dreißig oder Anfang vierzig. Das Gesicht hatte er zum Nachthimmel gedreht, und die Gedärme quollen ihm aus dem Bauch. In seiner Magengrube klafften vier oder fünf blutige Messerwunden. Neben ihm lag noch das große Hackebeil, das er in der Hand gehabt hatte. Die Klinge war von Blut und einem Fetzen schmutzig-schwarzem Fleisch besudelt. Offensichtlich war er in einem Kampf Mann gegen Mann ums Leben gekommen. Gefallen auf dem Schlachtfeld.

Ein Stück weiter lag ein Mann in einer Abflussrinne vor dem Eingang eines Kleidergeschäfts, das mitsamt den Bügeln und Schränken leer geplündert war. Mit dem Gesicht nach unten war er in die Rinne gestürzt. Die Füße ragten in die Luft. Mein Vater schaltete seine Taschenlampe ein, nachdem er sie mit seinem Hemd umhüllt hatte, und huschte zu dem Mann hinüber. Er zerrte ihn an Armen und Beinen, aber der Mann rührte sich nicht. Gab keinen Mucks mehr von sich. »Der ist hinüber«, erklärte mein Vater so nüchtern, als redete er von einem abgebrochenen verdorrten Zweig. »Mausetot ist der. Anscheinend war hier eine Schlacht. Und danach wurde das Schlachtfeld geräumt. Das sieht nicht nach einer Plünderung aus, sondern nach der Schlacht um die Stadt.«

Stumm vor Entsetzen gingen wir weiter Richtung Osten. In der Totenstille hallten unsere Schritte wie hohl nach. Alle paar Meter murmelte mein Vater etwas. Murmelte ein, zwei Sätze vor sich hin. Meine Mutter dagegen sagte kein Wort. Und auf einmal ging sie schneller als mein Vater und ich. Als wäre ihr lahmes Bein plötzlich geheilt. Vor ihr war der Eingang zu unserer Neuen Welt aufgetaucht, und dieser Anblick beflügelte ihre Schritte auf wundersame Weise. Als wäre sie Tage oder Jahre lang fortgewesen und nun endlich heimgekehrt. Aber als sie dann vor unserer Tür angekommen war, blieb sie wie angewurzelt auf der Straße stehen. Als hätte sie gemerkt, dass sie sich im Weg geirrt hatte und vor einem falschen Haus gelandet war.

Die Tür zum Laden stand sperrangelweit offen. Ein Türflügel lag auf dem Boden und ragte halb in den Ladenraum und halb nach draußen. All die zerfetzten weißen Kränze lagen teils noch im Eingang, teils auf der Straße. Im Dunkel der Nacht, die heller Tag hätte sein sollen, machte ich lauter Blutflecken auf den zerrissenen Papierblüten und -blättern aus. Als wären lauter weiße Blätter in einen Tümpel gefallen und von der schmutzigen Brühe verdreckt worden. Auf den weißen Blüten leuchtete das Blut tiefrot, fast schwärzlich purpurn. Auf den grünen Blütenblättern schimmerte es blauviolett, fast schwarz. Ein stechender, frischer Blutgeruch stieg vom Boden und dem Eingang auf. Hier musste es einen Kampf gegeben haben. Die Schlacht um die Stadt war bis hierher gewogt. Mitten in all dem Blut und zerfetzten Papier lagen ein Hackebeil und eine Axt. Eine weitere Waffe, ein Holzknüppel, war wie ein überlanger Schenkelknochen in eine Lache aus Blut gefallen. Es war sehr still. Sehr ruhig. Aber verborgen in dieser tiefen Stille, dieser tiefen nächtlichen Ruhe regte sich kaum merklich ein seltsames Rumoren.

Mein Vater richtete seine Taschenlampe in den Laden und verhüllte sie nicht mehr. Im Lichtkegel tauchten eine Hacke, ein Hemd und ein Paar Schuhe auf. Allerdings war die Batterie der Lampe fast leer. Das Licht war fahlgelb wie ein dünnes, fadenscheiniges gelbes Tuch. In diesem Moment drang von der Zufahrtsstraße am Rand der Oststadt rund zweihundert Meter weit weg ein Brummen herüber, als bewegte sich auf der anderen Seite der Welt ein Berg voran.

»Es wird doch bald hell, oder?« Meine Mutter, die noch immer vor der Tür stand, hatte sich endlich aus ihrer Erstarrung gelöst.

»Nein, das wird es nicht«, antwortete mein Vater, den Blick auf das blutige Chaos am Eingang gerichtet.

Dann wurde es wieder still. Aber in dieser Stille glaubte ich die Leichen atmen zu hören. Ihr schwaches, eisiges Schnaufen hallte in meinem Kopf und meinen Knochenritzen wider.

Wir standen vor all diesem Blut und diesen zerfetzten Blumen. Starrten auf die weit geöffnete Ladentür und all die blutbesudelten Blumen, auf das blutige Hemd, das wer weiß wem gehört hatte, und das Paar neuer Armeeschuhe. Wir schrien nicht auf, wir standen nur da wie betäubt, wie benommen und gelähmt in der Nacht.

Hier, an diesem Straßenabschnitt gleich vor uns, hatte die mörderische Schlacht um die Stadt getobt.

»Geh jetzt rein. Wir sind wach, deshalb muss ich schauen, was an der östlichen Zufahrt los ist.«

Die Worte meines Vaters schienen mit dem, was wir vor uns sahen, wenig zu tun zu haben. Er hielt meiner Mutter die Taschenlampe hin und betrachtete meine Mutter wie irgendein Ding, das er am liebsten weggeworfen hätte und doch nicht wegwerfen konnte. »Na los, nun geh schon! Hast du mich nicht gehört? Geh endlich rein! Du bist doch nicht lebensmüde, oder? Geh da rein und komm unter keinen Umständen wieder raus! Verriegel und verrammel die Tür, und egal was für ein Lärm draußen ist, bleib da drinnen.«

Meine Mutter nahm die Taschenlampe nicht. Als hielte sie die Lampe für wertlos.

»Na, dann geh doch! Geh, wenn du unbedingt musst, aber komm schnell wieder zurück!«

Meine Mutter sprach sehr laut. Sehr laut und voller Wut, und doch klang es auch wieder ganz alltäglich, als ginge mein Vater nur zur Arbeit auf die Felder. Niemand dachte an mich. Niemand sagte mir, was ich tun sollte. Ein Gefühl des Verlorenseins wogte durch die Nacht und durch mein Herz, als wäre ich in dieser Stunde und in dieser Familie überflüssig. Ich sah meinem Vater nach, während er Richtung Osten davonmarschierte. Sah meiner Mutter nach, während sie an all den zerfetzten Blumen, all dem Blut vorbei auf unser Zuhause zutappte. Aber neben dem heruntergestürzten Türflügel drehte sie sich doch noch einmal zu mir um und sagte ebenso innig wie vorwurfsvoll:

»Niannian, was stehst du denn noch da herum? Wieso gehst du denn nicht mit deinem Vater mit?«

Als ich meinen Vater eingeholt hatte, sagte er genauso innig wie vorwurfsvoll zu mir:

»Niannian, was machst du denn hier bei mir? Wieso passt du nicht auf deine Mutter auf?«

Aber dann nahm er mich doch an der Hand. Und ich folgte ihm wie einem Adler, der mir nichts, dir nichts in die Lüfte aufsteigt. Überall auf dem Weg sahen wir ein einziges Chaos von zurückgelassenen Dingen nach der Schlacht. Sicheln, Äxte, Hämmer, Spaten, Tragestangen. Aber auch rote Fahnen, Häckselmesser und überall Schuhe, die ihre Träger auf der Flucht verloren hatten: Stoffschuhe, Turnschuhe, Lederschuhe und billige Plastiklatschen. Als wäre ein Orkan durch die Stadt gefegt.

Die Geräusche auf dem Grund der Stille schwollen langsam an. Normalerweise gab es an der Zufahrt zur Oststadt nur wenige Laternen, aber diesmal war alles anders. Auf einmal war die ganze Welt in ein Meer von Licht getaucht. Als wäre es hier in der Oststadt plötzlich helllichter Tag geworden. Und all die Leute, die in diesem grellen Licht herumwimmelten, trugen weiße Tücher um den linken Arm. Strahlend weiße, neue Tücher. Und ein großer Laster blockierte die Zufahrtstraße, beladen mit Bergen von roter Seide und roten Flaggen. Und an jeder Flaggenstange hing eine Gaslaterne. Auch an den beiden Seiten des Führerhauses steckten rote Flaggen groß wie Bettlaken. Darauf war irgendetwas geschrieben, aber wir konnten die Zeichen nicht erkennen. Dafür sahen wir hinten auf der Ladefläche zwei junge Burschen, die nicht nur jeder ein weißes Tuch um den linken Arm trugen, sondern auch eine blutige Binde um den Kopf. Der eine hatte eine Brille, der andere ein T-Shirt und lange Haare. Beide schrien abwechselnd durch einen Lautsprecher.

»Verehrte Landsleute!« »Liebe Brüder und Schwestern! Die Generaloffensive vor dem Morgengrauen hat begonnen!« »Von der Nacht bis in den neuen Tag werden wir kämpfen und Gaotian erobern!« »Von nun an sind wir keine Dörfler mehr. Von nun an sind wir keine rückständigen Bauern mehr. Nun werden wir zu den Herren von morgen, zu modernen Städtern. Wir werden ein Leben in Saus und Braus führen, ein Leben, in dem jeder bekommt, was er will, ein Leben im Geist des Kommunismus. Dann können wir uns hier auf dem Markt mit allem, was wir brauchen, eindecken und müssen nicht mehr von morgens bis abends dafür arbeiten. Die Städter aber verjagen wir aufs Land und in die Berge. Dort sollen sie selber ein Leben in Armut führen, sollen die Felder bestellen und das Vieh versorgen und von morgens bis abends arbeiten, damit sie sich bei uns in der Stadt kaufen können, was sie brauchen.« »Zu uns sollen sie kommen, in unsere Stadt!«

»Liebe Landsleute!« »Genossen!« »Stürmen wir voran für eine bessere Zukunft!« »Landsleute!« »Brüder und Schwestern!« »Ziehen wir in die Schlacht für ein schöneres Morgen!« »Wer ein Restaurant einnimmt, dem soll dieses Restaurant gehören!« »Wer einen Laden einnimmt, dem soll dieser Laden gehören!«

»Wer auch immer sich unserem Kampf für die gerechte Sache in den Weg stellt ...« »... wer auch immer am linken Arm kein weißes Tuch trägt ...« »... dem sollt ihr heute Nacht euer Messer ins Fleisch rammen, und zum Lohn bekommt ihr morgen ein Haus in der Stadt geschenkt. Und wer von euch dem Feind seinen Hammer auf den Kopf schmettert, der soll zum Lohn, wenn die Stadt erst einmal eine Großstadt geworden ist, ein mehrstöckiges Geschäftshaus an einer Kreuzung geschenkt bekommen. Wer von euch einen Feind totschlägt oder ersticht, ist kein Verbrecher, sondern ein Held. Wenn der morgige Tag anbricht, gehört diese Stadt uns, gehören diese Straßen uns, gehört die ganze Welt uns! Alles, alles in diesen Straßen, die Häuser und Läden, der Busbahnhof und die Post, die Banken und Kaufhäuser, alles gehört dann uns!« »Dann wird jeder nach seinem Verdienst belohnt, und jeder, der sich um unsere Sache verdient gemacht hat, bekommt, was er will. Wer Reichtum liebt, soll Reichtum haben, und wer Trubel liebt, soll Trubel haben.« »Lasst uns kämpfen für ein schöneres Morgen!« »Lasst uns kämpfen für die kommunistische Sache!« »Landsleute!« »Brüder!« »Stürmt voran!« »Stürmt voran!« »Für ein schöneres Morgen! Für eine bessere Zukunft! Für unsere Kinder und Enkelkinder! Stürmt voran und erobert Gaotian! Macht Gaotian nieder!«

Die beiden jungen Burschen sprangen vom Laster herunter. Sie reckten ihre Gaslaternen und roten Flaggen in die Höhe und stürmten voran. Hinter ihnen setzte sich ein Strom von Angreifern in Bewegung, und alle trugen sie rote Flaggen und Laternen, Messer, Heugabeln und Knüppel. Vielleicht waren es Hunderte, vielleicht über tausend. Oder zehntausend. Und all diese Leute wogten und wälzten sich auf der Straße vorwärts. Und ihre Knüppel und Ackergeräte tanzten und schlugen gegeneinander. »Wir wollen den Kaufmannsladen haben!« »Wir wollen den Metallwarenladen da drüben haben!« »Wir haben schon lange ein Auge auf den Rindfleischladen geworfen! Schon seit Jahren wollen wir den haben!« Grölend drängte die Menge voran. Stürmte auf die Läden auf beiden Seiten der Straße zu. Ich hatte keine Ahnung, ob sie schliefen oder wach waren. Die Tücher an ihren Armen leuchteten in der nächtlichen Helligkeit wie weiße Blumen. Ein Meer von weißen Blumen wogte in der Luft voran. Die Schritte, mit denen die Kämpfer vorwärtsrannten, hallten in meinen Ohren wider, als schlügen unzählige Kriegshämmer auf unzählige Kriegstrommeln. Oder als prasselte ein Hagelschauer auf all diese Trommeln.

»Da sind welche ohne weißes Tuch am Arm!« »Da sind welche ohne weißes Tuch am Arm!« Die Schreie klangen so freudig erregt, als hätten die Leute den Tresorraum einer Bank entdeckt. Oder als hätten sie den Schlüssel zu einer verschlossenen Tür gefunden.

Mein Vater packte mich an der Hand und zerrte mich in ein Plumpsklo am Straßenrand. Ich hatte keine Ahnung, ob es ein Männer- oder Frauenklo war. Ich war auch noch nie zuvor dort drin gewesen. Das Klo hatte kein Dach und war etwa halb so groß wie ein normales Zimmer. Ein alter Gemüsebauer namens Xian De hatte es für die Allgemeinheit gemauert. Gewöhnlich kam er jeden Abend hierher, um die Scheiße der Marktgänger einzusammeln. Nun aber wurde dieses Klo für uns zur rettenden Festung. Seine Mauern waren aus ungebrannten Lehmziegeln und Steinen erbaut und sahen aus wie das geschwollene Gesicht von jemandem, der heftige Prügel kassiert hatte.

Mein Vater zerrte mich in eine Mauerecke, riss sich und mir die gelben Seidenbänder von der Stirn und schleuderte sie in die Jauchegrube. »Niannian, hab kein Angst. Wenn jemand kommt, sagen wir einfach, wir sind von auswärts. Du darfst auf keinen Fall sagen, dass wir von hier sind!« Er sah, wie ich schlotterte, und drückte mich an seine Brust wie ein Kaninchen. Meine Hände krallten sich in seine Arme, meine Finger gruben sich in sein Fleisch. Aber gleichzeitig lauschte ich auf das Rumoren, das von draußen hereindrang. Das hastige Fußgetrappel dröhnte wie von einer ganzen Armee. Einer gewaltigen Armee. Welle um Welle wogte sie heran, und der Staub, den sie aufwirbelte, war mächtiger als der Gestank im Klo. Der Geruch des Staubs überdeckte den Gestank des Klos. Und den Geruch der morgendlichen Dunkelheit.

»Wenn wir uns doch auch nur so ein Tuch um den Arm binden könnten«, murmelte mein Vater in Grübeln versunken vor sich hin. »Dann wären wir sicher. Dann hätten wir das Schlimmste hinter uns.« Instinktiv tastete er seine Taschen ab. Und dabei leuchtete auf einmal von der westlichen Straßenseite her Licht auf. Flammte auf, als wäre im Westen die Sonne aufgegangen. Und schon gellten von dort her heisere Schreie, die den Gegenangriff einläuteten. »Macht sie nieder! Für die Shun-Dynastie!« »Los, zum Angriff! Metzelt sie nieder! Für die Shun-Dynastie!« Und von Osten her brüllten sie zurück: »Los, macht sie nieder! Für ein schöneres Morgen! Für eine bessere Zukunft! Für unsere Kinder und Enkelkinder!« »Für ein schöneres Morgen! Gaotian gehört uns! Los, macht Gaotian nieder!«

Egal auf welcher Seite, niemand redete von der Gegenwart. Niemand interessierte sich fürs Hier und Jetzt. Dies war eine Schlacht, in der es nur um die Vergangenheit und die Zukunft, nicht um die Gegenwart ging. Um eine Zukunft und Vergangenheit, wie sie in den Büchern stehen. Dies war eine Schlacht auf Leben und Tod im Hier und Jetzt, aber geführt wurde sie für die Vergangenheit und die Zukunft. Und so sank die Gegenwart dieser einen Nacht und dieses einen Tags in Vergessenheit. Sie versank in einem Albtraum. Es gab keine Gegenwart mehr. Sie war verschwunden. Es war, wie Yan Lianke in einem seiner Bücher geschrieben hat: *Was da anbrach, waren die Zeit und die Geschichte von Zukunft und Vergangenheit.* Die Gegenwart, das Hier und Jetzt, war in einem Albtraum gestorben.

Die Lichter der Lampen und Laternen flackerten am Himmel wie tanzende Schwerter. Das Gedröhn rennender Füße wuchs an und türmte sich über unseren Köpfen zu einem Berg. Schwoll an zu einem Meer. Zu Bergen und Meeren und einer ganzen Welt. »Scheiße!«, fluchte jemand. »Fick deine Oma!« »Verdammte Scheiße!«, heulte und kreischte ein anderer. »Mein Kopf blutet! Mein Kopf blutet!« Es war, als hätten sich alle Einheimischen und Auswärtigen dort draußen vor dem Klo zum Kampf versammelt. Als schlügen ihre wimmelnden Haufen gleich über unseren Köpfen aufeinander ein. Ein Messer kam durch die Luft geflogen und fiel uns vor die Füße. Ein Schuh kam hinterhergeflogen und traf mich am Kopf. Mein Vater schloss mich in die Arme wie ein Lamm. Ich krallte meine Finger in seine Hüfte. Grub sie in sein Fleisch. Während dort draußen die Leute kämpften und schrien. Zitternd, mit angehaltenem Atem, kauerten wir uns im Klo zusammen. Die Wände bebten, als würden sie jeden Moment zusammenstürzen. Der Boden schwankte und riss auf, als würde die Erde jeden Moment in einem Abgrund versinken. Die Batterie der Taschenlampe war erschöpft, ihr letztes Licht erlosch. Ein Teil des Klos versank in Finsternis wie in einem Teich aus schwarzer Tusche. Der andere Teil dagegen, auf den noch Licht von draußen fiel, schimmerte wie ein Teich aus Licht. Schimmerte hell genug, dass ich die Jauchegrube sah. Und in ihr Tausende und Abertausende von Maden, die sich in der Scheiße wanden während dieser heißen Nacht im sechsten Monat nach dem Mondkalender. An den Grubenwänden kamen sie heraufgekrochen. Heraufgekrochen nach Gaotian. Heraufgekrochen auf die Erde. Aber das Beben, das von dem Gemetzel über ihnen ausging, war so stark, dass es sie zurückschüttelte. Zurück in die Grube.

So war das. So und nicht anders verlagerte sich der Lärm der Schlacht nach Westen. Als stürmten die Auswärtigen voran, hinein in den Hinterhalt der Einheimischen. Bis sich das Licht der Laternen und Lampen von beiden Seiten rings um die Kreuzung im Westen sammelte. Und mit ihm das Getöse des Gemetzels. Die Lichter über der Kreuzung flackerten so wild herum wie Gras, das von wechselnden Sturmböen bald hierhin, bald dorthin geschleudert wird. Nur eine Weile später wogten die Lichter wieder zurück zu uns nach Osten und mit ihnen das Geschrei und das Fußgetrappel. Als würden die Auswärtigen von den Einheimischen vor sich her getrieben und zurückgeschlagen. Aber wieder nur eine Weile später, eine kleine Weile später nur, metzelten die Auswärtigen sich prompt zurück zur Kreuzung durch. Wie eine Säge, die hin und her ratscht, rückten draußen vor dem Klo bald die Einheimischen, bald die Auswärtigen vor. Das Gekreische und Geschreie prasselte wie ein Hagelschauer auf die Stadt und die Latrine.

Keuchend machte ich mich aus den Armen meines Vaters frei. Ich fühlte, wie mir etwas Klebriges die Schuhe und die Füße nass machte, als wäre ich in eine Leimmasse getreten. Nachdem ich im Licht, das von oben hereinflackerte, einen Blick nach unten geworfen hatte, drückte ich mich mit einem leisen Aufschrei zurück an die Brust meines Vaters und krallte mich an seine Arme.

Durch die Ritzen des Steinbodens floss Blut in die Latrine. Wie Regenwasser strömte es von der Straße herein. Zuerst nur ein paar Rinnsale, dann ein ganzer Bach. Groß wie eine halbe Matte aus Blut. Dann wie ein ganzer Türflügel. Schwarzpurpurn floss es herein und spülte Erde und Gras vom Boden. Der Blutgeruch überdeckte den Latrinengestank. Zähflüssig und klebrig sammelte sich all das schwärzliche, schmutzige Blut zu unseren Füßen und strömte weiter in die Grube.

Auch mein Vater sah es nun. Sah das Blut, das sich um seine Füße herumwand, der Grube entgegen. Einen Moment erstarrte er. Stand wie gelähmt in all dem Blut. Dann hob er mich aus dem Blut heraus an eine trockene Stelle in der Mitte der Latrine.

»Wie spät ist es jetzt? Kommt die Sonne heute denn wirklich nicht mehr heraus? Ist sie wirklich tot?«

Da fiel mir das Radio wieder ein, das mir hinten am Po baumelte. Hastig schob ich es nach vorn, drehte es an und drückte es mir ans Ohr. Nahm es, weil es keinen Mucks von sich gab, wieder herunter und klopfte ein paar Mal darauf, und prompt erwachte es wieder zum Leben. Die vertraute Stimme des Sprechers verriet noch immer allenfalls eine unterschwellige Anspannung, während er äußerlich ganz ruhig und unaufgeregt seine Durchsage verlas. Und wieder klang es, als würde ein und dasselbe Band in Endlosschleife laufen.

Das Problem, das nun unsere volle Aufmerksamkeit und Wachsamkeit erfordert, besteht darin … Mein Vater riss mir das Radio aus der Hand und drehte den Lautstärkeregler so leise wie nur irgend möglich, sodass nur noch er und ich etwas verstehen konnten.

… dass heute aufgrund besonderer geografischer und meteorologischer Gegebenheiten und insbesondere aufgrund einer leichten Kaltluftströmung aus dem Nordwesten im gesamten Tagesverlauf in vielen Gebieten unseres Bezirks eine anhaltend heiße, trockene und windstille Wetterlage mit bedecktem Himmel zu erwarten ist. Diese Wetterlage äußert sich dergestalt, dass der Himmel zwar von einer dichten Wolkendecke bedeckt sein wird, aber kein Regen fallen und kein Wind wehen wird. Die Folge wird eine langanhaltende extreme Hitze bei gleichzeitiger Dunkelheit sein. Tagsüber wird es nicht heller als sonst zur Abenddämmerung sein. In manchen Bergregionen wird es sogar zu einer Verfinsterung kommen vergleichbar einer Sonnenfinsternis, sodass es selbst mitten am Tag nicht heller als in der Nacht werden wird.

An dieser Stelle schaltete mein Vater das Radio wieder aus.

Schaltete es aus, grübelte einen Moment vor sich hin und faselte dann wirres Zeug. Faselte wie im Schlaf.

»Wo sollen wir denn nur eine Sonne auftreiben, um die Leute aufzuwecken?«

»Wenn die Sonne erst mal aufgeht, ist die Nacht vorbei, und die Leute wachen auf.«

Und dann … dann richtete er sich auf und horchte verängstigt und betäubt zugleich auf den Lärm des Schlachtgetümmels, der von draußen hereinwogte. Schlich sich verängstigt und betäubt zugleich zum Latrineneingang, als wäre es der Eingang zu einem Albtraum. Ein Schritt nur, und er würde in diesen Albtraum eintreten. Noch ein Schritt mehr, und er würde wieder aufwachen. So lauerte er dort und machte den Hals lang wie einen Strick. Spähte verstohlen hinaus in das nächtliche Gemetzel, horchte hinaus in das Geschrei.

Als sich das Getöse wieder legte, drehte er sich zu mir um und zog mich aus der Latrine hinaus. An die Hausmauern gedrückt rannten wir Richtung Osten, hinaus aus der Stadt.

Als liefen wir mitten hinein ins Traumwandeln.

Und aus dem Traumwandeln hinaus ins Wachsein.

Elftes Buch

Aufgang: Der letzte Vogel fliegt davon

1. 06:00–06:00

Wieder flohen wir aus der Stadt.

Auf den Straßen lagen viele, die verwundet waren und bluteten. Und von überallher, aus dem Lichtkreis einer Laterne oder aus dem Dunkeln, flehten sie uns an: »Hilfe!« »Hilfe!« »Wir sind doch alle Landsleute vom Dorf! Hilfe!« Die Gesichter all dieser Verwundeten waren wach und voller Reue. »Ich glaube, ich traumwandle … Ich glaube, ich traumwandle … Ich habe eindeutig geschlafen, da hat mir jemand ins Ohr geflüstert: ›Komm, wir gehen in die Stadt und plündern! Heute Nacht plündern dort alle wie verrückt!‹ Und aus irgendeinem Grund bin ich mit den anderen mitgegangen und habe mitgemacht bei ihrem Plündern und Töten.«

Der Mann, der das bekannte, war dünn und mittelalt. Er bedeckte sein blutüberströmtes Gesicht mit den Händen. »Viele von uns haben sich Fernseher, Decken und Nähmaschinen geschnappt, aber ich habe rein gar nichts abbekommen außer einem Stich ins Gesicht.«

Er löste das Tuch, das er sich um den Arm gebunden hatte, und hielt es meinem Vater hin. »Hier, verbinde mir damit den Kopf. Verbinde mir damit den Kopf.«

Mein Vater nahm ihm das Tuch aus der Hand, riss aber dann sein eigenes Hemd in Streifen und verband ihm damit den Kopf. »Ich bin hundemüde und soll dir noch den Kopf verbinden!«, grummelte er in einem fort vor sich hin. »Ich laufe selber herum wie ein Traumwandler und soll dir noch den Kopf verbinden!« Mit seinen Hemdstreifen umwickelte er den Kopf des Mannes. Das Tuch hob er für uns auf. Dann stützten wir beide den Verwundeten und führten ihn wie Sanitäter vom Schlachtfeld.

Die verletzten Dörfler hatten sich vor einem Laster versammelt, wo sie sich gegenseitig Verbände anlegten und sich miteinander unterhielten. Alle waren sie wach und trotteten schwatzend in die unterschiedlichsten Richtungen zu ihren Heimatdörfern davon. »Krass, dieses Traumwandeln! Echt krass! Erst mussten Leute sterben, sonst wären wir nicht aufgewacht.«

Aber während die einen, die aufgewacht waren, sich auf den Heimweg machten, wogten aus dem Umland immer neue Wellen von Traumwandlern in die Stadt, darunter auch manche, die nur so taten, als würden sie traumwandeln, um sich unter die anderen zu mischen. Es sah aus, als würden sich die frühen Marktgänger, die schon wieder nach Hause aufgebrochen waren, und die Nachzügler begegnen, wobei die Nachzügler in der Mehrheit waren. Als gehörte die Stadt schon ihnen, marschierten sie mitten auf der Straße voran. Die anderen dagegen, die Aufgewachten, schlichen sich wie Diebe an den Häusern entlang davon. Beide Gruppen wechselten nur wenige Worte miteinander, aber wenn sie es doch einmal taten, spornten die Aufgewachten die Traumwandler auch noch an.

»He, wie sieht's denn aus in der Stadt?«

»Beeilt euch! Sonst sind die Geschäfte alle leer geräumt, und ihr geht am Ende leer aus.«

So stachelten die Aufgewachten, die mit leeren Händen heimtrotteten, die Traumwandler an. Manche Traumwandler trugen leere Tragestangen auf der Schulter, andere zogen leere Karren hinter sich her oder fuhren leere motorisierte Wagen, aber sie alle hielten mit roten Fahnen und Laternen Einzug in die Stadt. Ein Heer von Menschen war es, deren Laternen in langen Reihen die Straßen erhellten.

Die Stadt stand am Abgrund. Mit solchen Heerscharen von Dörflern konnten die Städter es unmöglich aufnehmen.

Mein Vater und ich banden uns ein weißes Tuch um den Arm. Am östlichen Stadtrand ließen wir den Dünnen mit dem blutenden Kopf zurück und setzten unsere Flucht fort. Wir folgten der Landstraße und hasteten nach Süden. Unterwegs wogte uns ein Strom von Menschen und Fahrzeugen entgegen. Den ganzen Weg über hielt mein Vater meine Hand gepackt, und dabei hörte ich ihn in einem fort vor sich hinmurmeln.

»Niannian, ich glaube, ich traumwandle. Jetzt werde ich etwas Großes vollbringen.«

»Niannian, ich traumwandle. Weck mich bloß nicht auf, denn jetzt werde ich etwas Großes vollbringen.«

Ich spürte, dass er wirklich traumwandelte. Vor Erschöpfung war er eingeschlafen, und da hatte er sich mit dem Traumwandeln angesteckt, das überall in der Stadt, ja, in der ganzen Welt grassierte. Aber weil ich ein Dummkopf bin, begriff ich das zwar, aber ich weckte ihn trotzdem nicht auf. Stattdessen lief ich ihm und dem Traum, in dem er gefangen war, bloß eilig hinterher. Lief ihm den Viertelkilometer vom Osten der Stadt zur südlichen Zufahrt hinterher. Dort blieben wir stehen. Welle um Welle strömten die Dörfler an uns vorbei auf die Stadt zu. Das Getöse des Gemetzels und das Geschrei der Verwundeten, das von dort zu uns herüberdrang, riss über unseren Köpfen auf wie ausgedörrte Erde. Der Geruch von Blut schwängerte die Luft so stark, als hätte jemand das Blut gekocht oder verbrannt. Und der alte Schnurbaum hinter uns roch wie verräuchert von der Schlacht. Normalerweise hatte hier immer ein Eisverkäufer seinen Stand. Jetzt standen hier nur mein Vater und ich und stanken nach Schweiß und Angst. Über der Stadt schwirrten noch immer das Lichtergeflacker und das Getöse der Schlacht. Die Geräusche und Stimmen, die in diesem Geflacker aufblitzten, trieben über unseren Köpfen und prasselten auf uns herab. Hier, wo die Lichter und die Dunkelheit aufeinanderstießen, herrschte ein tiefes Grau wie von dünner, ausgelaufener schwarzer Tusche, die sich ringsum ausbreitet. Die Tusche war verwässert genug, dass wir die Blätter an den Bäumen erkennen konnten: Sie sahen aus wie dicke schwarze Klumpen. Und der Himmel spannte sich über uns wie eine ungeheure schwarze Plane.

Die Nacht war längst vorüber.

Und mit ihr die nächtliche Kühle.

An der aufsteigenden Hitze konnte man erahnen, dass es eigentlich schon mitten am Tag war und die Sonne mehrere Fingerbreit über dem Horizont hätte stehen müssen. Es war die Zeit, zu der sich die Hitze über die Erde legte wie eine Decke. Gegen acht oder neun Uhr morgens musste es jetzt sein. Normalerweise frühstückten die Leute nun. Aber seit sechs Uhr in der Früh war die Zeit tot. Noch bevor der Morgen graute, war sie gestorben, gestorben in der Dunkelheit. Und die Luft war genauso heiß, der Himmel genauso wolkenverhangen, wie der Sprecher im Radio es vorhergesagt hatte. Und genauso finster war es auch: wie bei einer Sonnenfinsternis. Eigentlich hätte es helllichter Tag sein müssen, aber nur die Dinge, die in nächster Nähe waren, konnte man klar erkennen. Alles, was mehr als ein paar Meter entfernt lag, verschwamm im Dunkel.

In dieser mörderischen Finsternis, diesem ursuppenartigen Chaos eines toten Tags setzte sich mein Vater mit dem Rücken an den Schnurbaum, um sich ein wenig auszuruhen. In diesem Moment sah ich in einem Lichtstrahl, der mir über den Kopf zuckte, das Weiß in seinen Augen. Wie schmutzige weiße Lappen sahen seine Augen aus. Sein linkes Auge war so weiß wie sein rechtes, sein rechtes so weiß wie sein linkes. Die gelblich-schwarzen Pupillen waren wie verdreckte Wassertropfen auf diese Lappen heruntergekleckst.

Mein Vater schien zu schlafen. Gewiss war er vor lauter Erschöpfung eingeschlafen. Aber dabei redete er in einem fort vor sich hin, als wäre er wach. »Wir müssen die Sonne rausholen. Wenn die Sonne erst mal rauskommt, haben wir die Stadt gerettet und all die

Dörfer ringsum. Wenn die Sonne erst mal rauskommt, haben wir die Stadt gerettet und all die Dörfer ringsum.« In meinen Ohren summte und rauschte es in einem fort. In der ganzen Welt summte und rauschte es. Mein Vater aber schaute zum Himmel über der Stadt, ehe er sich zu mir wandte. »Die Lichter über den Häusern schwanken noch immer hin und her, also kämpfen die Leute noch.« Wieder drehte er sich zur Stadt. »Wir müssen irgendwie dafür sorgen, dass die Sonne rauskommt. Wir müssen das irgendwie schaffen. Ich werde das Gefühl nicht los, dass ich die Sonne irgendwo bei mir versteckt habe. Mir will bloß nicht einfallen wo. So als wollte ich über jemanden sprechen und hätte seinen Namen vergessen, kaum mache ich den Mund auf.«

Mit diesen Worten stand er langsam auf. Verblüfft sah ich ihm zu, wie er aufstand, obwohl er doch schlief. Aufstand, als wäre er wach. Dann legte sich meine Verblüffung allmählich wieder. In der Nacht des Großen Traumwandelns war es mindestens genauso seltsam, dass ich selber noch nicht traumwandelte.

Nachdem mein Vater aufgestanden war, suchte er mit den Augen den Boden ab. Tastete mit den Händen in seinen Taschen. Ging halb um den Schnurbaum herum und blieb wieder stehen. Klopfte zweimal gegen den Stamm. Trommelte und hämmerte sich auf den Kopf, als wäre die Sonne darin versteckt. Und als könnte sie unter seinen Schlägen daraus hervorquellen.

Und als hätte er sie wirklich prompt hervorgehämmert, hüpfte er herum und schrie in die Nacht:

»Jetzt weiß ich, wie wir die Sonne rausholen!«

»Jetzt weiß ich, wie wir aus der Nacht wieder Tag machen!«

2. 06:00–06:00

So war das.

So und nicht anders.

Wenn ich nur nicht so dumm wäre! Dann hätte ich meinen Vater aus dem Schlaf geholt. Hätte ihn aus seinem Irrsinn herausgerissen. Aber ich bin dumm. Leider bin ich wirklich ein bisschen dumm. Mein Vater sagte mir, ich solle ihm folgen, also folgte ich ihm. Mein Vater sagte mir, ich solle ihn nicht wecken, also ließ ich ihn weiterschlafen. Ließ ihn tun, was er tun wollte. Und während er nun drauflosliéf, wiederholte er immer wieder: »Ich weiß, wie wir die Sonne rausholen. Ich weiß, wie wir die Sonne rausholen.« Und wir marschierten eilig nach Süden. Dem Krematorium auf dem Staudamm entgegen.

Als mein Vater nach ein paar Schritten merkte, dass ich ihm nicht mehr folgte, schrie er in die Nacht, die eigentlich helllichter Tag hätte sein sollen:

»Niannian, nun komm!«

»Willst du unsere Stadt nicht retten? Willst du die Welt nicht retten?«

Also folgte ich meinem Vater. Aber nicht um die Stadt zu retten, sondern um zu sehen, wie er das anstellen wollte.

»Wir müssen alle Fässer Leichenöl aus der Höhle herausrollen. Und dann müssen wir sie auf den Berg im Osten des Damms schaffen. Dorthin, wo sonst immer die Sonne rauskommt. Das ganze Öl müssen wir dort raufschaffen, und dann müssen wir es anzünden. Dann wird der Feuerschein dort oben von Weitem so aussehen, als würde die Sonne aufgehen. Und die Leute am Fuß der Berge werden glauben, der neue Tag bricht an. Und sie werden aus ihrem Schlaf erwachen.«

So murmelte mein Vater vor sich hin in einer Nacht, die schien, als wäre der Abend gerade erst hereingebrochen. Mit seinem Gemurmel in den Ohren hastete ich ihm hinterher, dem Damm entgegen. Noch einmal wollte ich ihn aus nächster Nähe mustern, um zu sehen, wie tief er in seinem Traum versunken war, aber die Nacht verhüllte sein Gesicht. Verhüllte es und gab es nicht frei. Ein paar Mal rannte ich vor und drehte mich um, um ihm ins Gesicht zu starren. Als spähte ich zu einem Vogelnest auf, das in einem Baum versteckt ist. Aber ich sah weder die Astgabel noch das Nest. Ich sah nichts als einen dunklen Schemen auf mich zukommen. Schweiß fiel von seinem Gesicht auf meines. Er schmeckte bitter und salzig und auch ein bisschen säuerlich. Und weil ich diesen Schweiß schmeckte, hörte ich auf, meinen Vater zu mustern. Weil ich die Kraft spürte, die von der Hand ausging, mit der er mich gepackt hielt, fing ich an, daran zu glauben, dass er tatsächlich etwas Großes vollbringen würde. Ich zweifelte nicht mehr an ihm. Versuchte nicht mehr, ihn aufzuhalten. Er war mein Vater – wie hätte ich ihm Steine in den Weg legen können! Wie hätte ich daran zweifeln können, dass er die Sonne herausholen und aus der Nacht Tag machen konnte! Wie der Wind hasteten wir die Straße entlang. Wie zwei Regentropfen im Sturm. Wenn mein Vater zwei Schritte machte, musste ich drei machen. Wenn er stramm marschierte, musste ich traben. Und so trabte ich hinter ihm her. Durch die Nacht, die eigentlich helllichter Tag hätte sein sollen und wie ein Teich aus schwarzer Tusche war. Während wir die Straße entlang hasteten, traten wir die Dunkelheit mit unseren Füßen. Als wateten wir durch einen schwarzen Fluss.

Das dritte Mal in dieser Nacht lief ich nun schon diese Straße entlang. An der Kreuzung, an der ein Weg zum Villenviertel meines Onkels abbog, blieb mein Vater stehen.

Und ganz still und leise geschah etwas Wundersames.

Auf einmal glaubte ich aus tiefstem Herzen daran, dass mein Vater die Sonne herausholen konnte. Dass er dafür sorgen konnte, dass es Tag wurde.

Da kam uns ein Mann entgegen, der einen Handkarren mit einer Öllaterne an der Deichsel hinter sich herzog. Als wir uns begegneten und mein Vater ihn grüßte, blieb der Mann stehen. »Du willst bestimmt in der Stadt plündern gehen, was?«, fragte ihn mein Vater. Der andere drehte sich zu ihm und schaute ihn mit trüben, halb geschlossenen Augen an. »Die Stadt ist längst leer geplündert. Komm lieber mit mir mit zum Damm und hilf mir, ein paar Fässer

Öl von der Westseite zur Ostseite zu schaffen. Für jedes Fass gebe ich dir zehn Yuan.«

Wie ein Fieberkranker starrte ihn der Mann an.

»Fünfzig Yuan.«

Stand nur da und starrte ihn an.

»Hundert Yuan gebe ich dir für jedes Fass. Wenn dir das immer noch nicht genug ist, dann geh eben plündern. Aber pass auf, dass dich die Städter mit den gelben Tüchern um den Kopf nicht totschlagen.«

Da machte der Mann tatsächlich kehrt und folgte uns. »Aber wenn du mir die hundert Yuan nicht gibst, bist du ein Schwein!«

Gleich darauf trafen wir auf die nächsten Traumwandler. Manche wollten einfach nur ein bisschen spazieren, andere wollten die Nacht des Großen Traumwandelns nutzen, um reich zu werden. Mein Vater wiederholte, was er gesagt hatte. Aber er sagte auch noch mehr. Sagte Dinge, die die Leute zum Staunen brachten. »Für jedes Fass Öl, das ihr von der Westseite des Damms zur Ostseite schafft, gebe ich euch ein kleines Stück von meinem Haus. Für zwei Fässer ein größeres Stück. Für drei Fässer das ganze Haus. Und für zehn Fässer meinen ganzen großen Laden namens Neue Welt.«

Da kamen tatsächlich alle mit uns mit. Alle liefen sie uns hinterher. Und ich begriff, dass Traumwandler wie heimatlose Wanderer sind. Wie eine Herde Schafe ohne Leithammel. Sie müssen nur einen neuen Leithammel finden und mit ihm einen Platz zum Essen, Wohnen, Geldverdienen und schon folgen sie ihm. Im Nu liefen uns fünf oder sechs von ihnen hinterher. Dann noch mal fünf oder sechs. Alle mit leeren Händen, alle mit Handkarren, die sie hinter sich herzogen. Und alle liefen sie uns hinterher. Eine Menschenmenge. Ein Heer. Ein mächtiger chaotischer Haufen. Wie der Regen den Wolken folgt. Wie die aufgehende Sonne den Wolken folgt. Und ihr Licht dem Regen. Oder wie Scharen von Hühnern, von Enten, Schweinen oder Hunden ihrem Herrn folgen.

So war das. So und nicht anders war das in der Welt. Mein Vater war ein Traumwandler geworden. Aber er schwang sich zum Herrn seines Traums auf. Zum Kaiser. Und es dauerte nicht länger, als man braucht, um eine Schüssel Wasser zu trinken, da hatte er Dutzende von Traumwandlern um sich geschart. Von seinem Erfolg beflügelt rief er immer weiter. Versprach den Traumwandlern das Blaue vom Himmel. »Wer Geld will, kriegt von mir Geld. Wer ein Haus will, kriegt ein Haus. Wer eine Frau will, dem sage ich nach getaner Arbeit, wo er eine findet, die traumwandelt und vor ihrer Tür nur auf einen wie ihn wartet.«

Manche Leute beachteten ihn gar nicht und gingen weiter zur Stadt oder sonst wohin. Aber andere folgten seinem Ruf sofort und schlossen sich uns an, dem Damm entgegen und dem Öl, das in der Höhle lagerte.

Sie bildeten eine Kolonne. Einen Heerzug. Marschierten mit strammen Schritten zum Hang des Staudamms, angeführt von meinem Vater, der schlief und doch wie wach war. Am Zufahrtsweg zur Höhle befahl er mir, ich solle auf den Damm laufen und noch mehr Leute rekrutieren, während er selbst seine Kolonne von Traumwandlern weiter voranführte. »Du weißt doch, wie man Leute dafür gewinnt, oder? Je mehr, desto besser! Desto schneller sind wir fertig und können die Sonne rausholen! Dann ist unsere Stadt gerettet und mit ihr alle Menschen dort!«

Unter seinen Rufen stieg ich den Damm hinauf. Auch dort oben war immer wieder der eine oder andere unterwegs. Irgendjemand kam immer vorbei. »Willst du Geld? Wenn du ein Fass Öl von der westlichen Dammseite zur östlichen Seite schaffst, gebe ich dir hundert Yuan, sobald es hell wird! – Schläfst du oder bist du wach? Wenn du willst, dass die Sonne wieder rauskommt, dann komm mit und hilf, die Fässer fortzuschaffen. Wenn dir aber alles egal ist und du willst, dass es immer so finster bleibt, dann lauf nur weiter im Dunkeln herum.«

Ich stellte mich an die Straße am westlichen Ende des Damms. Vor meinen Füßen breitete sich der Asphalt wie eine graue Stoffbahn aus. Die Umrisse der Stadt, der Dörfer und Bäume am Fuß des Damms zeichneten sich nur verschwommen im Dunkel ab. Bloß die Lichter über der Stadt blitzten und flackerten umher, als würden dort lauter Feuer wüten. Dazu trieb ein Geknalle und Gekrache von der Stadt herüber, als käme von hinter dem Horizont eine Armee heranmarschiert. Schreie schwirrten durch die Nacht wie Pfeile von weither. Das Wasser des Stausees unten am Damm schaukelte klar und ruhig vor sich hin und schimmerte dunkelgrün. Weiter weg verschmolz das Wasser mit der Nacht. Mächtig war die Nacht. Mächtig der Himmel. Mächtig Himmel und Erde und dazwischen der Mensch nur ein Baum. Oder ein Büschel Gras. Das Mächtige überflutete und verschlang alles andere. Aber gleichzeitig wurde der Himmel auch von diesem Baum oder Gras getragen.

Nah und fern glimmerten lauter kleine Lichter wie nächtliche Geister oder Gespenster. Sobald eines dieser Lichter auf mich zukam, rief ich ihm zu: »Bist du wach oder schläfst du? Wenn du wach bist: Willst du Haus und Grund haben? Willst du, dass die Sonne wieder aufgeht? Wenn du schläfst: Willst du gutes Geld verdienen, oder willst du zum Plündern in die Stadt laufen, bis man dich totschlägt? Wir sind aus der Stadt geflohen. Die Leute sind in Scharen zum Plündern dort hineingeströmt, aber die Städter haben sie grün und blau geschlagen und ihnen Arme und Beine gebrochen. Die Straßen haben sich in einen Strom von Blut verwandelt. Es gibt dort haufenweise Verwundete und Verstümmelte von auswärts, und alle bereuen sie, dass sie plündern wollten. Alle sind sie aufgewacht, alle heulen und klagen sie jetzt und kehren blutend nach Hause.«

Manche kamen zu mir.

Andere gingen weiter.

Die, die wach waren, schauten mich an und fragten: »Na, Junge, du schläfst wohl, was?« – »Nein, ich bin wach«, antwortete ich dann. »Deshalb rufe ich ja so.« – »Ach, Quatsch!«, sagten sie dann. »Wenn du wach wärst, würdest du dann auch behaupten, dass du die Sonne rausholen kannst? Würdest du dann auch behaupten, dass du aus der Nacht Tag machen kannst?«

Lachend stolzierten sie davon. Ich stritt mich nicht mit ihnen. Schrie ihnen nur hinterher: »Wartet's nur ab!«

Von den Traumwandlern aber blieben die meisten bei mir stehen. Bald war es ein Dutzend. Dann Dutzende. Eine Menge. Eine mächtige Menge. Und alle wollten sie mit mir zum Hang des Staudamms gehen, um das Öl fortzuschaffen. Alle wollten sie die Sonne aus ihrem Versteck herausholen und aus der Nacht Tag machen.

Und wieder eine Handvoll. Ein Dutzend. Dann Dutzende. Und alle führte ich zu der Höhle, in der das Öl lagerte.

3. 06:00–06:00

Noch während ich in Scharen all diese Traumwandler anwarb, tauchte auch mein Nachbar auf. Onkel Yan, der Schriftsteller. Meine Rufe hatten ihn aus seinem Haus hervorgelockt. Meine Rufe und all die anderen lauten Stimmen. So außergewöhnlich er auch sein mochte, jetzt im Schlaf war er auch nur ein Lamm, das seinen Stall nicht fand. Oder irgendein anderes Tier, das sein Zuhause nicht fand, ein Huhn oder Schwein, eine Katze oder ein Hund. Ein erwachsener Mann von einem Meter siebzig, aber in dieser stockdusteren Nacht war er so verloren wie ein verletzter dicker Karpfen in einem Bottich. Lederlatschen, übergroße Unterhose und ein zerknittertes kurzärmliges Hemd. Das Gesicht im Schlaf so platt gelegen, als hätte jemand mit dem Hammer draufgeschlagen. Oder sich mit seinem Hintern draufgesetzt. Nicht nur das Gesicht war platt, der ganze Mensch war es mitsamt dem Herzen.

Er tappte auf dem Pfad vom westlichen Dammende herbei. Das funzelige Licht seiner Taschenlampe schaute in die Welt wie ein totes Fischauge. »Was macht ihr denn hier für ein Geschrei? … Mitten in der Nacht, und ihr macht so ein Geschrei …«

So tappte er zu mir und leuchtete mir mit seiner Lampe ins Gesicht. Leuchtete mir auf den Körper. Leuchtete mir auf jedes einzelne Wort, als wäre es eine Perle, und er könnte seinen Augen nicht trauen.

Ich schaute auf seine Lampe. Schaute auf sein Gesicht. »Onkel Yan, schläfst du oder bist du wach? Willst du, dass die Sonne aufgeht oder dass es den ganzen Tag stockduster bleibt? In der Stadt geht alles drunter und drüber. Die Leute spielen verrückt. Die Häuser und Läden wurden alle geplündert. Weißt du davon denn noch nichts? Weißt du denn nicht, dass die ganze Hauptstraße voll von Blut und verstümmelten Leuten und ihrem Geschrei und Geheul ist?« Da rührte er sich nicht mehr. Schaute zur Stadt. Schaute tief und weit in die Dunkelheit, die sich allmählich aufheizte.

»Wie spät ist es jetzt? Wieso ist die Nacht so lang? Als wäre die Sonne tot.«

»Geht es in der Stadt wirklich drunter und drüber?«

»Könnt ihr die Sonne wirklich herausholen und aus der Nacht Tag machen?«

Ich schaute zum Himmel. Schaute zur Erde. Schaute zur Stadt am Fuß des Damms. Ich hatte keine Ahnung, wie mein Vater es geschafft hatte, all diese Traumwandler dazu zu bringen, die Ölfässer so planvoll auf die Seite zu hieven und aus der Höhle zu rollen. Jedenfalls wuchteten die ersten Traumwandler schon ihre Last den Hang hinauf, und es folgte ein Trupp nach dem anderen, alle meinem Vater hinterher, der mit einer Öllaterne vorweg marschierte. Die Fässer polterten durch die Nacht, als walzten und pflügten sie die grenzenlose Dunkelheit dieses Sommertags. Als pustete der Wind die Nacht heiß und kalt. Wenn die Traumwandler mit den Fässern, die sie vor sich her rollten, oben auf dem Damm ankamen, keuchten sie so schwer wie ein Hanfseil. Erst auf der ebenen Straße, wo ihre Arbeit nicht mehr so anstrengend war, beruhigte sich ihr Atem wieder. Das krachende Gepolter der Eisenfässer auf dem Asphalt ebbte zu einem leisen Geknirsche ab. Durch das Gerolle verdünnte sich auch das dickflüssige, schlammige Öl und begann in den Fässern zu rumoren. Draußen polterten und knirschten die Fässer, drinnen rauschten sie. In einer langen Kolonne kamen sie auf uns zu. Dutzende von Ölfässern. Dutzende von Traumwandlern.

»Mir nach! Mir nach!«

Schlafend und schreiend lief mein Vater vorweg, als wäre er ein Treckführer, der sich mit weit aufgerissenen Augen einen Weg durch die Nacht bahnt. Oder ein General, der seine Truppen durch die Nacht führt. Und all die Leute mit all den Fässern, die sie vor sich her rollten, folgten ihm wie die Wagen einer Kolonne. Polternd. In Reih und Glied. Ein mächtiges Heer. So kamen sie herauf, nahmen eine Biegung und marschierten auf uns zu.

»Ihr müsst die Fässer nur auf den Berg an der östlichen Dammseite rollen, dann zahle ich euch aus! Rollt sie nur auf den Berg und rollt die Sonne raus, dann zahle ich euch aus! Lasst uns den Tag herausrollen, diesen einen besonderen Tag, und wir alle, die wir das Öl hinaufgeschafft haben, werden weit und breit zu Helden! Wenn es erst einmal hell wird, wird uns die ganze Welt dankbar sein! Ehren wird sie uns! Schneller! Schneller! Je eher wir die Sonne rausrollen, desto weniger Leute sterben in Gaotian und desto weniger Blut fließt dort! He, du da! Schneller! Sonst hältst du deine Hinterleute auf! Und vielleicht wird dann deinetwegen in Gaotian einem der Kopf abgehackt! Vielleicht hat dann deinetwegen einer mehr ein Loch im Schädel!«

So rief mein Vater nach hinten. So schrie er zum Himmel. Und so rollten die Traumwandler ihre polternden Fässer an uns vorbei. Folgten meinem Vater, den Blick stur geradeaus, und rollten ihre Fässer Leichenöl von der westlichen Dammseite zur östlichen. Polterten und rumpelten an uns vorbei wie ein Güterzug voller Öl. Es war Nacht am helllichten Tag. Das Wasser war klar und trübe zugleich. In der Luft lag eine glühende Hitze, aber zugleich wehte ein Wind. Der Ölgeruch der Fässer, die an uns vorüberrollten, war mit einem Geruch nach ranzigem Fisch und nach der Glut des Sommers vermischt. Es roch, als hätte man gerade eine ölige Schmiere in ein Feuer gekippt. Niemand sagte ein Wort. Niemand richtete sich auf und machte eine Pause. Wir sahen nichts als lauter gebückte Gestalten, die die Fässer vor sich her rollten, und lauter halb geöffnete, schläfrige Augen. Dann waren die Männer, die im Traum die Fässer rollten, an uns vorbeimarschiert. Waren an uns vorbeigepoltert. Waren an uns vorbeigetaumelt wie Zhuge Liangs Tross von hölzernen Ochsen und Pferden[8]. Langsam ebbte ihr Gepolter ab, so langsam, wie der Sommer zum Winter wird und der Frühling zum Herbst.

»Was ist denn das für ein Öl?«, fragte mich Onkel Yan.

»Ach, nichts.« Ich schaute ihm in die schläfrigen Augen.

»Nun sag schon, was ist das für ein Öl?«

»Das ist Öl, das jahrelang hier am Damm gelagert wurde. Maschinenöl, Benzin und Speiseöl.«

»Aha … aha … aha …«

Das war das letzte »Aha«, das er zu mir sagte. Denn dann sah er in der Kolonne von Traumwandlern einen alten Mann Mitte sechzig, der sein Fass so mühsam vor sich her rollte, als wäre es ein Berg. Da steckte Onkel Yan seine Taschenlampe weg und begann dem Alten zu helfen. Er schloss sich dem Trupp von Traumwandlern an, der die Sonne herausholen und aus der Nacht Tag machen wollte. Schloss sich ihm an, als wollte er seinen Traum befühlen, um zu sehen, ob er weich oder hart, heiß oder kalt war. Und als wollte er sich selber vergewissern, ob diese Geschichte wahr war.

Der Himmel war dunkel und trübe.

Die Welt war still und doch erfüllt von einem verborgenen Rumoren.

Der Damm, die Berge und die Dörfer und Bäume dazwischen waren schwarze Flecken und Klumpen in diesem trüben Dunkel. Von der Stadt am Fuß des Damms flackerten und zuckten noch immer wirre Lichter herauf, und auch das Geschrei des Schlachtgetümmels schwirrte noch immer durch die Luft und bohrte sich mir in die Ohren. Das Knirschen der Leichenölfässer auf dem Asphalt drang dagegen nur noch so leise zu mir herüber wie das Zähneknirschen eines Schläfers.

4. 06:00–06:00

Und so rollten sie all die Fässer Leichenöl von der Westseite des Damms zur Ostseite. Sieben oder acht Mal mussten sie dafür hin und her gehen. Vielleicht auch acht oder neun Mal, so genau weiß ich es nicht mehr. Jedenfalls rollten sie alle Fässer auf den Berg am nordöstlichen Dammende. Und nachdem sie die Fässer dort abgestellt hatten, schauten sie hinab auf Gaotian. Horchten hinab. Und da sahen sie die Lichter, die aufflackerten und wieder erloschen, und es war, als könnten sie die Schlacht selber sehen. Als könnten sie all die gebrochenen Arme und Beine sehen, all die klaffenden Wunden und das Blut, das von den Straßen aufspritzte. Und als könnten sie all das Gekreisch und Geschrei hören, all das »Zum Angriff!« und »Macht sie nieder!«. Und auch all die Klagen und Ächzer der Sterbenden.

Da wurden ihre Gesichter bleich, bleich wie die weißen Papierblumen der Neuen Welt. Aus ihren Augen sprach eine wachsende Beklemmung, und ihre Gesichter zuckten wie von Krämpfen geschüttelt. Schweiß trat auf ihre Gesichter, Schweiß und Angst. Ihre Augen schimmerten trübe, schimmerten vor lauter Verlorensein und Hilflosigkeit. Und als hätten sie es sich von meinem Vater abgeschaut, murmelten sie alle fragend vor sich hin:

»Es wird doch bald wieder hell, oder? Es wird doch bald wieder hell?«

»Wir holen doch gleich die Sonne raus, oder?«

»Wir holen doch gleich die Sonne raus, oder?«

Und schon hasteten sie aufs Neue meinem Vater hinterher nach Westen, um geschwind die Fässer heraufzurollen, um die Sonne herauszuholen und den Tag. Und so liefen sie die Strecke ein ums andere Mal. Rollten ihre Last ein ums andere Mal. Eine Strecke, eine Last nach der anderen. Eine Last, eine Strecke nach der anderen. Schließlich musste mein Vater sie nicht mehr führen oder kommandieren. Sie rannten von selber von einem Dammende zum anderen. Rollten die Fässer von selber wie eine Kolonne von Maschinen oder Lastern. Oder wie ein Zug von Wildgänsen, die einander so bedingungslos folgen, dass, wenn die Vorderste geblendet von der Sonne gegen einen Berg fliegt, alle anderen es ihr nachtun. Oder wie eine Herde gefügiger Ochsen, bei der auch alle dem Vordersten folgen, selbst wenn er eine Klippe hinabspringt in den Tod.

Der Berg auf der Nordostseite war aus Erde. So viel gelbe Lösserde lag dort, dass sie gereicht hätte, um Tausende von Generationen zu begraben. Früher war hier einmal ein Teich gewesen, mit einer Grube, die einen *Mu* groß war. Aber mit der Zeit hatte sich die Grube mit Erde gefüllt. Gras und Gestrüpp, Bäume, wilde Katzen und Hunde hatten die Grube in Besitz genommen. Kaninchen und Vögel. Die Menschen waren nicht mehr hierhergekommen. Nur wenn in einer Familie ein Baby gestorben oder ein Schwein an einer Krankheit verendet war, waren die Leute noch gekommen, um die Leiche hier abzuladen. Aber jetzt stirbt kaum noch ein Schwein an einer Krankheit, und tote Babys gibt es auch nicht mehr. Und so geriet die Grube in Vergessenheit.

Mein Vater wusste trotzdem von ihr – ich habe keine Ahnung woher. Jedenfalls schien es jeden Morgen im Jahr, wenn man von Gaotian aus aufschaute, als ginge die Sonne hier über dieser Grube auf. Und als breitete sich das helle Licht des neuen Tages von dieser Grube und ihren Rändern aus – nur dass die Sonne im Winter von der einen Seite hervorkam und im Sommer von der anderen.

Am Rand dieser Grube stellten sie die Fässer ab. Rollten sie erst um die eine Seite herum und stellten sie an der anderen ab. Scharen von Fässern sammelten sich dort an. Und sobald die Kolonne wieder abgezogen war, um die nächste Last zu holen, schraubte mein Vater die Verschlüsse an den Deckeln mit einer Zange auf, sodass das schwärzliche Öl fröhlich gluckernd in die Grube fließen konnte. Ein Fass. Zwei Fässer. Hundert Fässer und mehr. Vielleicht dreihundert oder fünfhundert. Und all diese Fässer ergossen ihren ganzen Inhalt in die Grube.

Anfangs sah das Öl wie das Wasser eines schwarzen, schlammigen Tümpels aus, aber mit der Zeit fing es an der Oberfläche braun zu schimmern an, und im Lampenschein leuchtete es wie ein dunkelblauer See. Wie Hunderte von Quellen plätscherte das Öl aus den herbeigerollten Fässern in die Grube. Wenn die Fässer leer geschüttet waren, wurden sie achtlos zur Seite gerollt. Dort standen sie dann herum wie unzählige verdorrte Baumstämme, von denen einer aussah wie der andere. Oder wie eine Kolonie von riesigen Pilzen, die über Nacht aus dem Boden geschossen waren. Also konnte man im Traum tatsächlich Großes vollbringen. Konnte tatsächlich alles nur Erdenkliche wahrmachen.

Schließlich hatten sie alles Öl auf die Ostseite geschafft.

Hatten alles Öl in die Grube gekippt, bis sie hüfthoch damit gefüllt war.

Der Pfad, der den Hang hinauf vom Damm auf den Berg führte, war mehrere Dutzend Meter lang. Auf dem ganzen Weg war das Gras von den Fässern plattgewalzt, und darüber hatte sich eine ölige Schmiere gelegt wie ein langer Streifen Teerpappe. Im Lampenschein zeigte dieser Streifen nach Norden wie Haare, die sich jemand nach hinten gekämmt hat. Und die Luft war geschwängert von dem Geruch nach abgeknickten Grashalmen und dem ranzigen Gestank des Leichenöls. Die ganze Welt war voll von diesem Gestank und dem Gestank nach Schweiß und einer fiebrigen nächtlichen Unruhe. Die Luft wurde wieder heiß und stickig, und diese vibrierende Spannung machte die Leute ganz kribbelig, als hätte man sie in heißes Wasser geworfen. An den Bäumen rings um die Grube hatten sie ein gutes Dutzend Stalllaternen aufgehängt. Ihre Schirme waren schwärzlich verbrannt und wasserfleckig, und ihr Licht wurde immer trüber, als würde diese Nacht am helllichten Tag noch dunkler als vorher werden. Um die Grube herum, die nun ein Ölteich war, standen ein paar Schnur- und Zedrachbäume, dazu zwei armdicke Maulbeerbäume. Die Blätter waren vom Laternenschein schwarz und welk geröstet und hingen schlaff herunter. Die Seidenspinner, die sich darauf verpuppt hatten, brachen aus ihren herunterbaumelnden Kokons und lugten nach den Menschen und Lichtern.

Im Laternenschein warfen die Bäume lange Schatten.

Die Menschen warfen lange und kurze Schatten.

In der Grube, die wie ein Dreschplatz aussah, stand das Öl bis zu den Oberschenkeln. Vielleicht hätte es sogar bis zur Hüfte gereicht. Die glatte, zähflüssige Oberfläche verströmte einen dunklen Glanz und einen stechenden Gestank. Wenn man sich zu ihr hinunterbeugte, sah man sie funkeln wie lauter Fischschuppen. Wie ein Meer von Fischschuppen. Um die Fässer hierher zu rollen, hatten die Leute über zwei Stunden gebraucht. Vielleicht drei Stunden. Danach waren sie alle neben der Grube auf den Boden gesackt. Waren hingesackt und eingeschlafen. Manche hatten erst noch ihr letztes Fass herbeigerollt und waren dann gleich daneben eingeschlafen. Andere waren schon auf halbem Weg mit dem Fass vor sich in Schlaf gefallen. Ihr Schnarchen wogte in der Luft wie das Knirschen der Fässer auf dem Boden. Andere wiederum redeten nach getaner Arbeit noch eine Weile, wischten sich die öligen Hände mit Erde und Gras ab und schienen dabei mehr wach als schlafend. Und sie vergaßen auch nicht, dass sie all das Öl nur deshalb herbeigeschafft hatten, um sich einen Batzen Geld zu verdienen.

»Wo ist denn nun das Geld, ein Hunderter pro Fass?«

»Und wo ist das Haus, das du mir versprochen hast?«

Die Fragen hingen ihnen an den Mündern wie Blätter an den Bäumen, sie wuchsen hervor wie Gras aus der Erde. Aber über ihren Fragen fielen sie zurück aus dem Traumwandeln in den Schlaf. Ihre Stimmen wurden leiser, bis sie völlig verstummt waren. Und schon schliefen sie, schliefen wie ein Stein. Und mein Vater eilte geschäftig hierhin und dorthin und vergaß darüber nicht, all die Fragen zu beantworten.

»Du kriegst dein Geld sofort.«

»Sobald es hell ist, gebe ich dir dein Geld.«

Für jeden, der von ihm sein Geld oder sein Haus einforderte, hatte er eine Antwort parat, und jeder sank danach in Schlaf. Wurde vom Schlafwandler zu einem gewöhnlichen Schläfer. Nur mein Vater wandelte noch immer in seinem Traum. Nur mein Vater schlief noch immer tief und fest. Schlief und lief inmitten all der Schläfer herum, um die leeren Fässer weiter weg zu rollen. Nun musste er sich nicht mehr um die anderen kümmern, die die Fässer für ihn hergeschafft hatten. Musste ihnen keine Versprechungen mehr machen von hundert Yuan für ein Fass, von einem Haus für drei Fässer und einem großen Laden für zehn. Nun rollte er nur noch die leeren Fässer vor sich her, rannte hierhin und dorthin und murmelte dabei vor sich hin, als wollte er vor lauter nächtlicher Erregung einen übergeschnappten Tanz aufführen.

»Jetzt kann ich ein Feuer machen und die Sonne kommt raus!«

»Jetzt kann ich ein Feuer machen und die Sonne kommt raus!«

Da wusste ich, dass mein Vater tief auf den Grund seines Traums abgetaucht war, in die Höhle seines Schlafs. Über eine Nacht war er nun wach geblieben und herumgelaufen, über eine Nacht hatte er herumgerufen und herumgeschrien und war jetzt bestimmt unendlich müde. Er hätte sich mit dem Kopf nur irgendwo anlehnen müssen, und schon wäre er eingeschlafen. Aber er lag nicht, er hielt seinen Kopf noch immer in die Höhe. Lief und rannte auch im Schlaf noch in einem fort hin und her. Ich fürchtete um sein Leben, fürchtete, sobald er erst einmal das Leichenöl in der Grube angezündet hätte, würde er direkt daneben niedersacken und einschlafen. Direkt beim Feuer. Und wenn die Flammen auf ihn überspringen und ihn verbrennen würden, würde er trotzdem nicht aufwachen.

Um das zu verhindern, folgte ich ihm auf Schritt und Tritt.

Aus Angst, er würde, kaum hätte er das Feuer entzündet, prompt daneben einschlafen.

Aber da nahmen die Dinge eine neue Wendung. Eine Wendung, die Schläfer und Schlafwandler aufrüttelte. Eine Wendung, die alles unwiderruflich veränderte. Mein Vater hatte gerade das letzte Ölfass ausgeschüttet und beiseite gerollt, sich eine Handvoll Gras vom Boden abgerissen und sich damit die Hände abgewischt. Dann hatte er seinen Helfern lauthals verkündet: »Gleich kommt die Sonne raus! Gleich kommt die Sonne raus!« Aber als er sich nun eine Laterne von einem der Bäume schnappen wollte, um damit das Leichenöl zu entzünden, da tauchte auf einmal Yan Lianke von irgendwoher aus der Menge auf, im Gesicht und am ganzen Körper ölverschmiert, und trat vor ihn hin. Ich weiß nicht, wie er sich so besudelt hatte, ob beim Rollen der Fässer oder weil er vielleicht zusammen mit meinem Vater das Öl in die Grube gekippt hatte. Jedenfalls baute er sich nun wie ein Baumstamm, der von öliger Schmiere überzogen war, vor meinem Vater auf. Wie eine dicke Wolke, die sich vor der Sonne breitmacht, wenn die gerade aufgehen will. Kaum einen Schritt von meinem Vater entfernt stand er da und sagte etwas, das ziemlich gewöhnlich klang. Und doch alles veränderte.

»Wenn du jetzt das Feuer entzündest, wird es nur auf einer Fläche brennen.«

»Wenn das Feuer wie die Sonne aussehen soll, müssen wir aus der Feuerfläche eine große Feuerkugel machen.«

»Ich habe lange darüber nachgedacht. Wir müssen in der Mitte des Ölteichs einen Pfahl aufstellen und verwelktes Gras, das wir mit Öl getränkt haben, darauf häufen, dann züngelt das Feuer zum Himmel hinauf, und von Weitem sieht es rund aus wie ein Feuerball oder wie die Sonne.«

Mein Vater stand neben dem Ölteich. Seine Helfer, von denen manche schon eingeschlafen waren und andere noch nicht, hockten oder lagen auf dem Gras beim Teich verstreut wie ein Haufen

Ölfässer oder Heuballen. Im Lampenschein war alles trübe und schummrig. Die Schatten der Bäume waren trübe und schummrig. Die ganze Welt war trübe und schummrig. Ich stand neben Onkel Yan auf einem Hubbel und schaute meinen Vater an. Dann wanderte mein Blick zu Yans Schlüsselbein, und mir fiel auf, dass es wie eine morsche gelbe Rippe aussah. Das Gesicht meines Vaters dagegen trieb in der Luft wie ein Laternenlicht, es funkelte und glänzte rot wie flatternde Seide, als wäre in ihm selber eine Sonne verborgen. So schaute er Yan an. Starrte ihn an. Grübelte über seine Worte nach. Seine Augäpfel fingen an zu rollen, als drehten sich zwei kleine Feuerbälle in seinem Gesicht. Und dann begann er rings um den Ölteich irgendetwas zu suchen. Ging mitten zwischen all den Schläfern auf die Suche. Unter den Bäumen beim Teich riss er geschwind einen Arm voll Beifuß und ein paar vertrocknete Zweige ab. Aber als er danach wieder zu Yan zurückkehrte, schaute er ratlos drein.

Dann fiel sein Blick auf die ölverschmierten Kleidungsstücke, die seine Helfer sich ausgezogen hatten, bevor sie eingeschlafen waren, und er lächelte freudig überrascht. Überrascht wie einer, der nach Hause kommt und seinen verloren geglaubten Schlüssel wiederfindet. Wie ein kleines Kind, das etwas sieht, was ein anderer verloren hat. Als hätte ich an einem Markttag eine Brieftasche entdeckt, die einer der Marktgänger dort hat liegen lassen. Im ersten Moment weiß ich noch nicht, ob ich die Brieftasche auflesen soll. Zögere, ob ich sie auflesen darf. Aber am Ende tue ich es einfach. Hebe sie auf und verstecke sie.

Mein Vater stand eine Weile bloß schweigend da. Eine lange Weile. Ein ganzes Leben lang. Endlich löste er den Blick von Yan und richtete ihn auf den Ölteich. An der Oberfläche war das Öl so glatt und ruhig wie ein riesiges schwarzes Tuch Seide. Ein Tuch, das schimmerte. Die Schatten von Bäumen fielen darauf und die Schatten von Menschen. Fielen auf Himmel und Erde. Und der Schimmer fiel auf die ganze Welt.

Der ranzige Ölgestank, der anfangs so stechend war, verflüchtigte sich mit der Zeit, als hätte das Öl jeden Geruch verloren. Niemand wusste, dass dieses Öl Leichenöl war. Gewonnen in mehr als zehn Jahren im Krematorium. Nur ich wusste das. Ich und mein Vater. Aber ich bin mir nicht mehr sicher, ob ich zu diesem Zeitpunkt nicht auch schon traumwandelte oder immer noch wach war. Ich bin mir wirklich nicht mehr sicher. Ich glaube, ich war wach. Aber wie konnte ich es dann zulassen, dass mein Vater etwas so Idiotisches tat? Etwas, von dem sogar die Hühner und Schweine, die Katzen und Hunde und Vögel wissen, dass man es nicht tun sollte. Aber ich bin eben nur ein dummer Junge. Ein dummer Junge und sonst nichts. Ich war wach und ließ es trotzdem zu, dass mein Vater im Traum so etwas tat. Dass er das tat, was er am allermeisten hätte tun sollen und am allerwenigsten.

Am Fuß des Bergs, in Gaotian, flackerten und blitzten die Lichter noch immer so wild durcheinander. Genauso wild und verschwommen wie die Stimmen und Geräusche, die von dort heraufdrangen. Zu unserer einen Seite lag der Stausee, zur anderen das Dorf am Fuß der Bergkette. Und hinter uns das Villenviertel, in dem mein Onkel wohnte. Es war noch immer hell erleuchtet, aber totenstill. Wie es ihm und seiner Frau wohl ergangen war? Aber wer hatte jetzt noch Zeit für solche Sorgen? Wen kümmerte es jetzt noch, was im Villenviertel geschehen war?

Nun, wo mein Vater eine Grube voller Öl entzünden wollte.

Nun, wo aus dieser Grube die Sonne aufsteigen sollte.

Nun, wo der helle Tag die Nacht vertreiben sollte.

Ich ließ meinen Vater nicht aus den Augen. Und auch nicht Yans Schlüsselbein, das wie eine morsche Rippe aussah. Eigentlich hatte er ein Hemd getragen, aber nun war es verschwunden, und mit seinem nackten, ölverschmierten Oberkörper sah er nicht mehr wie ein Schriftsteller aus, sondern nur noch wie irgendein x-beliebiger Niemand.

Letztlich war er auch nur irgendein Traumwandler.

War auch nur versunken in seinem Traum.

Unterschied sich in nichts von den anderen. Das Haar weiß. Die Augen halb geschlossen. Er atmete durch den Mund, nicht durch die Nase ein und aus. »Wie spät?« Ich hatte das Radio wer weiß wo gelassen. An einem normalen Tag hätte die Sonne wohl bald im Zenit gestanden. Aber die Welt war eine trübe Masse wie ein Meer bei Nacht. Die Zeit war tot. Die Sonne war tot. Aber nun würde die Sonne wieder zum Leben erwachen und mit ihr die Zeit.

Mein Vater und Yan standen da und schauten einander an. Sahen einander und doch auch wieder nicht. Denn beide waren sie gefangen in ihren Träumen. Wandelten in ihren Träumen und dachten jeder für sich an ihre eigenen Dinge. So wie das Wasser an seine eigenen Dinge dachte. Und die Berge an ihre eigenen Dinge. Und auch die Pappeln und die Schnurbäume, jeder für sich. Alles, was da auf der Erde in seinen Träumen gefangen war, dachte an seine eigenen Dinge. Und überall schnarchte und schnaufte es von all den Schläfern. Überall schnaubte und stammelte es tief aus dem Traum.

Ansonsten war es in der Welt sehr still. Alles unter dem Himmel war sehr still. Nur auf der Wiese ein paar Dutzend Meter vom Ölteich entfernt raschelte etwas auf. Als würde eine Schlange durch das Gras davonschnellen oder vielleicht auch ein Hase. Würde in die Dunkelheit hineintauchen wie ein herbeigewehter Heuhalm in den Ölteich. Würde wie ein kleiner Stein darin versinken. Das Geschnarche und Gestammel der Schläfer glitt über die Erde und hinein in die Nacht, hinein in den Ölteich, der so groß wie ein kleines Feld war. Ganz still war es in der Grube. Auf den Bergen und grasbewachsenen Hängen ringsum, in den Feldern und Dörfern, überall war es so still, als wäre die Zeit tot und mit ihr die Sonne. So totenstill war es, dass ich hörte, wie das platt getrampelte Gras in der Nacht wuchs und wie es sich wiederaufrichtete. Und wie die Nasenflügel meines Vaters zuckten wie die Flügel einer fliegenden Libelle. Yan atmete durch den Mund, der offen stand wie die Öffnung einer Flasche Sojasoße. Oder wie ein Straßenbrunnen mit aufgeschobenem Deckel. So schauten und schwiegen, schwiegen und schauten sie beide. Schwiegen eine lange Weile. Schwiegen einen Tag. Eine Nacht. Einen Sommer. Ein Jahr. Und doch auch wieder nur einen winzig kleinen, flüchtigen Moment. Und in diesem einen Moment wurde das Gesicht meines Vaters hart und rot. Und in dieser Härte und Röte pulsierte eine Ader.

»Lianke, über das, was sich heute Nacht ereignet hat, wirst du doch bestimmt ein Buch schreiben, oder?«

Yan schaute meinen Vater an, als wollte er etwas sagen, aber er brachte kein Wort über die Lippen.

»Todsicher wirst du darüber ein Buch schreiben. So eine Geschichte erlebst du doch in tausend Jahren nicht mehr.«

Mein Vater schaute Yan an, lächelte und sagte nichts mehr. Er ging zu den Bäumen und hob die Laternen der Reihe nach in die Höhe, als wollte er ihr Gewicht prüfen. Am Ende nahm er eine besonders schwere Laterne herunter. Dann kickte er wie ein Kind seine Schuhe in den Teich. Sie machten nicht etwa ein klatschendes Geräusch wie ein Stein, der in Wasser fällt, und es spritzte auch kein Schaum auf. Das klebrige schwarze Öl fing die Schuhe einfach auf wie ein elastisches Segeltuch, rührte sich nur kurz, und schon hatte es die Schuhe verschluckt. Nun klaubte mein Vater den Beifuß zusammen, den er herausgerissen hatte, schnürte all die Zweige zu einem Bündel und raffte die Kleidung von ein paar Schläfern zusammen. Wie er dann mit seiner Laterne und all den Sachen, die er teils in den Armen trug, teils hinter sich herzog, zum Ölteich tappte, sah er aus, als würde er mit Sack und Pack umziehen.

So schleppte, schleifte und zerrte er sich durch bis in den Teich.

Ich weiß nicht, ob es daran lag, dass ich so dumm bin, oder ob ich auch eingeschlafen war, jedenfalls schaute ich meinem Vater zu, als wäre er eine Figur aus einem Traum. Als stünde ich selber in meinem Traum und schaute einem anderen Traumwandler zu. Und dieser Traum hielt mich umschlossen. Er lastete mit all seinem ungeheuren Gewicht auf mir. Als hätte ich einen Albtraum gehabt und wüsste genau, dass ich auf dem Bett lag und schlief mit der Faust in der Magengrube. Ich wollte die Faust heben, aber so sehr ich mich auch abmühte, sie rührte sich nicht von der Stelle. Ich wollte meinem Vater zurufen: »Geh nicht in den Teich!«, aber so sehr ich mich auch abmühte, ich brachte keinen Mucks heraus. Mein Vater würde etwas Großes vollbringen. Ein Traum vollbringt Großes und ein Traumwandler das Allergrößte unter dem Himmel. Schleppend, schleifend und zerrend stieg mein Vater in den Teich und watete Schritt um Schritt auf die Mitte zu. Manchmal reichte ihm das Leichenöl bis zu den Knien, manchmal bis zu den Oberschenkeln. Als die Zweige und der Beifuß durch das Öl strichen, rührten sie den ranzigen Gestank auf, und er überflutete den Berg, überflutete das Gebirge und die ganze Welt. Ich hatte keine Ahnung, was mein Vater vorhatte. Auch Yan stand wie gelähmt in seinem Traum und schaute meinem Vater ahnungslos zu. Genauso ahnungslos wie die Schläfer und Schlafwandler und Wachen am Rand des Teichs. Der Himmel war grau und schwarz und trübe. Die Erde war schwarz und tot und trübe. Und auch die Menschen waren schwarz und grau und tot und trübe.

»Papa, was hast du vor?«

Mein Ruf klang, als wäre ich den ganzen Tag gerannt und endlich nach Hause heimgekehrt und würde nach meinen verschwundenen Eltern rufen.

Mein Vater drehte sich zu mir um und sagte etwas, was niemand im Himmel und auf der Erde verstand.

»Niannian, jetzt begleicht unsere Familie wirklich all ihre Schuld! Selbst wenn du groß bist, wirst du niemandem meinetwegen noch etwas schuldig sein!«

Seine Stimme war brüchig wie weißes Papier, das fröhlich im nächtlichen Wind über einem Grab flattert und tanzt.

Yan starrte meinem Vater hinterher.

»Was tust du denn da? Was schleppst du denn all dieses Zeug mit dir herum?«

Keine Antwort.

Die Welt war so still, als gäbe es keine Welt mehr. Mein Vater watete durch das schmutzige Öl, das ihm bis zu den Oberschenkeln reichte, zur Mitte des Teichs. Blieb dort stehen, lud die Gräser, Zweige und Kleidungsstücke ab, die er mitgeschleppt hatte, und tränkte sie in dem Öl. Beugte sich hinunter und bespritzte sich auch selber mit dem Öl, als wollte er darin baden. Verrieb das Öl auf seinem Körper. Hockte sich an einer Stelle hin, an der ihm das Öl ohnehin schon bis zu den Oberschenkeln stand, und ließ es bis zu seinem Hals hinaufschwappen.

Als er wieder aufstand, hatte er sich in einen Ölmenschen verwandelt. Tappte so in all dem Öl herum. Suchte irgendetwas. Als wollte er mit den Füßen etwas ertasten. Ertastete tatsächlich etwas, einen Felsblock oder Hubbel auf dem Grund des Teichs. Langsam stieg er darauf, und als er oben auf dem Felsblock oder Hubbel stand, reichte ihm das Öl nur noch bis zu den Knöcheln. Da breitete er die ölgetränkten Gräser und Zweige rings um sich aus, ehe er sich wieder aufrichtete und zu uns hinüberschaute.

Er schaute eine Weile. Schaute ein ganzes Leben. Ehe er schließlich das Gehäuse seiner Laterne öffnete und den Tankdeckel aufdrehte, in den man das Petroleum goss.

»Lianke! Wenn du dein Buch schreibst, vergiss nicht, mich als guten Menschen darzustellen!«

So rief er. Es klang, als wäre er wach. Dann schüttete er das Petroleum auf die Gräser und Zweige rings um sich herum. Und stellte die geöffnete Laterne darauf.

Ich hörte keinen einzigen Knall. Aber ich sah, wie das Petroleum, das auf dem dickflüssigen Öl schwamm, erst nur an einem Punkt, dann auf einem Streifen in Flammen aufloderte. Wie ein kleines Tuch rote Seide wirbelte das Feuer vor meinem Vater auf.

Ich begriff noch immer nicht, was er vorhatte. Aber Yan begriff es. Murmelte: »Ach so …«, zuckte zusammen und schnellte vor, als wäre er aus seinem Traum erwacht.

»Tianbao, bist du jetzt völlig durchgedreht? Bist du wach, oder schläfst du?«

Dann stürzte er sich in den Ölteich.

Aber als er nach ein paar Schritten sah, wie das Feuer in der Mitte hochloderte, blieb er wieder stehen. Sah mit an, wie mein Vater mit all den Gräsern, Zweigen und Kleidungsstücken um sich herum dort wackelte und wankte wie eine Feuerkugel. Wie er hastig auf das Ufer des Teichs zuwankte, als wollte er aus dieser Kugel fliehen, während seine Schmerzensschreie daraus hervor gellten. Seine Todesschreie.

»Ich bin wach! Ich bin wach!«

So schrie das Feuer, das mein Vater war, und taumelte beiseite. Aber nach ein paar Schritten blieb es wieder stehen. Hielt inne. Einen Moment lang, ein Leben lang. Ehe es wieder zurückwankte auf den Hubbel in der Mitte. Wieder zum Zentrum der Feuerkugel wurde, da, wo sie am größten und am breitesten war.

Mein Vater rührte sich nicht mehr. Schrie nicht mehr. Stand bloß da. Starb da. Ließ das Feuer sich ringsum ausbreiten. Ließ es über die Gräser und Zweige, die Kleidung und sich selber züngeln, bis sich in der Mitte des Teichs ein mächtiger Feuerball gebildet hatte. Erst brannte der Teich nur auf der Fläche einer Matte, dann auf der Fläche eines Hauses. Im Nu verschlang das Feuer die Gräser und Zweige und kletterte die Feuersäule hinauf, die mein Vater war. Kletterte von überallher auf ihn hinauf. Auf ihn hinauf und hoch zum Himmel. Breitete sich geschwind nach allen Seiten aus, mit blauen und mit roten Zungen, bis es zu einem mächtigen goldgelben Feuerball angeschwollen war. Und an der oberen Spitze dieses Balls sah ich aufrecht wie eine Pagode aus Feuer meinen Vater. Die Spitze schwankte und wankte, aber sie hielt sich aufrecht bis zuletzt.

»Die Sonne geht auf! Schreib, dass ich ein guter Mensch war!«

Ich erinnere mich, dass dies die letzten Worte meines Vaters waren, aber ich weiß nicht, ob er sie im Schlaf oder im Wachen schrie.

Ich vermute, im Schlaf. Aber dann bin ich wieder überzeugt, dass er im Feuer aufgewacht sein muss.

Wie ein Messer schwirrte sein Schrei durch die Nacht, schnitt mir ins Fleisch und riss mich aus meiner Betäubung, aber als ich endlich in den Teich springen wollte, trieb das Feuer Yan schon wieder hinaus.

Er stürzte ans Ufer und riss mich mit sich fort. Zu diesem Zeitpunkt war er schon wieder völlig wach, aber zugleich auch wie gelähmt, als hätte er nicht den leisesten Schimmer, was da gerade vor sich gegangen war. Er kratzte sich am Kopf. Kratzte sich mit beiden Händen im Gesicht. Schrie hilflos in die Menge, die dort am Teich versammelt war: »Oh Gott! Oh Gott!« Schaute zurück zum Feuer, das vom Teich herangestürmt kam, ehe er mit dem Kopf wieder zurück zur Menge wirbelte und sich die Seele aus dem Leib brüllte, genau wie mein Vater es vorher getan hatte.

»Runter zum Damm!«

»Runter zum Damm!«

Da wachten sie alle auf. Waren im Nu wieder auf den Beinen. Starrten wie gelähmt den Feuerball an, der schon mehr als den halben Teich verschlungen hatte. Der im Handumdrehen den ganzen Teich verschlungen hatte. Die Hitze wälzte sich auf uns zu wie eine wogende Flut.

»Runter zum Damm! Runter zum Damm!«

Und alle rannten sie Yan hinterher. Unter seinen Schreien prasselten ihre Schritte wie Regentropfen auf das Gras und auf den Berg, während ein beißender gelber Brandgeruch unter ihren Füßen und in der Luft herumwaberte und ihnen wie Sandkörner auf die Nasen und Gesichter einschlug. Das Geknall, mit dem sich das kalte Öl entzündete, und das Geschrei der Schläfer, die aus ihren Träumen erwacht waren, hallte auf dem Berg und unter ihren Füßen wider. Die Luft war rot vom Feuerschein. An der Oberfläche des Stausees spiegelte sich das Feuer, als wäre die Sonne aufgegangen. Asche stob den Fliehenden hinterher wie Spatzen- oder Phönixfedern und fiel ihnen auf die Haare und Gesichter. So stürzten sie vom Berg hinunter auf den Damm. Stürzten so schnell, als flüchteten sie vom Richtplatz.

Erst als die Gluthitze in ihrem Rücken verflogen war und sie den Damm erreicht hatten, blieben die Ersten von ihnen stehen und drehten sich um. Da sahen sie, dass hinter ihnen kein Feuer brannte, nein, was da hinter ihnen auf dem Berg an der östlichen Dammseite brannte, war die Sonne, und sie würde jeden Moment zum Himmel aufsteigen. Hoch wie ein Baum loderten ihre Flammen, hoch wie ein mehrstöckiges Haus. Eine strahlende Halbkugel, die aussah, als wollte sie vom Berg hinauf in die Luft springen und würde doch immer wieder von ihm und dem Teich gepackt und am Boden festgehalten werden.

Als ginge im Winter gerade die Sonne auf.

Als zeigte sie sich gerade im Sommer.

Und da leuchteten die Berge rot.

Die Welt leuchtete rot.

Die ganze Welt glühte und leuchtete in flammendem Rot.

Die nahen Häuser und Tiere, die Bäume, der Fluss und die Dörfer, sie alle erstrahlten in diesem Glanz wie eine Welt aus Achat. Den ganzen Weg vom Berg hinunter auf den Damm hatte mich Yan mit sich mitgezerrt. Auf einmal packte mich ein schrecklicher Durst. Ich fühlte mich so ausgedörrt, dass ich am liebsten die zweihundert Meter vom Damm hinunter in den Stausee gesprungen wäre, um dort zu trinken und zu ertrinken. Während ich auf den See in seinem Feuerglanz hinunterstarrte, glaubte ich, mein Vater würde jeden Moment wie ein Fisch aus dem Wasser hervorspringen. Ganz gewiss würde er dort aus dem Wasser und dem Glanz hervortauchen. Die anderen starrten alle hinauf zum Feuer, das die Sonne war. Ich aber starrte hinunter zu dieser ungeheuren Wasserfläche. Ich weiß nicht, was die anderen dachten. Ich weiß nur, ich war schrecklich durstig. Ich glaubte, meine Haut würde aufreißen, so ausgetrocknet fühlte ich mich mit jeder Pore meines Körpers. Ich wollte nur noch ins Wasser springen und ertrinken. So ausgedörrt und rissig waren meine Lippen, meine Kehle und mein Herz, dass ich nur noch ins Wasser springen und trinken und ertrinken wollte.

Da kam von irgendwoher ein Schrei.

Markerschütternde Schreie gellten mir in den Ohren.

»Die Sonne geht auf!«

»Die Sonne geht auf!«

»Es wird hell! Im Osten geht die Sonne auf!«

Die Stimmen kamen von westlich des Damms. Wir alle drehten uns dorthin und sahen, dass die Sonne mit ihrer feurigen Glut die ganze Gegend taghell erleuchtete. Der neue Tag war tatsächlich angebrochen. In der ganzen Welt wurde es Tag. Die Dörfer, der Fluss und die Berge, die Bäume, die Gräser und das Getreide auf den Feldern an der Straße, der geschnittene Weizen und der noch ungeerntete und auch die Bohnen, das alles lag klar und deutlich und gestochen scharf vor unseren Augen. Gleich am westlichen Fuß des Damms standen viele Leute am Dorfeingang und schauten zum Feuerteich auf dem östlichen Berg hinauf. »Es wird hell!« »Die Sonne geht auf!« »Es wird hell!« »Die Sonne geht auf!« So schrien sie und klatschten in die Hände, und dabei hüpften und sprangen sie herum wie kleine Kinder am Frühlingsfest. Aus all den Dörfern beim Damm kamen die Leute herausgelaufen, sie rannten heraus und stellten sich im taghellen Sonnenschein an die Straßen am Dorfeingang, sie jauchzten und jubelten und begrüßten die Sonne aus Ölfeuer mit ihren Schreien. »Es wird hell!« »Die Sonne geht auf!« »Es wird hell!« »Die Sonne geht auf!« Welle auf Welle wogten ihre Freudenschreie im Wind wie der Weizen oder wie der Regen, den die Menschen in der Gluthitze einer sommerlichen Dürre herbei gebetet haben. Und über allem lag das Rot der aufgehenden Sonne. Über allem lagen ihr durchscheinendes Licht und ihr strahlender Glanz.

Da drangen morgendliche Hahnenschreie aus einem der Dörfer und gleich danach auch aus allen anderen Dörfern.

Danach kam von irgendwoher das Muhen einer verschlafenen Kuh, und gleich danach muhten auch in allen anderen Dörfern die eben aufgewachten Kühe mit tiefer Stimme den Himmel an.

Da erwachte die Sonne wieder zum Leben und mit ihr die Zeit. Und das fröhliche Krähen der Hähne und das Muhen der Kühe erschallte bis nach Gaotian, während die Menschen in den Dörfern ringsum noch immer jubelten und schrien: »Es wird hell!« »Die Sonne geht auf!« »Es wird hell!« »Die Sonne geht auf!« Und auch diese Freudenschreie drangen nach Gaotian, und da verstummte auf einmal das Schlachtgetümmel, und die flackernden Lichter erloschen. Auf einmal schien die Sonne über dem Berg im Osten und tauchte alles, was in der Nacht geschehen war in der Stadt, in ihr strahlendes Licht, und da erstarben alle Stimmen und Geräusche. Erstarben und erwachten doch zu neuem Leben. Eine lange Weile war es totenstill in Gaotian, so still wie in den Augenblicken, die das Morgengrauen mit den Geräuschen des Tages ankündigen. Und doch auch wieder anders. So still wie in den Augenblicken, die die Abenddämmerung ankündigen, wenn die Geräusche des Tages verstummen. Und doch auch wieder anders. Das tiefe Schweigen im Übergang von Nacht zu Tag war das, eine leere, absolute Stille, gefolgt von einem umso mächtigeren Getose. Die Welt erwachte wieder zum Leben und mit ihr die Zeit. Ich weiß nicht, was zuerst die Stille der Stadt durchbrach, aber jedenfalls hörte ich danach ein kräftiges, tiefes Summen. Und dann strömten die Leute hinaus aus der Stadt, schauten auf den Berg und den Himmel im Osten und stimmten ihr Freuden- und Jubelgeschrei an, genau wie sie es vorher in den umliegenden Dörfern getan hatten.

»Kommt schnell, das müsst ihr euch anschauen! Der Berg im Osten sieht aus, als hätte er Feuer gefangen!«

»Kommt schnell, das müsst ihr euch anschauen! Die Sonne über dem Berg sieht aus wie eine Feuersbrunst!«

Manche kamen gerade erst aus ihren Häusern, andere standen schon auf den Straßen oder vor der Stadt. Überall auf den Straßen sahen wir von dort oben auf dem Damm aus Menschen. Und auch auf den weiten Feldern draußen, überall waren Menschen. Und dazu hörten wir Gongs und Trommeln und Knallfrösche. Und Wogen von Klatschen und Jubel.

In der Menge an der östlichen Zufahrt glaubte ich auch meine Mutter jubeln und springen zu sehen. Sie sprang langsamer als die anderen, und wenn sie vom Boden hochhüpfte oder wieder darauf landete, sah sie so krumm aus, als würde sie stürzen. Aber sie stürzte nie. Richtete sich immer gleich wieder auf und hüpfte und jubelte von Neuem.

»Es wird hell! Die Sonne lebt und geht auf!«

»Es wird hell! Die Sonne lebt und geht auf!«

Auch die Dörfler von auswärts kamen nun aus der Stadt. Liefen und rannten in alle Himmelsrichtungen, heim in ihre Dörfer und Häuser. Fuhren und zogen ihre Wagen heim oder rannten den Wagen hinterher. Eine geschlagene Armee. Die Ladeflächen der Wagen so leer wie die Taschen der Leute. Wenn doch einmal jemand auf einem der Wagen saß oder lag, dann einer von denen, die im Schlaf verwundet oder getötet worden waren. So zogen sie mit ihren Verwundeten und ihren leeren Wagen im hellen Licht des neuen Tages davon und betrachteten die aufgehende Sonne. Selbst von so weit weg sahen wir noch, wie bedripst und bedröppelt sie waren. Und wir sahen auch die Städter, die ihnen hinterherliefen und mit Steinen und Tragestangen auf sie einschlugen. Die Dörfler wehrten sich nicht, so als hätten sie die Prügel verdient. Sie hielten sich nur die Hände und Arme schützend über die Köpfe und vor die Gesichter und zogen sich zurück. Räumten das Feld. Flohen. Flohen schleunigst heim in ihre Dörfer und Häuser.

Ein jeder heim in sein eigenes Dorf und Zuhause.

Heim in das Sonnenlicht des neuen Tages.

Nachwort

Was soll ich noch sagen

1.

Was soll ich noch sagen? So war das.

So und nicht anders war das an diesem Tag.

Bodhisattwas! Himmel und Götter! Zen-Buddhisten von ganz China! Tempel und Klöster! Erhabene Sphären! Erwachte und Erleuchtete! Laozi! Zhuangzi! Konfuzius und all ihr anderen Unsterblichen! Ich weiß nicht, wie viele Traumwandler auf der Welt in dieser einen Nacht starben und wie viele Menschen überhaupt. Ich weiß nur: Allein in Gaotian starben in dieser einen Nacht 539 Menschen. Ich habe die Liste mit den Toten gesehen. Und an manche Einträge erinnere ich mich noch mehr oder weniger:

1. Shen Quande, männlich, sechsunddreißig Jahre. Ging im Schlaf auf den Dreschplatz und starb durch einen Stromschlag.
2. Wang Ergou, männlich, einundvierzig Jahre. Nahm im Schlaf an der Schlacht um die Stadt teil und wurde erschlagen.
3. Hu Bingquan, männlich, achtzig Jahre. Sprang im Schlaf in den Fluss und ertrank.
4. Yu Rongjuan, weiblich, siebenundsechzig Jahre. Sprang im Schlaf in den Fluss und ertrank.
5. Zhang Mutou, männlich, siebenunddreißig Jahre. Wurde im Schlaf zum General der Shun-Dynastie und fiel in der Schlacht.
6. Hu Dequan, männlich, achtundsechzig Jahre. Wollte im

Schlaf seinen Durst an der eigenen Wassertonne stillen, stürzte hinein und ertrank.

7. Ma Huzi, männlich, siebenundzwanzig Jahre. Nahm im Schlaf an der Schlacht um die Stadt teil und wurde erschlagen.

8. Yang Guangzhu, männlich, fünfunddreißig Jahre. Wurde im Schlaf zum General der Shun-Dynastie und fiel in der Schlacht.

9. Niu Dagang, männlich, dreißig Jahre. Beging im Schlaf einen Einbruch und wurde erschlagen.

10. Niu Xiuxiu, weiblich, sechsundzwanzig Jahre. Beging im Schlaf einen Einbruch und wurde erschlagen.

11. Ning Xiaoshen, weiblich, fünfundsechzig Jahre. Erhängte sich im Schlaf aus unbekanntem Grund.

12. Ma Mingming, männlich, achtzehn Jahre. Vergewaltigte im Schlaf eine Frau und wurde deshalb erschlagen.

13. Zhang Cai, männlich, einundvierzig Jahre. Geriet im Schlaf mit seiner Ehefrau in Streit und erhängte sich.

14. Gu Lingling, weiblich, dreiundzwanzig Jahre. Beging im Schlaf Ehebruch und nach dem Aufwachen aus Scham Selbstmord, indem sie sich in einen Brunnen stürzte.

15. Ning Guoshi, männlich, achtunddreißig Jahre. Nahm im Schlaf an der Schlacht um die Stadt teil und wurde erschlagen.

16. Yang Dashan, männlich, sechsundzwanzig Jahre. Nahm im Schlaf an der Schlacht um die Stadt teil und wurde erschlagen.

17. Yang Xiaojuan, Yang Dashans jüngere Schwester, sechzehn Jahre. Starb infolge einer versuchten Vergewaltigung durch einen Schlafwandler.

18. Liu Datang, männlich, fünfunddreißig Jahre. Nahm im Schlaf an der Schlacht um die Stadt teil und wurde erschlagen.

19. Li Tianbao, mein Vater, vierzig Jahre. Verbrannte sich selbst, damit die Sonne aufging.

37. Ma Ping, weiblich, dreißig Jahre. Beging Selbstmord, indem sie sich in einen Brunnen stürzte, nachdem ihr Mann im Schlaf gestorben war.

47. Qian Fen, weiblich, dreißig Jahre. Beging im Fluss Selbstmord, nachdem ihr dreijähriger Sohn im Schlaf in einen Wassergraben gefallen und ertrunken war.

77. Li Dahua, sechsunddreißig Jahre, weiblich. Beging, obwohl sonst gutherzig und fleißig, im Schlaf einen Einbruch und wurde erschlagen.

78. Sun Laohan, einundneunzig Jahre, männlich. Wurde von einem Schlafwandler zu Boden gestoßen und starb, nachdem er versucht hatte, den anderen zu wecken.

79. Zhou Wangzheng, neunundvierzig Jahre, männlich. Lehrer. Starb, nachdem er im Schlaf aus unbekanntem Grund in einen nicht enden wollenden Heulkrampf verfallen war.

99. Tian Zhengqin, zweiundfünfzig Jahre, männlich. Bürgermeister. Wurde im Schlaf ermordet bei dem Aufstand, den Li Chuang angezettelt hatte.

100. Guo Dagang, achtundvierzig Jahre, stellvertretender Bürgermeister. Wurde im Schlaf getötet bei dem Aufstand, den Li Chuang angezettelt hatte.

101. Li Xiaohua, vier Jahre, weiblich. Wurde totgetrampelt, nachdem ihre Eltern im Schlaf mit ihr in den Armen an der Schlacht um die Stadt teilgenommen hatten und gestürzt waren.

202. Sima Lingxiao, stellvertretender Bürgermeister, achtundvierzig Jahre. Wurde im Schlaf getötet bei dem Aufstand, den Li Chuang angezettelt hatte.

303. Li Chuang, einunddreißig Jahre, männlich. Eigentlich stellvertretender Unterabteilungsleiter für Militärangelegenheiten, Nachfahre von Li Zicheng. Zettelte im Schlaf einen Aufstand an und rief die Shun-Dynastie aus. Erhängte sich nach Tagesanbruch.

404. Hao Jun, siebenundzwanzig Jahre, Besitzer eines Gemischtwarenladens. Wurde erschlagen bei dem Versuch, sich gegen plündernde Schlafwandler zu wehren.

505. Hao Junwen, siebendundsechzig Jahre. Beging aus Kummer über seinen toten Sohn Selbstmord.

506. Gao Zhangzi, männlich, siebenundvierzig Jahre, Besitzer eines Ladens für landwirtschaftliche Geräte. Starb beim Schlafwandeln aus unbekannter Ursache.

507. Kleines Mädchen, nur drei Monate alt, namenlos. Wurde von ihrer Mutter, die im Schlaf Weizen ernten wollte, am Rand eines Feldes abgelegt und starb dort aus unbekannter Ursache.

508. Ma Xiaotiao, zwölf Jahre. Wurde im Schlaf während der Schlacht um die Stadt totgetrampelt.

538. Zheng Xiuju, achtzig Jahre. Wurde von einem Schlafwandler mutwillig zu Tode erschreckt und starb.

539. Zheng Junjun. Beging Selbstmord, weil seine ganze Familie gestorben war.

Oh Buddha! Bodhisattwas! Götter und Gottheiten und Jadekaiser! Dies sind nur ein paar von den 539 Menschen, die in der Nacht des Großen Traumwandelns in unserer Stadt ums Leben gekommen sind. Wie viele in der ganzen Welt starben, weiß ich nicht und auch nicht, wie viele in unseren Nachbardörfern. Ich weiß nur, dass die offizielle Liste mit den Toten unserer Stadt ganze fünfundneunzig Seiten lang ist. Sie ist so lang wie ein Buch. Ein Buch von Yan Lianke. Anscheinend ist in jeder Familie jemand gestorben oder verwundet worden. Die Leichen lagen auf den Straßen wie Blätter im Herbst oder wie Ähren auf den Feldern. Draußen vor der Stadt schossen nach ein paar Tagen die Grabstätten aus der Erde wie Pilze nach dem Regen. Und alle sahen sie gleich aus. Wieder ein paar Tage später ließ die neue Stadtverwaltung ganze zwanzig Wagenladungen mit vierhundertzwanzig Fässern Desinfektionsmittel herbeischaffen, um zu verhindern, dass sich durch die verwesenden Leichen ansteckende Krankheiten ausbreiteten. Das waren ungefähr genauso viele Fässer, wie mein Vater an Leichenöl verbrannt hatte.

Im Villenviertel meines Onkels starben in dieser Nacht neunundneunzig Menschen, darunter auch mein Onkel und meine Tante. Ihr Tod kam alles andere als überraschend. Sie hatten ihn sich redlich verdient. Im Schlaf hatten sie den Leuten ihr vergiftetes Essen aufgetischt und waren dafür totgeschlagen worden. Danach plünderten die Einbrecher ihr Haus ratzekahl. Nicht einen Stuhl ließen sie zurück, nicht ein Fenster. Selbst die Essstäbchen aus der Küche, die Vorhänge und die Glühbirnen nahmen sie mit. Im ganzen Viertel gruben sie jedes hübsche Bäumchen und jede Kübelpflanze aus und trugen sie mit sich fort.

Auch in jedem einzelnen Nachbardorf gab es Dutzende, wenn nicht Hunderte Traumwandler. Aber am schlimmsten, so erzählte man sich, war es in der Kreisstadt. Die Nacht hielt dort volle sechsunddreißig Stunden an, und der Aufruhr mit all seinen Ausschreitungen kostete mindestens tausend Menschenleben. Aber nachdem am dritten Tag die echte Sonne endlich wieder aufgegangen war und die nie dagewesene Finsternis aufgehört hatte, verkündeten die Radio- und Fernsehsender in den kleinen und größeren Städten und in der ganzen Provinz Henan alle dieselbe Nachricht: In einigen wenigen entlegenen Bergregionen der Provinz hätten Schlafwandler kleinere Unruhen angezettelt. Und die Lokalzeitung brachte in ihrem Lokalteil in der rechten unteren Ecke von Seite zwei unter der Rubrik »Buntes« haargenau dieselbe Nachricht. Mit der Überschrift war der Text kaum mehr als zweihundertzwanzig Schriftzeichen lang.

Vereinzelte Fälle von Somnambulismus in manchen Bergregionen unseres Bezirks

Die verbreitete Abgeschlagenheit infolge der sommerlichen Hitze und der Inanspruchnahme durch die Ernte, verbunden mit dem Phänomen einer klimatisch und geografisch bedingten saisonspezifischen Dunkelheit, ist kürzlich in manchen Bergregionen unseres Bezirks, zum Beispiel in den Dörfern und Straßen, die zur Stadt Shuihuang im Westen des Chuanbei-Kreises gehören, bei einzelnen Bürgern in einen Somnambulismus von sprunghafter

Aktivität umgeschlagen. Die Betroffenen gingen in ihrem somnambulen Zustand Weizen ernten oder dreschen, während manche ihrer Mitbürger, um sie zu wecken, die ganze Nacht wach blieben und auf diese Weise eindrucksvoll ihren Sinn für die gesellschaftliche Ordnung und ihre zwischenmenschliche Fürsorge unter Beweis stellten. Dennoch sind im Stadtgebiet von Gaotian im Kreis Zhaonan zahlreiche haltlose Gerüchte in Umlauf geraten, denen zufolge es im Zuge des Somnambulismus zu einer großen Zahl von Toten und weiträumigem sozialem Chaos gekommen sei. Um der Verbreitung dieser Gerüchte ein Ende zu setzen und eine stabile gesellschaftliche Ordnung wiederherzustellen, aber auch um diese Vorgänge zu untersuchen, hat die Regierung bereits eine große Zahl von staatlichen Kadern und Polizisten entsandt, die den Volksmassen dabei helfen sollen, möglichst rasch die Produktion wiederaufzunehmen und zu einem geregelten gesellschaftlichen Leben zurückzukehren.

2.

Bodhisattwas! Götter! Eine Sache muss ich euch noch erzählen. Fünfhundertneununddreißig Menschen sind in unserer Stadt gestorben, und rund tausend Menschen aus über vierhundertneunzig Familien wurden schwer verwundet. Den materiellen Schaden kann ich nicht bemessen, aber praktisch in jeder Familie ist jemand entweder gestorben oder zumindest schwer verwundet worden. Jede Familie ist zum Opfer von Plünderei, Gewalt und blinder Zerstörungswut geworden. In jeder Familie hat es Traumwandler gegeben und Angehörige, die Chaos und Verwüstung angerichtet haben. Und trotzdem machte danach so gut wie keine Familie einen traurigen Eindruck. Kaum jemand weinte, und ich rätselte warum. Wenn bei uns früher jemand gestorben war, dann heulten sich die Angehörigen, die Nachbarn, ja, die halbe Stadt die Augen aus, als wäre der Himmel eingestürzt. Manche Angehörigen heulten sich buchstäblich zu Tode. Sie bekamen keine Luft mehr und erstickten. Waren bei uns einmal zwei Leute an einem Tag gestorben oder drei Leute in fünf Tagen, fand die Stadt überhaupt keinen Frieden mehr. Länger als einen halben, nein, länger als einen Monat ertrank ganz Gaotian dann in einem Meer von Geheul. Nun aber, an einem einzigen Tag vor drei Monaten, in der endlos langen Nacht dieses Tages, waren fünfhundertneununddreißig Menschen gestorben. Jede Familie hatte Opfer zu beklagen, aber gerade deshalb glich sich das Leid von ihnen allen aus. Denn wenn jede Familie betroffen war, war es, als wäre keine betroffen. Und so versank auch niemand mehr in Trauer und heulte, als wäre die Welt zusammengebrochen. Als dann am nächsten Tag wirklich die Sonne im Westen hervorstieg und unsere Stadt wieder in ihr gewohntes Licht tauchte, kamen alle, die überlebt hatten, aus ihren Häusern, um die Leichen zu bergen, aber dabei war es totenstill. Nicht ein Schluchzer war zu hören.

Nicht ein Schluchzer war zu hören und nicht eine Träne zu sehen.

Zuerst zeigte sich am westlichen Himmel eine Wolke, die so rot war, als hätte man dort genauso ein Leichenfeuer entzündet wie vorher auf dem Berg am östlichen Ende des Staudamms. Dann brach die Sonne dort zwischen den Wolken hervor und vertrieb die Wolken und die Dunkelheit. Die Finsternis endete so schnell, als hätte ein Wind sie einfach weggepustet. Aber überall auf den Straßen blieben die zertrümmerten Fenster und Türen, die verlorenen Schuhe und Kleidungsstücke, die Fächer und die Räder zurück. Dazu die Flecken aus getrocknetem schwärzlichem Blut, die abgeschnittenen Haare und abgehackten Glieder, die Hacken, Sicheln, Äxte und all die anderen Waffen. All das räumten die Leute weg, und danach herrschte auf den Straßen nichts als Totenstille.

Da ging die Nacht zu Ende.

Und die Sonne ging wirklich im Westen auf.

Aber als die Dunkelheit und all das Unheil, das sie gebracht hatte, wirklich zu Ende waren und der neue Tag wirklich angebrochen war, jubelte niemand mehr. Niemand sah einen Grund, sich zu freuen. Die Stadtverwaltung ließ an den belebtesten Plätzen Tische aufstellen, je einen in der Ost-, West-, Süd- und Nordstadt, und die Kader machten sich sofort daran, die Toten und Verletzten und die materiellen Schäden jeder Familie zusammenzuzählen. Widerwillig berichtete jede Familie von ihren Verlusten, aber die Antworten der Kader auf ihre Fragen waren im besten Fall so nichtssagend wie Wasser. Im besten Fall.

»Zahlt uns die Regierung eine Entschädigung für unsere Toten?«

»Nicht unbedingt.«

»Wozu melden wir sie dann überhaupt?«

»Na, wir brauchen doch eine Zahl.«

Da fragten sie nichts mehr. Und die Kader antworteten nichts mehr. Und die, die ihre Verluste gemeldet hatten, trotteten in der untergehenden Sonne wieder nach Hause. Den anderen aber, die die Verluste aufschrieben, fiel noch etwas ein, und sie standen auf und riefen den Leuten nach: »Es ist heiß, da müsst ihr eure Toten schnell begraben! Feuer- oder Erdbestattung, das ist der Regierung jetzt egal – Hauptsache schnell!«

Die, die davontrotteten, drehten sich nicht einmal um. Und wenn sie es doch taten, antworteten sie nur: »Was sollen wir denn sonst machen? Wir können die Toten ja schlecht bei uns zu Hause liegen lassen.«

In Wahrheit war es der Regierung durchaus nicht auf einmal egal geworden, wie die Leute ihre Toten bestatteten. Es war nur so, dass das Krematorium in jener Nacht niedergerissen worden war, bis nichts als Trümmer von ihm übrig blieben. Ein einziges Trümmerfeld. Ich weiß nicht, ob Traumwandler das getan hatten oder andere, die nur mit wachen Augen die Gelegenheit genutzt hatten, die ihnen das Große Traumwandeln bot. Jedenfalls hatten sie den Verbrennungsofen umgestoßen und den Hang hinab in den Stausee gewälzt. Und den ganzen Raum hatten sie in die Luft gesprengt, sodass sich all die zersplitterten Backsteine im Hof zu einem kleinen Berg türmten. Alle Sachen von Wert hatten sie mitgenommen. Und die Sachen ohne Wert auch. Nur die zwei leer geräumten Seitengebäude und die Gräser und Bäume im Hof, die nicht als Baumaterial taugten, hatten sie zurückgelassen. Gräser und Blumen. Blumen und Spatzen, Hasen, Dachse und Wiesel. Und ein Trümmerfeld. Ein Feld aus Trümmern und Wildnis.

Ich hatte keine Ahnung, wo Juanzi geblieben war. Vielleicht war sie in ihr Heimatdorf zurückgekehrt? Und auch die Arbeiter waren wer weiß wohin verschwunden. Wahrscheinlich waren auch sie in ihre Dörfer heimgekehrt.

Nun war es still im Krematorium.

Genauso still wie auf dem Damm und in den Bergen.

Die Welt war still. Und Gaotian war es auch.

Einen halben Monat später, nur einen halben Monat später bot sich auf unseren Straßen wieder das gewohnte Bild. Im Handumdrehen bot sich wieder das gewohnte Bild. Wer etwas zu kaufen hatte, kaufte es, wer etwas zu verkaufen hatte, verkaufte es, als wäre nichts gewesen. Die Sonne ging auf und unter, wenn sie auf- und untergehen sollte. Und wo sie auf- und untergehen sollte.

Draußen auf den Feldern fiel nach der Weizenernte ein tagelanger Regen. Als der Himmel wieder blau wurde, wuchs das Gras so dicht, dass es ganz dunkel aussah. Und all die unzähligen neuen Gräber waren von dem frischen Gras bedeckt. Man konnte es kaum von dem Gras auf den alten Gräbern unterscheiden, nur dass es ein bisschen heller, ein bisschen zarter und ein bisschen lichter war. Und auf den platt gewalzten Flächen der Dreschplätze lag kein einziges Weizenkorn mehr, aber stattdessen wuchsen dort nun die Schösslinge so üppig und dicht, als hätte man sie eigens gepflanzt.

So war das.

So war das in der Welt.

Kaum hatte der Besitzer des Kleiderladens seine Türen und Fenster repariert und sein Lager aufgefüllt, öffnete er wieder seinen Laden.

Auch der Besitzer des Elektrogeschäfts, der besonders herbe Verluste erlitten hatte, machte wieder auf, nachdem er einen Kredit aufgenommen hatte, und seine Geschäfte liefen besser denn je. Sie brummten regelrecht. Der Strom von einheimischen und auswärtigen Kunden wollte gar nicht mehr abreißen.

Der Rindfleisch- und der Schaffleischladen, der Lebensmittel- und der Gemischtwarenladen, die Stände an der Straße, die Obst und Gemüse verkauften, und die Leute vom Land, die regelmäßig auf unseren Markt kamen, sie alle waren so geschäftig wie eh und je. Und auf den Straßen ging es so lebhaft zu wie eh und je. Nur unser Nachbarladen mit den landwirtschaftlichen Geräten war verwaist. Nachdem der Besitzer in jener Nacht gestorben war, war seine Frau verschwunden. Wahrscheinlich war sie in ihr Elternhaus zurückgekehrt. Sie stammte sowieso nicht aus unserer Stadt. Jedenfalls blieb die Ladentür Tag und Nacht geschlossen, nachdem die Witwe fortgegangen war. Und das Ladenschild war bald von einem Spinnennetz überzogen.

Als dann die Erntezeit vorüber war, pflegte in dem Laden ohnehin immer Ruhe einzukehren. Nur die Spinnen krabbelten tagein, tagaus fröhlich über die Tür. Genossen ihren Frieden und zogen ihre Kinder groß.

In jener Nacht hatte meine Mutter getan, was mein Vater ihr eingeschärft hatte, sie hatte die Tür von innen verrammelt und war so heil durch die Schlacht um die Stadt gekommen. Aber als die Katastrophe überstanden war und in der Stadt und den umliegenden Dörfern so viele Tote herumlagen wie abgefallenes Obst nach einer Heuschreckenplage oder umgeblasenes Getreide nach einem Sturm, kam das Geschäft in unserer Neuen Welt trotzdem nicht mehr auf die Beine. Im Gegenteil, das Geschäft ruhte. Denn meine Mutter machte keine Leichenhemden mehr. Schnitt keine Papierblumen und Kränze mehr und fertigte auch sonst keinen Grabschmuck mehr. Aus irgendeinem Grund hatte sie Nadel und Schere einfach beiseitegelegt. Während all die anderen Familien in diesen

Tagen ihre Toten begruben, stiegen wir auf den Berg am östlichen Ende des Staudamms und nahmen ein paar Handvoll verbrannte Erde aus der Grube, um sie stellvertretend für meinen Vater zu bestatten.

Dabei sahen wir etwas Seltsames. Die Grube, in der aus dem brennenden Leichenöl die Sonne aufgegangen war, sah nun aus wie ein auf den Kopf gestellter riesiger Ziegelofen. Und die Erde darin hatte sich in lauter schwarz verkohlte Klumpen verwandelt, deren Geruch alles andere überdeckte. Nach Schwefel roch es und nach frisch gebrannten Ziegelsteinen. In den Ritzen zwischen diesen schwarzen Klumpen aber hatte irgendjemand unzählige Blumen gepflanzt. Rote, gelbe und grüne, Kamelien und Chrysanthemen, Lupinen und Astern, Hahnenkamm und Orchideen. Damit die Blumen in der lockeren Erde unter den verkohlten Brocken Wurzeln fassen konnten, hatte der unbekannte Gärtner die Brocken angehoben wie Topfdeckel und darunter kleine Kuhlen gegraben. Nur mit den Köpfen und Hälsen lugten die Blumen nun über die Brocken. Lugten über die Erde. Und all diese Blumen sahen aus, als wären sie erst vor ein paar Tagen gepflanzt worden. Sie alle hatten sich noch nicht recht von ihrem Umzug erholt und ließen die Köpfe auf die Brocken hängen.

Zwischen diesen Blumen also, aus der Mitte der Grube, nahmen wir ein paar Handvoll verbrannte Erde mit als Asche meines Vaters. Die Urne mit seiner Asche stellten wir in unserem Laden auf. Wir glaubten, wenn die Leute uns und seine Asche sähen, wären sie voller Dankbarkeit. Wir glaubten, sie würden uns ein Lächeln schenken. Aber so war es nicht. Oder jedenfalls nicht lange. In den ersten Tagen nach der Katastrophe hatten die meisten Leute tatsächlich ein paar dankbare Worte für uns übrig, wenn sie uns trafen. Aber damit war es bald vorbei. Sehr bald. Wenn die Leute nun auf der Straße meine Mutter trafen, verwickelten sie sie in ein Gespräch.

»Hat in der Nacht damals wirklich niemand von euch geschlafen? Dein Mann hat doch bestimmt auch geschlafwandelt. Sonst wäre er doch nie auf die Idee gekommen, die Sonne rauszuholen! Sonst hätte er es doch auch nie im Leben über sich gebracht, in diese Ölgrube zu springen und sich selber anzuzünden!«

Einen halben Monat später sagten sie nicht einmal mehr das.

Noch eine Sache geschah danach. Nur eine kleine Sache, aber vielleicht sollte ich sie trotzdem erzählen. Meine Mutter räumte gerade den Krimskrams auf, der auf dem Tisch herumlag, und wischte den Staub ab, da kam jemand herein. Jemand mit weißem Haar. Mittelgroß. Er zog einen Koffer hinter sich her und hatte obendrein zwei Taschen in der Hand, eine große und eine kleine. Den Koffer stellte er an der Tür ab. Dann warf er mir einen Blick zu und stellte einige Mitbringsel – Eier, Milch, Kuchen – vor meiner Mutter ab. So halten wir es hier alle, wenn wir jemanden besuchen. Nachdem er seine Geschenke abgestellt hatte, betrachtete er schweigend das Porträt meines Vaters. Lange sagte er kein Wort. Einen Tag lang. Einen Monat lang. Ein Jahr lang. Ein Leben lang. So schien es. Endlich holte er aus seinem Koffer viele Bücher hervor. Einen ganzen Haufen Bücher. Einen großen Haufen. Darunter *Lenin küssen und dem Führer dienen*, *Der Traum meiner Großmutter* und *Die fünf Bücher*. Dazu *Tage, Monate, Jahre* und *Mein Gaotian und die Generation meines Vaters*.[9] All diese Bücher legte er vor das Bildnis meines Vaters. Und dann zündete er sie an. Verbrannte sie.

Er kniete nicht nieder. Zündete auch keine Weihrauchstäbchen vor meinem Vater an. Betrachtete nur sein rundes Gesicht auf dem Schwarz-Weiß-Foto. Als das Feuer allmählich erlosch, warf er meiner Mutter noch einen letzten Blick zu und tätschelte mir das Gesicht und das Haar.

»Wenn ich es nicht schaffe, dieses Buch zu schreiben, dieses Buch, das dein Vater sich von mir erhoffte, ein Buch, das im Winter wärmt wie ein Ofen und im Sommer kühlt wie ein Ventilator – wenn ich das nicht schaffe, dann kehre ich nicht mehr in diese Stadt zurück.«

Seine Stimme war ganz leise. Ganz kalt und matt. Dann ging

er. Zog seinen Koffer mit den Rollen hinter sich her und ging. Wir brachten ihn noch zur Straße. Wir dachten, er würde den Bus zurück nach Peking nehmen. Aber viele Tage später erfuhren wir, dass seine Familie in Peking immer noch glaubte, er würde in seinem alten Elternhaus in Gaotian wohnen und an seinem neuen Buch schreiben. Und dabei ist es geblieben. Niemand weiß, wo er ist. Er ist einfach aus der Welt verschwunden. Ohne eine Nachricht zu hinterlassen, wie die Bücher, die er vor dem Bild meines Vaters verbrannt hatte. Spurlos verschwunden ist er und ist es bis heute geblieben. Aber vorher, ganz am Ende, hat er mir noch einen Rat mitgegeben:

»Du solltest mal zur Grube mit der verbrannten Erde gehen und Juanzi suchen. Sie kommt jeden Tag dorthin und wartet auf dich.«

Aber ich ging nicht.

Ich konnte einfach nicht glauben, dass Juanzi jeden Tag dort auf mich wartete. Warum hätte sie das tun sollen? Wieso hätte sie ausgerechnet auf mich warten sollen? Aber am Ende konnte ich die Ungewissheit nicht länger ertragen und ging tatsächlich hin. Ich musste wissen, ob sie wirklich dort in der Grube war. Und was sie dort zu suchen hatte.

Es war ein Markttag. Die Sonne brannte wie ein Winterfeuer. Brannte so hell, wie nur die Sonne brennt. In der Luft trieb nicht ein Körnchen Schmutz oder Staub. Die Straßen wimmelten von Menschen. Und alles war getaucht in ein Meer von Sonnenschein. Die Häuser und Mauern leuchteten im Licht der Herbstsonne. Die Bäume leuchteten. Die Türen und Fenster der Läden und all die Waren dahinter leuchteten. Die Straßenverkäufer mit ihrem Gemüse und ihrer Kleidung, ihren Besen, Pflügen und Eggen, alles, alles leuchtete. Die Haare und Schultern der Marktgänger, die sich in beiden Richtungen drängten, schimmerten so durchscheinend wie Achat oder Jade. Ein Blick, und man schaute ihnen durch die Kleidung und durch die Haut, schaute ihnen hinein in die Adern und die Herzen.

Ich ging durch die Straßen und hatte zu nichts Lust. Hatte zu nichts Lust, da fiel mir ein, was Onkel Yan zum Abschied zu mir gesagt hatte. Und mir fiel ein, dass Juanzis Zuhause in einem Dorf nicht weit von der Grube lag. Der Gedanke an Juanzi stach mir warm und heiß ins Fleisch wie eine Nadel. Er stach mir ins Herz. Und ich beschloss, zur Grube zu laufen, um nach ihr zu suchen.

Ich rannte aus der Stadt, als wäre ich auf der Flucht, und hinauf auf den Staudamm. Schon von Weitem sah ich, dass dort, wo vorher das Krematorium gestanden hatte, jemand ein Haus baute. Der Kleine Alte, so hatte ich gehört, wollte dort einen Tempel errichten. Oder vielleicht eher ein Kloster. Denn nur in einem Kloster kann, wer bei lebendigem Leib verbrannt ist, Frieden finden. In einem Tempel geht das nicht. Aber in diesem Moment hatte ich für solche Feinheiten keine Zeit. Meine Gedanken kreisten nur noch um Juanzi. Sie und nur sie war mein Tempel. Und mein Kloster. Und ich rannte zu ihr, rannte zu meinem Tempel, meinem Kloster auf dem Damm. Aber als ich dort oben ankam, war ich starr vor Staunen. Auf dem Hang, auf dem mein Vater und seine Helfer die Ölfässer hinaufgerollt hatten, wuchs das Gras kniehoch. Kleine gelbe Blumen, auf denen fröhlich summende Herbstbienen geschäftig vor sich hin saugten, wiegten sich im Wind. Tausende Blumendüfte wogten wie Seide in strahlendem Gelb und Rot durch die Luft. Als ich durch all diese Düfte an den Rand der Grube gewatet war, fand ich keine Juanzi. Aber dafür machte mich der Anblick der Grube so sprachlos, als hätte sich Juanzi mir auf einmal an die Brust geworfen. Die Blumen in den Ritzen zwischen der schwarz verkohlten Erde lebten und gediehen. *Vorher hatten sie die Grube nur spärlich bewachsen, nun drängten sie sich dicht an dicht. Nicht ein einziger Flecken von verkohlter Erde lugte unter ihrem Teppich noch hervor. Unzählige Chrysanthemen reckten ihre leuchtend rote, strahlend gelbe Blütenpracht in die Höhe. Die Luft war so schwer von ihrem Duft, dass der Wind sie nicht mehr rühren konnte. Die Bienen und Schmetterlinge tanzten so geschäftig um die Blüten, als wäre es Frühling und nicht Herbst. Die kräftigen Schatten der*

Schmetterlinge und Bienen und die blassen Schatten der Spatzen und anderen Vögel glitten über die Blumen wie Boote über das Wasser. Der Sonnenschein war so durchdringend, dass ich die Atemwölkchen der Blumen und Vögel in ihm aufsteigen sah, und dabei hörte ich ein hauchfeines Klingen, als würde das Licht in der Luft mit lauter Nadelspitzen fechten. Und doch nahm ich das alles so klar und deutlich wahr wie die leuchtenden Sterne am Nachthimmel.

Ich glaube, diese Stelle stammt aus Yan Liankes Buch *Tage, Monate, Jahre*. Vielleicht steht sie dort am Ende. Oder auch nicht.

Während ich noch darüber nachgrübelte, kam Juanzi den Pfad auf der anderen Seite der Grube herauf, auf der Schulter eine Tragestange mit zwei Eimern Wasser für die Blumen. Im Sonnenschein schimmerten ihre Stange und ihre beiden Zöpfe wie die Flügel eines Schmetterlings oder einer Libelle.

Ah. Ah!

Mein Kloster, mein Tempel. Meine Juanzi!

Erste Fassung geschrieben in Peking, Oktober 2014 bis Juli 2015.
Überarbeitet im November 2015.
Endfassung im März 2016 der Hong Kong University of Science and Technology zur Veröffentlichung übergeben.

Anmerkungen

1 Traditionelles Kalenderwerk, das in den unterschiedlichsten Editionen kursiert und einen Sonnen- und Mondkalender mit weiteren Angaben zum Beispiel zu den sogenannten Himmelsstämmen und Erdzweigen kombiniert. (Anm. d. Übers.)

2 Zehn Fen entsprechen einem Mao und zehn Mao wiederum einem Yuan. (Anm. d. Übers.)

3 Ein *Mu* entspricht einem Fünfzehntel Hektar. (Anm. d. Übers.)

4 Vier berühmte klassische Romane, deren Titel vom Erzähler allesamt nicht korrekt wiedergegeben werden. Die gängigen deutschen Titel lauten: *Die Drei Reiche* (wörtlich eigentlich: *Die Geschichte der Drei Reiche*), *Die Räuber vom Liangshan-Moor*, *Die Investitur der Götter* und *Die drei Helden und fünf Gerechten* (oder auch: *Die sieben Helden und fünf Gerechten*). (Anm. d. Übers.)

5 Im Deutschen auch unter älterer Umschrift als *Kin Ping Meh* oder *Djin Ping Meh* bekannt; erotischer, teilweise als pornografisch geschmähter Sittenroman aus der späten Ming-Zeit, d. h. um 1600, der als einer der Höhepunkte der klassischen Romankunst gilt. (Anm. d. Übers.)

6 Das von Aufständischen gegründete »Himmlische Reich des Ewigen Friedens (*Taiping Tianguo*, 1851–1864) beherrschte zeitweilig weite Gebiete Südchinas. Der Aufstand gründete in einer Mischung aus religiösem Heilsversprechen – der Anführer Hong Xiuquan (1814–1864) erklärte sich zum jüngeren Bruder Christi und »Gottes chinesischem Sohn« –, sozialer Revolution mit dem Ziel einer egalitären Gesellschaft und Hass auf die Mandschu-Fremdherrschaft. Das Ergebnis war ein Bürgerkrieg, der als der blutigste der Weltgeschichte gilt und zwanzig bis dreißig Millionen Todesopfer forderte. (Anm. d. Übers.)

7 Anspielung auf Li Chuangs Namensvetter Li Zicheng (1606?–1645), einen Bauernsohn, der als Anführer einer Rebellenarmee von 200.000 Mann im Frühjahr 1644 die Hauptstadt Peking eroberte und sich zunächst nur zum »Kühn voranstürmenden König« (Chuang Wang), später auch zum Kaiser einer kurzlebigen Dynastie namens Shun erklärte. Angesicht der plündernden und mordenden Rebellentruppen entschied sich Wu Sangui (1612–1678), ein General der untergehenden Ming-Dynastie, dem der nordöstliche Grenzabschnitt anvertraut war, sich mit den Mandschuren jenseits der Großen Mauer zu verbünden. Tatsächlich eroberten die Mandschuren Peking zurück, machten aber keine Anstalten, sich wieder zurückzuziehen, und setzten stattdessen in den folgenden Jahrzehnten ihren Herrschaftsanspruch als Qing-Dynastie in ganz China durch. (Anm. d. Übers.)

8 Einrädrige Handkarren zum Schieben oder Ziehen, die der geniale Stratege Zhuge Liang (181–234) zum Transport von Truppen und Proviant auf seinen Feldzügen im Norden (231–234) bauen ließ. (Anm. d. Übers.)

9 Alle Bücher des Autors, die in diesem Roman genannt werden, werden mit falschem Titel genannt. Korrekt lauten die bisher auf Deutsch erschienenen Titel: *Lenins Küsse*, *Dem Volke dienen*, *Der Traum meines Großvaters* und *Die vier Bücher*. Die danach genannten Titel liegen bisher nur auf Englisch vor: *Jahre, Monate, Tage* (englischer Titel: *The Years, Months, Days*) und *Ich und die Generation meines Vaters* (*Three Brothers. Memories of my Family*). (Anm. d. Übers.)

Die Arbeit des Übersetzers am vorliegenden Text wurde vom Deutschen Übersetzerfonds gefördert im Rahmen des Programms »NEUSTART KULTUR« der Beauftragten der Bundesregierung für Kultur und Medien.

Deutscher Übersetzerfonds

Die Beauftragte der Bundesregierung für Kultur und Medien

Erste Auflage Berlin 2024

Großbeerenstr. 57A | 10965 Berlin
info@matthes-seitz-berlin.de

Umschlaggestaltung: Dirk Lebahn, Berlin
Gesetzt aus der Anselm von Hermann Zanier, Berlin
Druck und Bindung: Pustet, Regensburg
Printed in Germany
ISBN 978-3-7518-0965-8
www.matthes-seitz-berlin.de